미당 서정주 전집

**6**

유년기 자서전

* 이 도서의 국립중앙도서관 출판시도서목록(CIP)은 e-CIP홈페이지(http://www.nl.go.kr/ecip)와 국가자료공동목록시스템(http://www.nl.go.kr/kolisnet)에서 이용하실 수 있습니다. (CIP제어번호: CIP2016003065)

# 미당 서정주 전집

# 6

# 유년기 자서전

도깨비 난 마을 이야기

은행나무

'무슨 꽃으로 문지르는 가슴이기에 나는 이리도 살고 싶은가'

전라북도 고창군 부안면 선운리 578번지 생가

신석정(가운데)의 집을 찾은 미당

『화사집』출판 무렵(오른쪽)

모친 김정현

결혼 직후 처가 가족들과

정읍 처가에서 올린 결혼식(1938)

「외할머니의 뒤안 툇마루」「해일」을 탄생시킨 외가

관악구 남현동 봉산산방에서(1972)

광화문 거리에서 큰아들 승해와(1962)

공덕동 집 뜨락의 창포 앞에서
둘째 아들 윤과(1961)

『서정주 육필시선』에 실린 자화상(1975)

미당의 고향 질마재 마을 소요산 자락에 세워진 미당시문학관
멀리 변산반도가 보인다

## 발간사

　미당 서정주 선생의 탄신 100주년을 맞이하여 선생의 모든 저작을 한곳에 모아 전집을 발간한다. 이는 선생께서 서쪽 나라로 떠나신 후 지난 15년 동안 내내 벼르던 일이기도 하다. 선생의 전집을 발간하여 그분의 지고한 문학세계를 온전히 보존함은 우리 시대의 의무이자 보람이며, 나아가 세상의 경사라 하겠다.

　미당 선생은 1915년 빼앗긴 나라의 백성으로 태어나셨다. 우울과 낙망의 시대를 방황과 반항으로 버티던 젊은 영혼은 운명적으로 시인이 되었다. 그리고 23살 때 쓴 「자화상」에서 "나를 키운 건 팔할이 바람이다"라고 외쳤고, 이어서 27살에 『화사집』이라는 첫 시집으로 문학적 상상력의 신대륙을 발견하여 한국문학의 역사를 바꾸었다. 그 후 선생의 시적 언어는 독수리의 날개를 달고 전통의 고원을 높게 날기도 했고, 호랑이의 발톱을 달고 세상의 파란만장과 삶의 아이러니를 움켜쥐기도 했고, 용의 여의주를 쥐고 온갖 고통과 시련을 지극한 아름다움으로 바꾸어 놓기도 했다. 선생께서는 60여 년 동안 천 편에 가까운 시를 쓰셨는데, 그 속에 담겨 있는 아름다움과 지혜는 우리 겨레의 자랑거리요, 보물이 아닐 수 없다. 선생은 겨레의 말을 가장 잘 구사한 시인이요, 겨레의 고운 마음을 가장 잘 표현한 시인이다. 우리가 선생의 시를 읽는 것은 겨레의 말과 마음을 아주 깊고 예민한 곳에서 만나는 일이 되며, 겨레의 소중한 문화재를 보존하는 일이 된다.

미당 선생께서 남기신 글은 시 아닌 것이라도 눈여겨볼 만하다. 선생의 문재文才와 문체文體는 유별나서 어떤 종류의 글이라도 범상치 않다. 평론이나 논문에는 남다른 통찰이 번뜩이고 소설이나 옛이야기에는 미당 특유의 해학과 여유 그리고 사유가 펼쳐진다. 특히 '문학적 자서전'과 같은 산문은 문체를 통해 전달되는 기미와 의미와 재미가 풍성하여 미당 문체의 진미를 맛볼 수 있다. 미당 문학 가운데에서 물론 미당 시가 으뜸이지만, 다른 글들도 소중하게 대접받아야 할 충분한 까닭이 있다. 『미당 서정주 전집』은 있는 글을 다 모은 것이기도 하지만 모두 소중해서 다 모은 것이기도 하다.

미당 선생 생전에 『서정주문학전집』이 일지사에서, 『미당 시전집』이 민음사에서 간행된 바 있다. 벌써 몇십 년 전의 일이다. 오늘의 관점에서 보면 그 책들은 수록 작품의 양이나 정본의 측면에서 아쉬움이 많다. 지난 몇 년 동안, 본 간행위원회에서는 온전한 전집을 만들기 위해서 많은 수고를 아끼지 않았다. 서고의 먼지 속에서 보낸 시간도 시간이지만 여러 판본을 두고 갑론을박한 시간도 만만치 않았다. 특히 미당 시의 정본을 확정하고자 미당 선생의 시작 노트나 육성까지 찾아서 참고하고 원로 문인들의 도움도 구하는 등 번다와 머뭇거림을 마다하지 않았다. 참으로 조심스러운 궁구를 다하였으니, 앞으로 미당 시를 인용할 때 이 전집에 의존하는 경우가 점점 많아지기를 바랄 뿐이다.

한편으로, 미당 전집의 출간은 두려운 일이다. 그것은 미당 선생의 모든 작품을 제대로 보여 준다는 형식적 의미를 지니기 때문이다. 세상에 어떤 전집이 있어 미당 선생의 모든 작품을 제대로 보여줄 수 있을 것인가? 우리에게도 그것은 현실이 못되고 희망이겠지만 그래도 우리는 그 희망에 최대한 가까이 가고자 했다. 우리가 그 희망에 얼마만큼 근접했는지는 앞으로의 세월이 증명해 줄 것이다. 다만 지금으로서는 지극한 정성과 불안한 겸손이 우리의 몫일 따름이다.

마지막으로 감히 말하건대, 우리는 미당의 전집 간행을 긍지와 사명감으로 하고자 했다. 우리는 미당을 통해서 이 세상에는 아주 특별한 것이 아주 드물게 존재함을 알게 되었다. 그리고 그 특별하고 드문 것을 우리 손으로 정리해서 한곳에 안정시키는 일에 관여하는 기쁨을 누렸다. 우리의 기쁨이 보람이 있어 세상의 기쁨이 된다면 그 기쁨은 곱이 될 것이다. 아니 그보다 미당의 문학이 이 세상에서 제 몫의 대접을 받게 된다면 우리는 사필귀정事必歸正이라는 네 글자를 진리로 받들면서 더 큰 기쁨을 누릴 것이다.

**미당 선생 탄생 100주년이 되는 해의 유월에**
**미당 서정주 전집 간행위원회**

**이남호, 이경철, 윤재웅, 전옥란, 최현식**

**미당 서정주 전집 6 유년기 자서전**
도깨비 난 마을 이야기

**차례**

미당 서정주 전집 7 문학적 자서전

천지유정

**차례**

# 서문

이 책은 내가 이 세상에 처음으로 태어난 전북 고창군 부안면 선운리—속칭 '질마재'와 열 살에 이사 가서 소년 시절을 지낸 전북 부안군 줄포리에 살던 내 고향 사람들이 빚은 극히 토착적이고 풍속적인 인정의 이야기들이고 또 내 유년·소년 시절에 겪은 실제 경험의 이야기들이다.

1950년대 말에 어느 신문에 '내 마음의 편력'이란 제목으로 연재했던 것인데 이번 이걸 단행본으로 간행하게 됨에 즈음하여 '도깨비 난 마을 이야기'라고 개제改題함은 이 글의 성격을 좀 더 인상적으로 상징화해 보려는 뜻에서이다.

1977년 3월
관악산 봉산산방에서

**일러두기**

『미당 서정주 전집 6』 '유년기 자서전'은 첫 연재지인 세계일보(1960.1.5.~6.19.)를 저본으로 하고, 『서정주문학전집』(일지사, 1972), 『도깨비 난 마을 이야기』(백만사, 1977), 『미당 자서전』(민음사, 1994)을 참고하였다. 이 책의 서문은 『도깨비 난 마을 이야기』에 실린 것이다.

# 질마재

## 1

호남선 정읍역에서 고창으로 가는 신작로를 사십 리를 가면 흥덕이라는, 연못 하나가 너무 큰 채경처럼 두드러진 옛 현청 소재지가 있고, 거기서 남으로 다시 십 리를 가면 알뫼라는―닷새만큼 서는 소장 하나가 제일 큰일이라서 쇠점거리라고도 부르는 쬐그만 장터. 거기서 다시 먼 십 리의 산골을 서해 쪽으로 더듬어 오르면 질마재라는 영모롱 위에 선다.

정읍에서 흥덕과 알뫼를 거쳐 고창 해안선으로 가는 자동찻길에 갈려 다시 십 리 가까운 오솔길을 걸어가야 만나게 되는 산모롱이다. 여기는 선운사의 소요암이 있는 소요산의 중허리. 큰 준령은 아니나, 내 소년 시절만 해도 아버지께서 밤길을 오시다가 호랑이한테 모래 벼락도 맞으셨다는 데니까 귀빠지기야 드물게 귀빠진 곳.

이 치모롱에서 서으로 내려보면 거기 변산반도 안으로 감돌아든 서해 바다의 한 자락이 보이고, 그 개[浦]를 두르고 질마재 아래 드문드문 '질마재'라는 마을이 가뭄에 콩 나듯 돋아나 있는 것이 보인다. 물론 질마재라는 그 영모롱의 이름을 따서 된 이름이리라.

이 밖에 이 마을과 통하는 길은 인촌 김성수 씨의 출생지인 인촌이란 마을을 거쳐서 줄포로 가는 것과 고창 해안선으로 가는 것 둘이 있으나, 두 길이 다 갯나루를 건너야 하기 때문에 이곳은 말하자면 구석방 중에도 구석방 같은 데다.

마을은 다섯 곳으로 갈려 있어, 소요산 상봉 바로 밑에 자리하고 있는 곳이 서당물. 서당물에서 바다 켠으로 내려오다가 대여섯 그루의 수백 년씩 된 느티나무 사는 데를 지나면 바로 거기가 웃뜸. 웃뜸에서 물개울과 모시밭 길을 타고 이백 미터쯤 더 내려가면 여울에 젖어 섰는 늙은 평나무를 중심으로 한 곳이 아래뜸. 웃뜸과 아래뜸에서 쬐그만 들과 모랫개울을 건너 북쪽에 낙락장송들이 풍월을 읊조리는 양 서 있는 한바탕의 솔 무데기를 왼편에 끼고 늘어서 있는 것이 송현. 그리고 거기서 동으로 얼마쯤의 논둑길들 새에 있는 신흥리. 그중 서당물은 이조 때 황목천이란 유교의 선비가 와서 서당을 하고 글을 읽던 곳이라 해서 그로부터 그 이름이 생겼다 한다.

나는 그 다섯 마을 중의 웃뜸에서 났다.

내가 난 집은 이 질마재(한문자 이름으론 선운리仙雲里)의 집들이 다 그랬던 것처럼 물론 목조의 초가집. 웃뜸의 맨 아래켠에, 호박 넌출과 박 넌출로 여름 가을을 감고 섰는 토담에 둘러싸여서 앉아 있었다. 손바닥만 한 툇마루와 청마루를 단 안방과 그 옆의 곁방도, 소구유를 단 사랑방도 내가 어려서 거기 살던 때는 장판도 깔지 않고 그냥 알흙 위에 자리를 펴고 있었던 게 기억난다.

뒤 토담 너머는 바로 보리밭. 북쪽의 앞 토담과 서켠 토담 너머는 모시밭. 동켠으로 대문도 사립문도 안 단 밖으로의 출입구가 널찍이 뚫려 있어, 언제 누구나가 맘대로 드나들기 마련이었다.

뒤란 장독대 옆에 한 그루의 대추나무와 한 그루의 석류나무. 그리고 지붕도 없이 하늘이 비치는 변소의 도가니들 옆에는 몇 그루의 쭉나무.

앞마당만이 비교적 넓어, 우리 촌가의 어느 집이거나 다 그런 것처럼 날 좋을 때는 별이라도 비칠 만큼 번지레히 다지어져 있었다.

## 2

모두 합해 한 백오십 호쯤 될까.

마을 사람들은 모두 한결같이 가난해 김성수 씨의 아버지인 동복 영감의 전답을 소작하거나, 아니면 합자해 쪼그만 배로 어업을 하거나, 밖엣사람이 와 경영하는 소금막에서 노동을 하거나 또 아니면 질마재를 넘어 다니며 어물 행상을 하였다.

그러나 그들은 그런 가난 속에서도 거의 죄는 모르는 사람들이었다.

내 기억으론, 이 마을에서 단 한 번의 간통사건이 있었던 것밖에 딴 범죄가 생각되지 않으니까. 물론 밀주密酒는 상당히 많이들 담가 먹었던 게 기억되나 이것은 마을 사람 누구도 죄라고 생각 않고 서로 감추어 나도 어렸을 땐 그리 알밖에 없었다. 백관옥이라는 술을 좋아하는 이가 이걸 했다가 한 번 들켜 벌금돈 대신 감옥살이를 가는 모양을 나도 보았지만 우리 동리 사람 누구도 이 백관옥 씨를 나쁘게 여기진 않았던 것이다. 꼬드레 상투를 댈롱거리며 재 넘어가는 양이 남의 눈엔 좀 우스웠을 뿐이었다.

이런 마을인지라 우리 아버지는 얼마 안 되는 재산을 가지고도 이 마을의 주호主戶일 수가 있었다. 아버지는 원래부터 여기 살던 사람이 아니라 같은 고창 고을의 심원면 고전리란 데서 처가를 따라와 처음 몽학훈장으로 여기 발을 붙였다 하는데, 내가 대여섯 살 되었을 때는 그새 서울의 측량학교를 마치고 잠시 고창군청에서 측량서기 노릇을 하다가 김성수 씨의 아버지인 동복 영감 집으로 옮겨 가서 그 집 서생 노릇을 하고 있었다. 그래 그 직업을 발판으로 해 전답 마지기도 장만하고 또 '장질이' 같은 돈놀이도 하고 하여 마을 사람들 위에 서 있었다.

아버지는 소년 때까지는 비교적 부유한 집 아들로 자라고 또 재주도 있어 열다섯 살 때는 무장 고을의 백일장(이때는 이미 서울의 과거는 폐지되고 이 백일장만이 남아 있었다)에 가 장원도 했으나, 할아버지가 심한 도박꾼으로 살림을 탕진하고 사십쯤에 세상을 뜨자 그 빚 때문에 열여섯 살 때는 무장 현청에 끌려가시어 주리를 틀리고 그때부터 돈 벌어야 살 걸 각오하고 나오신 것이라고 할머니한테서 들었다.

아버지는 좀 미남자였던 것 같다. 어머니와 할머니가 손톱 밑에 때를 잘 안 빼고 사시던 데 비해 아버지의 손톱 밑은 줄포 동복 영감 집에서 가끔 오시는 걸 만나 보면 늘 깨끗했고 또 늘 신식으로 머리를 깎으신 뒤엔 거기다 무슨 향내 나는 기름을 바르시었다. 좀 갸름한 얼굴에 넓은 이마에 뚜렷한 눈썹 밑의 두 눈은 밝고 좀 밖으로 버드러지긴 했으나 이빨들도 푸르스레히 흰 편이었다.

그는 어쩌다 한 번씩(그것은 몇 달 만에 한 번씩이었을 것이다) 질마재에 돌아오면 깡깜한 밤에 나를 들추어 업고 아랫마을 외갓집에 내려가곤 했다. 무서운 어둠 속에서 그 돈 벌기로 작정했던 아버지의 등과 척주가 내 어린 가슴패기와 배때기에 닿던 일이 지금도 어젯일같이 느끼어진다. 그가 안방에 와서 주무실 때에는 또 곧잘 나를 그 가슴에 대 껴안아 주셨다.

밖에선 개구리들이 우는 여름밤, 그의 겨드랑 냄새와 흙냄새에 젖어 흙 속의 무슨 정情의 싹과 같이 깃들어 있던 일이 생각난다. 아버지는 감정이 센 편이었다.


3


어머니가 내 곁에 계시던 기억으로 제일 어린 적 일은 두 살이나 세 살 때 것인 듯하다.

그때는 여름낮이었는데 사랑방에서 어머니가 아래를 벗은 나를 안고 내 사탱이에 부채질을 하고 계시고, 방 안에는 부인들이 그득히 둘러앉아 그중에 깅만이 어머니라고 불리는 한 부인이 내 사탱이에 있는 것을 바라보고 빙그레 웃으면서 뭐라고 했었다.

"워마, 애기 꼬치에서도 땀이 나네."

아마 그런 말씀이었던 듯하다.

지금도 라파엘의 후광을 쓴 성모의 눈썹 같은 그 부인의 초승달같이 가느다란 눈썹이 내 살 속과 마음속을 비춰는 듯하다. 그 뒤 자라면서 나는 이 부인이 마을에서 제일 이쁜 부인이라는 것과 또 애를 못 낳는 아내를 가진 어느 남편이 애를 보려 두 번째 얻어 들인 여인이라는 것을 알았지만.

그러나 그날 그 방 안에 있을 때의 내 느낌엔 (그것은 세 살의 생일이었을 것이다) 프로이트가 말한 것과 같은 무슨 잠재 성욕이라든지 그런 것은 없다. 그것은 육체를 떠난 일도 아니었고 또 육체만의 일도 아니었다. 육체와 마음은 둘이 아닌 한 개의 바다와 같은 걸로 있었고, 거기 그 실달 눈썹 밑의 말할 수 없이 부드러운 부인의 눈이 그냥 쾌미로움게 비춰고만 있었을 뿐이다.

그것은 조화나 그냥 밋밋한 것이요, 결코 잠재 성욕이니 그런 이름을 거기에 붙일 수 있는 게 아니었다. 심미 의식 같기도 했으나, 단순히 또 그 한 가지만도 아닌—이 원만에 나는 시방도 이름을 붙일 줄을 모른다.

그러나 어머니의 더 뚜렷한 모습이 내 눈에 인상되기는 그다음 해

나 다음다음 해가 아니었을까 한다.

어느 겨울날 해 어스름. 사랑방 부엌에서 소죽을 끓이고 계시는 어머니 옆을 찾아 나는 밖에서 들어갔던 것인데, 들어서자마자 나는 참으로 기이한 광경을 다닥뜨려 보고는 꼬마의 어안이 벙벙하였다. 어머니는 끄트머리에 불이 뻘겋게 붙은 부지깽이로 사랑방으로 통하는 종이 문을 세게 질러 대시며

"네 이놈! 네 이놈! 택선(가명)이지? 이놈! 거기 문구멍으로 내다보는 것 택선이지 이놈!"

하고 계시는 것이다.

이 광경은 내가 세상에 나서 처음으로 보는 용감한 것이었다. 그러나 나는 그때까지도 용감이 뭔지를 모르는 만치 어머니의 의젓이 행하고 계시는 이 행동의 잘된 조화 때문에만—좋은 꽃불 붙은 무슨 언덕만 한 조화 때문에만, 그 그늘에 숨을 죽이고 꼼짝 못하고 깃들이어서 가뭄의 싹이 내리는 비를 마시듯 그 사실을 마셔 들이기에 겨를이 없었다.

그러나 이것이 무엇이라고 어른들이 만들어 온—그 사실의 의미들은 나는 물론 더 커서야 알 수가 있었다. 그날의 그 사변은 택선이라는 한 심미적이고 도취적인 젊은이가 남의 아내의 모양을 문구멍을 뚫고 눈요기하다가 맞은 벼락이라는 것을. 그리하여 나는 커서 그날의 그 어머니의 불의 뜻이 무엇을 잘 다스려 지키는 이의 것이었다는 것을 알고 안심할 수가 있게 된 것이다.

그렇기 때문에 내게, 뒤에 내가 인제 다 자백하게 될 성애性愛상의

어느 만큼의 다기성多岐性이 있다 하여도 그 관습은 어머니에게서 적
서 온 것은 하나도 없다.


# 4


어머니는 어떤 어부의 과부의 딸이었다.

내 외할아버지는 젊어서 배를 타고 바다에 나가신 채 영 돌아오지
않고, 그 뒤를 두 딸과 막내인 아들과 함께 청상으로 남은 과부의 둘
째 딸이었다. 한문은 모르시나, 국문은 외할머니가 마을에서 첫째가
는 이야기책 애독자라 그 덕으로 알고 있었다.

지금 생각하면, 아버지가 철저한 유생儒生이었던 데 비해 어머니
는 신라류의 자연주의적 전통 속에서 더 많이 호흡하고 계시었던
것 같다.

이것은 물론 책으로 배워 된 일이 아니라 실생활을 통해 자자손손
으로 흘러내려 온 것이겠으나, 그야 어쨌든 하여간에 그분은 자연으
로 더불어 있을 때 언제보다도 고와 보였기에 말이다.

어떤 때보다도 봄의 한가한 때 산에 가 나물을 뜯어 올 때 같은 때
가 그이는 제일 아름다워 보였다.

한봄이면 집 뒷산에 올라 온종일 바구니에 고사리를 뜯어 모아 가
지고 항용 해 어스름할 때쯤 내려오시기가 예사였는데, 그 바구니
를 집에 돌아와 마루에 풀고 그 밑바닥에 감춰 온 생솔가지들을 내

게 선물로 주시며 웃을 때 같은 때가 그분은 가장 예뻐 보였다. 아버지에게서 맡아 한글 먹글씨로 적기를 하며 보시던 돈놀이의 일을 하실 때보다도 밭에 나가 흙 위에 숙이시고 땀을 퍼부으며 들일을 하고 오셨을 때보다도 예뻐 보였다.

그런 때 그는 내가 생솔가지의 속살을 핥고 있는 옆에서 산에서 들었다는 '고동 소리'라는 걸 가끔 할머니(이분 이야기는 다음에 하겠다)와 같이 말씀하시곤 하였다.

"어디서?"

"누가?"

"무엇으로?"

내가 이렇게 신기해 물어도 "아니여" 한마디로 내 물음을 다 거부하시고는 "있느니라"고만 하시었다. 허나 나는 그 뒤 그 어머니의 아들이면서도 날이 맑은 때는 어머니가 들은 고동 소리라는 걸 유감스럽게도 못 들은 채 현대인이라는 게 되어 있다.

다만 그것은 할머니의 풀이를 들으면 '옥황상제님 계신 데서 오는 소리'라는 것, 그것을 들었다고 어머니가 말씀하실 때의 얼굴은 이상하게도 전에 못 본 무슨 새살로 된 것같이 고와지던 것을 듣고 보아 기억할 뿐이다.

이분은 또 여름이면 나루 건너 모랫등으로 '모래찜'이라는 걸 다니셨는데, 거기에서 돌아오실 때에도 사람들한테서 올 때보다는 딴 얼굴빛을 갖고 오시었다.

모래찜이라는 것은 여름 햇볕 아래 모랫벌에 가 알몸뚱이를 함뿍 묻고 있는 일이라 한다. 그러니 물론 사람이나 짐승과 사귀는 일이 아니라 산 짐승과 산 사람 빼놓고 남은 딴 것들과 사귀는 일이 된다. 사람도 짐승도 아닌 딴 것들이라면 거기는 보릿빛의 작은 사막과 그 가에 너울거리는 물결과 물결 따라 오르내리는 갈매기 떼와 그것들을 안고 있는 거울빛의 하늘 속의 발가벗은 해뿐이었을 텐데 그것들의 어느 것과 사귀어 그리 예쁘게 되어 오신 것일까? 아니면 텅 빈 공중에 우리 눈에는 요량 안 되는 무엇이 차 있어, 그것들과 사귀어 그리되어 오신 것일까? 하여간 이런 날은 항용 보지 못하던 딴 산 빛을 그 두 눈과 얼굴에 띠고 오신 것만은 사실이었다.

이런 날 수건에 싸다 주시는 초록빛의 참외 맛은, 그런 어느 비밀한 곳에서 따 가지고 오신 양 매력이 있었다.

어머니는 아무래도 박혁거세의 어머나 박제상의 부인 같은 그런 신라 계통의 정신을 가진 분이었던 듯하다. 무에 된 정신이란 참으로 별책 없이도 사람들 속에서 몇천 년이건 사는 것이니까.


## 5


인젠 우리 할머니 이야기를 하지. 외할머니처럼 너무 이른 청상과부는 아니지만 이분도 사십 전에 된 과부. 왼편 약손가락 한 토막은 할아버지 임종 날에 그 숨넘어가는 목에다가 피를 흘려 넣느라고 손수 끊어 버린 분이었다. 눈이 매나 그런 맹금답게 작고 날카롭고 이

마가 넓고 콧날이 우뚝하고 입이 갸름하니 야무진 넓적한 얼굴, 이
분이 사실은 아버지보다도 내 어린 철의 우리 집의 왕이었다.

우리 아버지는 수월찮이 성격이 세어서 마을에서도 호랑이는 아
니나 참모 장군의 하나였음엔 틀림없었는데 그래도 이 할머니 앞에
서만은 언제나 젖먹이 같았다. 아버지만 그런 게 아니라, 일가친척
의 남녀노소 없이 이분 앞에 오면 모두가 마음의 머리들을 숙이는
게 보이었다. 아들만 셋을 낳았으나 맏이와 막내는 일찍이 잃고 그
슬하엔 아버지만이 외아들로 남아 있었다.

소싯적에는 무장의 해안 일대에서도 평판 있는 미인이었다는데,
언제부터 그리되었는지 늙은이가 영 머리에 빗을 대는 일이 없었다.
그야말로 쑥대머리였으나 이 쑥대머리는 황무지가 아니라 또 우리
집에서도 제일 센 상머슴이었다. 무슨 날쌘 연장이 이분 같았으리
오. 여러 마지기의 밭일로부터 시작해서, 부엌일만 빼놓고는 집 안
팎일에 손 안 대는 것이 거의 없었다. 밤잠도 별로 주무시지 않았다.

새벽에 물레 소리에 잠을 깨 보면 내 머리맡엔 언제나 이 잠도 없
는 별이 앉아 적막을 덮고 있었다.

할머니는 또 우리 집과 이웃의 의사이기도 하고 우리 집의 신관神
官이기도 했다. 산의 나무와 들풀들의 내력에 환하여 무슨 병엔 무슨
풀이 약이라는 걸 대개 알고 계셨다. '도꼬마리'라는 풀이 부스럼 약
중에 상약이라는 걸 내가 알고 있는 것도 다 이분의 덕이다. 내가 여
름몸에 부스럼이 나면 옹기 자배기의 이 풀 끓인 것에다가 담아 놓
고 말끔히 씻어 나았기 때문이다.

그러나 학질 같은 병에 걸리면 할머니는 풀이나 나무 약을 쓰지 않고 그분의 신에 의거하였다. 이런 병은 할머니의 눈에는 말하자면 역신의 짓이니까 신의 힘을 빌려 또 말끔히 물리쳐 주셨다.

내가 학질이 나면 그이는 나를 발가벗겨 거울 비슷한 그 마당에다 갖다 눕히고는 부엌의 식도를 들고 나와 내 누운 둘레의 땅에 그 칼로 박박 그으며

"엇소 잡귀 물러가거라. 엇소 잡귀 물러가거라."

하며 한 식경을 두고 숨겨워 하시었다. 그러면 어느 때는 틀림없이 더러 나았던 것 같다. 오그라드는 학질의 정신에 세게 출렁이어 와 씻는 마음의 자극력 때문 아니었을까.

매운 반찬 짠 반찬은 모조리 입으로 빨아서 먹이시고, 내 말 노릇도 숱하겐 하시고, 쉬는 일은 아주 적던 이 할머니의 말년의 종교는 불교였다.

왜냐면 어느 초파일날이던가 희한하게도 머리를 다 빗으시고 나를 업었다 걸렸다 하시며 마을 뒷산 너머 있는 장수강 십릿길을 더듬어 선운사(이 절은 백제 가요의 한 이름으로도 보이는 데다)로 연등 구경을 가셨는데 스님들의 대우가 유달리 극진했던 걸 보았으며, 그 뒤에도 거기서 무슨 봉물이 더러 보내져 오는 것을 얻어먹어 보았기 때문이다.

우리의 많이 딱한 주위 대신 느티나뭇골처럼 자욱한 그분의 신들로 더불어 소슬하였던 이 고인을 그리는 사람은 우리 일가친척에서 나뿐만이 아니다. 모두가 다 이분 계시던 일을 그리워들 한다.

식구로는 이 밖에 몽글대라는 이름을 가진 종형(조실부모한 큰아버지의 외아들)과 하성이라는 이름을 가진 머슴이 있었다. 몽글대라는 이름은 그 뒤짱구인 머리통 때문인 모양이었으나, 짱구이면서도 그는 지나치게 미련하여 일생 동안 국문도 읽을 줄을 모르고 말았다. 지금은 이미 고인이 된 이 종형은 나보다는 십여 년 손위로 글을 읽으라면 늘 뺑소니를 치고 일도 늘 게을러 항시 우리 아버지 어머니한테 꾸중만 듣고 지냈으나 정 하나는 또 두드러지게 많았다.

집안사람 누가 누구 딴 사람한테 욕을 당한다든지 하는 일이 있으면 그는 온 마음과 몸에 불이 붙어 좀처럼 원수진 마음을 풀지 않았다. 그가 좋아하는 일은 무슨 생선이나 꿩 같은 봉물을 몇십 리 밖 먼 곳의 대갓집에 갖다 주는 심부름이었는데, 이렇게 대갓집을 자주 드나듦으로써 말하자면 '점잔' 비슷하다고 할까 그런 격이 하나 생기긴 하였었다.

"구슬 황 참봉 집 대문을 들어서닝가니."

이렇게 점잔 빼는 말투로다가 이런 얘기를 하기를 즐겼다. 하성이는 겁 많고 부지런한 노총각이었다. 삼십이 다 되었으나 몇 살 차이밖에 안 되는 우리 어머니가

"하성아 볼랑볼랑 나무 히 갖고 오느라잉."

하시면

"오늘은 어반에골까지 가야 히라우."

숫제 겁 많은 처녀 같은 눈을 송아지 못물 굽어다보듯 해 가지고 다수굿이 계집애 소리로 대답했다.

다시 보기 어려울 만큼 선량한 사람으로, 무엇보다도 그는 어린 아이 나하고 놀기를 즐겼다. 아침저녁으로 틈만 있으면 한쪽 손에다 나를 곤두세워 들고 내 어린 철을 꿈 많게 만든 여러 가지 윤택한 유아용의 이야기들을 들려주었다. (아직 재세중이시라니 여생 다 복하실진저!)

그러나 이 얼마 안 되는 식구들은 봄부터 가을까지는 집에 없는 날 이 많았다. 아버지는 대부분이 객지살이였으니까 말할 것도 없고, 나 머지는 모두가 다 들일 산일을 나갔다. 그러면 나 혼자 남아서 빈집 을 지켰다.

> 황토 담 너머 돌개울이 타
> 죄 있을 듯 보리 누른 더위—
> 날카론 왜낫 시렁 우에 걸어 놓고
> 오매는 몰래 어디로 갔나
>
> 바윗속 산되야지 식 식 어리며
> 피 흘리고 간 두럭길 두럭길에
> 붉은 옷 닙은 문둥이가 울어⋯⋯

내가 스무 살 남짓해서 쓴 「맥하麥夏」라는 시는 이 빈집 지킬 때의 낮무서움을 회고해 쓴 것이다.

구슬을 가지고 와서 아이들을 꼬아다가 보리밭 속에 들어가 간을 빼먹는다는 문둥이가 나오지 않을까, 뒷산 밀밭에까지 나오기가 일쑤라는 멧되야지가 식식거리고 와 달려들지 않을까—이런 무섬은 어린 내게는 적은 것이 아니었다.

툇마룻가에 걸터앉아 무섬증을 견뎌 내기 위해 두 다리를 내둘내둘 젓고 있다가 다시 또 옆에 놓인 다듬잇돌에다 더운 뺨을 대고 한 하늘 그득히 들리는 쑥국새 소리에 젖어 있다가 일어나선 뒤란으로 갔다가 다시 나와 출입구 쪽으로 갔다가 그러다간 벽의 흙도 더러 떼어 먹어 보았다.

흙 맛은 적막이 주는 그 무서움을 그래도 어느 만치 완화하였다.


# 7


옆집 황동이가 집에 있는 날은 같이 사랑방에 앉아 숯검정으로 벽에다 환도 치며 하늘에 있다는 그 서울 이야기도 하며 막막한 대로 지낼 만했으나 그도 어디 간 날은 정말로 사변이었다.

적막은 마치 빠지기 싫은 어느 바닷물로 같이 나를 끌어들였다. 쑥국새 소리는 초파일날 밤 선운사에서 켜 단 걸 본 연등불같이 자꾸 수를 거듭하면서 이 적막의 바다 밑창으로 빠져들어 내렸다.

나는 불가불 집을 벗어나야 할 때가 있었다.

황동이네 집 앞으로 가서 무성히 자란 두 모시밭 사잇길을 더듬거
려 조금 내려가면 거기 소요산으로부터 바다로 향해 흘러내리는 맑
은 돌개울이 있다.

나는 그 개울물 가에 한참씩 서 있기가 예사였다. 그러면 아까 빠
져 있던 그 가위눌림은 얇다란히 흑흑 소리를 내며 여꾸풀 밑 물거울
에 비쳐 잔잔해지면서 거기 떠 날으는 얇은 솜구름이 정월 열나흗날
밤 어머니가 해 입혀 주는 종이 적삼마냥으로 등짝에 가슴패기에 선
선하게 닿아 오기 비롯했다. 음력 정월 열나흗날 달밤, 여름에 더위
먹지 말라고 해 입히는 그 한지의 종이 적삼마냥으로 말이다.

이렇게 하여 나는 대여섯에 천체의 살을, 딴 것 사이에 두지 않고,
내 살에 댈 수가 있었다. 그러나 구름은 그냥 큰 고독에 젖어드는 반
가운 것이었고, 오늘 내가 알고 있는 것과 같은 서러운 것은 물론 아
니었다. 그것의 근본 모양이 피라는 것을 헤아릴 수 있는 나이가 아
직 아니었던 것이다.

이런 크으다란 한 살로서의 하늘 속에―하늘 밑이 아니라 차라리
하늘 속에, 이것을 느끼고 사는 사람들의 피는 일가친척이 아니라도
서로의 울타리를 경계로 하지 않고 한 맥을 이루고 있는 듯했다.

무얼 가지고 그리 보느냐고? 다름이 아니다. 가령 간통사건(이것
은 앞의 어디서도 잠시 말한 것처럼 내 어렸을 때 단 한 차례밖에 이
마을에 없었으나) 같은 무슨 사건이 일어나면, 사건은 일어난 사람
의 집에서만 진동하는 것이 아니라, 온 마을 사람들이 온통 부들부
들 떨고 낯을 붉히고 그 때문에 마을이 하늘 속에서 거세게 기우뚱

거리는 듯하였으니까.

그때도 여름이었다. 어디선지 사람이 칼에 찔려 죽는 듯한 외침 소리가 한바탕 나더니 마을 사내 어른들은 윗마을 우물로 우— 하니 떼 지어 몰려가서 거기다가 소가 먹는—짚을 짤막짤막 끊은 여물을 풀고 마을 사람 아무도 그 물을 먹지 못하게 하였다.

그리하여 아이들은 이 격동하는 바람에 둥우리에서 떨어져 날린 새 새끼들과 같이 마을의 변두리로 퉁기었다.

나도 영문은 몰랐으나 마을이 되게 흔들리는 바람에 느티나무들 사는 밑에까지 퉁기어져, 거기 네 갈림길에 깔린 넓은 바윗돌 위에 어린 두 발을 쭈그리고 앉아 딱해져 있었다.

## 8

이 돌은 그전에도 몇 차례인가 여름 햇빛 속에 내가 와 혼자 앉았던 데다.

맨 처음에 내가 이 네 갈림길의 넓은 바위에 와 앉은 것은 학질 때문이었다. 나는 어렸을 때는 웬일인지 여름엔 학질덩어리였는데, 한 번은 지독히 걸려 할머니의 '잡귀 쫓기'쯤으로는 낫지 않아 지나치게 으시시하던 중에 마침 아버지가 줄포에서 오시어 이번엔 좀 한문 자도 섞인 방법으로 복숭아 잎사귀를 누구네 집에선가 구해다가 거기에 뭐라고 먹글씨로 몇 개 한자를 써서 내 웃통을 벗기고 등 뒤에

다 밥풀로 붙여 데리고는 이 바윗돌 위에다 갖다 놓으시며

"꼼짝 말고 한 식경 여기 앉아 있거라, 이 녀석!"

하고 떼어놓고 가시어, 그 뜨겁고 외진 돌 위에 비로소 자리하게 된 것이다.

이것은 무슨 뜻이었을까. 그걸 나는 아버지에게 물어본 일이 없어 아직도 상상으로밖에 확실한 것은 모른다.

하여간 그것은 할머니가 하신 '귀신 쫓기 요법'과 한 계통의 정신 요법인 것만은 틀림없는 일이었을 것이다. 다 들일에 한창 바쁜 시간 이니 체지 큰 느티나뭇골 밑은 외지게 소슬한 기운이 너무 겨운 데다 가, 곳은 네 갈림길의 한복판이니 자유롭고도 또 위험한 느낌이었다.

오슬오슬 오그라져 고이는 것이 약점인 학질의 둘레를 칼부림하 는 할머니의 방법보다는 이건 좀 더 함축성 있는 걸로, 어떻게라도 정신을 오그라지지 않게 유지하지 않고는 견디지 못하는 그런 곳, 그런 환경에다 내팽개쳐 두어 불가불 건강을 돌리게 하는 그런 훈 련법 아니었을까. 아이들에만 한한 방법이었으니 그런 뜻이었을 듯하다.

그렇다면 만일의 경우 여기 생길지도 모르는 승리 아닌 패망의 기절 까지도 생각하고들 한 일이리라. 그리 생각해 보면 삼엄한 훈련법이다.

나는 그때 이 햇빛을 먹어 상당히 더운 바윗돌 위에 바짝 달라붙 어 앉아서 오싹한 학질 치위에 오들오들 떨고 있는 동안 격리된 외 딴곳의 느낌에 무척은 무섭게 외롭고 또 외롭겐 무서웠다. 허나 여 기에서 일어나 외지게 활등 굽어진 모시밭 모퉁이 하나를 돌아서 집

을 찾아가기는 무슨 쇠줄을 손으로만 끊기보다도 더 어려웁게 느끼고 있었던 것을 기억한다.

이렇게 해 내 학질은 아마 두어 시간 뒤 집에서 사람이 와 업어 간 후 며칠 만에 나았던 것 같다.

간통사건의 큰 진통 때문에 나는 떠둥굴려져 이 더운 바위 위에 와 앉아 있었던 것이다. 어른들이 고함치며 몰려가는 서슬에 휩쓸려 가다가 불거져 나와 우물에서 과히 멀지 않은 이곳에 가 놓이게 되었던 것이리라.

여기 앉아 학질 때는 그리도 괴롭던 이 아이의 학질 귀양살이 판이 이날만은 유난히도 포근하였다.

'왜들 이러는고? 우리들은 곧 모두 어디서 떨어져 벼락이나 맞아 죽는 것이 아닌가?'

나는 언젠가 어디서 내려졌던 충격을 기억하고 또 쏘내기 때의 번갯불이나 천둥 같은 걸 돌이켜 느끼면서 앉아 있었던 듯하다.

그러나 간음한 남녀는 별 형벌을 받은 일은 없었다. 한동안은 부끄러워 마을에 나오지를 못한다 하더니, 세월이 지나자 별로 이혼까지 된 일도 없이 깨끗이 씻은 듯 사는 걸 보았다. 예수의 부모님이 유지했던 것과 같은 그런 유지법을 지탱한—내가 난 마을의 도덕을 나는 사랑한다. 그리 않아 더 좋은 일도 없을 바에야.

## 9

느티나무 당산 밑의 내 어린 살내음새와 땀이 밴 그 바윗돌을 생각하고 있으면, 또 저절로 내 기억에 떠오르는 것은 서운니라는 이름을 가진 그 이상한 소녀—육신의 사람이라고 하기보다는 아무래도 무슨 정령精靈만 같이 느껴지는, 조끔만 이승살이는 하고 밝은 소녀 귀신으로만 아는 이들의 기억에 남으려 생겨났던 듯한 그 소녀의 모양이다.

보리밭에서 새봄의 첫 종달새들이 하늘 한복판으로 치달려 오르며 까르르 까르르 끼르 끼르 까르르 웃어 젖힐 무렵쯤 아이들은 마을 사람 누구건 여기 가장 잘 어울리는 소리나 말씀이나 몸짓을 하는 사람들이 있다면 무엇보다도 거기 가장 민감하고, 자연히 무엇보다도 또 그 편이 되는 것인데, 내가 이 세상에 생겨나서 맨 처음으로 그런 그 편이 되게 하는 힘을 부린 건 갈맷빛의 저고리를 입고 봄 보리밭 사이 나물 바구니를 겨드랑에 끼고 있던 그 요절한 소녀 서운니다.

그건 내 여섯 살 때였던 듯하다. 점심 뒤의 아이들의 무료無聊로 나는 바로 우리 집 뒤껼의 보리밭 옆으로 말하자면 암꿩의 깃에서 불거져 나간 한 마리 꿩 새끼마냥 단순히 불거져 나가 꽃나막신이던가 그런 걸 신고 멈춰 서 있었는데,

"야, 정주야, 이리 와!"

누가 그래서 보니 저기 어느 보리밭 골에서 서운니가 같은 또래 소

녀들로 된 부하 도당들을 이끌고 그날 그 하늘 밑에서는 종달새 소리와 제일 잘 어울리는 웃음소리를 치며 나를 부르고 있었다.

그래 저절로 그리로 이끌리어—아니 이끌렸다기보다는 빨리어 들어가니

"너 까치마늘꽃 아직 못 봤제? 여기 이것 좀 봐. 아조 이쁘제?"

하고, 맨 처음은 내 손을 잡아끌어 당기고 그다음에는 내 머리를 그 분홍의 가느다란 선이 눈에 보일 듯 안 보일 듯 그어져 있는 그 쬐끄만 꽃 옆에다 바짝 밀어다가 붙이면서 나직이 소곤거렸다.

그래 그 까치마늘꽃을 나는 그 뒤 지금까지 내 생시의 가장 깊은 구석 또 꿈결의 가장 깊은 구석에서도 아주 잊지 않고 이어 느껴 내려오게 된 것이다.

서운니는 이어 두 손으로 내 두 귀를 되게 붙들어 잡고, 그다음은 양쪽 야관지를 두 손바닥으로 받쳐 나를 부쩍 땅 위에서 추켜올리기에 왜 그러나 했더니

"정주야, 너 서울 보이제? 서울은 하늘이랑개!"

하곤 깔깔 깔깔 까르르 까르르…… 또 종달새 흡사한 웃음소리를 터뜨리는 것이었다.

나는 이 한 가지만으로도 단번에 이 세상에선 서운니가 제일 좋아졌고, 그다음부터는 무엇이든 그의 말이면 다 무엇이건 기쁘고 또 믿게 되었다.

"너 아직은 고동 소리는 모르제? 들어 봐, 조용히 여기 까치마늘에다 코를 바짝 갖다 대고, 두 귀는 틀어막고 가만히 들어 봐. 들리지

않냐? 날이 아조 맑으면 하늘에서는 고동 소리가 나는 것이래여. 옥황상제님의 누가 분다드라?……"

이것은 또 그다음에 바로 이어 이 서운니가, 그 아직 처녀는 까마득히 먼 여남은 살의 소녀의 입김을 내 코에 풍기며 소곤댄 말이다.

나는 그래 그것을 들으려고 서운니가 하란 대로 양손의 식지 끝으로 두 쪽 귓구멍을 단단히 틀어막고 그걸 듣기에 애쓰고 있었는데 내 코끝에 송알송알 어린 땀이 배어나기까지도 했던 것 같다. "들리제?" 해서 "들린다"고 대답은 안 할 수 없어 했지만, 글쎄 그건 지금 기억으론 들렸던 것 같기도 하고 잘 안 들렸던 것 같기도 해서 아스라하기만 하지만, 인제 점점 날이 갈수록 더 선명해지는 것은 그 옥황상제의 고동 소리를 들었을 테니까 나보고도 들어 보라고 권했을 그 소녀 서운니의 모습이다.

뒤에 공자보다도 노자를 읽으면서 더 그 기억이 뚜렷해지던 소녀. 햇빛이 아주 연연히 밝은 날엔 거의 그 어디 숨어 소곤거리고 있는 소녀. 그는 숨을 쉬면 입에선 또 늘 마늘 냄새가 아스라이 풍겨 나오고 있었는데, 그가 죽은 뒤에 들어 보니 그건 그네가 폐병 앓이로 부모의 권고를 따라 마늘을 자주 구워 먹어 온 때문이었던 듯하다.

내가 「마흔다섯」이라는 시에서 말한 처녀 귀신을 생각할 때 나는 이 서운니를 주로 느끼고 있었다.

## 10

　그것은 서당에 들어가기 한 해 전 일이었던 것 같으니 여섯 살 때 봄이었겠다.

　물론 서운니는 혼자서 나물을 캐러 나오는 게 아니라 또래의 계집애들의 일당과 같이 다니었다.

　그때 나이는 한 열두서너 살 되었을까. 그는 내남없이 그중의 여왕으로 알고 있었으나, 그것은 나이 때문만도 아니었으니, 나이는 거진 다 방불하였다.

　나는 첫날에 맛을 들인 뒤론 거의 언제나같이 그들의 뒤를 따라다니었는데, 내가 그들을 따라다니다가 어디 언덕배기에서 엎으러져 무릎을 깼을 때나 그들과 같이 어디 담장 밑에서 소꿉장난을 하다가 손가락에 사금파리 같은 걸로 상채기를 냈을 때는 서운니는 꼭 어머니 같은 표정이 되어 내 다친 곳을 어루만지고, 또 부드러운 무슨 풀잎을 따 모아 부벼 매 주기도 하였다.

　담박 약에 대한 지식엔 널리 절어 있는 마을이었으니까, 이 예비 처녀급의 소녀도 약풀의 어떤 것들을 알아, 찾아 모은 게 아닐까. 꼭은 모르나 아무래도 내게는 그렇게 생각된다.


　　정해정해 정도령아
　　원이왔다 문열어라.
　　붉은꽃을 문지르면

붉은피가 돌아오고.

푸른꽃을 문지르면

푸른숨이 돌아오고.

 

이 민요를, 그가 나한테 하던 듯하던 모양을 기억하곤, 나이 들면서 문득문득 생각해 내곤 하는 것이다.

하여간 이 소녀 귀신이 있어 내 햇빛은 유년 시대의 눈으로 느낀 꽃들과 함께도 있을 수가 있다. 만일에 이 일 하나가 비어 있었어도 나는 무척 암담하지 않을 수 없었을 것이다. 소년 시대로 접어들어 음양을 안 뒤의 햇빛은 또 달라, 외줄기의 수세守勢 아니면 자꾸 딱해지다가 희부예지기 쉬운 것이라, 그리고 또 아무래도 무슨 한恨을 곁하기 쉬운 것이라 이런 딱하고 희부얗고 다한한 햇빛에 질렸을 때 들어가 성정性淨의 볕에 안기고자 해도 그것은 역시 빈약한 것이 아닐 수 없었을 테니까. 그래 이 본바탕으로서 우리의 생에 비친 부분을 등한시함으로써 음양 통한 뒤의 느낌으로 이걸 도배해 버렸을는지도 모르니까. 앞서 어디선가도 잠깐 말한 일이 있는 프로이트를 비롯해서 그런 반장님들은 왜 많지 않은가.

유년의 해는 유년에게만 필요한 게 아니다. 장년에게도 노년에게도 많이 필요하다. 청년들은 핏기운과 성애의 버글거림 때문에 혹 과히 필요한 줄을 모른다고 할까. 그러나 수세가 여일치 못하였다면 조만간 그대는 그대의 마음이 끈적거림을 어쩌지 못하리라. 아무래도 한恨 없는 딱하지 않은 햇볕을 바라게 되리라. 안 그러고 고집한다면 그건 아무래도 타락의 암癌일 뿐.

**11**

일곱 살에 서당이라는 데 들어가긴 했으나 서당은 내겐 재미가 없었다.

처음에 『천자』, 『추구』 등을 배우던 곳은 선생이 찡찡보고 쿨룩이인 데다가 매질까지 안 할 때 하고 하여 질색이었고, 둘째 번에 송현에 가서 『통감』을 배울 때의 선생은 뿔관도 쓰고 제법 점잖았으나 남색男色을 손윗놈들이 강요해 걱정이었다.

공부는 잘한다 하여 한턱도 적지 아니 냈으나, 송현 서당 때 남색당하는 현장을 마침 찾아오신 아버지한테 들킨 뒤로는 아버지가 그만두라 하시어 서당은 작파하였다. 원체 나이가 열 살쯤이나 위엣놈들이라 항거해 내는 재주가 없었던 것이다.

시방도 변방에 가면 이 남색―전라도 말로 '톳쟁이'라는 것의 유풍이 남아 있는지 모르겠으나, 이런 누습은 빨리 깨끗이 씻어져야 할 것이다.

이것은 내 생각 같아서는 여·이조麗·李朝의 낡은 시대가 여자를 도무지 남자와 잘 만나지 못하게 한 데서 근신치 못한 나머지 생긴 것 같으니, 웃어른들의 보호 아래 처녀 총각들의 사교가 빈틈없이 건전하게 이루어지도록 장려도 하고 또 한편으로 정서교육을 훨씬 더 철

저히 하면 자연 없어질 것이다. 어느 때고 없을 수 없는 극히 적은 수의 변태자를 빼놓고는.

환경이 이래서 그랬는지, 서당에서 배운 거라곤 윤택하게 기억되는 것이 별로 없다. 여름밤 모기쑥을 마당귀에 피워 놓고 당음唐音을 읊던 것 하나를 빼놓는다면. 당음을 서당꾼들과 같이 떼 지어 읊던 것만은 그래도 좋은 일로 생각된다.

"항아 아娥. 항아는 달이란 말."

"눈썹 미眉."

"뫼 산山, 달 월月, 그거야 알 테지."

"노래 가歌."

"또 항아 아, 눈썹 미, 뫼 산, 달 월."

"그러고는 반 반半, 반절이라는 반."

"수레바퀴 륜輪."

"가을 추秋."

"또 잊으면 회차리다 인이."

"그다음은 그림자 영影."

"들 입入."

"평헐 평平."

"뫼 강岡."

"강 강江."

"물 수水."

"흐를 류流."

"알았냐. 한번 따라 해 봐. 아미 산월 가라아."

"아미 산월 가라아."

"아미산월이 이 반륜추우 하아니."

"아미산월이 이 반륜추우 하아니."

"영입펴엉가앙 강수류우를."

"영입펴엉가앙 강수류우를."

"알겠지. 아미산 달이 에헴! 반 수레바퀴만 한 가을인데 그림자가 평강강 물에 들어 흐르더란 말이여. 아이들은 잔재미는 다 모를라만 크크크크."

해 놓고는, 땅거미가 짙어 산 달이 오를 때쯤이면 모기쑥 피운 마당에 접장을 앞세워 애들을 몰아내 놓고, 그 별 비치는 마당을 배돌며 합창하게 한 그것 말이다.

이것은 내 여직까지의 생애에 있어, 내가 하던 말과 공기가 그중 제일 친하게 어울려 있던 것으로 아직도 내게는 한 모범이 되어 있다.

어린 대로 산 달빛 밴 훈훈한 천지 사이에서 호흡을 고르게 했던 일, 소리를 어울리게 했던 일, 모두가 주인 노릇하는 바른 공부였던 것 같아 여간 고맙지가 않다.

요새 학교에서도 할 수만 있으면, 이 한 고풍만은 한문으로 말고라도 살렸으면 좋겠다.

# 12

질마재 서당에서는 당음이나 배우고 그 나머지는 차라리 외갓집 할머니한테서 배웠더라면 내 유년 시절은 훨씬 더 기름졌을 것이다. 왜냐면 내가 열 살에 줄포의 소학교엘 들어간 후 방학 때마다 와서 들어 아는 일이지만, 우리 외할머니는 한문의 독서력은 없었으나(낱글자를 어느 만큼 아는 정도로) 국문으로 된 소설류는 거의 안 읽으신 게 없었기 때문이다.

과부가 되신 나이는 내가 그분 생전에 물어본 일이 없어 기억에 없으나, 겨우 몇 살씩을 떼어서 낳은 삼 남매 중 둘째 딸인 우리 어머니가 언젠가 무슨 얘기던가의 끝에 그분의 친정아버지의 얼굴을 모른다고 하신 걸로 미루어 보면 스물 몇 살 때부터였을 것이니, 그로부터 삼십여 년 촘촘한 날을 이어 읽어 오신 거니까 그럴밖에 없다. 소녀 때부터 이분은 그것들을 탐독해 왔다니 더구나다.

허나 이 외갓집은 뒤에 소학교와 중학교 때에 내가 외할머니 얘기 맛을 들인 뒤엔 재미가 있었으나 유년 시절에는 마당에 해일이 든다는 것과, 남의 집과는 유달리 마당에 많이 심어 찾아갈 때마다 내 군것이 되던 옥수수와, 돌담으로 둘러싸인 뒤란의 뽕나무밭을 빼놓으면 무언지 무섬증이 드는 집이었다.

소요산으로부터 흘러내리는 돌개울은 이 집 출입구 바로 옆에서 굵은 평나무 아랫등치를 감싸고 맴돌다가 차츰 폭이 넓어지면서 삼백 미터쯤 거의 평지의 풀바닥을 핥으며 가다가 바다로 기어들어 갔다.

거기다 이 집의 앞을 가린 것은 뒤와는 달리 담장이 아니라 생솔나무를 베다가 가지째 아울러 엮어 세운 울타리고 보니, 어느 만큼만 바다가 넘쳐 와도 마당에 조수가 안 들 수 없는 것은 빤한 이치였다.

그래 나는 이 집 마당에 드는 바닷물에 혹 밀려들는지도 모르는 고기 떼를 한번 보기가 소망이었으나, 불행히 이 마당에서 본 것은 조수가 아니라 조수가 밀려와 추녀 바로 밑까지 핥고 간 뒤의 바다 흙 기운 아롱진 그 무늬뿐이었다.

해일이 내 어릴 적 한 차롄가 두 차례 있었는데 그때가 마침 여름 장마철이어서 개울물도 범람할 때라, 개울을 건너지 않고는 갈 수 없는 외갓집과 우리 집 사이에 교통이 한동안 두절되었었기 때문이다.

개울물이 준 뒤에 두 종아리를 걷어 올리고 개울 속을 첨벙거리며 외갓집에 오니, 그때는 햇빛이 선할 만큼 맑았는데, 외할머니는 툇마루 밑에 섬돌로 깔린 커어다란 차돌들 위에서였던가(그것들은 반 아름씩은 되었다), 혹은 마당 앞밭의 이야기떼 같은 옥수수나무들 옆으로 와서였던가, 흡사 무슨 특히 좋은 일을 보신 듯 입을 다 펴어 웃어 보였다.

나는 온 마당을 미끄럼질 쳐 다니며

"바닷고기가 들어왔어?"

"운지리(망둥이)랑? 살케(바다게)랑? 응?"

하고 졸라 댔으나 이런 물음엔 그저 "아니", "아니" 대답하실 뿐이었던 걸 생각하면 웃으신 내력은 이런 것 때문도 아니었던 듯하다.

허나 이때 내가 알 리 없었던 할머니의 반가움을 그 뒤 어른이 되어 나는 아노라 한다.

그것은 먼저도 잠깐 말한 것처럼 내 외할아버지는 먼바다에 나가 그대로 물귀신이 돼 버린 채 만 사람인데, 혹 이 마당까지 찾아든 해일에 남편과의 일종의 상봉의 기쁨을 가지지 않으셨을까 하는 데에 생각이 미친 뒤부터다.

이렇게 다시 생각하면서 회고해 보니, 그때 웃으셨을 때의 그분의 거동이며 얼굴빛까지가 꼭 신부의 것 같았던 것 같다.


## 13


허나 해일 뒤의 햇빛 아래 잠시 신부 같아 보이던 외할머니의 얼굴은, 사실은 잘 두고 보면 이 집이 무서운 것처럼 좀 무서운 얼굴이었다. 나이가 나이이시라 입가와 눈가와 이마의 잔주름은 할 수 없는 모양이었으나, 가느다란 눈썹 밑에 좀처럼 감정을 표시하는 일이 없는 두 눈은 늙은이의 것도 아니고 그렇다고 젊은이나 어린애의 것도 아닌—특수한 흑진주 같은 것이었고, 이빨은 또 이 나이 늙은이의 아무도 안 같게 그대로 청춘마냥 가지런히 빈틈이 없는 데다가 머리털은 흰 머리털 하나도 없어 말하자면 무엄한 비유이긴 하나 이분이 늘 하시던 얘기 속에 나오는—어린 순舜 임금의 밥 옆에 놓였다는 국그릇 안의 그 안 익은 생선같이(내력은 물론 다르나) 느끼어져 꺼림칙하였던 것이다. (내 철없었음을 굽어살피사 용서하소서.)

그래 그분이 늘 주시던 군것들도 이분이 옆에서 빤히 지켜보고 계시면 무언지 몸에 겨워 옆에 안 계실 때만큼 많이 먹질 못했다. 옥수수나 오디, 하다 못하면 고구마라도 이분은 거의 내가 갈 때마다 그릇에다 어른에게 주듯 깨끗이 괴어 내 앞에 갖다 놓곤 내가 먹는 것을 즐기시려 옆에서 그 두 흑진주의 눈을 내게 보냈으나, 그것들은 이분이 옆에 있으면 그냥 군것이 아니라 제사나 그보다도 더 간절한 무엇이 이 군것들을 덮어 아무래도 여느 때처럼 식성이 잘 나질 않았다. 이분에 대한 이런 느낌은 나 하나뿐만도 아니었을 것 같다.

아이들하고 같이 무슨 군걸 잘 먹다가도 그분의 옆에 가면 이리 되는 걸 그분도 혹 아셨을는지 모르겠다. 무얼 내가 달갑게 먹지 않으면 그분은 아미를 잠깐 굽히시곤 이내 일어나 뒤안 텃밭에 잠기곤 하셨으니까. 만일에 이 사실을 모르실 것 같지 않던 그 흑진주의 두 눈으로 다 들여다보셨다면, 그분은 얼마나 서러우셨을까.

한 방울의 눈물도 보이진 않으셨으나 허리 굽히어 잠기신 그 텃밭이 얼마나 외롭고 서러우셨을까.

이분이 보통 과부들과 같이 남편과의 사이에 어느 만큼의 셈이 끝난 그런 처지도 되지 못하고 (그것은 적어도 삼사십 대 뒤에 된 과부라야 보통 된다) 한 연애 상태로 눈 뜬 채 벼락 같은 사이별死離別을 만나 늙도록 돌아간 이와의 연애로만 일관하고 있었다는 것을 내가 이해한 것은 이분이 세상을 뜨신 뒤의 일이었으니 말이다.

돌아가고 지고. 그래도 요량이나 겨우 되는 이 마음 가지고 내 어린 철로 다시 한번만 더 돌아가, 그분의 그 고독한 사랑에 뺨을 부비며 "압니다"라고 한번만 말해 드리고 지고.

"당신이 주시던 군것들이 겨워 못 견디겠던 것은 다름이 아니라 당신의 사랑의 여느 것과 다른 깊이 때문이었습니다"라고, 꿀 빨듯 젖빨듯 그분의 군것들을 다시 즐기며, 말 말고 눈으로라도 말씀드리고 지고.

이분에게는 개장수 타입의 외아들(그러니까 내 외삼촌)이 하나 있었으나, 내 어린 때 보면 그는 늘 집에 붙어 있질 않았다. 그도 무엇이 겨웠던 게 아니었을까.

외할머니(이분은 내 첫 청년 시절에 돌아가셨고, 또 나하곤 숱하게도 같이 얘기도 했지만)가 어복魚腹에 장사한 내 외할아버지를 두고 말하시는 것을 들은 일은 한 번도 없다.

틀림없이 그 연애 때문이었던 것이다. 겪어 본 사람은 알 일이지만, 세상에 연정이란—특히 이 나라 여인의 연정이란 남에게 말 않기 마련인 것이니까. 외할머니가 내 친할머니와 다른 점은 친할머니의 빈틈없는 그 일 대신 일의 사이사이를 이야기와 말 없는 적막으로 채우신 점이다.

그래 외할아버지가 남긴 전답의 곡식들도 우리 집 것만큼은 수확이 잘되지 않았다.

# 14

무섬의 성질은 다르지만 웃똠 '도까빗집'은 내 외가보단도 훨씬 더 무서웠다.

물론 커서는 내 외가에 대해서와 마찬가지로 이 도까빗집에 대해서도 무섬을 풀었지만, 어렸을 때에는 이 도까빗집은 해 질 녘부턴 그 옆을 지나가기도 오싹하였다.

그것도 그럴 것이 이 집 내력이야말로 정말 기가 막히는 것이다.

할머니(친할머니)의 얘기를 들으면, 이 도까빗집 할머니(나는 그분이 어쩌다 나오는 걸 더러 보았는데 얼굴은 이쁜 편이나 두 눈이 웬일인지 벌겠다)는 정말로 도깨비 서방을 얻어 남모르게 밤에 지내, 그 덕으로 도깨비가 돈을 져다 주어서 그걸로 전답 마지기나 좋이 샀었다는 것이다.

이 집은 서으로 개깔을 띠고, 동·서·남의 세 쪽이 상당한 면적의 모시밭으로 둘러싸여 있었는데, 감나무 쭉나무 등의 나무들도 딴 집보다 더 많아 여름에는 칙칙이 짙은 데 파묻혀 보여 그걸로도 더 무섭게 느껴졌다.

각설. 그런데 이 집 할머니가 젊은 과부 적 남모르게 밤에 도깨비 서방을 모시는 기척은 동리 사람들도 가끔 들었다는 것이다. 초롱이 그 칙칙한 모시밭 길을 가며 캄캄한 속에서 무엇들이 두런두런 한밤중에도 수런거려 댔다는 것이다.

그래 아무에게도 발각 안 되게, 또 어쩔 수도 없이 (상대가 도깨비

인 만치) 이 도깨비 서방을 뒤엔 뗄래야 뗄 수도 없이 맞아 지내기 얼마 만에 도깨비 쫓는 무슨 묘방이라도 해 볼 양으로 하룻밤은 도깨비에게 그 과부가 말을 건네 보았더라나.

"서방님. 이만큼 지냈으니 허물 말고 들려주어겨라우."

"무엇?"

"서방님은 겁도 없지만 그래도 세상에 무엇 무서운 것이사 하나쯤은 있겠지라우?"

그랬더니

"글씨."

하고 이불 속에서 까막까막하더니

"밖에 말은 안 낼 테지?"

하곤, 생각만 해도 몸서리가 친다는 듯이 모기 것만 하게 된 목안엣소리로

"말피……"

하더라나. 어째서 하필에 '말피'였는지 그야 도깨비밖엔 모를 일이지.

해서, 이 도깨비의 목안엣소리를 들으면서 '옳지 이 서방을 떼버릴랴면 말피면 되겠구나……' 속으로 생각하고, 이튿날 해 뜰길 기다려 사람을 하나 사 놓아서 깜정 말을 한 마리 사오게 했다는 것이다. 돈이야 거야 도깨비가 갖다 놓은 게 그만큼은 있었으니까.

그래 땅거미가 들기를 기다려 그 말 모가지를 잘라 가지곤, 밖에서 들어오는 출입구에 인줄을 치고, 방울이 주렁주렁 달린 채 피 흐

르는 말 모가지를 거기다 매달고 또 받아 놓은 그 피는 인줄 아래와 울타릿가로 뺑 둘러 가면서 빠진 데 없이 두루 뿌렸다 한다. 도깨비가 새어 들어올 틈이 안 남게시리 말이지.

그러고서 한정 없이는 조용한 밤을 어둠을 엿듣고 있는데 이슥해지니 오기는 오더라나. 마을에 잠 없는 이들이 더러 얻어들은 것과 같이 칙칙한 모시밭 샛길에서 오손도손 오손도손하는 도깨비 떼 소리가 들려오더래. 도깨비에겐 말소리는 없는 거라니까, 이 오입쟁이 도깨비하고 그 더불음꾼 도깨비들한테서도 그것만은 영 안 나고 말씀이지.

## 15

그러더니 곧 그 말 모가지가 매달린 데께서 벼락을 치는 듯한 소리가 나고 (방에서 간이 콩만 하여 앉아 있던 과부 생각엔 이건 도깨비들의 엉덩방아였을 거라고 뒤에 말하더라고 한다) 바로 이어서

"워어어잇! 동네방네 사람들 다 들어 보소!"

하고 크게 왜장을 치는 소리가—잘 들어 보니 이 과부의 서방 도깨비의 목소리로 왜장을 치는 소리가 나더라는 것이다.

"워어어잇! 동네방네 사람들 다 들어 보소! 조강지처 아니거든 속 옛말 말라는 게 옛말인 줄로만 알았더니, 츰 보겠네! 츰 보겠어어!"

그러면서 앞밭골께로라던가 뒷밭골께로라던가 몰려가는 소리가 나더니, 그 어디쯤에 가서 한참을 꺾으음하더라는 것이다.

그래 과부가 이어 귀를 종기니, 얼마큼 뒤에 또 거기서

"영치기, 영치기, 영치기, 영치기."

이런 소리가 연거푸 나더란다.

"영치기, 영치기, 영치기, 영차아."

그러는가 하면 또 힘을 주어 끙끙거리는 소리 같은 소리가 들리기도 하고—그러기를 새벽녘 가까이까지 하더라는 거다.

해서, 이튿날 그 소리 나던 곳을 가늠해 가 보니, 거기엔 도깨비가 과부댁에 사 붙인 논이 있는데 그 가의 군데군데다 말뚝을 박아 일으켜 보려 했던 듯 말뚝들이 수월찮이 엣비슥히 박힌 대로 있고, 논 속에다 돌멩이도 얼마큼 던져 놓았더라 한다.

할머니는 이야기를 나한테 하시면서

"험헌 일도 다 있제."

하고 뱃살이 구부러져라 하고 웃으시었다.

"아이고 원, 세상에 살다 볼라니 험헌 일도 다 있제."

할머니는 이 이야기를 다 하시고 내 머리를 쓰담으시며

"그렁깨, 너 당초에 그 집에 가지 마라 인이."

하셨다. 물론 당부 아니라도 그 집에 쉽사리 가질 리 없었다. 나는 많이 무섬둥이인 데다가 도깨비와 귀신(잡귀)은 이야기로써지만 그중에서도 무서워하던 거니까.

그래 나는 그 뒤 여름 바람 뒤에 떨어진 무른 감을 줏으러 다니면서도, 이 집엔 제일 감나무가 많았지만 감히 드나들 엄두를 내지 못했다. 이 집 사람들은 도깨비 할머니의 애 못 낳는 큰며느리만 내놓

고는 (그 애 못 낳는 며느리 대신 애 낳으러 들어온 이가 이 글의 머리께 보이는—내 맨 처음의 사람 기억 속에 나오는 그 눈썹과 눈이 이쁜 부인이다) 모두 다 마을 사람 가운데서도 이쁜 편이었으나, 이 이야기를 들은 뒤엔 그 이쁜 것도 유심히만 들여다보였다. 혹 윗마을 누구 집에 가 '장질이' 돈을 받아 가지고 이 집 모퉁이를 돌아오다가 그 출입구에서 그 도깨비 할머니를 만나는 일이 있었으나, 그분의 두 불그스름한 눈을 만나면 멈칫하고 한 걸음 퉁겨져 나선 걸고 하였다.

인제 생각해 보니 그건 아닌 게 아니라 할머니의 말처럼 '세상엔 험헌 일'임에 틀림없다. 그 뒤 이 과부가 아이를 낳아, 그게 뭐라던가 하는, 마을의 '홍' 무엇이라던가 하는 사람의 씨라는 것까지는 밝혀졌으나, 그 도깨비의 재산만은 역시 도깨비의 재산으로 얘기되어 왔다니까 말이다. 혹은 자기 집 몰래 이 과부에게 녹은 어느 놈팽이의 짓이었던가. 그렇다면 그건 연극이 너무나 잘 차려져 있은 셈이다.

허나 나는 이것 좀 건방지게 아는 체를 하는 것 같다. 하여간 이건 그저 마을이 그리 알아보아 온 대로 도까빗집이면 역시 제일 맞는 것이니까.

지금도 질마재 일을 생각하다 눈을 감으면, 내 외할머니의 집과 이 도까빗집—두 무섭던 집이 다가온다. 한 집 할머니는 흑진주같이 외론 눈. 또 한 집 할머니는 무슨 흙 속에다 눈을 대고 부비며 남 안 들리게 울다가 막막하여 나온 듯한 불그스레 물린 외론 눈. 그래 그 두 벌의 나를 보는 눈 사이에서 그저 한 점 한정 없이 아찔할 따름이다.

## 16

가만있자. 마을 사람들은 대개 무슨 마음 무슨 마음으로 살고들 있었던가—인제는 그것을 생각해 볼까.

인제 와 풀이해 보니, 그들의 정신을 대개 세 갈래의 유파로 나눌 수 있을 것 같다.

첫째는 유자儒者, 둘째는 자연주의, 셋째는 뭐라 이름을 붙였으면 좋을진 모르겠으나 노래 잘하고 춤 잘 추고 소고·장구·꽹과리 잘 치고 멋 내길 좋아하고 또 건달패이기도 했던 사람들—일종의 심미 파審美派라고나 할까.

불교도도 내 할머니 속에도 어느 만큼 있었던 것과 같이 딴 사람들 속에도 더러 깃들이어 있긴 있었을 것이나 그걸 눈에 뜨이게 늘 나타내는 사람은 없었다. 마음속에다 많이들 감추고 있었던 것인지도 모르겠다.

마을의 큰 세력은 이조나 다름없이 여전히 유자들한테 있었다. 그 중에는 마을에서 제일 점잖은—이장의 아버지 선달 영감도 있고, 훈 장 송무술 씨도 있고, 아들 잘 치고 마누라 잘 치는 그런 매운 얼굴로 마을 사람들한테까지 위엄을 떨치던 조인술 씨도 있고 또 우리 아버 지도 있고 하여 분명히 마을의 제일 세력임엔 틀림없었으나 그러나 지금 내겐 이 세력이 매력 있는 것으로 기억되진 않는다.

그들의 위엄과 그들의 치산治産은 그중 나아서, 그건 그들의 자손과 마을 사람들을 강다짐으로 다져 내는 데는 힘이 되었을 것이다. 허나 어린 내게는 그들은 너무 무서웠고 또 인색하게 인상지어져 있다.

점잔키로야 선달 영감의 흰 구레나룻 위의 두 눈과 조인술 씨의 두 발 고임과 또 눈들 영감의 탕건 등을 당할 것이 마을엔 없었으나 그들은 엄하단 외엔 많이 인색하였다.

바로 우리 집 위의 황 영감 집도 유교의 집이었던 듯한데, 그의 인색은 내가 그 집에 늘 다녔던 만치 내 눈에도 자주 띄었다. 산 너머 젓 장사를 다녀 아버지를 극진히 거두는 효자 아들을 두어서, 아들은 장사를 마치고 돌아올 때마다 마을엔 없는 사과를 몇 개씩 사 가지고 왔던 것인데, 내가 그 기척을 알고 슬그머니 찾아가서 마침 그걸 식도로 벗기고 있는 영감 앞 열린 창 곁에 설라치면, 그는 나를 휙 한번 거들떠보고는 혼자서만 야몽야몽 그 사괏살을 다 벗겨 먹고 앉아서, 내게는 껍질을 쬐끔(그 길이는 손가락 두 매디 정도나 되었을까) 집어 주며 "엇따" 하고 마지못해 하는 것이었다. 물론 사과 개수도 너무 늘 적었지마는.

그러나 나는 그 뒤에도 철없이 (그때는 서당 입학 전이었으니까 대여섯 살 되었던 땐가) 이 영감의 아들인 내 친구 황동이 아버지가 행상에서 돌아오는 기척이 날 때마다 많이 그 영감 앞 창가에 가 섰다가 그가 주는 손가락 두 매디쯤의 껍질을 잘 얻어먹었다.

그러다가 하루는 이 마당에 무슨 일로 들어섰던 어머니한테 들켜 집으로 붙들려가 단단히 꾸지람을 들었다.

"야! 너 그 영감 침 튀어나오는 것 더럽지도 않네? 영감 택밑에다가 바짝 갖다 얼굴을 디리대고……"

그러셨으나, 그때는 물론 나는 영감 침이 더러운 줄도, 영감이 인색한 줄도 모르기야 몰랐었다. 다만 어머니가 똑 집어내신 것과 같이 내 얼굴을 그 영감 턱밑에 너무 가까이 들이댔던 것만이 아닌 게 아니라 부끄러워 그 뒤엔 그 사과 온 기척이 나도 거길 가지 않았다.


## 17


이 황 영감뿐이 아니라 유생 눈들 영감도 인색하기론 마찬가지였던 듯하다. 이건 내가 직접 눈으로 본 건 아니지만, 눈들 영감은 또 탕건답지 않게 북어를 어쩌다가 사 먹을 땐 아이들한텐 대가리 하나 떼 주는 일이 없음은 물론 잔뼈, 굵은 뼈, 껍질, 지느레미 할 것 없이 꼬리 끝에서 머리끝까지 이빨도 몇 개 안 되는 걸 가지고 한 티끌도 없이 고스란히 우물거려 넘겼었다니. 허긴 이 영감 집은 황 영감 집보다도 가난키야 더 가난했었지만.

허나 이들에겐, 속은 어쩐지 몰라도 대다수의 마을 사람들이 겉으론 존경을 표해 보였다. 그건 그들이 자기 행실에 실수가 없는 걸 가지고 자녀들한테 엄하고 또 한문을 어느 만큼씩 아는 때문이었다. 내 아버지에 대해서는, 그중의 약관弱冠이나, 국중의 대지주 동복 영감 댁 서생이라는 딱지가 있고 또 돈냥이나 놀리는 덕으로 더구나 그러하였다.

내가 어려서 좋아한 것은 질마재의 이 유생과 그 추수자追隨者의 층

이 아니라, 사실은 질마재의 자연주의자의 일파에 대해서였다.

그중에도 뛰어나게 좋아 보인 것은 진영이, 선봉이, 정규 씨 들을 주로 하는 낚시질살이 패들이었다. 그들은 첫째 무섭지 않고 인색지 않은 게 좋았다.

그 세 사람 가운데서도 내가 유난히 좋아한 이는 진영이 씨였는데, 그것은 그가 육 척에서 몇 치 모자라는 중키 이상의 키에 마을에서 으뜸인 몸집에 숱 짙은 곱슬 구레나룻과 붉은 입술 사이 단단히 흰 이빨과 광채 있는 미목을 가진 호장부好丈夫인 때문이기도 했지만, 그보단도 더 나를 따르게 한 것은 그 누구에게 무섭을 주려 하지도 않고 미워하려 하지도 않는—항시 넉넉히 속웃음 쳐 오는 소년의 것 같은 특수한 매력을 가진 두 눈의 성질 때문이었다.

그에게는 아무도 흉허물을 가리지 않았다. 우리가 어디 외진 산골이나 바닷가를 대해서 혼자인 때 흉허물을 가리지 않듯이 가리지 않았다.

"어어잇! 게 오는 것 진영인가?"

그가 숭어를 낚아서 대그릇에 담아 지고 바닷가 산모퉁이의 첫 밭둑길에 나타날 때 흔히 마을 어른 중의 누가 먼 데서 눈여겨 찾아내고 이렇게 소리치면

"어어이, 어이."

저쪽엔 들리건 말건 공기에다 대고 나직이 전화로나 대답하듯 속삭이면서 마을 사람들이 기다리고 섰는 길목께 와선, 그걸 보고자하는 아이들에게 그 대그릇 속엣것을 기울여 보이고

"찌그만 것 한 마리만 가져라."

하며 아까 말씀한 그 웃음을 보이기가 예사였다.

그는 마을 중의 숭어 낚기 선수였다. 언제나 낚시질에서 오는 그의 대그릇은 거의 그득하였다.

뿐만 아니라 그는 논밭 갈기 쟁기질에도 마을 제일의 선수였다. 그가 아침의 옅은 안개 속에서 그 큼직한 상투 위의 은동곳을 번쩍거리며 소를 몰아 쟁기질을 하고 있는 걸 보면, 그건 사람의 일에 비기자면 이빨 좋은 계집애 배 먹듯 하였다. 사운…… 사운…… 사운…… 사운…… 배 잘 먹는 계집애 배 먹듯 쟁기는 가고, 구레나룻은 마치 싸리덤불 흔들리는 것 같았다.

참, 내가 연전 그의 생각이 나, 한 수 시를 지은 게 있으니 여기 옮겨 볼까.


## 18


우리 마을 진영이 아재 쟁기질 솜씬
이쁜 계집애 배 먹어 가듯
이쁜 계집애 배 먹어 가듯
안개 헤치듯, 장갓길 가듯.


샛별 동곳 밑 구레나룻은
싸리밭마냥으로 싸리밭마냥으로,

앞마당 뒷마당 두루 쓰시는
아주먼네 손끝에 싸리비마냥으로.

수박꽃 피어 수박 때 되면
소수리바람 위 원두막같이,
숭어가 자라서 숭어 때 되면
숭어 뛰노는 강물과 같이,

당산나무 밑 놓는 꼬누는,
늙은이 젊은애 다 훈수 대어
어깨너머 기우뚱 놓는 꼬누는
낱낱이 뚜렷이 칠성판 같더니.

—「진영이 아재 화상畵像」


  이 시에도 보이는 것과 같이 늙은 느티나무 밑 꼬누판에서도 제일
가는 선수였고, 그밖에 무슨 일에든지 남만 못하지는 않았던 것 같다.
  그러나 시간 수로 따지면, 그는 역시 사람 속에 들어 부대끼는 일
보다는 느티나무 밑 꼬누판이나 그런 데서 모두 같이 재미 보는 때
를 빼놓고는, 장수강 가의 낚시질이나 밭 갈기 같은 혼잣일에 더 많
이 잠겨 지냈다.
  그것은 무엇 때문이었을까. 그가 그렇게 사람을 속눈을 가지고 반
가워하던 걸로 보아 혐인증이나 그런 것이었을 리는 만무하다. 그러

면 무엇 때문이었을까. 마을에서 제일 좋은 몸집과 건강을 가졌던 그요 또 일에 두루 유능하던 그이니, 병이거나 무능 때문도 물론 아니었다. 그럼, 무엇 때문이었을까.

그것은 아무래도 다름이 아니라 그 혼자의 낚시질 판과 그 혼자의 밭갈이 판 등의 자연에서 그가 보고 느끼고 하던 무엇이 사람 사이의 북새판에서 보고 느끼는 것보단 나았기 때문이리라. 그것이 그가 사는 데 있어 힘이 되는 것이었기 때문이리라.

그렇게 생각하면, 그가 그 속에서 그를 '소수리바람 위 원두막같이' 늘 소슬히 만든 자취를 지금도 더듬어 가고 싶은 생각을 금할 길이 없다.

허나 이것은 그가 문자에 무식했던 걸로 미루어 보아, 책에서 배운 것도 아니었음을 알 수 있다. 그러면 이런 태도는 어데서 얻어 온 것일까. 그것은 딴 것이 아니라 글 아니라도 수천 년을 두고 실생활을 통해 이어져 온 생활 전통에 의한 것으로 보여진다. 그렇다면 정신이란 문맹을 통해서도 더 잘 이어질 수도 있는 것이겠다.

그 세 명의 자연파의 우두머리 중에 정규 씨도 나한테 좋은 것을 하나 가르쳤다. (그것은 내가 어려서가 아니라 그와 같이 술잔쯤 나누게 되었을 때였지만 뒤에 또 그를 말할 기회가 없겠기에 미리 말이거니와) 즉 그것은 생새우와 붉은 풋고추를 들여 섞어 확에다가 들들 갈아 만드는 특수한 고추장으로서 이것은 그 아니고서는 아직 그 딴 사용자를 보지 못한 특수하고 진기하고도 향기로운 자극제의 음식이다. 자연이 가진 맛을 두루 맛본 사람 아니고는 이런 일은 모를 일이었을 것 같아, 나는 아직도 그의 이 가르침에 감사하고 있는 것이다.

# 19

마지막 심미파가 가졌던 특징은 그들이 유자들보단 눈에 썩 곱게 그립고 다정한 것을 가지면서도, 자연파와 같이 남 꺼릴 것 없이 의 젓하지를 못하고, 늘 무얼 숨기는 양 딴 데 남몰래 눈 맞춘 사람을 두 고 사는 것 같던 점이다.

유자들 앞에 서면 이들은 대개 머리를 숙이고 쩔쩔매는 듯하였으 나 속으로는

"내가 눈 맞춘 데는 따로 있어라우. 참말로 기맥히는 샘은 따로 있 어라우."

하는 듯하여 보였다.

마을의 누구누구와 실제로 눈을 맞춰 놓은 것인지, 말하는 일이 영 없었으니까 알 길이 없으나, 누구네 이쁜 마누라나 이쁜 서방이 그 남편이나 아내하고 눈을 마조하는 것쯤은 문제가 안 되게 제일로 좋게 그들한테 눈을 맞춰 준 것인지도 모른다.

그렇다면 아무 나타난 사고는 없었으니 이런 건 말하자면 '플라토 닉'한 것으로 그 눈치에 풍기던 것과 같은 비밀하고도 무형한 승리 자의 자신만을 그들에게 준 것인가.

'내가 참말은 너보단 더 네 마누라의 남편일세. 네 남편의 마누라 일세. 그렇게 우리는 눈을 맞췄네. 법 때문에 할 수는 없지만, 사실은 내가 이긴 사람이네.'

그들은 어찌 그리 생각하고 사는 듯한 눈치였다. 어느 콩밭 둑에

서, 어느 샘길에서, 언제 그저 맞춰만 놓고 있는 것인지 송아지 샘물 굽어다보기 같은 일이었으나.

그래 눈은 누구보단도 좋게 맞춰 놓았어도 원수의 법 때문에 마음 대로 하지 못하는 자의 흡사 그 그리움과 자신마냥으로 그들은 때로 흥청거리고 노래하고 춤추었다. 물론 이것은 사내의 경우지만.

종이를 가지고도 이 파의 사내들은 육자배기 섞어 부르며 아름다운 꽃도 잘 만들어 그들의 명절날은 머리에 썼다.

그들의 말 안 하는 마음의 잔주름과 같은 가느다란 주름과, 그들의 그리움의 빛깔과 같은 꽃자짓빛과, 그들의 승리의 빛깔과 같은 금색계 빛을 가진 규화葵花들을.

그러고는 그 눈 맞춘 사람의 비유나 되는 것처럼 마을의 미소년 양모라는 애에게 옥색 저고리에 남빛의 쾌자를 입히고, 남빛 패랭이에 구슬 꿰미끈을 달아 씌워 어깨 위에 두 손으로 고여 세우고는 꽹과리, 소고, 장구, 징 소리, 나팔 소리에 맞춰 집집의 마당들을 쓸어 헤매고 다녔다.

그러면 어깨 위의 무동 양모도 그 미인의 저고릿빛 같은 옥색 저고리 소매를 올렸다 내렸다 하며 춤을 추었는데, 그것은 마치 상징적으로

"하늘과 땅이 우리 사이를 다 허락했어라우."

하는 것 같았다. 그리고 누구던가 패랭이 끝에 달아 내저었던 열두 발 상모는 그 눈 맞춘 델 그 끝으로 거듭거듭 어루만지는 듯하고. (물론 이런 상상만은 훨씬 뒤에 하게 된 것이지만.)

이들은 종족이 '재인'이나 '백정' 같은 그런 특수한 계급도 아니었다. 그러나 한결같이 한문을 모르고 그 집안에서 이조에 별 벼슬아치가 난 일이 없는 이유로서 한 사람도 양반 대우를 받지 못하는 듯하였다.

그래 나는 이십 대에 쓴 「나의 방랑기」란 글에서 그들의 힘을 좀 과장해 느끼고 또 일정 때에 남은 양반 행세배들에게 심한 반발을 품은 나머지 이 심미파를 내 정신적 족보로 삼아 '나는 너이들 고루한 양반이 아니라 산 쌍놈의 족속이다'라는 뜻의 말을 쓴 일이 있으나 물론 이건 반어적인 것이었음에 불과하다.

「나의 방랑기」를 보고 나를 특수 종족 운운해 놓은 평론가들은 이 사정을 이해해 고쳐 주시기 바란다.


## 20


심미파는 멋도 잘 내고 신바람도 늘 잘 나타내기는 하였으나, 어린 내가 보기에도 좀 점잔치는 못한 듯하였다.

도대체 '키스'라는 것이 조선 사람한테도 있다는 것을 어린 내 눈에까지 뵈게 한 것이 그들이었다. 그들은 양모라는 톳쟁이를 데불고는 아이들 보는 데서도 갖은 장난을 다 하였는데, 하루는 누구던가 (이름은 잊었으나) 양모 입에 제 입을 갖다 대고 쪽쪽 빠는 것을 내게도 뵈게 하였고 또 누구던가는 제 손가락에다 제 침을 함뿍 묻혀 가지곤 양모 입께로 가져가며

"내 것도 빨아 먹어라."

어쩌고 하는 것을 보고 듣게 한 것이다.

이 손가락에 침을 묻혀 상대에게 전하는 키스법은 그 뒤에 딴 데 선 보지 못하였다. 언제쯤부터 내려오는 일인지 하여간 상당히 독특한 일인 것이다.

그들 중에 우두머리는 상산이었는데, 그는 또 공교롭게도 우리 집 둘째 번 머슴으로 들어와 있게 되었다.

열두 발 상모도 머리에 꽂고 곧잘 내두르거니와 그는 마을의 상쟁과리쟁이요, 노래도 마을에서 아마 으뜸이었던 것 같다.

그가 멋을 내는 건 이만저만이 아니었다. 명주 수건을 늘 조끼 호주머니(이때는 벌써 조끼가 있던 때다)에 넣어 가지고 다니다가 주인 안 볼 땐 그걸 목에 둘렀음은 물론 그때 새로 들어온 '밀기름'이란 걸 가끔 썼던 듯, 시방도 그를 생각할 때면 그 냄새가 아렴풋하다.

그의 호주머니 속에는 아직 손거울까지는 없었던 듯하나 그의 상투를 둘러싼 망건 속으로 흘러내린 머리털을 보기 좋게 위로 추켜올리는 데 쓰이는─소뿔로 만든 쬐그만 '염발'이 하나 언제나 들어 있어, 그는 곧잘 뒷간에서(하늘이 맞보이는 도가니를 묻어 놓은 것에서) 똥오줌을 퍼 밭에 나르다가도 문득 멎어서 맑은 뒷간 도가니에 얼굴을 비추곤 염발에 침을 발라 망건 속의 머리털을 곱다라히 추켜세우곤 하였다.

요컨대 모든 심미파들이 다 그런 것처럼 뒤를 들추어 보면 그들은 좀 추하게 놀기도 하였다.

이들은 음악과 춤을 같이 하는 것, 또 같이 남색 같은 짓거리를 하는 것 등을 제하면 눈에 띄게 늘 패를 지어 있는 것도 아니었으나, 이 유파에 들 사람들은 자세히 보면 남녀 간에 그 수가 적지 않은 것 같았다.

뒤에 우리가 줄포로 이사 갈 때 심부름꾼으로 같이 따라간 바위의 어머니—이빨은 수월찮이 빠졌으면서도 항시 아주까리 기름으로 머리를 목욕하고, 기름 바른 떡을 팔러 다니던 그 여인을 필두로 해서 여자도 속을 알아보면 이 파는 더러 있었다. 사실은 몇 해 훈장을 하다 돌아간 송 선생네 부인도 눈치로 보자면 유파론 어찌 그 편인 듯하였다. 물론 행동으론 그리 드러난 일은 없으나.

하여간 마을은 이 세 유파의 정신으로 운영되었다.

심미파 힘으로 흥청거리고 잘 놀고 노래하고 춤추고, 유자들의 덕으로 다스리고 지키고, 자연파—신선파의 덕으로 답답지 않은 소슬한 기운을 유지하면서, 아직도 일본이 가져온 신문화의 혜택에선 멀리 그전 그대로의 전통 속에 있었다.

그래 나는 이런 세 갈래의 정신 속에서 내 열 살까지의 유년 시절을 다져, 그 뒤의 소년 시절의 기초를 닦지 않을 수 없었던 것이다.

## 21

인제는 그만하고, 줄포로 이사 가는 걸로 할까. 허나 마음의 걸음이 아직 아무래도 여기를 뜨기가 싫다. 무얼 얘기할 게 아직도 많이 많이 남은 것 같기 때문이다.

그럼 인젠 내 어린 왕골 꽃신을 풀에 스치며 어린 철 찾아다니던 그 대로, 다시 한번 더 그 볏짚 이엉 한 적막 속의 집집을 찾아다녀 볼까.

내 걸음은 아무래도 먼저 우리 집에서 두 마지기 남짓한 모시밭과 개울 건너 보이는 서운니네 집으로 향한다. 이 집은 우리 집 바로 맞은편에 있기 때문만이 아니라, 거기는 세상에서도 이야기를 잘하던 내 '꽃선생' 소녀가 살고 있던 곳이니까, 눈 감으면 아직도 들리는 그 아름다운 이야기의 음성이 귀를 종기려 한다.

"어디선가 뉨(누님)허고 동생허고 그렇게 살고 있었드래여."

'옛날 옛적 고래 때 적에' 하는 서두는 쑥스러운 양 그는 빼고 말했다.

역시 까치와 마늘과 어린 모란꽃 속을 합친 것과 같은 음성으로 꼭 오랜만에 온 먼뎃누님 같은 눈을 하고 서운니는 이야기를 시작했었다. 그때 나는 그의 집에 밤에 있었다. 줄포로 이사 가기 전 해—아마 아홉 살 때 서당을 작파한 뒤의 겨울이었을 것이다. 이 집에는 서운니의 사촌 아우로 아버지 어머니를 일찍 잃은 내 친구 영식이가 있어서 이 애가 산에 나무 갔다 돌아오는 저녁 술참 때쯤 되면 아홉 살 때는 많이 여길 찾아갔던 것인데 (서운니를 만나는 목적도 물론 있었지만, 이건 이 집이 그 엄한 선달 영감 댁이라 남녀칠세부동석 주의로, 한자리에 오래 같이 앉아 있는 건 선달 영감 내외와 서운니네 아버지 어머니가 다 꺼려 하였다) 이날은 마침 이 집 어른들이 그 큰집이 있는 줄포 옆 새물이란 데로 제사를 지내러 갔다던가 하여, 열네댓 된 서운니를 필두로 그 누이 작은애기, 내 친구 영식—그렇게 아이들만 집지기로 남아 있었던 것이다. 그래 아조 한 살림 시작해 조밥에 팥을 놓아 저녁까지 같이 지어 먹고 나서, 안방을 아조 넷이서 차지하고 큰 이불을 아조 아랫목에 깔아 놓고, 발들을 그 이불 속에다 모두 함께 집어넣고 앉아 있었던 것이다.

"뉨허고 동생허고 살고 있었는디이,"

서운니는 한 번 더 되풀이하였다.

"응……"

나는 아직 병아린 대로 소녀와 눈을 맞춰 가지고 이렇게 대답하며 그의 이야기의 흘러 닫는 내깔 앞에 엣비슥히 앉아 있었다.

"그래서 아무 잘못도 없었는디이, 동생은 나무를 히다 놓고, 찌으끄만 꽁갱이 지게로 한 짐 잣뜩 히다 놓고, 뉨은 밥 히서 둘이 맛나게 먹고 나서 앉어 있었는디이. 바람벽 기름병 내려 부어 숯불 불어 불 써 놓고, 뉨은 동생 핫저고릴 꼬매고, 동생은 그 옆에서 재 칸이 무서워 똥이 마려운 걸 뉨보고 같이 가자 할라고 꾸욱 참고 있었는디이,"

이렇게 이야기를 시작해 가다가 그는 잠깐 그것을 멈추고 내 옆구리를 둘째 손가락으로 슬쩍 질렀다. 그러고는

"너 뒷간에서 오라고 허지야? 야 시방 억지로 참고 있제, 아마."

하며 역시 갓 어린 모란꽃 속같이 벙긋 웃었다.

뒷간을 누가 더럽웁다 하는가. 지금 이 회고 속에 나는 조금도 뒷간이 더럽웁지 않다.


## 22


"글히서 뉨이 알아채고 시종 들어 뒷간에 다녀와서, 또 그 핫저고리에 바느질을 해 가다가 거진 다 끝내게 되어 마악 뒤집을라고 허는디, 뜻밖에 센 바람이 뚫어진 문구멍 틈으로 휙! 하고 몰아쳐 들어오면서 등잔불이 금시에 깜빡 꺼져 버리드래여. 그러고는 밖에서 천둥 벼락 치는 소리가 나면서 우닥딱딱 창문이 열리더니, 집채만 한 몸집을 한 도적놈이 어둠발에도 번쩍이는 칼을 내두르면서

'아이고머니! 아이고머니!'

자지러져 드는 계집애를 홀딱 집어들어 등에다가 얹는디 손등에고 팔목에고 왼통 시껌헌 털이드래여."

나는 무심결에 얼마큼 이불 속으로 다가들어 발로 서운니의 발을 찾아 바짝 맞대고 후— 한숨을 몰아쉬었다.

"머스매가 울고불고 헌다고 소용이나 있어야지. 매달려 우리 뉨 내노라고 애걸복걸허는 걸 휙 뿌리쳐 버리곤, 올 때보단도 더 빠르게 도적놈은 비호같이 뉨을 업고 가 버렸드래여. 글히서 동생은 그

날 밤을 어찌 지냈는지도 모르게 지내고, 이튿날은 갈퀴나무도 안 가고 부엌에 남은 식은 밥을 먹고 지내고, 또 그 이튿날은 찌끄레기를 긁어 먹고 지내고 그러다가 아무래도 뉨 생각을 어쩔 수가 없어 하로는 찌이끄만 보재기를 하나 꾸려 가지고 작정도 없이 길을 떠났었드라지. 그래 어디만큼을 가서 해가 저물었는디, 사방은 첩첩산중이고 인가 하나도 없는 까시밭길을 더듬거려 가니라니 앞에 멀찌감치서 새파란 불이 하나 깜박깜박하드래여. 그래 '옳지 되었구나' 허고 그 불 있는 디를 찾아가서

'여보시오, 여보시오, 길 가는 사람인디 하룻밤만 쉬어 갑시다.'
허니,

'거 누구시오?'
허고 바늘귀에서 나오는 것만 헌 소리로 방 안에서 누가 대답허면서 문 여는 걸 보니 머리털이 흐윽헌 할망구드란다.

'어서 들어오너라. 춥겠다.'
어쩌고 인정 있는 체허는 바람에 그런가 하고 들어오란 대로 냉큼 들어가 앉았드라지. 그건 그럴 것 아니여? 그 캉캄헌 오밤중에 어디 잘 디가 있겠어? 의지헐 사람이 있겠어? 생각해 봐."

그러고는 이 주인공의 당연함을 도맡아 변호하는 양 서운니는 우리를 낱낱이 하나씩 다짐하듯 번갈아 보았다. 나도 물론 찬성했으려니와, 남은 두 청객聽客도 어린 두 고개를 끄떡여 찬성을 표했다.

"그런데 보아. 조끔 있다 밥상이라고 보아 디려오는 걸 받어 놓고 숟갈을 들면서 보니, 김칫국이라고 떠 논 것은 머리카락 담은 것이

고, 밥은 모래드래여. (필자는 이 음식 비유의 대문에 와서 저 과오도 많은 신 제우스의 '손님을 후대하라'는 계율을 생각한다. 그 신도 그랬거든 우리 나그네—특히 어린 의지할 길 없는 나그네를 조끔 더 후대할 일이지, 원!) 그래 순갈도 드는 둥 마는 둥 그래도 곤헌 건 어쩔 수가 없어 그 자리에 곧 곤드레가 되어 쓰러져 깜빡 잠이 들었드래여. 그런데 거진 날 샐 녘쯤 되어 슬며시 잠이 깨어 잠결에 들으니 옆방에서 아까 그 할망구 목소리허고 아마 그 서방인 듯한 사내 목소리가 둘이 소곤소곤 소곤소곤하는 게 들리는데, 자세히 들어 보니

'보재기는 자네가 가지소.'

'옷은 내가 가지지.'

'뼉다귀는 내버리고.'

'살찜을랑 하나도 안 남기고 다 발라먹어야지.'

막 한참 숙덕공론이 일어났드래여.'


## 23


"한참을 그래서 숨죽이고 듣고 있자니, 방문 여는 소리가 나고 바로 이어 부엌문 여는 소리가 나고 그러고는 잠시 동안 괴괴하더니, 바로 처마 밑에서 삭, 삭, 삭, 숫돌에다 대고 칼 가는 소리가 나드란다. 그래 겁이 더럭 나는 중에도

'도망가야 살겠구나.'

생각하고 뒷문으로 살짝 빠져나와 다리야 날 살려라 하고 어디가 어
딘 줄도 모르고 마악 달려갔드래여. 그래 얼마를 달려왔는지 날이
희부연허게 새는데 보니 거기 큰 느티나무가 하나 언덕 우에 섰고,
거기선 또 먼 길이 번히 뻗쳤는디, 흑헌(허연) 쉬염을 길른 노인이
어디서 왔는지 그 느티나무 밑에 서 있다가 눈여겨보고
　'너 어딜 가는 아이냐.'
고 묻드란다.
　'네.'
　이러고 이러고 헌 형편으로 뉨을 찾어가는 길이라고 말허니,
　'응 그래.'
하고 옆으로 와 머리를 쓰다듬어 주면서 두루매기 속에서 무얼 끄내
주는디, 봉께 그건 하나는 붉은 병이고 또 하나는 푸른 병이드래여.
　'이걸 잘 갖고 가다가 급한 일이 생기건 먼저 붉은 병에 든 물을
쏟고, 그래도 안 되건 푸른 병을 쏟아.'
하드랑가. 노인이 그리 당부하는 것을 듣고 고맙다고 허고, 그걸 받
어 가지고 거기서 또 떠나서 어디 만큼을 왔는디, 아니나 다를까
　'네 이놈 게 있거라!'
　웬 놈들이 이번엔 떼를 지어 뒤쫓아 오면서 소리를 치드래여. 피
묻은 칼을 번쩍거리면서…… 그래 그 노인 하라는 대로 붉은 병을
그것들 오는 디다 대고 쏟으니 왼통 거기는 불바다가 돼 그것들은
거의 다 거기서 꼬스라져 죽었드랑가. 다 죽었드라면 좋았으련만 그
중에는 또 그 불벼락도 뚫고 나오는 불악귀 같은 놈들이 또 있으니

야단 아니여? 한참 가다 돌아보니 살아서 또 쫓아오는 놈들이 있어, 두 번째 푸른 병을 쏟아 놓으니 이번엔 그게 모다 새파란 바다가 되드란다. 그래서 쫓아오던 놈들은 거기 모다 빠져 죽고 아슬아슬한 목숨을 건졌드래여."

　여기서였을 것이다. 얘기꾼까지 합해서 우리 넷의 숨이 다 같이 이 딱한 동생의 숨이 되어 굵다라히 쏟쳐 나와서 합하여 공중에서 얼싸안고 어리인 것은. 영식이와 작은애기는 우리가 지은 이 고운 숨의 무데기를 잊지 않고 지금도 나처럼 정한 때면 기억해 내리라. 그렇지만 서운니는? 어린 귀신이여, 그대도 이 고운 숨의 무데기를 기억하는가?

　서운니의 말소리는 다시 공중에 울린다.

　"글히서어…… 그 보통이를 옆에 끼고 또 몇천 리를 갔는지. 하로는 해어름 때쯤 어떤 샘가에 닿어서, 내려다보니 샘은 몇천 길인지 모르게 깊게 고여 있는데, 잘 봉개 거기 동아줄이 하나 금빛으로 디려져 있드랑가. 하늘 속에서 곧게 내려와서 말이여. 때 한 점 안 묻은 동아줄이 하늘 속에서 내려와서 그걸 타고 샘 밑 세상으로 내려가라는 것 모양으로 디리워져 있드래여. 그래 또 그걸 타고 샘 속으로 샘 속으로 얼마만큼을 내려강개 훤하게 틔어 오면서 굴딱지같이 다닥다닥한 개와집 동네가 보이고, 그 어디쯤인가 옹달샘이 있고, 거기 어떤 여인네가 물을 길러 와 섰드래여."

# 24

"그 옹달샘 옆으로 가서

'우리 뉨네 집이 어디다우?'

물으니 무얼 숨기는지 말은 않지만 손가락질해 바로 가르쳐 주더라지 않어? 그래

'옳다, 저것이 그 도적놈 집이로구나······'

하고 그 어디 산나무 새에 숨었다가 밤이 되기를 기대려, 이번엔 헐수 없이 아조 싸악 바람이 되어 가지고 도적놈 방 문틈으로 새어 들어가 보니 뉨은 혼자서 경대 옆에서 바느질을 허고 있고 도적놈은 어디 갔는지 없드래여. 얼마나 반가웠을까?

둘이 보듬고 한 시간을 울다가, 뉨은 이러고 있언 안 되겠다고 생각하고 동생을 달래 앉힌 뒤 둘이서 도망갈 꾀를 생각했지.

도적놈을 그냥 두고 도망가다간 기어이 중간에서 붙잽힐 것이고, 또 중간에서 안 붙들린다 하더라도 집에 가 살다가라도 안 붙잡혀 올 수 없을 것이니 그놈이 돌아오는 걸 기대려 아조 없이하고 가자고 의논이 되어, 그놈 죽일 채비로 도적놈이 가진 칼 중에 상으로 좋은 것 한 자루를 동생이 맡아 품에 품고, 한 마리 포리로 둔갑해 천정 상량에 가 다붙어 있었고, 뉨은 모르는 체허고 인젠가 인젠가 도적놈 돌아오기만 기대리고 있었드란다.

그러고 또 한 식경을 지내니, 한밤중쯤 되었을까 오기는 오드래여. 밖에서 벼락 치는 소리가 나드니 큰 깍짓동만 한 몸집을 가진 놈

이 곱슬머리에 곱슬 구레나룻을 팔랑거리면서 방 한가운데로 들어
와 서며

'적적힜지?'

하드래여. 그리고는 밥을 가져오라 하여 허천난 놈 복알 집어삼키듯
낼름 따담더니, 원체 곤했든지 별로 많이 지껄이지도 않고 아랫목에
가 이내 뻐드러져서는 문이 덜렁덜렁 흔들리게 코를 골아 대드란다.

'옳지 되었구나.'

생각허고, 동생은 그때 비호같이 천정에서 내려와 입에 물었던 칼로
그놈 모가지를 되게 가서 쳤지. 원체 칼이 잘 드는 칼이라 그렇게 굵
은 모가지라도 잘라지기는 잘라지드래여. 그래도 원체 센 놈이라 잘
라진 대구리는 그대로 살아서 한 길이나 뛰더니, 천정에 가 찰싹 다
붙어선 두 눈을 부릅뜨고

'이놈!'

하고 호통을 허드라는디이.

그래 뉩은 이때를 기대리고 있다가 냉큼 부엌으로 나가서 매운재
를 치맛자락에다 퍼 가지고 와서 그놈 모가지 끊어진 데다 골고루
빠지지 않고 헤쳐 놓았어. 이렇게 해 놓으면 다시 대구리가 못 달라붙
는다고 그 도적놈한테 들어 알고 있었드랑가. 그랬더니 천정에 붙은
대구리도 이젠 어쩔 수 없는지 두 눈을 까맣게 감고는 방바닥에 가
떨어져 내려 버리드래여. 그래 두 남매는 오랜만에 숨 펴어 쉬고, 부
랴부랴 여기서 벗어나서 남의 눈에 안 띄게 잘 숨으면서, 아까 그 동
아줄로 다시 바깥세상에 나와서 자기네 집 찾아가, 뒤에 좋은 데 시

집가고 장가가 아들 낳고 딸 낳고 잘 허고들 살았드란다. 꿩, 꿩, 장
서방."

서운니의 이야기는 대강 이러하였다. 그는 마지막으로

"꿩, 꿩, 장 서방."

을 부르고는 한바탕 너털거려 웃고,

"어떻냐?"

고 우리를 한번 또 삥 둘러보고는, 그 자리에 반듯이 드러누워 두 손
으로 깍지를 지어 머리를 고이고 천정을 우러러보고 있었다.


## 25


무슨 목욕이 이보다 더 조촐하고 깨끗하며, 무슨 총장의 가르침이
이보다 더 우리를 다정하게 하리오.

나는 사람과 사람 사이에 비어 있는 것이 아니라 차 있는 것의 그
리움에 물론 그것은 아직도 오누이 신분 이상의 것은 아니었으나 비
로소 새로 눈이 떠서 황홀하여 있었다.

사물을 이치로써가 아니라 정으로써 역력히 가깝게 간절히 만들
어 보이던 스승으로, 서운니는 내 맨 처음의 스승이요 또 그중 나은
스승이었다.

하늘에서 사람한테로 연해 오는 금맥의 동아줄의 비유는, 누구의
이런 이야기에서 들은 것보단도, 아니 내가 막히어 피의 바닷물을

끓여 달여서 차돌 같은 한 개의 별을 빚어 가지고 요량하던 것보단 도, 시방도 내게는 제일로 정말 같다. 그 어린 동생이 몸을 헐어 지어서 문틈으로 스며 들어갈 때엔 되지 않을 수 없었다는 가늘고도 질긴 한 줄기의 바람도……

밤이 이슥하여 찾아온 종형 몽글대의 등에 업혀 그 집 앞에 수문 장처럼 놓인 한물댁 돌담 아래 개울을 건널 때 귀에 울리던 물소리는 내가 기억하는 물소리 중에서도 제일 정하고 가까운 것이다. 형이 사뿐사뿐 보드라운 짚신 바닥을 내어 밟는 것이 형의 등뼈를 거쳐 내 가슴에 닿던 그 개울 속의 돌멩이들도.

그럼, 인제는 그 서운니네 집 앞 한물댁으로 가 볼까. 한물댁네 돌담 위엔 '까치밥'이란 이름을 가진—해의 무슨 딸의 입술의 살결 같은 홍보석빛 열매들. 그 담 안에 한물댁은 내가 어쩌다가 집에 제사 있은 다음 날 아침 떡을 돌리러 가면, 남편은 늘 일찌감치 어디다 꾸어 주어 버렸는지 혼자서 깨끗한 왕골껍질 자리를 깔고 엣비슥히 팔로 머리를 괴고 누워만 있었다.

이이는, 내가 어려서 샅샅이 다녀 보지 못한 서당물과 송현과 신흥리 속 일은 잘 모르나 질마재 우아래뜸에선 아마 제일 좋은 몸체였던 것 같은데, 웬일인지 방문을 열어 보면 그 몸보단 작게 느껴지는 사방 여섯 자쯤의 방 속에서 보릿빛의 살 좋은 얼굴에 숱 짙은 머리에 촉기 있는 눈을 하곤, 우리가 흔히 그리스 조각의 여신상에서 보는 것만 못하지 않은 그 탄력 있어 보이는 팔이라든지 손이라든지 동체라든지를 써 볼 생각은 영 접어 두어 버린 듯 여장부가 항시 엣비슥히 한 팔로 머리를 괴고 누워만 있었다.

그것은 마치 힘을 쓰고 몸을 쓰고 사랑을 쓸래야 어디 쓸 곳이 한 군데도 없는 듯한—그렇지만 그렇다고 그걸 원망하거나 탓하기에는 또 너무 힘이 좋아 그렇게 되어지지도 않는 그런 반와半臥의 상이었다.

그러나 나는 그의 서서 움직이는 딴 상을 또 알기 때문에 지금도 그를 좋아하고 옛날도 또 좋아했다.

그 또 다른 한 상이란 오월이던가 유월이던가 오후 두서너 시경, 질마재의 그 푸진 쏘내기가 개어서 몬지 한 점 없는 첫날 같은 순금 빛의 햇볕 속을 무성한 모싯잎들이 그 푸른 겉과 하이얀 안을 바람에 나풀거릴 때, 거기에 맞춰 개울 옆을 타고 오던—무언지 여름 수확을 잔뜩 다락귀에 담아 등에 진—그러나 하나도 무거워하는 빛이 없던 상이다. 나는 이 풍성한 그의 상을 좋아해 모시밭 길에 어린 발을 멈추고 마음속으로 얼마나 찬탄했던 것인가!

## 26

남편은 쬐끔 학자였으나 일은 무어든지 마누라에게다 모조리 맡기고 하지도 않고, 한물댁은 또 이리배(석녀)였다.

"우매……"

무지개라도 뛰어넘을 만한 힘을 가진 좋은 암소가 항시 다수굿이 어찌 보면 게으른 양하고 다니며 가끔 드뇌이는 것처럼 싱싱히, 그러나 겨웁지 않게 울리던 그의 감탄사를 나는 좋아한다.

"우매……"

힘을 많이 쌓아 두고 남은 힘으로 하는 이런 감탄은 또 유달리 아름다운 것이므로.

이 한물댁이 남편 하자는 대로 바다 바짝 옆 외딴집으로 이사를 가자, 또 공교롭게도 그 뒤엔 마을 중의 장사 최노적이가 이 개울가 집에 와 놓았다. 역사끼리는 역사의 자리를 찾아다니는 것이었던가. 그는 원래 서당물 사람으로 질마재 다섯 뜸 안에서도 힘이 제일 세어 세 가마니의 곡식을 합해 지고도 십 리쯤의 길은 번개 날듯 하였었으나 뜻밖에 무슨 병으로던가 바른팔을 못 쓰게 되어 여느 생일을 못하게 되자, 이 집으로 이사를 하곤 남의 집 급하지 않은 울타리를 엮어 주는 일이라든지 그런 걸 해 입에 풀칠을 하고 지내다가, 겨울에는 말총으로 올가미를 지어 대꼬치들 끝에다 무수히 매달아서 남산 밑 변두리에다 꽂아 놓고 꿩 낚기를 하였다.

그도 한물댁과 마찬가지로 다 속에다 쌓아 두고 남은 힘만 조끔 써서 움직이는 것이 보였다. 그나마 그 남은 힘도 또 거의 다 남겨 놓고 그중에 십 분의 일도 채 다 안 쓰는 듯한 움직임으로. 육 척의 큰 키가 무슨 나무 같았을까. 흡사 산중의 좋은 비자나무 같은 사람이 거의 늘 높직한 굽나막신을 신고, 보통 사람 두세 번 걸음은 할 사이를 굵직이 한 걸음씩 디디고 다니며, 웃을 땐 아직 음성 이전의 힘 하나도 안 들인 안개 같은 걸로 바보같이 사람 좋게 피식— 하였다. 한물댁이 사물에 대한 감동을 속에다 다 감추고 겨우 그 남은 것만을

가지고 '우매……' 하였던 것과 거의 마찬가지로 그는 그의

"예에……"

하는 대답을 그렇게 하였다.

"노적이, 팔은 못 써도 짐은 그전대로 져 볼 만허제? 내일 새벽 인촌으로 우리 선재(소작료) 내는 것 한 서른 말 지고 가 볼라는가?"

우리 아버지가 그러시면

"예에……"

하고 여느 사람의 것보단 세 배는 되는 느림으로 대답을 했었는데, 그 황소웃음 아울러서 보자면, 그의 대답은 사는 일이 언제나 그득한 사람이 나머지만 쬐끔 가지고 하는—그런 것 같았다. 한물댁 뒤를 이 사람이 개울가 집에 이어 든 것은 어찌 우연 같지 않다.

나는 물론 이 노적이가 잡아온 걸로 장끼와 까투리의 모양과 그 빛깔들을 처음 알았다. 두 마리던가 세 마리던가를 들고 와서 마당에서 툇마루에 가볍게 사뿐 집어던지며 '피식' 웃던 모양이 아직도 덩그랗다. 마치 그는 이것들을 공중에서 무우 뽑아내듯 하나도 힘 안 들이고 뽑아내 온 것 같았고, 또 몇백 마리든지 쑤욱쑤욱 뽑을 자리를 보고 온 사람 같았다.

한물댁한테는 종이 규화가 아니라 바로 붉은 날접시꽃의 화관을, 이 최노적 씨에게는 예비역 육군 중장의 정장을, 이들이 시방 있고 또 내가 할 수 있다면 선사하고 싶다. 허나 그들은 두 분이 다 이미 고인이다. 이 나라에 이런 이들이 적지 아니 그늘에서 살다 간 것을 생각하는 것은 서럽다.

## 27

우리 집 앉은 데서 바른편으로 바로 윗집인 황 영감 집을 지나서 한 집을 건너뛰면 거기는 우리 금녀가 살던 집. (그러나 줄포로 이사 가기 전 아홉 살 때까지에는 내 눈에 아직 잘 띄지 않았으므로 금녀 얘기는 다음에 하겠다.)

금녀네 바로 앞집이 내 서당 친구 영철이네 집. 이번엔 그 영철이네 집으로 가 보자. 이 영철이네 집은 친구도 좋으려니와, 또 서운니의 것과는 좀 맛이 다른 이야기도 좋고, 또 겨울은 '두붓집'이라 두부를 벨 때 사방 가에 남은 '갓모' 얻어먹기도 좋은 데였다. 마을 아이들은 이 집이 두부를 할 때면 두부가 아직 되기 훨씬 전의 도가니 속의 순물 때부터 여기 모였다가, 그 순물이 어른들이 가를 단단히 쥔 ─두부판 위의 넓은 마포 보자기에 모랫물(애기 해산 직전에 쏟쳐 나오는 물. 그러나 이 비유는 내가 아니고 그 두부판 옆에 언젠가 섰던 동리 어른 누가 붙인 거지만) 쏟치듯 쏟아져서 보자기 윗자락들에 덮여 굳어 하이얀 탄생을 보이면 바짝 그 가에 테두리해 서서 이쁘게는 베어 내는 그 따뜻한 꽃둥이 갓모를 하나씩 얻어먹었던 것인데 그거야말로 정말 두부였다.

그러나 이 두부 갓모보다도 더 좋은 건 이 집이 나한테 들려준 이야기다. 영철이가 말하다가 모자라면 그 형이 뒤대고, 그래도 모자라면 부엌의 이 집 어머니까지 불러 된─이 집이 준 여러 이야기들 가운데서도 내가 제일 좋아해서 잊어버리지 않고 있는 것은 '앞집 미련둥이'가 '뒷집 장자네 이쁜 딸'한테 장가들던 이야기다.

그것은 또 이 집이 바로 그 미련둥이네 집 비슷하기도 했기 때문에 더욱 재미가 있었다. 이 집 아버지 명범 씨는 꼭 짜구로 찍어 새겨 놓은 목각 같았으니까 문제 밖으로 한다면 남은 네 식구—어머니와 세 아들은 모두 비슷비슷한 얼굴로, 예가 졸연히 달리 생각나는 것이 없어서 안되었으나, 그 버드러지고 사이가 상당히들 밴 이빨이라든지 콧구멍께라든지 양미간이라든지가 그 집에 늘 두고 가꾸던 돼지와 비슷한 데다가 무얼 궁리하는지 딴 집 사람들같이는 밖에도 잘 나오지 않고 또 내가 찾아가 보면 그 집이 전문으로 제조하는 두부보단도 미련스런 고구마를 날것 찐 것 섞어 많이 먹고 있었기 때문이다. 영철이는 이 집의 둘째 아들이었다.

내 친구 영철이는 때 절은 곱지 않은 담홍색의 무명 핫저고리를 입고 앉아서 이 집 독특한 그 코 먹은 듯한 소리로 얘기를 꺼냈다. 밧곁은 반어둠인데, 부엌에선 아궁이에 불을 지피는 이 집 어머니의 가랑잎 바스락거리는 소리만 들렸다.

"옛날 옛적에 고래[高麗] 때 적에, 아랫목에서 밥 먹고 웃목에 가서 똥 누는 미련둥이 하나가 있었것다아."

영철이는 식式은 아주 본식으로 얘기할 줄을 알았다.

"집은 똥구멍이 찢어지게 가난한디, 그런디, 하로는 뒷집 장자네 딸을 보고 장가갈 생각을 냈더라제. 가만…… 있자…… 장자네 논은 멫 마지기였더라더라?"

그리고는 그는

"오매!"

하고 사잇문 하나를 격해 있는 부엌의 '오매'를 불렀다.

"장자네 논이 그거 몇 마지기였다고 했제?"

"므읏? 느윽 섬징이라고 했제."

하고 오매는 다 듣고 계셨던 듯 코 먹은 소리로 '지기'를 '징이'라고 발음해 대답했다.

"응. 느윽 섬지기? 그래, 그래."


## 28


"그래 아랫목에 드러누워서 하로는 꾀를 냈씨야. '오매, 오매' 불러서 '왜 그러냐' 대답헝개, '오매, 오매, 나 매 한 마리만 꾸어다 주소이' 힜드란다. '어디 가서 꾸어 와?' 헝개 '거, 아무개네 집에 있지 않어' 힜드랑만. 그러고는 '오매, 오매, 나 등이랑 하나 꾸어다 주소 인이' 허고, 또 '오매, 오매, 방울허고 찰흙 한 소쿠리허고' 힜드랑만. '뭣 헐래야?' 오매가 그렁개 '다 알아선 뭇 헐랑가?' 힜드래여."

"글히서?"

하고 안 재촉하는 장사가 있는가. 나는 물론 이렇게 재촉하고 깔아 놓은 다닥때 앉은 껌정 무명 이불 속으로 한 걸음 더 깊이 발을 집어넣으며 영철이 옆에 바짝 다가앉았다.

"글히서 그러고는 또 날마닥 자빠져서 잠만 잤제. 그러다가 적 오

84

매가 하라는 대로 다 꾸어다 놓고 흙이랑 파다가 마당에다 놓고

'야야 야야 일어나거라 인이.'

부릉개 그때사 뿌시시 일어나드라제. 그드드니 토방에 나와서 피모시를 두적두적 찾아 갖곤 길게 노끈을 꼬드랑만.'

"글히서?"

나는 얘기가 여기 와서까지도 그것 장만한 것들을 어찌 하려는지 몰라 궁금한 나머지 또 한번 재촉했다.

"글히서, 해가 깜빡 징개 토방을 내려오드니, 적 오매가 파다 논 흙을 반죽해 가지곤, 활딱 벗고 그 검은 흙을 윈몸뚱이다가 칠갑허고, 적 오매보고 매랑 등이랑 방울이랑 꾸어 온 것 다 가져 오라드니, 매 한쪽 발목에단 그 방울을 달고 또 한쪽 발목에단 그 등을 달드라제. 그드드니 아까 꼰 노끈 한 끝으로 방울 단 쪽 매 발을 매, 단단히 손에 감어 쥐곤

'오매, 오매, 나 부싯돌 잠깐만 주소 어이.'

히서, 받아 가지고 냉큼 밖으로 나가드라제."

'글히서?' 하고 또 한 번 묻고 싶었지만, 나는 얘기가 그만 늦어질 것만 같아 숨까지 죽이고, 그다음이 되도록 빨리 나오기만 기다렸다.

"글히서 후닥닥닥 가 뒷집 장자네 집 앞 산나무 우그로 올라가드니, 부시를 그어 매 발에 단 등에다 불을 밝혀 가지곤, 방울을 잘랑잘랑 울리면서

'장자야! 네 이놈!'

허고, 큰 소리로 왜장을 쳤더라제. 그래도 킹가밍가해 미처 장자네

집서 대답이 안 나옹개,

'네 이놈! 왜 대답이 통 없냐! 네 이놈 장자야! 장자야!'

그랬더래여.

그래 장자가 누군가 히서 문을 열고 나옹개, 또 방울을 잘랑잘랑 하면서

'우그 보소. 다름이 아니라…… 다름이 아니라 으흠! 옥황상제……'"

여기서 또 잠깐 영철이는 말문이 막히는 듯 부엌의 오매를 불렀다.

"오매, 옥황상제랏제? 아면."

"믓? 옹황상제? 염려 마라."

역시 '옹황상제'라 코 먹은 소리밖에 안 되는 이는 다 듣고 있었던 모양이다.

"'옥황상제께서 보내온 사람인디, 안 믿어지거든 인제 곧 내가 날 아갈 것잉개 날아가는 불을 보아라. 너그 집에 왜 과년한(이런 말은 이때 어린이들은 다 썼다) 딸 있제? 가 요 앞집 사는 아무껏이한테 여워라. 그럴 테냐 앙 그럴 테냐? 똑똑히 생각해서 대답히여! 만일에 안 들으면 불칼이 내리렷다아!'

힜드랑만."

## 29

"그러고는

'농도 존 놈 사고, 비단 이불요랑 맨들아서, 전답도 제일 상전답 태서, 후딱 여워라! 알겄제?'

허고, 손에 맨 노끈을 풀면서 그 불 단 매를 잘랑잘랑 잘랑잘랑 공중에다 날렸드래제. 장자가 보고 있장개 '예에' 소리가 목구멍에서 그냥 제절로 나오드래여.

'예에, 분부대로 하오리다.'

허고 말이제.

글허서 아랫집 미련둥이가 장자네 딸헌티 장가를 갔더래여. 참, 좋제? 증주야."

"응, 좋아. 참, 꽤 좋아."

나는 물론 대찬성이었다.

그래 나도 가끔 이야기를 더러 빠뜨린 대로 남에게 옮겨 보았다. 그러나 그럴 때마다 옆에서 듣고 있던 어른들은 빙그레 웃다가

"그 이얘기 그것 누구네 집에서 들었냐?"

물어,

"영철이네 집에서라우."

하고 내가 대답하면 뱃살을 거머쥐고 웃었다. 그러면서

"영철이네 집이 바로 그 미련둥이네 집이니라. 하아다('그렇기나 하다면 작히나 좋아'의 뜻을 나타내는 감탄사), 장자네 딸이나 하나

얻어다가 놓았음사."

하였다. 인제 생각해 보니, 이 영철이네 집은 마을에서도 대표적인
실학파의 집이었던 듯하다. 그 집 아이들이 열 살만 되어도 아버지
를 본받아 말끝마다 "실로", "실로" 하던 거라든지 두부 만드는 기계
를 혼자서만 가졌던 건 말할 것도 없고, 또 무슨 연장이든(짜구든 톱
이든 무엇이든) 이 집이 제일 많았었기 때문이다. 그래 영철이 아버
지는 자기 부인만은 비록 그렇게 꾸무럭한 이밖엔 얻지는 못했지만,
속으론, 온갖 땅이 준 것을 다 활용하다 보면 옥황상제 대리라도 되
어 장자네 딸이라도 얻어 올 수 있다고 생각하고 그리 식구들한테
영향한 것인지도 모른다.

　허나 이 이야기는 이조 실학의 영향에서 온 것은 아니다. 왜냐면
이미 신라에 이것과 한 종류의 이야기가 빚어져 있기 때문이다.

　『삼국사기』 41권 「열전」 '김유신' 조를 보면 아래와 같은 것이 보
인다.


　선덕왕 말년, 대신 비담, 염종이 여주女主가 잘 다스리지 못한다
하여 병兵을 일으켜 그만두게 하고자 할 새, 왕이 스스로 안에서 막
으니, 비담의 무리는 명활성에 머물고, 왕군은 월성에 진 쳐 서로 치
고 지키기 열흘을 풀지 않더니, 삼경에 대성大星이 월성에 지는지라
비담 등이 사졸에게 가로대
　"내 들으니 진 별 밑에는 반드시 유혈이 있다 하니 이건 여왕의 패
　할 징조다."

하여, 사졸의 외치는 소리가 땅에 진동터라.

왕이 듣고 갈피를 차리지 못하거늘, 유신이 왕을 뵙고

"길흉은 늘 변하여 오직 사람의 부르는 바니 …… (중략) …… 별의 변괴는 두려울 게 되지 못합니다. 왕께선 염려 맙소서."

하고, 이에 허수아비를 만들어 불을 둘러 붙여 연에 달아서 날리니, 마치 하늘의 짓 같더라.


## 30


이튿날 사람을 부려 길거리에 전해 가로대

"어젯밤에 진 별이 되루 올라갔소."

하여, 적군에게 무섬을 주고 …… (중략) …… 축祝해 가로대

"…… (중략) …… 이제 비담의 무리가 신하로서 임금 되기를 꾀하여 아래에서 위를 범함은 이 소위 난신적자로서 사람과 신神의 같이 미워할 바요 천지의 용납지 못할 배어늘, 하늘이 이에 뜻이 없는 듯 도리어 왕성에 성괴를 보임은 이 신臣의 의혹하여 깨닫지 못할 일이라. 오직 하늘의 위엄은 사람의 의욕을 좇음에 있으니, 선을 좋아하고 악을 미워함이 신神의 수치를 짓지 않음이라."

하여, 이에 뭇 장졸을 독촉하여 이를 치니 비담 등이 패해 달리는지라. 쫓아 베니라.

이것 가운데의 나는 것에다 불 달아 날리는 부분이 여·이조를 통해서 여러 가지 이야기를 덧붙여 오는 동안에 이런 장가드는 이야기까지도 만들게 된 것이리라.

그렇긴 허나, 그야 하여간에 장자네 딸 하나도 못 얻어 들이는 영철이네 집 과학 정신은 아까 잠깐 벌써 말한 것처럼 아무도 우스갯감으로밖엔 삼지 않았다. '실로'가 그 집 큰아들 별명이었다.

방과 토방과 마당에만 거의 앉고 서서 연장 만지고 돼지를 기르고 고구마를 먹고 그러지만 말고, 낚시질 좀 다니고 꽹과리 장구도 좀 치고 그랬더라면 좋았을 텐데 별일이었다. 아마 신라 냄새 나는 이야기는 더러 가졌으면서도 신라와는 달리 그 집 과학 정신은 땅에가 영 달라붙어 버린 그런 거였던가.

이 영철이네 두붓집 문턱에 서서 보면, 마당 앞 몇 안 되는 나지막한 생솔가지 울타리 사이로 개울을 건너 보이는 것은

장강에 두웅둥
떠가는 배는
그 누구 싣고 가는 밴가.
순문이 싣고 가는 배.
야아 백준옥이 권주가.

하던 마을 사람들의 그 노래에 나오던 백준옥 씨네 집. 딴 집엔 대개 뒤안에 있는 석류나무가 유달리 드러나게 '나 보소' 하듯 여름이면

앞마당 울타릿가에 꽃을 피는 집.

마을에선 이 집 아양(이곳 말론 그걸 '어양'이라고 했다)이 '상아양'이라고 누구 재롱을 말할 때나 다짐거리로 끌어대던 집. 아양이 너무 지나치다고 핀잔을 줄 때도 끌어대던 집.

그 울타릿가 석류꽃 옆으로 들어가 보면, 아닌 게 아니라 백준옥 씨는 그 형님 순문이가 탄 배 안에서 거드렁 거드렁 성주풀이를 하듯 향 짙은 풀 다발을 옆에 놓고 육날 메투리를 삼고 계셨고, 마누라는 장구채인 양 긴 담뱃대를 동, 동, 동, 동동거리고 앉았고, 법고法鼓 같이 그 집 딸 아망네가 벙실벙실하던 집.

31

그 아망네 집 앉은 데서 바른편으로 또 모시밭 사잇길을 스무남은 걸음 가면, 거기는 물동이를 이고 다니는 맵시가 마을에서 제일 이쁘던 부안댁네 집. 부안댁네 감나뭇집. 두붓집 명범 씨네 동생 메네 씨네 감나뭇집.

이 집엔 내 어린 때 사귄 마을의 나무들 가운데서도 제일 친했던 친구 나무였던 감나무가 있던 집이다.

그렇지만 이 집에 들어가기 전에 먼저 모시밭 옆에 서서 이 집의 안주인 부안댁이 물동이를 이고 오시던 모양을 또 한번 돌이켜 봐야 겠다. 그것은 또 열 살 전의 내 애기 걸음까지도 문득 멎게 할 만큼 희한한 것이었으니까.

그것은 무엇이었던가. 그때는 뜻도 견줄 바도 미처 모르던 어린이의 감동으로서 새로 겪는 그 큰일 앞에 그저 두 눈만 덩그라히 뜨고 있었을 뿐이었으나, 인제 와서 형용을 주자면, 그것은 세상의 적막과 행동의, 아마 여기가 제일 오래 하고 있는 것 같은 클라이맥스와 비슷하였다. 당길 대로 팽팽히 줄 당겨진 활의 침묵, 활의 적막, 제일 깊은 바닷속의 적막의 융성거림, 자정 때의 무주 구천동의 문각시 소리—그런 것들이 합해 오고 있는 걸 겪는 것 비슷한 느낌이었다.

'안 엎질러질까,

안 엎질러질까,

안 엎질러질까,'

내 가슴 한쪽이 두근두근거리면,

'안 엎질를 테니

염려 마라,

염려 마라,

염려 마라,'

내 가슴의 딴 쪽은 또 태평히 대답하고, 부안댁네 두 심장도 그러고 가고, 땅속에서도 누가 그러고 있고, 하늘도 살(육신)같이 우리한테 와 닿으며 그러고 있는 듯하였다.

부안댁의 머리에 인 이 물동이가 엎질러지는 날은 세상은 그만 다 엎질러지고 말고, 또 내려져 깨어지면 하늘과 땅은 또 깨어지고 말 일이어서, 하늘은 온통 살로 나타나 부안댁의 머리의 동이 인 데와

고여 잡은 두 손과 그 발부리에 두루두루 닿고 있는 듯하였다.

땅에, 어느 황후 폐하의 거동이 이보단 더 장중하고 아름다우리오. 이보단 더 천심天心에 연하는 것이리오.

생각건대 애기의 발도 멈추게 했던 이 아름다움은 부안댁의 그 남유다른 조심성 때문에 내 앞에 열렸던 것 같다. 흡사 식장에 나오는 신부의 걸음걸이처럼 또 무슨 황후의 걸음걸이처럼 그는 그의 길의 풀들과 돌들과 흙들을 디디고, 천천히 천천히 물동이를 이고 다녀—남유달리 조심하다 보니 저절로 그런, 참으로 알맞은(알맞다는 것은 얼마나 큰 아름다움인가!) 아름다움을 빚어 내게도 한 문을 연 것이리라.

부안댁은 마치 요즘의 여학생의 제복같이 흰 저고리에 껌정 치마를 입고, 얼굴은 둥글고 흰 편이었는데, 낮이었지만 얼굴은 더할 수 없이 달 같았다.

아마 눈을 스무서른남은 번쯤 깜짝거릴 동안에 한 번씩 그윽히 씻어 움켜 뿌리던—그 이마에 들던 물방울들. 아! 그것은 얼마나 소슬하고, 만져 보고 싶을 만큼 시원스러 보였던지!

## 32

메네 씨는 이 부안댁 남편으론 또 안성맞춤이었던 것 같다.

메네 씨와 부안댁의 두 원앙 같던 부부를 생각하면, 시간관념이 바

꿰어서 저 상대上代의 층에 들어서게 된다. 염念이니 순간瞬間이니 탄지彈指니 나예羅像니 수유須臾니 하던—전형적 생활 내용으로 표준을 삼던 저 상대의 시간관념의 다정하게는 삼삼턴 층에.

중국 상대는 분초로 우리가 세는 이 초조하게 추상적인 것 대신에 생활과 연결하는 우리의 구체적인 마음의 미립자를 시간의 단위로 하여 이 염이 스무 번이면 눈 한 번 깜짝거릴 사이, 즉 일순간. 또 이 순간이 스무 번이면 가히 손톱 한 번 투길 만한 시간, 즉 일탄지. 또 이 탄지가 스무 번이면 새 그물이나 그런 그물 한 번 놓을 만한 사이, 즉 일나예. 그것 스무 번 놓을 만한 시간을 사이로 해서 한 번씩 쓰윽쓰윽 좋은 구레나룻을 쓰다듬을 만하다 하여 일수유. 또 이 수유가 삼십 개면 일주야.

이렇게 시간을 분간했던 것은 우리가 대강 짐작하는 일이거니와 흡사 이런 시간관념의 층의 문이 열려 들어선 것 같은 것이다. 참고로 말씀드리면 우리가 요새 흔히 눈 깜짝 사잇일로 말하고 있는 일수유는 꼭 48분, 일나예는 2분 24초, 일탄지는 7초 20도, 일순간은 약 3분의 1초쯤 되는 것이지만 분이니, 초니, 시니 하는 그 맛없는 것보단 메네 씨 내외 같은 고식古式의 내외들과 함께 들어갈 수 있는 상대적上代的 시간이 내게는 훨씬 달갑다.

메네 씨가 혼자서거나 내외 함께서 일하고 있는 것을 보면, 시간은 사랑하는 자의 생활 사상과 생활 정서의 그득한 수풀이고, 일은 맛 같아 보였다.

안해여 그리웁노라.

아들이여, 딸이여, 그리웁노라.

이웃이여, 그리웁노라.

마을 사람들이여, 그리웁노라.

사람뿐이 아니다.

사람 옆에 와서 살고 있는 소도 개도 돼지도 그리웁노라.

그들이 누어 논 똥도 오줌도 모조리 그리웁노라.

사람 옆에 와서 살고 있는

모시

수수

보리의

뿌리도 엄도

키 자란 것도 다 그리웁노라.

그러나 나는 그걸 말치 않고

이 많은 그리움의 바다의 물방울들로

토끼보단 더 날랜 내 사랑의 내 일[事]의 분초를 삼고

나즉히 눈 내리깔고 손톱을 투기며

또 가끔 구레나룻을 쓰담으며

일하고 일하여 그득하도다.


어찌 그렇게 생각하고 느끼고 맛나 있는 것 같았다. 그래 그렇게 바로 시간을 지어 있는 것 같았다.

## 33

그렇기 때문에 메녀 씨네 내외가 같이 일하고 있는 것을 보고 있으면, 공간은 부안댁이 조심스레 예쁘게 인 물동이 속에서 같이 그득하여, 가끔 이마에 물방울은 더러 듣는 듯하지만 하나도 엎질러지진 않고, 시간은 또 사랑 있는 생활의 짙은 수풀 바로 그것이어서 하나도 지루하지가 않았다.

우리 집이 모시밭은 오히려 메녀 씨 집보단 더 많았지만, 모시밭 없는 집 아이들과 같이 두 내외의 모시 베어 잎 훑어 다발하는 일터에 들어서서

"허 그 녀석 욕심도."

소리를 들어 가면서도 내가 조락모시를 줏기를 즐기던 것도 사실은 두 내외가 빚어내고 있는 그 힘에 끌린 때문이었다. 곱슬털이 아닌 대로의 메녀 씨의 민구레나룻도, 항용 좀 내리까는 두 눈도 그 사람한테서 듣는 깨 쏟아지듯 하는 재미 때문에 참 좋아 보였다.

인제는 이 집 마당에 들어서 볼까. 내 항시 풍년같이 한가하고 고요하고 소슬하고 싶을 때 그 밑으로 스며 갔던—왼켠 마당귀의 그 감나무 그늘로. 감나무 밑에는 깊디깊은 갈맷빛 그늘. 그 속에는, 부안댁의 중용의 물동이 밑 이마에 아무래도 방울져 내려, 아무래도 한 손으로 움켜 안 뿌릴 수 없었던 것과 마찬가지로 그렇게 흩뿌려진 젖빛의 떫디떫은 꽃들. 우러러보면 거기가 어디 먼 데서 온 싹싹하고 이쁜 아주머니의 갓 잠 깬 겨드랑 밑 아랫두리껜 듯, 하늘의 아

랫두리를 덮고 거저 못 있어 소곤대는 듯한 잎과 꽃들의 떫고도 그리운 속삭임.

이 집 말고 딴 집이라고 우리 집에 없는 감나무가 또 없었던 건 아니지만 (가령 도까빗집이라든지), 나는 이 집이 찾아서 이루어 가진 시간과 공간의 보이지 않고 엎질러지지 않는 맛 때문에, 이 집 감나무 밑에 이끌려, 내 빈집지깃날의 의탁할 곳 없는 때들을 의지하러 갔던 것이다.

애기의 젖참 때가 되었는데도 들일 가신 어머니가 오시지 않아 우는 젖먹이를 서투른 띠를 둘러 등에다 업고, 허리가 안 꺾이도록 조심조심하면서, 이 집 감나무 밑에까지 와 젖어 들어 있노라면, 어떤 때는 이 집에 누가 있기도 했지만 어떤 때는 여기도 또 아무도 없기도 하였다.

그러나 이 집의 비어 있는 감나무 밑은 비어 있는 느낌이 덜했다.

아니, 그것은 딴 풍년으로 그득하였다.

나는 그 그득히 사운거리는 웅덩이 같은 그늘에 홈빡 젖어서, 거기 흩뿌려진 감꽃들을 새것만 주워 모아 두 손에 그득히 움켜쥐고 있다가 또 그걸 저고리 앞섶에다가 끄리었다가 끝에 가선 그 어디서 짚홰기들을 찾아가지고 거기다 꿰어 몇 개건 꽃염주를 만들었다.

만들어선 목에다 걸고, '잘못 헷눈을 팔고 있는 동안엔 먼뎃산 중이 와서 어머니를 업어 간다'던 이야기라든지 그런 걸 생각하고 갈데 없이 되기도 하고, 또 그 먼 데서 온 아주머니 갓 잠 깬 아랫두리께가 보이는 듯한 감나무잎, 감나무꽃의 바스락이는 데미가 까는 그늘에 한몫 끼어 곧 새살림을 시작하기도 하였다. 등짝에 뜨뜻이 젖어 오는 애기의 흘리는 땀과 숨소리에 문득문득 손을 뒤로 해 애기의 그 살도 만져 보면서.

아, 참, 잊어버릴 뻔했다. 그 감꽃들을 그렇게 짚홰기에 꿰어 염주를 만든 걸 내게 세상에서 처음으로 한 벌 주던 이는 부안댁이었던 것 같다. 어느 날이던가, 그날 오후를 부안댁은 젖먹이를 데불고 툇마루에 앉아 감나무 밑에서 내가 하는 짓을 다 보고 있다가 방에 들어가 그것 한 벌을 (누가 만든 건지) 꺼내 가지고 와서, 늘 하던 것과 같이 누구를 보거나 (아이들한테까지도) 수줍어하는 기색으로

"야야 아이."

하고 불러서 나한테 주었다.

무슨 자기의 살 닿은 것을 주는 듯한 눈치였다.

## 34

부안댁의 인생 태도가 그랬던 것과는 아조 반대로, 소자小者 이 생원네 마누라는 아마 마을 중의 제일의 욕보였을 것이다. 요샛말로 하면 '제일의 대결자'라고나 할는지.

이 집은 우리 집에선 왼손 켠으로 다음다음에 있어 소자 이 생원인즉 나 보기엔 진영이 씨나 마찬가지로 낚시질과 내리미질(그물을 두 장대 새에 매, 내리밀어서 새우 같은 것을 잡는 일)을 제일 즐기는 자

연파의 한 사람에 틀림없었는데, 무슨 독특한 소견으로써 아내를 그렇게 훈련해 놓았었는지 시방도 확실히는 알 수 없는 일이다.

아마 상상컨대 그는 낚시질 판이나 내리미질 판을 고향으로 하고, 그가 잡는 갈때기라든지 숭어라든지 그런 것이 뛰고 헤엄치고 사는 것은 좋아했지만, 한 번 사람 세상에 들어서면 사람들의 일은 탄력이라든지 싱싱함이 모조리 그만 못한 것으로 얕보여, 다시 숭어나 갈때기의 한패가 되어 가지고, 그 잡아 온 것들을 내외가 늘 회 해서도 먹고 끓여서도 먹으며 (많이는 날로 먹길 즐긴다는 소문이 들렸으나) 은근히 두고두고 그의 아내에게 영향해 온 것인 듯하다.

"에에잇! 그까진 놈들이 우리 숭어나 갈때기 맛만이나 해! 그까진 놈들한테는 막 쏘아 주어라. 막 욕 퍼주어 주어라!"

말로까지 했는지 어쩐지는 모르나 어찌 그리 가르쳐 낸 듯하다. 이 집 주인도 메녜 씨나 마찬가지로 민구레나룻은 민구레나룻이었지만 그걸 거세게 내젓고 다니던 거라든지 두꺼운 눈썹 밑 눈을 맹랑스레 뜨고 다니던 거라든지가 모두 어찌 그렇게만 생각된다.

그러니 만치 누가 그 집 채마밭을 밟았다든지 어느 아이가 쏜 팔매가 그 집 장독대의 독 뚜껑을 좀 다쳤다든지 해서 퍼부어 대는 그 집 마누라의 욕설은 "네 그놈 쥐나 달칵 물어 가거라" 한다든가 하는 유의 관대한 것이 아니라 "네 어떤 놈의 새끼가 우리 밭 밟았나! 네 에잇! 그놈의 새끼 오늘 밤에 호랭이나 아흔아홉 번 물려 갈 놈의 새끼!" 하는 식으로, 처음 퍼부을 때부터 맵기가 고춧가루 같은 것이었다.

왜 있지 않은가. 촌생원 여편네가 조금 든 옅은 나룻목을 똇배 쌍

놈 등에 업혀 나와서 내려놓으니 뇌까렸다는 욕설 말이지. 촌생원
내외가 어떤 나룻가에 당도했는데, 물은 과히 깊어 못 건널 건 없으
나 양반 체신에 버선을 뺄 수도 없고 해서 아장거리고 있노라니, 어
디서 뜻배 쌍놈 하나가 발 벗고 성큼 나타나서, 생원네 월천을 맡아
생원부터 냉큼 건네다 놓고 와선, 그다음에 마누라를 들어 업었다는
이야기. 업고 물속에 들어선 앞으로 돌려 안고, 악을 악을 다 쓰는 걸
볼일 다 보고, 갖다가 내려놓았다는 이야기. 내려놓고 물로 달아나
니, 마누라가

"네 이놈! 쥐나 달칵 물어 가거라! 쥐나 달칵 물어 가거라!"
했다는 이야기. 이 이야기의 욕에 뵈는 것 같은 에누리는 어느 모로
보거나 하나도 안 보이는 알큰한 것이었다.

이 집 밭을 밟고 그 욕을 다 얻어먹던 어른들의 속은 어쨌는지 모
르겠으나, 마을 애들은 이 마누라님한테 걸리면 영 질색이었다. 특
히 나는 또래의 아이들과 함께 빨리 몰려가느라고 어쩌다가 잘못 그
의 채마밭귀를 밟고 나서, 우— 회오리바람처럼 내달아 오는 그와
다닥뜨리게 되는 날은 아주 질겁을 해 달아났다.

"네 이놈의 새끼! 이놈의 새끼 대구리를 몽땅 속곳 속에다 집어넣
고 더운 오줌을 누어 놀 텡개! 네 이놈의 새끼 게 있거라! 어디로 가
냐, 이놈의 새끼!"

이렇게 들이퍼부으며 뒤쫓아 오는 것이 그중에도 나는 무서웠다.

## 35

"웅! 어떤 놈의 새끼 발모가지가 밟아 놓았냐? 어떤 지이미(저의 어머니)를 붙고 화룡장(어디 장인지는 시방도 모르겠다) 갈 놈의 새끼 발모가지가 밟았어! 썩 이리 나오지 못해! 오줌을 누어 대가리를 활딱 벗겨 놓고 말 텡개!"

붙잡히기만 하는 때는 머리빡이 홀라닥 벗겨지고 말 것을 두려워해서 나는 있는 힘을 다해 신짝 벗겨지는 것도 내버려 두고 뺑소니를 쳤다.

그러나 이미 많이 겪은 내 또래들은 이런 위험쯤 보통이기사 했다. 나보단 대개가 날래게 도망해서 누구네 집 담 밑에 가 숨어 있다간 소자 이 생원댁이 한참 퍼붓고 돌아가며 또 후렴을 할 때쯤 되면 모두 풍겨 나와서 옹개종개 모여 서 가지고 그 가는 뒤통수에다 대고 이쿤 지 얼마 안 되는 욕 연습들을 가만가만 하였다.

"아 지랄 잡것!"

어떤 애가 시작하면

"오줌 누면 누가 그대로 둘 줄 알고! 잡것! 속곳을 싹 찢어 버리제!"

그중에 좀 큰 아이는 이러기도 하고,

"오오매 잡것, 뱃대 치네(수소가 암소를 보고 그 남근으로 제 배를 친다는 뜻), 뱃대 쳐!"

어떤 아이가 배운 지 아주 얼마 안 되는 듯한 놈을 아무것이나 하나 써먹으면

"숫소가 뱃대 치제 암소도 뱃대 친대? 인이?"

하고, 좀 길든 아이가 훈수하며 삥 둘러보고 동의를 구하기도 하였다.

소자 이 생원 내외는 이런 대결이 끝난 날 밤들을, 그 이 생원의 낚시질 판과 내리미질 판에 헤엄치고 뛰놀던 숭어와 갈때기를 눈앞에 그리며 무엇을 생각하고 느끼고 살았을까? 혹 그것은 온몸이 으스러질 듯한 굉장히 황홀한 감각이었을는지도 모른다. 호수운 회오리 바람이 이는 굉장한 것이었을는지도 모른다.

사람들과 같이 사는 지혜와 정조情操에 있어선 모자랐다 할망정, 시끄러운 접전이 많아 흠이지 감각이 호숩기는 이 집이 호수웠는지도 모르겠다.

아마 신학문을 이 소자 이 생원댁이 배워서 요새 세상에 나섰더라면 남녀노소가 서로 맞붙어 겨루는 대결 판에 한 맹장猛將이 톡톡히 되었을 것이다.

앞에다 쓸 걸 잊어버렸거니와 소자 이 생원댁은 몸포도 굵은 상당히 큰 키가 항시 무얼 넘어다보는 모양, 두 눈도 자리 잡아 앉은 게 아니라, 역시 자꾸 모든 걸 넘어다만 보는—말하자면 요새의 이상가니 탐구자란 사람들이 하고 있는 눈하고 방불하였다. 근시 안경이나 하나 썼더라면 흡사 그랬을 것이다.

지금, 두 분 계신 데가 이승인지 저승인지를 모르거니와, 길이 다복하소서. 다복하소서.

## 36

소자 이 생원네 내외 생각을 하고 나니, 그다음엔 그 옆집 마당의 달빛이 가슴에 배어 온다.

이 송 선생네 생솔가지 울타리 안 명경 같은 마당에 참(만조) 되어 있던 것은 팔월 한가윗날 밤의 억수로 퍼부은 달빛. 곳을 가리지 않고 어데서거나 많이 올라면 많이 오고 적게 올라면 적게 오는 비와는 달리 제일 정한 데 아니면 내리지 않는—억수로 퍼부어 온 달빛.

월명(신라의 중) 스님이 피리를 불면 달은 멀리 있을 수 없어, 그 피리 부는 이의 어깨 옆에 가지런히 몸째 내려와 마주 있었다지만, 이 추석날 밤 송 선생네 마당에도 그 억수의 빛을 몰고 나직이 다가와 반지르르 다져 놓은 마당을 수은으로 삼아 깔고 한 두름의 황홀한 부피의 명경을 지어 있었다.

공교롭게도 생솔가지 울타리에는 서너 걸음씩 떼어 무궁화꽃 나무가 쭉 둘러 있어서, 이것이 순 조선식으로 이 명경 가를 장식해 거꾸로 그림자를 드리우고, 이 넓고 단단한 큰 거울 위에서는 마을의 처녀와 소녀들이 와 또 하나의 꽃울을 지어 가지고 그들의 합창을 거기 울리고, 그들의 놀음을 거기 비춰고 있었다.

개와 넘세
개와 넘세

그런 합창의 노랫소리가 거기서 피어 나와 달빛을 물들이다가 얼마 동안씩 뜸해진—잔 것이 아니라 소리 없는 번개 번득이듯 하는 고요의 매듭들엔, 밀려 내리는 달빛의 쩌누름에 그저 못 잊는 양 어느 콩밭 두럭에선가 사슴이가 왹왹거렸다.

나는 할머니와 어머니와 같이 툇마루에 앉아서 송편에 넣을 풋콩을 까고 있다가, 송 선생네 마당에서 피어 퍼지는 노랫소리에 홀려 스르르르 모시밭 사잇길을 스치어 그 집 울타리 밖 바짝 옆에 가 섰다. 거기엔 벌써부터 모여 어깨동무들을 하고 울 밖에 또 한 벌의 울을 짓고 있는 사내애들의 패가 있어, 그래 나도 그 끝에 한몫 끼어 그들이 하는 대로 생솔가지 울 틈에다 눈을 박고, 그 큰 거울 위에서 일어나고 있는 일들을 하나도 안 놓치고 보아 내고 귀담아들었다.

소녀와 처녀들은 그 맑은 거울 위에서 내젓기어 소용돌이치는 한 크으드란 꽃줄과 같이, 손을 맞잡고 움직이면서 소리를 다발해 노래하고 있었다.


개와 넘세
개와 넘세
초록 개와
청개와를
앙금 살짝
넘어가세.

개와 넘세

개와 넘세

개와 넘어

어델 갈고.

개와 넘어

원이 방 가자.


개와 넘세

개와 넘세

용마룽에

발 채일라

조심조심

넘어가세.


　금네, 순네, 아망네, 고막네, 유둔네, 조왕네, 삼월이, 팔월이, 서운
니, 푸접이, 섭섭이네 들의 이 꽃테는 내리밀리는 달빛에 그 한 군데
가 트인 양 바람에 나부끼는 꽃줄 상무처럼 나부끼고 있었다. 싸리
꽃, 나리꽃, 도라지, 더덕꽃, 감나무, 밤나무, 오갈피, 향나무, 고향 땅
앞뒷산 허리 동이던 칡 넌출 칡 넌출 가래칡 넌출들같이 우리 처녀
들의 우리 새 꽃테두리는.

## 37

　이 한쪽이 트인 꽃테두리는 손을 맞잡고 먼저 그 거울 된 마당에 둥그래미를 지어 앉아서

　　개와 넘세
　　개와 넘세

합창을 하고 있다가, 맨 가의 처녀가 일어서 그것을 받아 독창으로

　　초록 개와
　　청개와를
　　앙금 살짝
　　넘어가세

하면서 옆의 처녀와 그의 맞잡은 손 위를 넘어가면, 그 소리의 뒤를 받아 나머지 사람들이 또 합창으로

　　개와 넘세
　　개와 넘세

하고 또 다음 처녀가 뒤대어 일어나서

개와 넘어

어델 갈고

개와 넘어

원이 방 가자


혼자 노래하고 앞에서 이끄는 처녀의 뒤를 따라 다음 개와(손과 손을 맞잡은 데)를 둘이서 같이 넘어가면 이 새로 선 사람 밖의 전체는 또다시


개와 넘세

개와 넘세


를 되풀이하고,


용마룽에

발 채일라

조심조심

넘어가세


셋째 번 처녀가 일어서서 이렇게 소리를 돋구고 또 앞 처녀들을 따라 셋째 번 개와를 넘어가면, 그 새 독창자 밖엣사람들은 또 거듭

개와 넘세

개와 넘세


해, 이 노래 한 순배가 끝나면 넷째 처녀부터는 또 새로 시작하여 차
례로 넷째, 다섯째, 여섯째…… 개와를 밟아 가면서 꽃테의 꽃들이
다 일어설 때까지 그렇게 하고 있었다. 그러고서는 이것이 끝난 다
음엔 꽃테의 트인 데마저 손을 맞잡아 이어 가지고, 흡사 훌라후프
마냥으로 재빨리 도는 둥그래미가 되어, 아까보단 훨씬 빠른 곡조로
그 노래 전부를 되풀이 합창하고 있었다.

이 가사에 보이는 '원이 방 가자'의 그 '원이'는 아마 저 서운니의
노래


정해정해 정도령아

원이왔다 문열어라.

붉은꽃을 문지르면

붉은피가 돌아오고.

푸른꽃을 문지르면

푸른숨이 돌아오고.


속에 나오는 그 '원이'이리라.

## 38

처녀 원이는 연못 속 산에 지은 초당에서 글을 읽고 있었다. 고요하기야 그의 집 어디라고 안 그런 게 아니지만, 늘 목욕재계하고 이 큰 적막 속에 깃들인 것은 그 큰 적막이라야 고인의 넋들을 송두리째 만나기가 쉬운 때문이었다. 세 끼니의 밥때와 어른들의 부르시는 때를 비췻빛의 적막을 헤치고 손수 연꽃들 사이 배를 저어 외출하는 외엔, 원이의 유난히도 휘영청이 갠 시간들은 매양 고인들과의 상봉으로 짙어 별 딴 겨를이 없었다.

그의 애인 정해 정 도령은 동원의 담장 너머 이웃집에 살고 있었다던가. 몇 집 건너 있었다던가. 허나 그 애인과의 만남도 고인 상봉의 틈틈이 담장 넘어 불어오는 바람 속에서 숨으로만 할 뿐, 미루고 있었다.

그런데 여기다 대고 흉한 생각을 낸 놈은 그게 누구였다더라? 원이네 머슴놈이었다던가? 이웃집 살미치광이 더벅머리 총각이었다던가?

원이 잠든 어느 날 밤 삼경. 가슴에 시퍼런 칼을 품고 날새 날듯 숨어들어, 원이가 깨 앞을 여미고 온몸으로 항거하는 것을, 마지막엔 가슴에 칼을 꽂고 달아났다고 한다.

그래서 유난히 매운 피비린내가 근동까지 퍼져 사람들의 가슴을 조이고 눈물을 떨구면서, 아버지가 가 흔들어도 어머니가 가 흔들어도 형제간들이 가 흔들어도 일어나지 않더니, 어느 틈엔가 정 도령이 혼자 그 옆에 다가가니 다시 새로 살아났다.

먼저 붉은 꽃으로 가슴에다 대고 문지르니 식었던 피가 다시 붉게 더워 오고, 다음엔 푸른 꽃으로 가슴에다 대고 문지르니 쉬었던 숨이 다시 새파랗게 살아 나와 뿌시시 눈을 뜨고 정 도령을 불렀다.

그래서 이것을 아면兒免이나 하게 귀밑머리 풀어 쪽 지어 올린 뒤에 정 도령은 둘쳐업고 저의 집으로 갔다.

그러나 정 도령이 원이를 살려 업고 가는 것은 아무도 못 보고, 정 도령 혼자밖엔 아무도 모른다.

부는 바람, 웅성거리는 적막 속에서,


정해정해 정도령아

원이왔다 문열어라.

붉은꽃을 문지르면

붉은피가 돌아오고.

푸른꽃을 문지르면

푸른숨이 돌아오고.


항시 속삭이는 원이의 노래를 듣는 우리 정해 정 도령밖에는 아무도 모른다는 이야기 속 그 '원이'이리라.

그러나 이 처녀들의 소용돌이치던 꽃테두리는 온통 정 도령이 한 바탕 되어 있은 셈이지.

성처녀聖處女들. 더러는 돌아가서 있기도 하는 우리 성처녀들. 그대들은 지금도 때를 가려 개와 넘어 '원이 방'을 찾아가옵나? 그렇게 믿고 사는 것은 내 제일 큰 기쁨이다.


# 39


'개와 넘기'와 아울러서 그들이 하던 것은 '멍석말이'와 '강강수월 래'이다. 멍석말이란, 그 말 그대로 멍석을 말았다 폈다 하는 것과 같은 유희이다.

또 한 번 꽃테두리는 한쪽을 틔워, 그 한끝의 처녀를 움직이지 않는 중심으로 해서 겹겹의 나선형으로 재빨리 말아 가다가, 다 말리면 맨 외원外圓의 끝에 있던 처녀로부터 시작하여 다시 이것을 다 풀고, 다 풀리면 또 다른 끝을 중심으로 해서 말아 가고 하였다.

이 멍석이 다 말렸을 때는 맨 가의 외원만 빼놓고 그 안에 말린 처녀들은 국화 같은 그런 꽃의 속에 든 꽃잎들처럼 답답함에 빽빽이 숨을 뿜고 음성을 뿜으면서 수런거려 댔다.

이 긴박해진 사랑의 큰 꽃송아리와 같은 수런거림에 아— 나는 얼마나 한몫 끼이고 싶었던 것인가. 이 소원은 나뿐만이 아니라 생솔가지 울타리 틈에 눈을 박은 소년들의 공통하는 것인 듯하였다.

왜냐면 소년들은 마당의 처녀들이 다붙어 말려 수런거려 대자 그대로 밖에서 눈만 박고 있질 못하고 마당 안으로 몰려들어 가, 주인이 꾸중할 것도 미처 못 생각하는 양 부엌의 물독에서 바가지에 물을 퍼다간, 손으로 그걸 움켜 거기에다 대고 뿌려 참가를 해 버리고 말았으니까.

나는 아직 또래 중에서도 나이가 제일 어리고 또 부끄럼이 상당히 많은 편이어서 그 물 뿌리는 짓에 직접 참가는 못 했으나, 그 마당의 거울 속에 들어서서 난데없는 물벼락에 이리 밀리고 저리 밀리면서 나직이들 외치며 거세게 내뿜는 우리 처녀들의 내 뺨에 와 닿는 숨결들을 즐기기는 하였다.

"거 웬 머스매놈들이 그리 수선스러워?"

창문을 열어 놓고 방에서 구경하고 있던 송 선생 부인이 이렇게 고함치는 정도로는 우리들을 몰아낼 수는 없었다. 송 선생 부인이 뒷마루를 내려서서 우리를 향해 쫓아오며

"네 이놈들, 수선 그만 피우고 밖에 나가 놀아라!"

해서야, 비로소 우리는 참으로 뜨기 싫은 이 달거울 위에서 물러났던 것이다.

그래 물러나서는 울 밖 다 베어 낸 모시밭 위에서 까닭 없이 서로 주먹으로 툭툭 등짝을 갈기곤 도망하고 뒤쫓으면서 한참 동안 법석을 떨다가 울타리 안에서 다시 강강수월래의 노랫소리가 들려오면 또 먼저 그 무궁화나무 사이 생솔가지 울타리 틈에 와 눈들을 박았다.

강강수월래……

강강수월래……

강강수월래……

이 뜻은 미처 모르나 귀에 밝은 합창 소리를 남실거리며, 처녀들의 인제는 아무 데도 안 트인 꽃테두리는 유유히 급하잖게 달의 외원과 같은 둥그래미로 배돌고 있었다.


## 40


되 강光, 되 강光, 물 수水, 넘을 월越, 올 래來. 그러니까 되놈들이 물을 건너온다는 뜻으로서, 이 놀음이 생긴 처음은 임진왜란 때부터라고 한다. 아마 바닷가 마을에서부터 시작한 것이리라. 바다 바짝 옆에 자리한 인가의 처녀들이 바다에 왜군의 배가 보이면 이렇게 손맞잡고 놀음하듯 이것을 여럿이서 합창하여 우리 군대에 알리려는 데서 발단한 듯하다. 혹 이순신 장군과 이것이 관계있다 하는 이가 있는 걸 보면, 충무공 손수 이것을 지어 해변의 마을 사람들한테 부탁했던 듯도 하다.

일정 때엔 온갖 민족주의적인 것이 다 금지되었으나 이런 유풍遺風이 금지당하지 않고 그대로 고스란히 그 말기까지 벽지에 남아 있었던 건 희한한 일이었다. 듣고도 몰라서 그랬었던지? 깊은 곳 일은 알 길이 없어 그랬었던지? 하여간 재미있는 일이 아닐 수 없다. 우리 민족의 시골로 쪼끔만 깊이 들어가서 추석날 밤 서면, 이 처녀들의 '강강수월래'의 합창 소리는 1940년 넘어서도 역력히 들을 수 있었으니까.

허나 아직 아무 영문도 모르던 우리 애숭이패들은 이걸 아직 존경할 엄두는 미처 내지 못하고, 그저 다만 이걸 하고 노는 것이 좋아, 좋다는 생각이 겨워 오면 또 그 울 밖에서 울 안으로 몰려들어 가서 부엌의 물독에서 물을 퍼다간 거기에다 흩뿌렸다. 좋다는 생각이 더 하면 더 많이 냉숫물을 흩뿌리었다. 나는 물론 어느 때나 아직 그런 짓 하는 직접의 실행자는 되지 못했지만, 그걸 알아볼 수는 있었다.

"아이고!"

"아이고!"

"참!"

"참!"

"참!"

"저 머스매들 왜 저런대?"

"저 머스매들 왜 저런대?"

"머스매들도 흉해!"

"머스매들도 흉해!"

"참!"

"참!"

　이렇게, 그 고운 처녀의 음성들로 욕일망정 우리와 관계있는 말들을 산드라히 퍼부어 주는 것이 좋아, 거듭거듭 바가지의 물을 불 켠 듯한 손들로 움켜 뿜고 있었던 것이다.

　머스매들의 물 끼얹기가 세 번, 네 번 겹칠 때쯤은 밤도 이미 삼경 무렵이었다.

초저녁엔 아직 풋콩과 백금빛이 한데 합친 너울을 쓴 양 걸어오던 달은 벌써 중천에 와, 그 가진 것 입은 것을 다 놓아둘 데다 놓아두고 알몸을 싸늘히 뇌쇄하는 눈에 너무 부신 알몸을 송두리째 드러내고 있어, 인제는 젖통빛 가슴속으로나 보거나 아니면 캬랑캬랑 잠들밖에 없는 삼경의 때가 되어 있는 것이었다.

"내, 그 녀석들 쫓아 줄게 염려 말고들 더 놀아라."

밤새워라도 같이 있고 싶은 주인댁은 말했으나, 처녀들은 이미 이 달빛을 덧이불해 잠을 자거나 뽈뽈이 저 혼자서 가슴속으로 봐야 할 때였다. 그래 그들 처녀와 소녀들이 마당의 그 공동의 거울을 비우고 뽈뽈이 흩어져서 집으로 돌아갈 때에는, 우리는(물론 여기서도 나는 아직 그러질 못했으나) 또 그 나오는 데를 지키고 있다가, 각기 제 마음대로 하나씩 소녀들의 뒤를 따라 도망가는 걸 쫓아갔다. 그러나 이런 날 밤 처녀와 소녀들의 발걸음은 사내애들보다 빨랐다. 소녀 사슴 뛰듯 내리달리고 건너뛰어, 항용 머리털 하나 손에 가까이 닿지 않았다.

첫 산골을 달려오다가 활등 언덕을 커브 도는 내릿물처럼 그들은 움칫 그런 몸짓을 하며 잘 달아났다.

우리와 그들 사이의 공중을 한없이 그뜩한 걸로 만들어 놓고…… 그러나 서로 보곤 맞절이나 할까, 허튼 동석은 절대로 할 수 없는 걸로 만들어 놓고……

## 41

질마재의 처녀와 소녀들이 일 년 내내 춘하추동의 달을 사귀고 지내다가 추석날 밤부터 며칠 밤을 그 빛 아래 모여 떼 지어 놀듯이, 질마재의 소년과 총각들은 또 늘 말하지 않고 곁하던 해와 하늘로 향한 마음을, 설날부터 얼마 동안의 정초에 하늘에 연을 날리고 또 연싸움을 함으로써 나타내 보였다(소년 중에도 아직 전혀 길들지 못한 몇몇은 또 그저 훈련으로 여기 끼어서).

연이 하늘에 날기는 대개 정월 초사흘쯤이고, 초하루와 이튿날 이틀간은 그 준비 기간이었다.

연자새는 열 살이 넘은 소년이나 총각이면 벌써 거의 하나씩 가지고 있는 것이지만, 먼저 실을 겹해서 들여야 하고, 또 그 실에 겨잣물도 들여야 하고, 또 밀어 부레로 풀도 끓여 먹여야 하고, 흰 사금파리를 깨 가늘게 가루를 만들어 그것도 거기 먹여야 하고, 그래서 아무래도 한 이틀쯤은 준비 기간이 안 될 수 없었다.

연은 장방형의—이마에 깜정빛 해 모양의 둥그래미를 붙인 '까치적삼'이란 놈이 제일 많고, 그다음은 '꼭두서니'라고 하여 꼭두서니빛 둥그래미를 붙인 놈, 그다음은 '네눈백이'라고 하여 이 둥그래미가 이마에 네 개씩 붙은 놈. 아주 애숭이들의 훈련용으론 바다의 둥둥발이인 가오리 모양을 한—높이는 아직 못 뜨는 '가오리'란 연.

연터는 또 마침 우리 집 바로 앞 모시밭(물론 다 베어 낸 모시밭)에서부터 개울 건너 메네 씨네 모시밭에 걸쳐 있어서, 나는 또 이것을 저절로 충분히 즐길 수가 있었다.

내 몇 살 때부터였던지는 잊었으나, 연이 날기 비롯하는 날은 물론, 연실에다 겨잣물을 들일 무렵부터 나는 늘 조그만 가오리연을 두 발 자새에다 매어 들고 뒤따라 다녔었다.

그래 마을의 홍동이, 종동이, 황동이, 작은놈, 큰놈, 셋째, 넷째, 억쇠, 또쇠, 바위, 노새 들의 '까치적삼', '꼭두서니', '네눈백이' 떼가 일제히 사운거리는 사금파리 가루 소리를 내며 자새에서 풀려 하늘에 떠서, 웃뜸 느티나뭇골 상상 가지 위를 소리개 떼 내려보듯 힐끗힐끗 내려다보며 점점 더 높이 멀어져 가 마침내는 동쪽 소요산 상봉 위에 덩그라히 솟을 때는 마치 메기 헤엄치듯 하던 내 '가오리'는 띄워 둔 채 잊어버리고, 나는

"앗! 노새 까치적삼!"

"오오메! 작은놈 네눈백이!"

"오오메! 오오메! 또쇠야도! 홍동이야도!"

하고 탄성을 터뜨리었다.

그들은 소요산 상봉 위에 연을 날려 놓고는, 대개 한나절은 그것을 자새에 실을 감아 얼마만큼 잡아다렸다가 또 풀어 멀리 날리고, 또 재빨리 비호같이 그걸 쬐끔씩 감아 오단 자새로 낚아채며 실을 주어 재주도 부리면서 놀렸다. 말하자면 싸움 전의 양기 운동養氣運動이었다.

## 42

연꾼들 가운데는 서당패도 더러 끼어 있긴 하였으나 서당패들보다도 훨씬 더 서당에 안 다니는 생일꾼 청소년들이 많았다. 서당꾼들은 문자에 파묻혀서 그런지 몇 나오지 않았으나 생일꾼 청소년들은 이때가—정월 초순으로부터 대보름까지가 그들의 문자 없는 서당인 양 많이 나왔다. 그중에는 고향을 떠나 타관에 가서 머슴살이를 하다가 일 년치 새경돈을 타 가지고, 옥색 비단 조끼를 사 입고 나온 청년도 더러 끼어 있었다.

그의 '네눈백이'를 항용 남보단 먼저 소요산 모퉁이에 올려 띄워 놓던 노새도 이 타관 머슴살이를 하는 청년이었다.

"앗! 노새 네눈백이!"

하고, 내가 옆에서 손에 든 '가오리'를 잠깐 잊고 감동하면, 그는 그의 일흔닷 냥(15원) 새경 속에서 사 입은 옥색 제병 조끼 위에서 두텁고 넓은 앞니를 드러내 놓고 싱그레히 웃으며,

"서당이 좋냐? 여기가 좋냐?"

하고, 눈으로는 산모롱 위의 그의 연을 지키면서 물었다.

"여기가……"

나는 물론 사실대로 서슴지 않고 대답했었다.

그러면 그는

"글히여?……"

하고, 한참 동안 무엇을 생각하는 듯하다간 나를 돌아보고 또 싱그

레에 웃으며 한 손을 들어 내 머리를 쓰담어 주었는데, 그것은 반신반의하면서도 또 깊은 물에 온 고기와 같이 (이것은 괴테의 말이지만) 무엇이 기쁘기는 한정 없이 기쁜 모양이었다.

"너도 그럼 서당 그만두어 버리고 깔짐이나 져 보지……"

이어 그는 이리 말하며 그의 연을 빨리빨리 댓 자새 감아선 되게 자새를 젖혀 재주를 먹이면서, 좋아라 너울거리었었으니까.

무엇이 그리 좋았던가, 형이여. 그것은 정월 대보름으로부터 일 년 내내 타관의 남의 집살이를 하다가 일흔닷 냥 새경을 타 제병 조끼를 사 입고 보름 동안 풀려 나온 때문이었는가? 아니면 그대의 그 향기로운 꼴짐들, 떡갈나무 이깔나무의 나뭇짐들로 덮어 두었던, 덮어 두고 때가 오면 헤쳐 보자 했던 무엇이 질마재 하늘에 보여 그랬는가?

지금 같으면

"서당이 좋냐? 여기가 좋냐?"

그대가 물었을 때, 내 대답은

"여기……"

라고 내 개인의 일로만 한정하여 말하고 말지는 않았을 것이다.

"여기나 거기나 마찬가지여. 만나는 데는 마찬가지여."

어쩌고저쩌고하였을 것이다.

"자네는 자네 풋나뭇짐을 지고, 서당패는 글자 획수 외는 것이나 좀 달치……"

어쩌고저쩌고하여, 그래도 아쉬운 대로나마 기어이 그의 반신반의만은 풀려 들었을 것이다.

 연 날리는 것을 보고 있으면, 어느새 온몸은 추운 웅덩이에 빠진 듯 오싹해지면서 그 뒤를 이언 그 여운처럼 으시시한 학질 같은 치위가 두고두고 뼈에 스며들었다. 촌사람들에겐 속옷이 없던 때니까 그것도 이유이긴 하겠지만, 아무리 솜을 많이 넣은 핫옷을 입어도, 마을 어른들의 얼굴을 생각하며 세배를 다닐 때나 땅을 바라 돈치기라든지 그런 것을 할 때보단 훨씬 더 으시시하였다.

 이 아르르 푸르게 반짝이는 으시시함은 저고리 안으로까지 파고스며 와, 거기에만 멎는 것이 아니라, 허리띠를 맸는데도 배와 허리에까지 젖어 내렸다. 그러나 한번 이 재미에 빠지면 여러 직 지낸 학질을 좀처럼 못 벗어나듯 이 연터를 좀처럼 빠져 날 수가 없는 것이다. 학질은 병이나 되니까 모다 서둘러 낫우거나 하지만 이것은 그렇지도 않은 것이다.

 요즘 도회의 소년들은 연을 날렸으면 날렸지 추워 떨면서 그 구경은 오래 않는 듯하다. 허나 내 나이의 촌사람들이 어렸을 때는 이 과정도 하나 어쩔 수 없이 오는 것이었다.

 이런 일은 사실은 내 어렸을 때의 소년들에게는 아조 생소한 일도 아니었다. 나는 이미 앞에서 다섯 살 무렵의 집지기 때에 만난 개울 속의 구름, 팔구 세 때에 혼자 겪은 감나무 그늘의 얘기를 했거니와 그런 것을 좀 더 깊여 할 수 없이 여기 온 것임에 불과하였다.

 여러분은 혹 겨울날 이 나라의 어느 산협을 지나다가 어느 외진 언덕에 세워 있는 콩동이나 그런 것 밑에 나어린 소년이 번하니 이 나라의 전통 속의 겨울볕을 쪼이고 앉았는 것을 본 일이 없는가? 이런 것은 벌써 거진 한 항렬의 일인 것이다. 겨울 언덕의 콩동 밑에 내처지건 연터에 내처지건 이것은 학질처럼 우리한테는 꼭 오는 어쩔 수 없는 일이었던 것이다.

"너그 오매보고 토시나 하나 히 도라서 찌제 그러냐. 에이, 덕덕."

노새는 이 후배의 갓 어린 떫은 감같이 물들어 가는 꼴이 우스운 듯 말했던 게 기억나나 토시를 해 끼건 안 해 끼건 이런 과정은 한 필연한 과정이었던 것이다.

생각건대 과목을 정해서 우리한테 가르친 것은 아니나 저절로 소년 때부터 그렇게 안 가 설 수 없게 했던 이런 훈련은 저 상대 신라의 훈련들과도 통하는 게 아니었을까. 박혁거세의 어머니는 처녀로 매 한 마리만을 집과의 통신용으로 데불고 이 으시시한 공중의 웅뎅이 속에 던지어져서, 나중에는

"인젠 그만 돌아올 생각 말고 매 멎는 데 살아 버려라."

라는 부모의 권유까지도 받았었다. 물론 저쪽은 처녀요, 우리는 소년이었지만, 그 내던져졌던 데가 한군데이므로 미루어 아무래도 그렇게 생각이 되는 것이다.

전통이라는 것—그것은 햇빛 다음으론 찔긴 것이니까.

그리하여 이렇게 늘 이어서 겪어 안 가까울 수 없게 하였던 부조父祖의 덕으로 (그 덕의 값을 아는 이는) 오늘 하늘을 겨우 허무 아닌 걸로 유지해 갖고 있다. 자기가 앓고 상사想思하던 그 방이 방 중엔 아방궁보단 그립듯이 공중은―우리의 부조가 숨 쉬고들 갔고 우리가 또 그러고 있고, 우리 어린것들이 또 뒤대어 영원을 두고 그럴 공중은 무엇보단도 먼저 그립게 가까운 걸로 무언중에 이루어져 있는 것이다. 로마 사람들이 처음으로 만든 말, 육체의 오만 진미 밖엣일은 모두 이 말로 대신했던 말, 요새는 만지거나 망원경으로라도 본 것 이외엔 모두 다 무어든지 이 이름으로 불러야 하는 말―'니힐nihil'이란 말은 여기 깃들일 자리가 영 없는 그런 것으로서…… 그런 병이나 배타는 영 앉을 데가 없는 그런 것으로서……

그래 하늘에 뻗친 서슬 푸른 핏줄들 같은 질마재 청소년들의 연줄―

노새의 연줄,

바위의 연줄,

큰놈의 연줄,

작은놈의 연줄,

억쇠의 연줄,

작은쇠의 연줄들을 에워싸고, 미시(오후 두 시 이후 두 시간)쯤이 되고, 내 저고리 안의 푸른 치위도 한고비를 넘고, 하늘의 해도 둘레의 푸른빛을 짙게 해 사금파리 가루 묻은 연실 가에 엣비슥히 닿아 올 때쯤 되면 비로소 연싸움을 열었다.

그렇지만 싸움은 무슨 싸움?

마치 제각기의 인생의 단 하나뿐인 길들 그것과 같이―그나마 땅이 아니라 하늘에 뻗쳐 있던 청소년들의 연실들은, 무한히 뻗쳐 있는 것 같던 그 연실들은 오후 두 시쯤의 그저 있을 수 없는 때부터 그 노선의 사귐을 시작했을 뿐이다.

그러고는, 그 사귐은, 왜 있지 않은가?

> 친구 살아 있어, 먼 데서 오면 어찌 안 반가워
> 有朋自遠方來不亦悅乎

하는, 『논어』의 구절의 뜻과 같이 합해지다가, 어느 편이건 한편이 하여간 그 정情이 격한 것처럼 끊기었다.

나간다아……

나간다아……

나간다아……

하는, 마을 청소년들의 합창은 그 뒤를 놓아두지 않고 바로 대어 메꾸었다. 마치 승리건 패잔이건 다 같이 꽃다운 일이고 또 같은 시간 속의 장행壯行이란 듯이.

그래 뱃머슴이었던 증운이는 그의 끊기어 소요산 모롱에서 멀리 가는 패잔의 연을 보고 잠깐만 섭섭해 하다간 다시 그럴 것도 아닌 걸 이 하늘에서 훈련했고, 이긴 노새는 또 이긴 일 옆에 항시 지는 일, 망하는 일이, 서러운 일이 있다는 걸 이쿠는 것이었다.

우리는 이렇게 우리의 인생을 무한한 공중에다 놓고 연습하는 데 아홉 살 무렵부터 길이 들었다.

내가 뒤에 한동안(소년 시대에) 무신론에 귀를 기울였다가도 다시 그만두고 한 힘은 이런 데서 얻은 것이다.


## 45


그리하여 우리의 인정 그것과 같이 소요산 상봉에서 동으로 하늘을 매만지며 떠나가다가 안 보이게 된 연들의 멎은 곳을 나는 모른다.

멀리 이르지 않음이 없이     無遠不至

— 화랑훈花郎訓


그것은 내 정과 앎 속을, 또 뻗치는 뜻의 세계를 시방도 그냥 하늘을 매만지며 가고 있을 뿐 멎을 줄을 모른다. 그것은 그때 연터에서 이긴 사람들에게도 진 사람들에게도 또 나같이 구경하던 소년들에게도 모두 그러리라.

이렇게 동녘 산 너머론 한정 없이 내 연이 날아가고 있지만, 서녘 바다에는 또 내 한 짝의 떠내려 보낸 꽃당혜를 띄운 끝없는 물결이 출렁인다.

여덟 살 땐가. 아홉 살 땐가. 연날리기 철의 새초롬코 얼얼한 날씨를 뒤대어, 종다리들이 갸르르 갸르르르 하늘을 거의 다 뜨시하게 뎁혀 놓은 뒤였으니까 한식 무렵이었을 것이다.

아버지가 서울을 갔다 오시면서 가죽에 분홍과 초록으로 수놓은 꽃당혜를 한 켤레 사다 주시어, 맑은 날은 가끔 왕골 꽃신 대신 그걸 신고 다녔었는데, 여름이 와 쏘내기 뒤 무지개 떴던 날, 엄마 몰래 이걸 꺼내 신고 진 데를 밟고 개울로 내려가서 또래들과 같이 목욕을 하며 가지고 놀다가 그만 한 짝을 장마 뒤에 부푼 물살에 떠내려 보내고 만 것이다.

쏘내기 뒤를 이어 기를 쓰고 일어나던 뒤안의 보랏빛 소엽밭 향기. 그 위에 바람과 쏘내기의 힘이 떨쳐 놓은 풋대추 알들. 그만만 해도 그만인데, 토담 바로 밖에 와서 닿는 무지개. 담장 앞 모시밭 두럭 길을 누구네 집 큰 황소가 고삐 잡은 손을 떨치고 와 뛰며 온 마을이 쩌르릉 쩌르릉 울리게 영각하다 붙들리는 왁자지껄임—이런 느낌 때문에 어머니가 금하시는 걸 알면서도 그것을 몰래 꺼내 진 데를 디디고 간 것이, 개울물에서 알몸으로 첨벙거리던 아이들 손에서 오고가다가 그만 그리된 것이다.

소요산을 씻어 내려 흐르는 물이 삼 분의 이쯤 와서, 마지막으로부터 두 번째로 활등진 짙은 풀언덕을 씻어 커브 도는 모서리. 햇빛이 오붓이 곡간에 알곡 모이듯 차곡차곡 잘 모여, 우리가 여름 장마 뒤면 늘 그 가에 옷 벗어 두고 알몸으로 잠겨 살며, 여러 빛 차돌을 갈아 술을 울거서 해와 하늘에 고이던 틈에서, 아래론 물 깊이와 물살이 사뭇 깊고 거세어, 손에서 손으로 오고가다가 마지막 내 손을 미끄러져 나간 꽃당혜 한 짝이 그만 바다로 가 버리고 만 것이다.

하여, 이것도 실이 잘리어 동으로 간 연마냥 멎는 곳 모를 모양으로 항시 밀리고 흘러가는 모양으로만 내 속에 있다.

떡갈나무, 이깔나무, 머루, 다래, 곰취, 더덕, 창출─소요산의 풀과 나무를 썻어 간 그 질마재 물하고 시방도 같이 짝해서 다니는지. 벌써 헤어져 다니는지.

그러고 그 바다에는 거기 가서 오시지 않고 만 내 외할아버지가 계시고, 그 바다 바로 앞 언덕에는 어머니가 삼십 대의 모습으로 앉아 계시다. 내 몇 살 때 가을부터였던가 무우 배추들을 거기 앉아 씻으시어, 무우와 바다와 배추들을 더없이 내게 가까운 걸로 만드시던 그때 그 모양대로.


## 46


그러고……

그러고 공중에 빽빽이 빈틈없이 차 있는 것은, 사기 보시기만큼씩한─할머니 말씀대로 하면 꼭 사기 보시기만큼씩 한 목화 꽃숭어리들의 잘 핀 밭 같은 혼들의 꽃피임이다.

마을에서 목화밭을 제일 잘 가꾸었던 게 누구 집이었던가는 깜빡 잊었다마는 헛눈 안 팔고 잘 가꾸어 피워 놓은 목화꽃밭 같은—꼭 사기 보시기만큼씩들 한, 돌아가서 또들 사는 혼들의 꽃피임이.

"푸르수웅— 헌 게 꼭 중발(중사발—보시기)만 허니라."

우리 집 앞 개울 건너 선달 영감댁 할머니가 돌아간 이튿날, 그날은 비가 와서 마을 아낙네들이 우리 집에 놀러와 있었던가, 여럿이서 그 선달댁 할머니가 어젯밤 숨 끊어진 때 거기서 날아올랐다는 혼 이야기를 하니

"나도 봤다."

하시면서 형용하시던 그런 혼들의 꽃밭이······

남편 임종에 하나를 끊고 남은 아홉은 어느 거나 쉬지 않는 일로 끝이 다 뭉캐진 손가락들을 잠깐 쉬시는 동안, 할머니는 그 쉬는 틈의 마음속의 손거울에 비친 것을 문득 무심결에 실토하시는 양—

"엊저녁 첫 곡소리 뒤에, 그그서 꼭 푸르숭수웅헌 중발만 한 것이 오르뎅이, 노적이네 집 담 옆에 와서 쑥나무 새로 줄창 솟아 갖고 송현 솔 무데기 어깨로 해서 산 너머로 가더라."

뭘 크게 감동하실 때만 가벼이 흔드는 체머리를 두세 번 빨리 저으며 할머니는 이어 말씀하셨었다.

그 선달댁 할머니의 것뿐 아니라 그 집의 큰손자딸—내 어린 때의 꽃선생 서운니의 역시 보시기만 한 혼의 꽃. 그 앞집 장사 최노적 씨의 혼의 꽃. 웬 영문도 모르면서 이 할머니 말씀이기에 믿긴 믿어 눈을 커어드라히 뜨던 나한테 처음 이 꽃을 소개하시던 그 모양대로 또 거기 가 계시는 우리 할머니 바로 그분의 혼의 꽃. 인제는 벌써 안

계시는 내 아버지의 혼의 꽃. 또 외할머니와 외할아버지와 외삼촌의 혼의 꽃. 내 종형 몽글대의 꽃. 내 외종제와 외사촌 누이들의 요절한 어린 혼들의 꽃. 그 밖에도 많은 내 일가와 친척과 남녀의 친구와 이웃들의 혼의 꽃……

이런 혼의 꽃들로, 반생이 넘으니 인제는 거기가 얼마 뵈지 않을 만큼 그득한 것이다. 할머니가 처음 말씀하실 때는 곡절을 몰라 눈을 둥그렇게 떴고, 젊어서는 젊은 혈기로 접어 두었던 것이 인제는 문득문득 나타나는 것이다.

그러나 독자 중의 무신론자의 시비가 혹 있을 듯해, 몇 마디 그 접촉의 실상을 아무래도 여기 말해 두긴 두어야겠다.

나는 물론 아직도 처음 곡 뒤에 날아나는 혼불은 보지 못했다. 허나 우리 할머니한테 직접 이 귀로 그 보신 걸 들었으니 만치 잘된 수도자에게는 그렇게도 보일 것만은 믿는다. 그러고 내가 접하는 것은 물론 그림으로 기억되어 남은 형상. 그러나 이 그림들의 감개는 몸으로 나토아 오는 사람들과의 접촉에서 얻는 감개보단 언제나 적은 것은 아니다. 저승의 형상으로 사랑이 제일 많이 가는 때는 이건 어쩔 수 없이 또 내 제일 현실인 것이다.

그러니 이건 누구나 거진 다 그런 일이다. 기억 속에 사진으로 아직도 말쫑히 살아 있는 친면 있는 귀신들과의 사귐쯤이야. 허나 물론 나는 내 속의 그림으로는 기억할 수 없으나 내 돌아가신 아버지나 할머니나 또 그 선대들이 역력히 마음에 사진 찍어 두었던 그 많은 귀신들의 일도 '없다 모른다' 할 수는 없다. 어찌 그게 없는 일인

가. 친면이 아닌 귀신은 내게선 이미 은형隱形이야 은형이 되었지만, 친면 있는 귀신들의 형상의 가슴께 들어 있는 이를 비롯해서 왜 쭉 있는 것 아닌가? 아버지의 형상 속에는 내가 못 본 할아버지의 형상이 있고, 또 그 할아버지의 형상 속에는 증조부님의 형상이 있고 해서……

# 줄포

## 1

우리 집이 질마재를 떠나서 부안군 줄포로 이사를 한 것은 1924년, 내 나이 열 살 때의 일이다.

줄포는 전라북도에서 군산 다음의 둘쨋번 포구이긴 하나, 변산반도의 남쪽을 과히 깊지 않은 물로 꽤 깊이 들어와 있어, 똑딱선 정도밖에 큰 기선은 닿지도 못하는 포구. 여남은 척의 재래식 어선과 한두 척의 똑딱선이 매일 와 닿는 정도의 포구.

집 수효는 내가 처음 이사 갔을 땐, 동편 마을과 서편 마을의 원둑거리라는 선창가 마을과 새터란 데와 웡골이란 데를 합해서 모두 오백 호쯤 되었을까.

바다는 여기에 와 동북이 ㄴ자형으로 물과 접해서, ㄴ자형을 이룬데는 길 양켠에 일본인과 중국인들의 가게들이 섞인 원둑거리라는 상가가 줄등 켜듯 늘어서고, 여기에서 동북쪽으로 좀 들어와서 원둑 거리로부터 북으로 고부, 정읍 쪽으로 뚫린 신작로를 중간에 사이해 그 길 서쪽이 서편, 그 동쪽이 동편.

그 동편의 뼈들은 바른쪽 죽지처럼 줄포의 맨 북쪽에 자리한 것은 새터, 그 새터에서 등 뒤에 동켠으로 언덕 하나를 넘으면 거기가 웽골. 서편 마을의 면사무소 앞에는 바다와의 물의 거래를 쬐그만 수문을 통해서 하고 있는 서른남은 마지기는 넉넉히 될 길 넘는 갈대밭이 있어서, 이 때문에 줄포라는 이름이 생겨난 것이다.

우리가 이사 든 데는 동편, 전에 인촌 김성수 선생의 가족들이 살다가 서울로 이사 간 뒤의 빈집이었다.

이 집은 여염집으론 줄포에서 제일 큰 집일 뿐만 아니라 국중에서도 그중 큰 것 중의 하나가 될 것이다. 하여간 나는 아직 이 나라의 재래식 여염집으로 이보단 더 큰 것을 보지 못했다.

비록 초가집이긴 하지만 뼈다귀는 여느 개와집들보다는 굵은 것이 겹겹이 병풍 치듯 합해서 여덟 채. 그 집들 사이를 잠그고 여는 대문과 중문이 또 합해서 여덟 개. 동복 영감의 대소실大小室을 위한 두 개의 큰 몸채에, 영감의 사무실과 거실을 가진 사랑채, 그 아들 성수 씨의 초당에, 아이들의 공부 칸에, 서생 농감 사음배舍音輩들의 거처에, 하인들 칸에, 머슴방과 큰 곡간을 겸한 길가채에, 방 수효는 곡간들까지 해서 열일곱 개였던 듯하다. 뒷간들까지 하면 스무 개쯤.

포도 넌출들과 모란, 사계화 같은 것을 담은 과히 넓지 않은 뜰들과 곡식을 위한 널찍널찍한 마당을 셋 가졌을 뿐, 연당蓮塘이나 수풀 그런 것은 없어 함축미는 없었으나, 그대로 이 집은 질마재 같은 가난한 마을에서 자란 내게는 처음 한동안 큰 매력이었다. 미궁에 든 소년에게처럼 한동안 그것은 지나친 매력이고 또 아늑하였다.

## 2

우리가 줄포로 이사하던 날은 이른 봄날로도 으시시히 추운 날이었다.

할머니는 질마재의 농사 때문에 종형 몽글대를 데불고 그대로 남게 되셨는데, 나보단 네 살 아래인 내 누이 정옥이도 할머니를 영 안 떨어지려고 하여 거기다 위선 그냥 놓아두고, 줄포의 그 큰 빈집에 묵고 계시는 아버지를 찾아서 이삿길을 뜬 우리 가족은 어머니와 나와 아직 젖먹이였던 내 아우 정식(뒤에 정태로 개명)이 셋뿐이었다. 그전 질마재의 머슴이었던 하성 씨의 아우 셋째가 잔심부름도 하고 애기도 볼 겸으로 정식이를 업고 따라서 오고, 종형 몽글대(항렬 이름은 정권)와 서너 명 짐꾼이 어머니의 원을 따라 부엌에서 쓰시던 비니 물푸레나무 부지깽이니 바가지니 그런 것을 꽂으로 한 짐들을 지고 우리와 같이 이십 리가 넘는 길을 걸어왔다.

아마 이때까지도 어머니 버선발을 에워싸고 있던 것은 육날 메투리였을 것이다. 오는 도중엔 오 리쯤이나 거의 되는 개안[浦內] 바다가 있어, 마침 조금 때라 발들을 빼고 그 진펄을 더듬어 건너 언덕 밑 생수 구멍에서 발의 개흙들을 씻었는데, 그때 그 옆 산 언덕배기의 솔빛과 솔 소리가 살아나던 일은 커서도 가끔 내 힘이 된 기억의 하나다.

나는 이때를 처음으로 해서 소년 시절을 자주 이 개안 바다를 건너다니며 이 생수에 발을 씻는 걸 즐겼지만, 그 생수가 내 두 발을 얼싸안자 별일도 없던 옆의 솔 무데기가 히히덕이며 금시에 눈들을 뜨고 내 가슴속을 종달새 웃기듯 하며 가까워 오는 것은 참 희한한 효과였다.

줄포의 그 대궐 같은 집에 우리 식구가 처음 들어와 앉았던 모양은 거, 무엇 같았다고 할까. 뭐라던가, 만첩산중 늙은 범이 거이 발 하나를 물어다 놓고라던가, 거이 발 두어 갤 물어다 놓고라던가 하는 노래에 나오는 그 거이 발들과도 흡사하였던 것 같다.

작은댁이 살던 채는 작은댁의 사환이었던 김성찬 씨네 가족들이 들고, 인촌의 초당은 큼직한 자물쇠로 잠가 두고, 큰댁의 몸채에 딸렸던 두 채의 집에도 각기 다 딴 가족들이 들고, 우리가 든 큰댁 몸채마저 머릿방은 그전 이 댁의 침모가 자리 잡아, 우리가 실제로 독차지해 쓰게 된 방은 안방과 그 옆 찬방 둘에 불과하긴 하였으나, 난생처음 다락을 단 널찍하고도 번질번질 장판 윤이 나는 방에 와 들이쳐지고 보니, 우리 어머니와 나는 한동안 말문도 잠기고, 집멀미로 식욕도 줄었던 것 같다.

이사 오던 날 밤에 집과 방과는 너무나 안 어울리는 껌정 무명 이불을 아랫목의 반쯤에 펴 놓고 아버지와 어머니가 한자리에 앉으

섰을 때,

"어떤가?"

하고 아버지가 물으니

"……글씨……"

하고 어머니는 말씀키 난처한 듯 대답하셨으나, 그 표정으로 보건대 어찌 기쁘시진 않은 모양이었다.

호사하지 못한 초라한 곳일망정 맑은 질마재가 더 좋다고 속으론 생각하신 것 아니었던가.

첫새벽 아버지하고 나하고 내 동생 정식이가 다 잠든 사이에 어머니는 뒷마루에 맑은 새벽 냉수를 떠 고여 놓고 그의 신명한테 기도를 올린 것을 이튿날 아침 나는 발견하였다.

집과 낮을 이쿠느라고 이른 아침잠이 깨자 뒤안에 든 내 눈앞엔 어머니가 그전에도 가끔 혼자서 하시던 기도의 형식이 그냥 그대로 남아 있었으니까. 이번에는 내 주발이나 내 동생 누이의 주발이 아니라 아버지의 주발에, 어머니 혼자서도 마음대로 쓰실 수 있던 유일한 재산인 맑은 새벽 냉수를 담고.


# 3


이사를 와서 같이 살게들 됐으니, 늘 상종한 이웃들을 인젠 소개할밖에.

먼저 우리와 사랑을 공동으로 쓰게 된―이 집 원주인의 작은댁 사환이었던 김성찬 씨 댁부터 소개를 해야겠다.

그 큰딸의 이름을 붙여서 '파랑이네 집'이라고 항용 불리던 이 성찬 씨 댁 식구는 두 양주 외에 아들이 하나, 딸이 둘, 조카가 하나 모두 여섯이었는데 그들은 첫눈부터 내게는 모두 기분에 들었다.

얼굴들도 조카 작은놈만 좀 다르고는 거진 다 비슷비슷하게 이쁜데다가 음성들도 성찬 씨한테선 명창 김창한의 그 놋쇠 소리가 나고, 그 부인과 딸들한테선 화중선이 육자배기의 그 꽃 속의 좋은 수심 같은 소리가 나 좋았으려니와, 그 태도들이라니 온 국중을 다 불켜 들고 찾아다녀도 이 집 사람들같이 부드럽게 세련된 사람들을 찾기는 거의 불가능할 것이다.

기분 좋은 비취나 호박, 공단, 양단 그까짓 것은 문제가 아니다. 말끝마다 향내 난단 말이 있지만, 그 정도가 아니라, 말들을 할 때의 숨결이 온통 무슨 꽃무늬 비단보단도 보드라웁고, 태도들은 어느 중용中庸의 달사達士도 못 따를 만큼 다스려진 것이었다.

수단 방석을 디디고 다니듯 하던 사분사분한 걸음걸이들도 그러하거니와, 누구에게나 다 입맛에 딱 맞게 맞추어 주던 눈들이라니, 어느 상등의 솜씨가 만든 보석이 이만하리오.

이빨도 어느 집 이빨들보단도 더 깨끗하고, 손끝도 늘 정하게 닦여 있는 이 댁 주부를 그 어디서 만나,

"어디 가겨라우?"

하고 꾸뻑 머리를 숙이면

"아이거마니나…… 이거 뉘 댁 도령이디야? 아이거…… 서 생원 댁 애기구만…… 아이거…… 저런…… 머리도 좋게사 생기고……"

하며 말이 아니라 진짜 노래가 청 맞게는 솟아 나왔는데, 이것은 어느 애무보단도 내게는 살에 닿는 향락이었다. 더구나 그분의 두 눈이 내 구미에 아조 알맞게 내 눈과 맞춰지는 푼수는 최상의 것이었다. 내 어려서, 먼 데서 와 무척은 반기던 일가친척의 아주머니들도 더러 만났지만, 이렇게 꼭 입에 맞게 인사마닥 눈을 잘 맞출 줄 아는 이는 처음 봤다. 참으로 많은 세월의 훈련 다음 일이리라.

성찬 씨는 아마 동복 영감 댁이 서울로 이사 간 뒤부터인 듯 밖에 나올 때는 쬐그만 탕건을 얌전하게 머리에 얹고 다녔는데, 그것도 어느 대갓집 머리 위의 탕건보단 썩 잘 어울렸다.

서울서 동복 영감께서 다니러 오셨을 때

"네, 성찬아! 성찬아!"

부르면

"네에에이!……"

하고 오작교만큼이나 반가운 창으로 일이 분쯤은 넉넉히 걸려 대답하며 나오는 벗은 머리도 주위의 공기와 썩 잘 어울렸지만, 탕건을 얹은 머리도 어느 참봉 못지않게 아조 잘 어울렸다. 아조 가얏고의 농현 가락까지가 은은했던 점은 오히려 동복 영감보단도 나아 보이기까지 하였다.

# 4

이 파랑이네 집 조카 작은놈과 나는 아조 쉽게 또 빨리 가까워질 수가 있었다. 작은놈은 김성수 씨가 쓰던 초당 마당에 부엌을 가지고 있는 사랑채에 아침저녁으로 군불을 지피는 일을 맡아 있었는데, 우리 이사 오던 이튿날인가 그다음 날인가의 어스름, 그가 불을 때고 있는 아궁이 옆에 가 내가 서니, 그 김성찬 씨네 집 독특한─누구에게도 즉시 최상으로 마음에 드는 눈으로 영접해 온지라, 상당히 겁 많은 나도 바로 그 옆에 가 앉아 십년지기나 되는 것처럼 가까이 할 수 있었던 것이다. 그는 나보단 나이는 두세 살 위였으나 키는 나와 방불하였다.

"불이 짚불이라 놔서,"

그는 아조 사리에 밝은 어른처럼 말하였다.

"내그럽기만 허고…… 불맛이 없어. 잘 마른 솔나무 불이라야 불은 그만인디……"

그는 이어 어른들이 서로 다정한 사이에 주고받는 그 '반말'이라는 걸로 먼저 새로 온 내가 명심해 알아 두어야 할 것을 말하였다.

"독샘은 보셨어?"

그 '독샘'이란 우리가 든 채의 서켠 대문 밖에 바로 있는─크고 넓은 바위들로 틀과 그 주위의 바닥이 돼 있는 큰 우물 말이다. 물론 어려서 좀 천착벽이 센 편이었던 나는 이미 이곳에 온 날 저녁 때 이것을 발견하자 곧 쫓아가서 만져 보고 이름도 그 옆 누구한텐가 물어 알아둔 뒤였다.

"그 독샘은 참 깊네 인이. 용 될라다 떨어진 이무기가 들었대여. 물 맛 봤는가? 왜 좀 짜지 않드라고? 그건 독샘 밑바닥이 바다로 맞뚫려서 바닷물이 섞여 들어와서 그리여. 조심허겨."

이 파랑이네 집 식구들과는 달리, 우리가 든 채의 윗간에 있던 침모네나 행랑에 있던 큰댁의 옛 사환 댁은 한동안 우리와는 잘 길들지 못해 했다. 아버지한테는 그전부터 잘 아는 터라 그러지 않았으나, 어머니나 나와 서로 얼굴이 마주치면 처음에는 다수굿이 반기려는 듯하다가도 곧 '당치도 않은 일이라' 생각하는 듯 잠깐씩 우물쭈물하고는 낯을 더웁게들 해 가지고 살짝 외면을 하였다.

그러고도 어머니와 내가 같이 섰을 때 보면, 이미 껌정 고무신들을 신고 사는 그들은 우리 어머니의 육날 메투리 신은 발을 슬슬 내려다보곤 가벼이 또 눈들을 모으로 틀었다.

그래 그 뒤 아버지가 껌정 고무신들을 무데기로 각기 한두 켤레씩 사들이신 것도, 이런 곤경을 겪으신 어머니의 건의에 의한 것이 아닌가 한다. 미리미리 무엇을 용의주도하게 꾸미질 못하고 게으르다가 뒤에 무데기가 돼 버리는 것이 우리 아버지의 그중 큰 결점이었다. 이 성격은 내게도 많이 이어져 있는 것이지만.

그들이 우리와 낯익어 길든 것은 상당한 뒤의 일이었다. 물론 그들이 꺼린 것 같은 하인의 신분으로서가 아니라 뭐라 할까, 그들이 원한 것처럼 한 준평교準平交의 자격으로서 길든 것은.

# 5

우리하고 한 담장 안에 살지는 않았지만, 이때의 우리 생활과 밀접한 관계를 맺고 있던 집이라, 여기 또 아무래도 빼놓을 수 없는 것은 이찬경 씨 댁이다. 이 이찬경 씨 댁은 우리 있던 데선 독샘 앞에서 남으로 몇 집을 건너 있었는데, 여기는 그전에 동복 영감의 아우인 진산 영감이 살던 집이다.

두 형제는 하나는 동복, 하나는 진산의 현감을 지낸 전라도 제일의 지주로서 서울로 이사한 뒤를 동복 영감은 우리 아버지와 김성찬 씨에게, 진산 영감은 이찬경 씨에게 맡긴 것이었다.

이찬경 씨는 뒤에 1936년에 나와 같이 『시인부락』지를 했던 이성범(아이 때 이름은 구범) 군의 춘당이 되는 분이지만, 이분은 진산 영감과 많이 닮은 점을 가지고 있었다.

얼굴인즉 이쪽은 봉의 눈에 카이젤 수염이 있고, 진산 영감 쪽은 봉의 눈이 아닌 데다 조그마한 민구레나룻을 지녔었으나, 둘이 다 늘 가만히 앉아 있지를 않고 방과 마루를 왔다갔다해 쌓는 것이라든지, 김성찬 씨네 집 사람들처럼 척 남의 눈에 안기는 눈짓을 못 하고, 쓱 한 등 낮추어 보는 데만 길든 눈짓을 하는 것이라든지는 흡사하였다. 둘이 다 천래의 공통의 성격끼리 골라 만난 것이 아니었다면 이찬경 씨 쪽이 아마 아류였으리라.

둘이서 나란히 마조 그렇게 종종걸음을 치고 다니는 것은 보지 못했고, 둘이 한군데 있을 때 영감만이 혼자 늘 무얼 입에다 넣고 질근거리며 왔다갔다하던 것, 찬경 씨는 영감이 없을 때만 그렇게 하던 것 등으로 미루어 생각하건대 진산 영감의 이 쉬지 않는 종종걸음 옆에서 찬경 씨는 늘 맞걸어 버리고 싶은 충동을 많이 참았었던 것만은 넉넉히 짐작할 수가 있다.

잠깐 어디 춤판에서도 혼자만 가만히 있기는 헤성헤성한 일인데, 첫새벽부터 기동한다는—부지런키로 근동에 소문이 자자하던 진산 영감의 끊임없는 종종걸음 옆에서, 이 걸음의 장점을 인정하면서, 가만히 앉아 견디어 내기는 찬경 씨에겐 많이 힘드신 일이었을 것이다.

그는 근엄하고 착실한 촌 훈장 출신으로, 동복 영감의 이사 뒤를 맡은 사람들처럼 부분적으로 일을 맡은 것이 아니라 서생과 사음과 집지기를 온통으로 도맡아 있었다.

이 집 큰아들 구범이는 나와는 나이가 아래로 한 살 차이밖에 안 되는 데다, 이렇게 이사 온 처지가 같고 또 한 해에 보통학교를 들어가게 되고 하여 남달리 가까이 지내게 되었다.

우리 살던 데에 있던 전의 서생 방 자리에 구범이와 나는 공동의 공부방을 갖고 학교 입학 전부터 같이 새 공부를 시작했다.

성찬 씨의 큰아들 인덕이는 이해에 이미 6학년이라 우리의 선생 노릇을 잘해 주었다.

구범이는 소녀처럼 길렀던 머리를 깎고 바로 이사 온 길이어서, 가르마의 흔적이 아직도 머리에 남아 있었다.

# 6

내가 보통학교에 입학하기 위해서 시험을 가 치른 것은 그해—1924년 3월 하순의 어느 날 오전이었다.

껌정 세나단으로 어머니가 두루매기를 만들어 입혀 주어서 그걸 입고, 머리는 아직 알대구리로 아마 성찬 씨의 아들 인덕이에게 이끌려 갔던 듯하다.

학교는 동편과 새터 사이에 있는 언덕을 윙골 쪽으로 넘어가는 모롱 위에 북으로 민들민들 늙어 내려앉은 나무 한 주 없는 나지막한 풀산을 등 두르고, 목조의 양개와집이 숙직실까지 합해서 세 채, 바닷바람 속에 으시시하니 앉아 있었다.

남으로 그 앞에는 풀을 말끔하게 다 뽑아낸 수천 평이나 되는 마당에 이상한 악기 소리(그것이 풍금 소린 건 뒤에 알았다)가 학교 집으로부터 흘러나와 요동하고 있어, '하하, 이것은 우리 조선 사람네 집이 아니로구나' 하는 생각이 들어, 그전에 질마재에 어쩌다 청결 검사를 나오던 칼 찬 순사가 머리에 떠오르고 해서 어찌 좋은 기분이 아니었다.

"마당 넓어 좋지?"

인덕이는 내 손을 잡고 시험장이 있는 교실 쪽으로 향하며 물었으나,

"응."

하고 코대답은 했어도, 풀을 다 뜯긴 그 벌판은 어찌 마음에 들지 않았다.

시험장으로 정해진 교실에는 이미 많은 소년들이 부형들과 함께 모여 학동용 책상과 의자들에 앉기도 하고 서기도 하고 있었다.

"저런 애들마냥으로 책상 우에 올라서지 말고."

인덕이는 책상에서 책상으로 건너 뛰어다니는 어떤 애를 손가락질해 보이며 나한테 타이르고 나서 한 의자를 가리키면서,

"여기 조용허게 앉어 있다가 인제 선생님이 들어오셔서 허라는 대로 꼭 해야 돼."

하고, 교칙이니 자기는 밖에 가서 기다려야 되는 거라 하며 나를 떼놓고 나갔다.

묘한 적막이 묘한 왜 내음새(그것은 뺑끼 내음새였으나 이때는 이것도 이렇게밖엔 알 길이 없었던 것이다)와 함께 내 '질마재'식의 마음의 천지를 엄습하여 와 나는 이 새 교섭에 길드느라고 힘이 들었다.

'이 묘헌 왜 내 나는 큰 궤짝 속 같은 데는 나를 대관절 어쩔 셈인가.'

겁이 많은 나는 곧 무슨 위험이나 오지 않을까 하여 마음이 마음이 아니었다.

오래잖아 선생님이 들어왔다. 희고 두터운 셀룰로이드 깃을 깜정 넥타이 위에 정말 하이칼라로 높직이 올려세우고, 숱 많은 윗수염을 큼직이 기른, 꼭 명치 천황같이 생긴(물론 이 비교는 훨씬 뒤에 붙인 거지만) 사람이 한 손에다 산고모자를 모시듯 단정히 들고 들어오더니, 바로 칠판에다 한문으로

'金中培'

라고 큼직한 정서로 써 놓고는

"저는 김중배라는 훈도요. 학부형들은 여기 계시는 규칙이 아니니 교실 밖에 나가 기두리십시오."

하여 어른들은 다 몰아내고, 손에 들었던 산고모자를 높이 치켜들었다.

# 7

"이것이 무엇이냐? 어디 누구 대답해 봐라."

아이들은 그것이 머리에 쓰는 모자인 줄은 아나 무슨 이름의 모자인 줄은 나마냥 다 몰라서 그러는지, 혹은 알고도 부끄럼 때문에 그러는지 아무도 대답을 하지 않았다.

"아, 모자도 몰라? 너이들도 인제 곧 양력으로 사월 초하룻날부턴 하나씩 쓰게 될 모자의 한 가지지, 이게 무슨 어려운 거냐?"

선생님은 이렇게 말하며 털털하게 한번 황소웃음을 웃어 보이곤

"이것은 또 뭐냐?"

하고 이번엔 자기 윗수염을 손가락질해 보였다.

아이들한테선 비로소 긴장이 풀린 듯 낄낄거리는 웃음소리들이 일어나고

"수염!"

"수염!"

"웃수염!"

"팔자수염!"

하는 대답이 깨 쏟아지듯 쏟아져 나왔다.

"그렇지. 그렇지. 암 그렇지. 잘들 알면서 그래."

선생은 황소웃음에 이번엔 털털한 소리까지 좀 섞어 가지고 좋아
라 하였다.

그러곤 또 자기의 끈 없는 명치 시대식 구두를 가리켜 보이며

"에에라, 이번엔 내가 그냥 가르쳐 주마. 이것은 구두."

하고 그 이름을 무슨 남모르는 글자나 알려 주는 체 똑똑히 대었다.

이러구러 선생은 항용 서당 선생과는 아조 다른 심심풀이 친구 비
슷하게 돼 버렸는데, 여기서 멎지 않고, 그는 다시 그 산고모자를 상
고머리 위에다 점잖게 얹더니 바로 옆 교탁 위에 가 털썩 올라앉아
선 두 발을 아조 서당 선생님처럼 포개고 흔들흔들 상반신을 좌우로
흔들었다. 그러면서

"잘들 봐 두어 잊지 않게 해라. 선생님이 무엇을 쓰고, 무엇을 기르
고, 무엇을 신고, 어디에 앉아서 어쩌고 있는지. 아차 잊었구나. 내가
앉아 있는 데는 책상 위이지? 책상도 잊지 말고. 잘들 외어 두었다
대답해야 돼."

그러고 나서 그 외어 둔 것을 성명이 적힌 채점표를 들고 앉아 있
는 선생 앞에 나가서 외어 알리는 시험이 시작되었다.

내 이름이 불린 것은 열세 번째였던 것 같다. 나가는 걸음걸이로
부터 가서 절을 하는 태도, 손등 손가락까지 하나 안 빼놓고 훑어보
고 나서, 달리 탓할 데는 별로 없는 듯 내게는

"원 이 녀석아, 손이나 좀 깨끗이 씻고 다녀라. 물이 없냐, 원."

이런 소리는 하지 않고 외운 것 대답을 하고 나니,

"응. 서정주는 짱구로구나. 공짱구가 안 되게 공부 잘해야지."

하고 바른손을 벌려, 바로 전날 박박 깎은 내 알대구리를 두어 번 쓸어 주셨다.

이렇게 해서 잠깐 시험 보는 사이에 이 좋은 교육자는, 내 겁을 말끔히 씻어 주었다.


# 8


시험이 끝난 뒤에 잠깐 운동장에 가 기다리고 있다가 부르거든 모이라 하여 그대로 했더니, 그날로 입학된 것과 책 가게, 모자 가게 등을 일러 주어, 집에 오는 걸음으로 나는 아버지한테 돈을 타서 소용될 것을 사러 우리 정식이를 업은 셋째와 함께 상점 거리로 나갔다. 셋째는 이해 열일곱 살이었던가, 이사 온 지 얼마 안 되는 동안에 얼마나 많이 쏘아다녔는지 상점 거리 내용에 벌써 훤히 밝고, 그중 어떤 데와는 안면도 더러 생겨 있었다.

나는 그사이 셋째와 함께 다닌 한 집, 오까미상(일본 여자를 누구나 이때 우리는 이렇게 불렀다)네 사탕 가게와 선창 거리의 몇 집 생선 가게밖엔 눈에 익지 못했으나, 그는 청인의 호떡집과 몇몇 포목상과도 안면이 익어, 시내 가면서는 곧잘 가게 안의 청인들에게도 알은체를 하였다.

내게도 물론 그랬지만 셋째에게도 이 저자의 새로 겪는 풍물들은 아직도 매우 매력이 있는 듯 몇 걸음씩 걸어가단 발을 멈추고 유심히 들여다보며 저것 보라고 손가락질을 하였다.

"아이, 정주야 저것 좀 봐. 저 속에서 쭈루룩쭈루룩 물 끼얹는 소리 나제? 젊은 왜년이 그 속에서 목욕을 허는 소리여. 이 흑헌 뜨물 같은 물이 거기서 쏟아져 내리는 거여. 여기서 잘 보면 어떤 땐 널쪽 문이 열린 디로 흑헌 찰떡 같은 살허고 ××가 다 그냥 보여."

어떤 일인의 여관집 (이 내용도 몇 해 뒤에야 알았거니와) 뒷모퉁이에 오자 그는 내 손을 잡아 멈추며 이러기도 하였다.

셋째가 재미있이 봤다는 것엔 나는 아직 흥미가 없었으나, 거기서 나는 냄새만은 벌써 몇 번쨴가를 맡았어도 여전히 내게는 적지 않은 자극이었다. 여꾸풀 냄새 같으면서도 또 다르고, 산초 냄새 비슷하면서도 또 딴판인 비위에 상당히 거슬리는 이 냄새는 물론 비누 냄새였으나, 아직 그런 냄새를 맡아 본 일이 전혀 없는 내게는 역한 대로 또 커다란 매력이었다. 이때의 이 압도적이었던 비누 내의 인상 때문에 지금도 왕왕히 나는 일본의 새 문명을 세숫비누 냄새하고 혼동하는 수가 있다.

"아이 저기 좀 들어갔다 가, 아이."

그 이상한 왜 냄새 옆에서 얼마쯤을 가다가 셋째가 또 손을 잡아 끄는 바람에 나는 이번엔 어느 청인의 포목 가게에 들어서서 또 다른 한 개의 냄새에 애코롬히 취하였다.

"어서 와, 시째."

"장꽤, 안녕허겨라우."

한 청인과 서로 인사를 주고받는 수작을 보니 셋째는 이사 온 지한 달 남짓되는 동안에, 거의 날마닥같이 여기에도 와서 놀았던 모양이었다.

"정주, 아이. 살 것 사고 돈 남건 상해 양말이나 한 켤레 사 신어라. 찔겨. 세상에서는 제일 찔겨."

셋째는 이렇게 말하며 제 발달된 사교를 보라는 듯이 나를 힐끗 쳐다보고,

"상해 양말 야만 한 애 신는 것, 중질로 한 켤레 얼마다우 장꽤?"하고 인사하던 청인에게 물었으나, 나는 상해 양말이고 뭐고, 이건 또 천만뜻밖의 타관의 애코롬히 갠 겨울 날씨 같은 이 가게의 냄새에 고스란히 사로잡혀 차마 거기 참견할 엄두도 내지 못했다.

이것은 또 그냥 광당목의 냄새였으리라마는, 이렇게 한목 얼얼하게 침략해 오는 냄새는 또 처음이어서, 이때는 이걸 청인한테서 나는 냄새거니 하였다. 그러고 이것도 또 아직도 내가 중국 사람을 생각할 때마닥 먼저 떠오르는 냄새다.

## 9

우리는 여기서 나와 먼저 서문섭이라는 이름을 가진 사람의 신식

재봉 바느질 가게에 들러서 사꾸라(벚꽃) 판에 한 무늬로 '공보公普'라는 글자를 양각한 누런 생철 모표를 단 보통학생 모자를 하나 사 아조 그 자리서부터 쓰고, 다음엔 이마이란 일인의 가게로 가 보통학교 1학년용의 교과서들을 샀다.

연필과 지우개 밖에 '크레용'도 사야 된다고 점원이 일러 주어서 열두 빛의 '오오사마[王] 크레용'도 한 곽 샀다.

그래 이 책과 크레용 등을 사 들고 집으로 돌아오니, 어머니는 툇마루에서 웬 낯모르는 처녀와 둘이 마조 앉아 도란도란 무슨 얘기를 주고받고 있었다.

처녀는 나이 열예닐곱 되어 보일까, 남 끝동을 단 옥색 비단 저고리에 남빛의 갑사 치마를 입고, 굵게 땋아 늘인 머리채를 앞으로 해서 툇마루에 걸터앉은 무릎 위에까지 드리우고 있었는데, 내가 마당에 들어서는 것을 보자, 반은 어루듯 반은 아양 떨듯 내 눈을 보며 미소해 보였다.

내가 어머니 옆에 가서 새 모자 쓴 걸 어루만지시는 손길을 받으며 걸터앉으니,

"정주라지? 어떻게 쓰는지, 쓸 줄 알면 어디 한번 써 봐."

어머니한테 물어 안 듯 벌써 남의 이름까지 다 외고 앉아서, 마치 누님보담도 무슨 아주머니나 되는 체 연방 처음과 똑같은 눈웃음을 쳤다.

몸매는 인제 생각하니 경주 석굴암 관음보살 부조상이 나이 좀 더 어렸을 때는 그랬을 듯 좀 앳된 대로 유하게도 그뜩했고, 얼굴은 그

보살의 것보단 조금 더 둥근 것이 음사월 찔레나무들 울 지은 속에 한가한 바람에 주름 짓는 맑은 못물 같은 길고도 굽은 눈꺼시락 안의 개인 눈과 사람 좋게 좀 넓은 편인 흰 이빨들을 슬그머니 슬그머니 보이면서, 무엇보단도 드물게 볼 만큼 한가해 있었다. 두 손의 손가락과 손톱들도 이것은 내가 항시 미인의 조건으로 중요시하는 거지만, 석굴암 관음의 그 모자라지 않는 살을 가진 아름다움에 거의 방불하였던 것 같다. 서양 조각의 손들에 비기면 좀 게으른 듯한 그것까지가.

"뒷댁 곽 참봉 댁 큰애기 남숙이란다. 너 학생 된 것 좀 보러 왔대여. 어떻게 생겼는가. 이 큰애기는 올에 5학년이나 됐으니 모르는 것 있건 항상 물어서 배워. 뉨같이 생각허서."

어머니도 무척은 흡족하신 듯 이 새 손님을 좋아라 소개하셨으나, 나는 문득 어느 길찬 물속에나 들어선 듯한 느낌 때문에 미처 거기 대답할 엄두도 내지 못하고 있었다.

그러나 그것은 처녀의 가진 빈틈없는 한가함 때문에 오래잖아 가라앉았다.

"이름 자를 어떻게 쓰는지 한번 써 보랑개애 그래. 어디, 사 온 새 책 거죽에다 한번 써 보아. 거기단 써 놔야 잃어도 되루 찾지."

남숙이는 이어 이렇게 조르며, 여전히 그뜩히 침착하고 한가한 미소를 보내어 내게 어떤 당황도 주저도 자리 잡지 못하게 하고 있었던 것이다.

"연필도 많이 샀구나."

남숙은 내 손에 아직 그냥 들어 있는 것을 보며 말했다.

"칼은 안 샀는가. 칼 어디 있건 가져와. 내 연필 깎아 주께."

이렇게까지 하니 어머니도 가만히 있을 수가 없어 부엌에 가서 식도를 안 들고 오실 수가 없고, 나도 또 처녀의 달라는 대로 연필을 안 전할 수 없었다. 나는 한 자루만 빼어 주지 않고 그걸 열두 자루가 묶인 그대로 몽땅 그의 손에 넘겼다.

그랬더니 몇 번 그 육중한 식도날로 연필을 깎아 보곤

"연필은 미쓰비시가 좋아. 살 땐, 세모진 밤빛 연필을 도라고 히여."

하고 부드러이 투덜거리며, 그래도 작파하지 않고 끝을 내서 내 손에 쥐어 주었다.


## 10


나는 어쩔 수 없이, 그러나 그 한가함에 풀어져 들어서, 그가 가르쳐 주는 곳에 한문으로 내 성명 석 자를 써 놓고는 눈을 들어 그 낯을 보지는 않고 뭐라는가 들어볼 양으로 귀만을 기울였다.

"획은 맞는구만두…… 줄이 왜 저리 삐뚤어졌어? 붓으로 쓸 걸 그랬다. 어디 붓 좀 가져와 봐. 서당에선 뭣까지 배웠지?"

이것이 그때 이웃의 여자 상급생 남숙이가 나보고 한 말이다.

"『통감』 초권까지 봤단다."

어머니가 대답은 대신하시고 나는 방에 가서 필연을 내왔다. 그러고는 자진해서 연적에 물까지 넣어다가 벼루에 따른 뒤 서당에서 늘 하던 대로 용무늬 있는 먹을 들어 갈기 시작했다. 연필 글씨보다는 붓글씨가 그땐 자신이 있었기 때문이다.

그러고 있노라니 남숙이한테로부터는 네 속 다 알았다는 듯한 낄낄거리는 웃음소리가 비로소 나며 어느새인지 손이 와서 붓을 들어 갈고 있는 먹을 묻히고 있었다. 붓대를 잡은 손가락의 손톱의 가냘픈 반달들이 용먹 냄새 속에서 흡사 풋보리 철의 초파일날 밤들같이 부유스름한 불을 켠 양 내 눈을 끌었다.

"그리 말고 우리 이번엔 좀 연습해 가지고 써 보자. 글씨 쓰는 풍축 있지? 갖고 와."

그는 낄낄거리는 웃음 다음에 이어 말했다. 그래 여기 와서 아직 풍축을 꾸민 건 없어, 그 어디서 남은 백로지 쪽을 하나 찾아다 놓았더니, 자기가 먼저 한번 그 석 자를 꽤 많이 써 본 솜씨의 정서로 써 보이고 나서 내 손에 갖다 붓을 쥐여 놓았다.

"어서 인젠 마음 탁 놓고 재주껏 한번 써 봐."

하여 나는 그 뜻에 동의해 그것을 정성을 다해 (아마 땀도 자잘히 송알송알 좀 배어 내지 않았었던가) 써 놓기는 써 놓았다. 그러나 이번에도 그것은 핀잔을 받고 말았다.

"획이 너무 굵어. 그렇게 쏠라다간 책 껍데기 다아 차지허게."

"가는 글씨는 나는 못 써. 안 써 봐서."

나는 겨우 이쯤 와서야 한번 대답을 했다.

여기서도 내 감동들은 말로 하기보단 물론 훨씬 커서 침묵하는 게 제격이었으나, 사실인즉, 속셈에는 딴 생각이 하나 움터 올라 있었기 때문이었다. 그것은 다른 것이 아니라 이 좋은 남숙이가 내게 더 가깝게 그의 글씨를 내 책 뒤 겉장 위에 받고자 하는 것이었다.

허나 나는 그 뜻까지를 말하지는 못하고 그냥 내 갓 사온 책들을 들이밀어 놓았다.

"딲개랑 샀구만 글히여. 그걸로 아까 연필로 쓴 걸 잘 닦어. 잘 닦으면 아무 흠도 안 남어."

남숙은 말하였다.

"아이, 네가 좀 써 주어라, 아이. 정주는 아직 잔 붓글씬 못 쓰개."

어머니가 벌써 알아차리시고 내 속을 대신해서 원하였다.


## 11


그래 이렇게 어머니가 말씀하시는 뒤를 대어 눈으로만 나는 내 소원을 보내면서 그를 보았더니, 그도 싫지는 않은 양 선선히 승낙하는 빛을 눈에 나타내 뵈며 고개를 가벼이 두어 번 끄떡이었다. 그러고는 딲개를 내 손에서 뺏어 가지고 아까 내가 연필로 써 놓은 것을 몇 번 천천히 문질러 대더니,

"이것은 니가 딲어 놔."

하고 그것을 그 저지른 책임자한테 되루 내맡겼다.

나는 그것을 쉬울 줄 알고 받아, 바른손에 들었던 것들을 마루에 놓고 난생처음으로 자기의 잘못 저지른 글씨를 말살하는 일을 남숙의 뒤를 눌러 하여 보았다.

그러나 아무 고려도 없이 힘껏 눌러 써 놓은 연필의 어떤 획은 아무리 문질러도 영 가시지 않았다. 그래 나는 그전에 질마재서 더러 하던 버릇으로 손가락에 침을 묻혀 그걸 없애려 바른손의 둘째 손가락을 혓바닥에 대 침을 묻혀 가지곤 그걸로 쓰윽쓰윽 거기를 닦아 댔다.

그랬더니 남숙은

"오오매 야 좀 봐……"

하고 물에 빠진 아이나 붙들어 내는 듯한 제법 어머니 비슷한 말투로 놀라며 마루에 놓인 닦개를 다시 가지고 그 내 손때와 침이 만든 얼룩을 대강 닦아 놓고 또 한번 낄낄거리고 웃으며

"맞뚫어질까 무서우니 그만 닦자 인이."

했다.

그러고는 비로소 손수 벼루에 먹을 몇 번 문질러 붓을 축이어, 그 내가 어지럽히고 그가 닦은 자리에다 정성을 들여 폐함들을 지어서 내 성과 이름 자를 써 주었다. 그러고 다른 책들에도 낱낱이 뒤 겉장 밧겥 한 귀퉁이에다 다 그렇게 써 주었다.

이렇게 하여 그때의 줄포보통학교에서 제일 이쁘고 재주 좋은 두 처녀 가운데 하나가 참 우연히도 내 친구가 된 것이다. 이때 줄포보통학교의 처녀 중의 우두머리는 이 곽남숙이와 허옥선 둘이었는데, 어떤 사람들은 허옥선을 더 치기도 했으나 또 어떤 사람들은 이 곽

남숙이를 더 좋게 말하기도 하였다.

"우리 집에도 놀러 와. 엎치면 코 닿을 데니."

그는 그것을 다 써 놓곤 어머니를 보며 좀 짓궂은 양 눈웃음을 하더니 드디어 통치마의 주름을 매만지고 일어서며 이렇게 말했다.

"우리 집은 너그 집만은 못허지만…… 시방 바로 갈까?"

나는 물론 좋아서 따라 일어섰다. 성에 눈이 떴던 건 아니지만 그가 가진 힘은 너무나 새롭게 이미 거기 내 앞에 나타나서 나를 이끌어 놓지 않고 있었으니까.


## 12


남숙의 집은 우리가 사는 집에선 뒤로 담장 하나 사이에 있었다. 서켠의 독샘 옆 대문을 나서 동으로 나직이 언덕진 길을 우리 사는 집 담장을 끼고 한 백 걸음쯤 올라가면 백 년은 낡은 듯한 곽 참봉 댁 대문 앞에 선다. 여기서 두어 대 좋이 과히 어렵잖게 지낸 나머지라 했으나 우리가 이사 왔을 땐 남숙의 아버지 참봉 영감은 벌써 여러 해째 앓고 있었고 살림도 많이 기운 뒤였다. 남숙은 이미 노인이다 된 곽 참봉 부부의 만득의 외딸이었다.

남숙의 뒤를 따라 대문 안으로 들어서니 비교적 넓은 마당과 채마밭을 달고 집 안은 별천지 같은 느낌을 주기는 하였으나, 그 동쪽은 담장 대신에 수직으로 깎인 두서너 길은 넉넉히 됨 직한 황토 언덕이 막고 있어 그것과 대문 바로 앞 우리가 사는 집 높은 담장 사이에 끼어, 어느 구석방에나 들어선 듯한 답답하고 음울한 느낌을 또 아울러 주었다. 거기다가 병인病人인 아버지를 위해 마당에 끓이고 있는 약탕관의 고약한 약 냄새 때문에 때마침 비춰 있는 황토 절벽 위 일대의 꾀꼬릿빛 저녁나절 햇빛, 그 밑 채마밭에 오손도손 자라나고 있는 장다리 꽃대들, 우리 남숙이 아니었으면 나는 그냥 되돌아 나올 뻔하였다.

"어무니이……"

하고 남숙이가 마당에서 부르니, 잿빛으로 그을리고 군데군데 구멍난 안방 문이 열리며 얼굴이 얼마큼 솜솜이 얽은 오십은 힐끔 지난 듯한 회색 저고리 입은 할머니가 손에 긴 장죽의 담뱃대를 든 채

"어어이…… 우리 남숙인가아?……"

대답하며 그의 딸과 마조 선 나를 먼 산 절골 바라보듯 물끄러미 바라보았다.

"가아가 누구디야?"

"앞집에 이사 온 서 생원 댁 아드을."

"치이……"

노인은 부러움과 탄식이 함께 섞인 소리를 터뜨리었다.

"얼마나 좋을꼬…… 우리 남숙이도 사내나 되었드라면……"

노인은 병실에 나를 불러들이기를 꺼린 듯 들어오란 말을 하지 않았다.

남숙도 나보고 어머니 아버지 있는 방에 들어가잔 말은 하지 않

고, 대문간의 하녀의 방인 듯한 것을 손가락질해 뵈며

"들어갈까?"

하고 그 방문을 열어 보였다.

그 속엔 다듬잇돌과 오래 닳은 방망이들과 개어진 껌정 이불과 녹슬은 다리미, 질화로 그런 것들이 퀴퀴한 냄새와 같이 어두컴컴한데 허투루 흩어져 있어서, 남숙이도 말은 그래 놓고도 마음이 내키지 않는지 성큼 들어서지 않고 내 낯굿만 보았다.

나는 머리를 모으로 가벼이 저었다.

그랬더니 그는 잠깐 아득한 표정을 짓곤

"그럼 어디로 갈까?"

하였다.

"사랑방으로라도 들어가자."

그리고선 내 눈을 보며 따라오라는 시늉을 해 보이고, 앞서서 대문 옆의 중문을 열고 들어가 사랑방으로 나를 안내하여, 아버지의 것인 듯한 아랫목에 깔린 회색의 보료 위에 나를 앉혔다.


## 13


사랑 앞뜰에는 몇 그루의 오동나무와 한 그루의 석류나무. 방 안에는 먹감나무던가 무엇이던가 문갑도 놓이고, 큼직한 놋쇠의 재떨이도 놓이고, 벽에 묵화도 몇 폭 표구는 안 했으나 붙어 있었다.

그러나 이 방에 들어가 있던 우리는 아무것도 말은 안 했던 듯하다.

"……"

"……"

그한테서 나오는 말이 없어 나도 그냥 잠자코 있었고, 그 침묵 속에서 그가 나비 날아다니듯 하며 문갑의 뻴칸도 몇 빼 보고 벽화의 찢어진 데도 만져 보고 하던 것만이 기억에 남았을 뿐이다.

"가자."

이윽고 오래잖아 그는 좀 초조한 듯 말했다. 그러고 바로 이어

"가자."

그는 두 번 거푸 말했다.

그러고는 내가 일어서기가 무섭게 앞서서 들어오던 중문을 빠져나가 대문 밖을 나섰다.

나는 그가 어디를 가려는 것인지는 몰랐으나 그의 끄는 힘에 이끌리어 그 옆을 떠나지 못하고 그의 가는 뒤를 무작정 따라갈밖에 없었다.

꾀꼬릿빛 햇살이 여기에도 날아와 들앉은 우리 집 뒤안 담장을 동북쪽으로 끼고 가다가, 누구네 쪼끄만 집 대문도 사립도 없는 마당을 지나서, 동으로 깁더오르는 황토 언덕길을 사뿐히 넘어, 그는 나보단 먼저 그 언덕 위에 가, 서으로부터 비춰 오는 그 한정 없는 꾀꼬릿빛의 봄 저녁 햇살을 온몸에 받고 섰다.

"어서 올라와."

그는 비로소 초조가 풀리는 듯 나직이 빙그레 웃으며 소리쳤다.

그 언덕 위에는 꾀꼬릿빛의 햇볕 속에서 날아들 모인 굉장한 꽃밭이나 뭐 그런 것이 있을 것 같은 예감에 나도 입을 벌려 어린 까투리 웃음을 터뜨리며 줄달음질쳐 언덕 위에 깁더올랐다.

"근네나 한번 뛰러 가자."

그는 이렇게 그 산드랍고도 또 후끈한 숨을 내 뺨에 뿜으며 소곤거렸다.

"저기 근네가 보이지? 학교 근네 말이여. 시방은 아무도 타는 사람이 없으니 좋아."

그가 말하며 손가락질하는 쪽을 보니, 거기는 바로 내가 가서 입학시험을 보던 학교로, 운동장 한 귀퉁이의 그넷줄은 아닌 게 아니라 아이 하나도 없이 하늘에서 우리 둘을 위해 드리운 동아줄인 양 기다리는 듯이 걸려 있었다.

나는 처음 올라서 디딘 언덕 위에서 그네까지의 삼백 미터는 되는 거리를 얼마쯤을 걸려서 갔는지를 기억할 수가 없다. 이번에는 내가 앞장을 서서 새로 돋아나는 풀 엄들 위를 날아가듯 했기 때문이다.

먼저 닿아서, 한쪽 손으로 그넷줄을 붙들어 잡고

"어서 와!"

하고 이번에는 내가 소리를 쳤다.

"어서 와!"

"어서 와! 어서 와!"

연거퍼서 소리를 쳤다.

## 14

그는 그네 밑에 다다르자 내 어깨 위에 한 손을 얹고 숨을 바르게 하느라고 한참은 아무 말도 하지 않았다.

나는 그사이에 무한한 기쁨을 느꼈다. 비록 여기엔 닫힌 대문도 보료 깔린 방도 없긴 하였으나, 어느 솟을대문 안의 어느 꽃밭 속의 방보다도 여기는 더 아늑하고 꽃다운 우리 두 사람만의 낙원 같았다. 그리고 하늘에서 벼락이 금시 떨어진대도 무서울 건 하나도 없을 것 같았다. 아— 얼마나 철모르는 마음이었던고. 아버지 어머니 아니라도 이 남숙이만 옆에 있다면 그 멀다는 대국 뽕나뭇골을 가더라도, 더 먼 하늘나라엘 가더라도 무서웁고 아쉬운 건 영 하나도 없을 것만 같았다.

"정주야."

무슨 걸게 차린 상이나 들여다 놓은 아주머니 같은 음성으로 남숙이는 나를 불렀다.

"왜 한번 타 보지. 내가 밀어 주께."

그러면서 그는 두 손으로 그넷줄을 하나씩 잡고 서로 향해 미는 시늉을 해 보였다.

그러나 나는 그때 거기 올라타지 않고 잡았던 한 손의 그넷줄을 놓고 남숙의 등 뒤로 가서 허리께를 두 손으로 움켜잡고 앞으로 밀어 댔다. 그러면서

"한번 먼저 타 봐. 내가 밀어 주께. 어서 한번 타 봐. 밀어 주께. 밀어 주께."

하고 졸랐다. 어린 느낌에도 그네 옆 여왕을 향단으로 쓰는 짓은 차마 못 하겠고, 자기가 향단이가 되는 게 훨씬 좋게 느껴졌기 때문이다. 그랬더니 남숙도 마침내는 그것을 요량한 양

"그럼 내 먼저 타 보께. 밀어 봐. 무거울 텐디……"

하며 하이연 옥양목 버선 신은 두 발을 사뿐히 그네 위에 올려놓고, 웬일인지 이때만은 초록이 선히 돋아 보이는 눈망울을 내게 번개처럼 잠깐 보내고는 첫별처럼 하늘에다 모두아 놓았다.

이때 그의 등 뒤에서 아름에 겨운 꽃바구니의 노다지를 안듯 하고 있던 내 느낌을 뭐라 했으면 좋을지. 나는 그 뒤에 그네 옆에 서거나 그네를 생각할 때마닥 늘 두고 이때의 일을 마음속에 되살려 내 왔고, 또 시로도 이걸 써 보려 무진 애는 썼으나 도무지가 그 찬란한 자유를 다 말할 길은 없다.

　　향단아 그넷줄을 밀어라
　　머언 바다로
　　배를 내어밀듯이.
　　향단아.


　　이 다수굿이 흔들리는 수양버들 나무와
　　벼갯모에 뇌이듯한 풀꽃데미로부터,
　　자잘한 나비 새끼 꾀꼬리들로부터
　　아조 내어밀듯이. 향단아.

산호도 섬도 없는 저 하눌로
나를 밀어 올려다오
채색한 구름같이 나를 밀어 올려다오
이 울렁이는 가슴을 밀어 올려다오!

서으로 가는 달같이는
나는 아무래도 갈 수가 없다.

바람이 파도를 밀어 올리듯이
그렇게 나를 밀어 올려다오
향단아.

— 「추천사鞦韆詞」

이것도 그때 일을 그림으로 앞에 두고 쓰노라 써 본 것이지만 물
론 신통치 않다.

## 15

나는 내 아름에 겨운 그를 세상으로부터 뺏어 뒤에서 안아 끌어들
이듯 뒤로 붙들고 물러났다가

'곧 갔다 올 테니 내몰아 다오. 우리 영토는 너무 좁아. 기왕이면 한 왕국 널찍이 잡고 살자. 눈에 뵈는 데는 내 곧 다 점령해 놀 테니 좁된 생각 말고 밀어내 다오.'

하는 그의 소원에 생각을 고친 듯이 또 앞으로 힘껏 밀었다.

그는 내가 내미는 서슬을 타, 되게 발로 구을르며 앞으로 판도를 넓혀 나아갔다가, 뒤로도 또 앞에 넓힌 것만큼이나 터전을 넓히며 되돌아왔다. 마치 먼 노다지를 찾아간 여왕이 삽시간에 그걸 구해 갖고 와 '좁아서 쓰겠느냐'고 눈 깜작할 사이에 울타리를 헐고 밖에 땅을 더 사서 성세를 늘리듯 그렇게 돌아왔다.

그래 물론 밀려갔다가 처음 돌아왔을 때부터는, 맨 처음에 뒤로 안고 끌어들이듯 물러날 때 같은 좁된 생각은 아예 다 포기하고, 좋아라 앞으로 밀기만 하여 두 번, 세 번, 네 번, 다섯 번 돌아왔을 때까진가를 연거푸 깔깔깔, 까르르 깔깔, 까르르 까르르 까르르 깔깔, 어린 까투리웃음을 터뜨리며 그것을 이어 되풀이했다.

그러는 동안에 이내 그는 내 조력을 얻지 않고도 천지 사이에 임의로 드나들 수 있을 만큼 유창하게 되어, 바람과 봄 향기와 도솔천 그런 데의 제일 좋은 것의 힘을 얻어 가지고 나와 그의 왕국의 터를 자꾸자꾸 한정 없이 넓혀 갔다.

꾀꼴새빛의 햇빛 속에서 방울져 쏟아져 나온 꾀꼴새들이 수없이 날아나서 질펀한 꽃수풀 위에 웃으며 내려앉던 것은 전에 전엣일. 그것은 황토의 담장 가에나 있던 일. 그네는 이미 그 위에 솟아올라서 인제는 그런 웃음들을 발받침으로 해 우리나라를 꾸미고 있었다.

그의 디디고 오르내리는 발밑에서 분홍과 초록과 바둑무늬와 금빛을 한 장끼와 까투리와 꾀꼬리의 새 떼가 봄 잔디 돋듯 빽빽이 차 '까르르 까르르 까르르 까르르 왜액 왜액 왜액……' 소란거리면, 그의 드나드는 하늘 속엣것들은 또 빽빽이 모여서 '어허허…… 어허허 허허……' 푸른 이빨들을 드러내 놓고 새파랗게 새파랗게 웃어 젖히고들 있는 듯하였다.

그네를 뛰는 것─그것은 우리가 가질 수 있는 자유의 전형 중의 제일 대표적인 전형이다. 그리고 또 그네를 중심으로 밀어주고 또 지키는 것은 자유 수호의 가장 대표적인 것이다. 기독교의 성경에 뵈는 '돌아온 탕아'의 아버지를 우리는 흔히 좋은 자유 수호자의 모범으로 치지만, 어찌 그 정도일 뿐이랴. 우리는 그네 뒤에서 우리가 가장 아끼는 사람을 마치 몰아내듯 넓은 중창의 큰 자유세계에 개방하며, 눈물이 아니라 탕탕한 웃음으로써 이별을 즐긴다. 그리하여 어떠한 모험의 위험에도 좀스러이 가슴 조이는 일이 없이, 순수히 그 늘이고 이뤄 갖는 자유만을 같이 기뻐할 따름인 것이다.


## 16


이해의 봄과 여름을, 이 뒤에도 우리는 그네의 자유를 두고두고 즐겼다. 학교까지는 거리가 너무 멀어, 마침내는 우리 집 마당에다가도 그것을 하나 맸다.

사월 중순쯤이 되면, 어느 만큼 견디는 이곳의 집집들은 조기들을 사들이어 조기 김장이랄지, 그런 것을 하느라고 마당에 파리가 안 날아 붙게 높은 걸대들을 만들어 굴비들을 주렁주렁 그 위에다 건다. 그래 우리도 이해에 한 동(천 마리)이라던가 두 동이라던가를 사서 그것을 했는데, 그 걸대의 아래께의 공간이 상당히 높게 떠 있어서, 거기에다가 셋째가 내 원을 받아 새끼를 여러 겹으로 꼬아 그네를 맸던 것이다. 그러나 굴비가 위에 걸려 있을 때는 처음엔 소금물과 또 그다음엔 소금 부스러기, 비늘 같은 게 떨어져 굴비를 거둬들인 뒤부터 이걸 사용하게 되었다.

굴비가 거기 처음 걸렸을 때부터 그걸 매 놓고, 어느 해 여름이던가, 남숙이가 오자 좋아라고 시시덕이며 거기 앉길 바란 것은 나보단도 셋째였다. 그는 벌써 나이가 열일곱 살이던가 되는 터로서, 그의 버릇인 눈 감고 남의 가려운 데를 긁으려 덤비는 것 같은 웃음을 웃으며, 연방 그 자기가 맨 그네를 쳐다보곤 남숙이를 보곤 하였다.

남숙이는 선선히

"어디 한번 타 볼까."

하고 그네 위에 걸터앉아, 와서 밀라는 시늉으로 나를 보고 가벼이 한쪽 손을 흔들어 보였다.

나는 달려가서 그의 등을 떠받들어 아끼듯 조심조심 연달아 밀어 댔다.

그러자 저만큼서 여전한 웃음을 치며 보고 섰던 셋째가

"정주야 아이. 더 시게 밀어야지 그렇게 허면 재미가 없어. 시게 밀어! 시게 밀어! 더 시게 밀랑게! 병신!"

하고 엉금엉금 그네 옆으로 걸어오더니

"아, 이렇게 좀 시게 밀어, 야!"

하며, 청하지도 않는데 내가 손을 대고 밀던 좀 위께를 점령해 우악스럽게 되게 내밀었다. 그러고는 떠나지 않고, 내게 밀 여가를 주지 않고, 연거퍼서 그렇게 밀어 댔다.

나는 자기의 오붓한 즐거움을 방해당한 느낌에 좀 짜증이 일기는 하였으나, 그것은 그에게 항전할 만큼 매워져 있는 그런 것도 아니었으므로, 그가 세게 미는 뒤를 거들어 여운처럼 두 손을 거기 대는 시늉만 하는 것으로 만족하고 있을 수밖에 없었다.

그러자 그 서슬에 우리 위의 건지 얼마 안 되는 굴비로부터는 우리 누구도 아직 거까지 마음을 보낸 일이 없었던 끈적끈적한 간물 방울이 듣어 남숙의 비단 저고리에 몇 군데 얼룩을 짓고 있는 것이 내 눈에 띄었다. 남숙은 머리를 약간 숙이고 앉아 있었기 때문에, 셋째는 또 너무 세게 미는 데 팔려서, 나보단 먼저 거기 주의되지 않았던 모양이나, 이때 모자를 쓰고 있던 나는 제게 듣던 그것엔 감촉이 없었어도, 남숙의 등 뒤는 하나도 안 빠트리고 지키고 있었어서, 듣는 그것을 곧바로 보았다.

"오오매. 간국 듣어! 간국 듣어!"

나는 남숙이 등의 얼룩진 데를 내 열 살 생애의 제일 큰 죄과처럼 매만지며, 자기 위에 듣은 것은 돌아볼 겨를도 없이 딱한 소리가 되어 외쳤다.

## 17

나는 바른손으로 걸대의 한쪽 다리를 붙든 채 두 발을 종종거리며 발버둥을 쳤다.

"이것이 뭐여? 이것이 뭐여? 이것이 뭐여?"

발버둥은 변하여 울음이 되었다. 난데없는 끈적끈적한 간국물이 —우리 집이 만든 간국물이 무슨 비루한 부으럼과 같이 이 신성한 처녀를 침범한 느낌에 나는 앉을 수도 설 수도 없는 마음이었다.

"딴 디다 매 내! 어서 빨리 매 내! 매 내!"

나는 별 죄 없는 셋째만 보고 졸라 댔다.

"시방 어떻게 곧 맹긴대? 나무나 어디 있어야지."

셋째는 말했으나, 나는 이어서 어서 빨리 매 내라고 생떼만 썼다.

그러나 이 난국은 피해자인 남숙—그 본인에 의해서 곧 취소되었다.

내가 앙알앙알 떼를 쓰고 있노라니, 그는 곧 그네에서 내려오더니만

"정주야, 괜찮어. 빨면 되지. 염려 말어."

하고, 두 손으로 내 머리를 한 번 움켜쥐어 주곤, 누님 응석으로 내 등에 가슴을 대고 업히는 시늉을 하였기 때문이다.

내 딱함은 금시에 다 풀어져서, 나는 두 손을 뒤로 해 그의 볼기를 고이고, 안 엄지를라 허리를 구부정정하며 몇 걸음 옮겨 보았다. 그러나 나보단 일곱인가가 위인 처녀는 내게는 역시 힘에 부쳐 나는 안 엄지러질라 힘을 무진 썼다. 그렇지만 물론 이 무검은 내게는 하나도 괴롬은 아니었다. 오— 얼마나 나는 내 힘이 모자라는 것만을

초조하게 생각했던고. 그가 내리겠다고 발을 늘어뜨린 뒤에도 나는 더 업겠다 한참은 앞으로만 가고 있었다.

그는 그 뒤에도 거진 매일같이 우리 집에 와서 걸대에 굴비가 걸린 뒤부터는 그 그네를 나와 번갈아서 타고, 또 여름꽃들이 후원에 피었을 때는 병에다 그것들을 골고루 꺾어다 꽂아 마루에 놓고, 크레용을 가져오라 하여 그 빛깔과 형상 만드는 걸 내게 가르쳤다. 윗입술에 가늘디가는 땀방울들이 솟을 만큼 열심히 '분홍'과 '꽃자지'와 '초록'과 '노랑'의 서정들을 내게 가르쳤다.

"예이이, 그게 어디 꽃분홍 같냐?"

그는 항시 이 투로 말했다.

"꽃잎들 한가운데는 더 짙게, 더 짙게 분홍빛을 문질러야지. 더 짙게 문질러. 더 짙게……"

그는 내 옆에 배춧빛의 그늘들을 늘어뜨린 갓 젊은 나무처럼 앉아서 정적靜寂 그것이 문을 열고 하는 듯한 말투로 늘 한가히 말하였다.

분홍의 통곡 같은 뇌쇄, 비췻빛과 노랑의 기막히는 너털웃음과 같은 기쁨—이런 색채 서정의 바탕들을 내게다 닦은 이는 이 처녀다.


## 18


학교엘 들어갔으니 1학년 때 공부하던 얘기를 좀 했으면 싶으나 그건 웬일인지 기억에 별로 남아 있는 게 없다. 일본 말론,

'하낭아 사끼마시다. 모모노하낭아 사끼마시다(꽃이 피었습니다. 복사꽃이 피었습니다).'

하던 것과

'까미나링아 고로고로 나리다시마시다. 아메. 아 빠라빠라 후리다 시마시다(뇌성이 으릉으릉 울기 비롯했습니다. 비가 보슬보슬 내리기 시작했습니다).'

하던 것이 겨우 생각나고, 조선말 책에선,

'오늘은 장날이오. 사람들이 많이 모였소.'

하던 구절이 기억에 있을 뿐 웬일인지 영 아무것도 생각나질 않는다.

웬일일까. 분명히 나는 이 1학년의 아이들 전부 속에서도 공부를 제일 잘한다는 일등생이었건만, 이것은 36년 지난 뒤의 지금의 기억의 실상이다.

그것은 일본인들이 이때만 해도 벌써 연설로는 '정서교육'이라는 것을 많이 떠들어 댔으면서도 이 민족의 정서의 실제에 친할 너그러움이 없었기 때문 아니었을까. '비가 보슬보슬 내렸습니다' 밑에다가 '대추가 하나 뒤안 풀밭에 떨어졌습니다. 복동이가 그걸 줏으러 쫓아갔습니다'쯤만 우리 아이들의 실생활의 정서에 맞게 덧붙여 주었어도 나는 그것을 시방도 외고 있었을 것이고, '오늘은 장날이오. 사람들이 많이 모였소' 밑에 '여러분 어린이들이 늘 1전 주고 사 마시는 단 사탕 장사도 나왔소' 하는 것쯤의 우리와 가까운 것만 끼어 주었어도 틀림없이 그것은 잊지 않았으리라 생각한다.

그러나 그들은 일본 말은 그들의 국민을 조급히 삼기 위해서만 맞도 없이 엮어 퍼부어 댔고, 조선말은 또 아직 마지못해서만 (이것은 그 뒤 십 년을 채 다 못해 폐지되었다) 남기고 있었을 뿐 두 민족의 말을 살려 학도들의 생활을 윤택하게 하는 덴 마음을 쓰지 않았다.

그러니 자연 이런 주입식의 교육에 응하려면 거기 어울려서 같이 사는 것이 아니라 그저 조용히 찬찬히 이걸 일정한 동안 (뒤에야 잊어버리건 말건) 강다짐으로 외어 두면 되었다.

나는 그래 아조 어려서부터 만든─심심한 데 짝할 수 있는 성질과 서당에서 이쿤 참는 데 길든 덕택으로 셈본의 수를 헤아리는 것과 아울러 이걸 남보단 잘 한 학기씩 외어 가지고 있긴 하였으나, 맛은 정말 싱거웠다.

이 싱거움은 교실에서만 그랬던 게 아니라 운동장의 체조 시간에도 마찬가지였다. 무얼 재미나게 시키는 게 아니라 할 때마닥 똑같은 머리 운동, 팔 운동, 허리 운동, 다리 운동뿐. 그래 김중배 선생의 독특한 파격의 연구인 듯한─발을 앞으로 올리면서 하던 전진쯤이 겨우 그중 재미진 걸로 기억되어 있다.

내 재미는 역시 여느 아이들과 마찬가지로 교과 밖의 밧겥으로 쏠려 있었다.

그러나 내 밧겥은 이때부터도 행동하기 위한 것이기보다는 더 많이 주의해 보기 위한 것이었던 것만은 사실이다.

## 19

학교에서 풀려나오면 거의 매일같이 오까미상네 사탕 가게에 들러 그 우리들 것과는 다르게 쌍긋하게 촉각에 닿는 머리 모양과 옷과 냄새와 말씨를 보고 맡고 들으며 여러 가지 색깔의 사탕들을 색을 갈아 가며 1전어치씩 사 먹거나, 청인의 호떡집에 2전을 들고 가서 무럭무럭 서려 오르는 만두 찌는 냄새를 맡고 또 그 주인의 마음 좋은 늙은 종 같은 모양을 보며 단 팥고물을 넣은 하이얗고 폭신폭신한 팥만두를 사 먹는 것은 이런 것이 전연 없는 촌에서 온 내게는 한동안 더없는 재미였지만, 이와 아울러서 여름부터 내가 자조 찾아다닌 데는 줄포의 그 갈대밭과 대포라 부르던 호수이다.

갈대밭은 우리 집에선 머슴 사랑채의 겉대문 밖을 나서서 서으로 백 미터쯤 가면 있었는데, 그 갈대밭 머리에는 내가 난 뒤 세상에서 처음으로 눈부시게 빛나는 불을 보여 주는 대장간이 있어서 학교와 집에 심심할 대로 심심해진 내겐 아조 그만이었다.

대장간엔 이 역시 처음 보는 풀무가 있어, 갈대밭 머리의 갈댓빛의 공기를 춤가락으로 푸우푸우 푸푸푸우 머금어 뿜고 있었는데, 그 뒤 『노자』를 처음 읽을 때도 그러했듯이 요즘도 혹 내가 『노자』의 '하늘과 땅 사이는 그게 풀무 같은 것일지?天地之間 其猶槖籥乎'라는 구절을 읽을 때마닥 머리에 그리는 것은 바로 이 어린 때 처음 본 풀무(탁약)이다. 풀무가 좋아라고 갈밭 머리 기운을 춤추듯 머금어 뿜는 걸 쉬지 않으면, 그 옆 나지막한 흙담장 안에선 새까만 쇠들이 모여 있다가 녹아나, 처음엔 우리 남숙이가 크레용으로 칠한 분홍꽃들보단도 더 고운 분홍빛으로 붉어 오다가 눈 깜작 사이에 그건 희고도 푸르고도 또 한정 없이 빛나는 그리웁디그리운 빛이 되어 우리 또래들의 눈을 모조리 그 빛 속으로 거둬들였다. 제일 다정하고 공부 잘하고 눈들 이쁜 친구들의 놀음판처럼 그렇게 우리 눈들을 거둬들였다.

그러고는 또 조끔 있단 볼을 합해서 붉히고, 다아 문 닫아걸듯 까맣고 먹먹한 쇠가 되었는데, 그건 이때의 내겐 별 이유 붙일 것이 없이 참으로 신기한 일이었다. (지금 같으면 이 살과 정신과 사랑의 애쓰고 가는 푼수에나 비기고 술이나 몇 잔 따를 일일까?)

우리는 구레나룻 난 텁석부리 대장장이 영감이

"네 이 녀석들, 더웁구만 그리여. 갈대밭에 가 갈똥기(거이)나 잡고 놀지."

하는데도 그곳을 좀처럼 뜨지 못하고, 그 근처에 버린 뿌스러기들을 줏어 모아 광포 적삼의 호주머니에 몇 개씩 넣어 가지고야 거기서 물러나, 갈댓빛의 번쩍이는 초록 이야기들을 사운거려 대는 갈밭 속으로 숨여 종종거리고 스며들어 갔다. 밤에는 또 꿈으로 볼―쇠 뿌스러기가 아니라 희한한 세상이 잠긴 보물들이 든 조끼 호주머니들을 움켜쥐고……

갈밭은 실히 삼사십 마지기. 그것들은 또 모두가 다 왕갈대들이어서 열 살쟁이 키로는 두 길씩은 되었다.

## 20

갈대밭을 처음 만난 아이들은 아무래도 먼저 그걸 꺾는다. 그러므로 '갈대는 쉬이 꺾이는 것'이라는 지식은 전연히 어린 때의—그것도 대개는 갈밭을 처음 만난 때의 경험에 의한 것이다.

갈대를 듣고 보기를 즐기는 것은 아이들에겐 다음 일이다. 그들은 온몸으로 한들거리는 이 연약한 키다리를 먼저 뽑아서 꺾어 가지고, 그것은 쉬이 꺾인다는 것 또 그 줄기 속은 여느 나무와 달리 비어 있다는 것을 알고, 이 자기들보단 훨씬 키 큰 큰 풀의 떼가 위험한 게 아니라 사실은 연약하디연약한—팔을 잡아 비틀면 언제나 '아야 아야' 소리밖엔 칠 줄 모르는 계집애들처럼 손쉬운 것들이란 것을 요량한다.

그러고선 선험자를 따라 그 잎을 말아 피리를 지어 울리며 '여기는 무진장한 피리의 나라'라는 걸 알고 신명을 돋구어 그 속을 헤쳐 들어간다. 처음 들어설 때는 많은 계집애들의 떼에 멍석 말림을 갓 당한 것마냥으로 가슴속으로 못 쏘내기웃음을 치며, 급속도로 수심水深을 불리면서 들어간다.

그러나 모든 빽빽한 몸뚱이들 사이가 사람의 길이 살 곳이 아니듯이 갈밭도 그 속은 사람이 오래 견딜 곳은 아니다. 마음속에 차오르던 수심이 그득하여져 넘쳐 남을 느끼자, 쏘내기웃음의 기쁨은 딱 멎고 견딜 수 없는 답답함에 아이들은 갈대들을 짓밟으며 뛰어나와야 한다.

그리하여 갈밭이 선선히 하늘의 바람과 맞어우러져 사운거리는 소리를 아이들이 즐기게 되는 것은 밧곁에 나와서 이마에 솟은 땀을 재울 때부터이다. 쏘내기에 둔덕을 넘치던 물이 쏘내기 뒤 그 넘침을 멎고 하늘 바람에 다시 엷은 물주름을 짓듯이 갈대밭 속을 벗어나 온 마음이 그렇게 되면서부터다. 겨우 이때에 와서 아이들은 갈대밭이 선선한 바람과 함께 노는 사운거림은 그 잎피리가 빚어내는 음악과 아울러 갈대밭의 그중 좋은 맛임을 안다.

그러므로 자기의 어린 철 일을 다 잊어버렸거나, 아니면 으레 겪을 걸 못 겪어 보고 지낸 성급한 어른들이 아이들의 갈대밭 즐기는 걸 꾸짖어 대는 것은 당치 않은 일이다. 아이들은 갈대밭의 제일의 맛인 그 '사운거림'까지 오는 동안의 일을 그렇게 겪고 있는 것이니까. (아이들의 수선은 눈여겨보면 갈대밭에서뿐만 아니라 거의가 다 이 비슷한 것이지만.)

줄포의 갈대밭은 포구의 것인 만치 참때는 수문을 통해 받아들이는 바닷물을 그 밭부리들에 어느 만큼 축이게 되어서, 갈뚱거이라는 ─회색의 껍데기와 하이연 배때기를 가진 거이들이 많이 그 바닥에 살았다. 거이들은 우리들이 붙들어 잡으면 곧잘 그 하얀 가위 발가락을 곧추세워 우리 손가락을 물어 댔다. 그중에 큰 놈은 우리 어린 성대에서

"아야! 지랄 잡것!"

소리들을 자아낼 만큼 꽤 아프게 물어 댔다.

바다의 작은 항의들이 우리 어린 손가락의 뼉다귀들에 닿을 만

큼……

그러나 이만한 아픔이 우리를 물리치지 못했음은 물론 갈피리를 만들려 갈잎들을 훑다가 그 예리한 잎에 베여 손가락에 피를 흘린 게 한두 차례가 아니었어도, 이 갈밭은 역시 이때의 내 심심한 시간과 공간을 메꾸는 제일의 관문이었다. 갈밭은 그렇게 매력이 있었던 것이다.


## 21


줄포의 갈밭의 선선한 사운거림이 여름의 내게 좋은 다락과 같았다면은 대포 호수는 그 다락의 영창과 같았다. 그러므로 이 다락도 오히려 답답하면 나는 그 열린 영창 가으로 갔던 것이다.

대포는 우리 집에서 남쪽으로 삼사백 미터쯤에 있는 두 개의—둥그런 게 아니라 가슴이 큰 수심하는 두 아주머네가 흰 무명옷으로 누워 있는 것 같은 호수. 그러나 그것은 살로 느낄 때 그렇고, 살이 모두 종이나 마포 한 겹처럼 걸리는 때 보면 그냥 인가의 변두리에 열린 다락의 영창이었다.

줄포는 첫째 그 육체로선 숱한 그 머리털과 같은 갈대들이 유난히 좋은 곳이지만, 갈대는 이 두 호수에도 한쪽마닥 자욱이 돋아, 두 숨어 누운 백제풍의 아주머네의 흐트러진 머리칼들처럼(물론 이건 뒤에 얻은 비유이나) 가만가만히 흩날리고 있었다.

우리 집이 인촌 댁에서 얻어 짓던 다섯 마지기 논배미 끝인—이 호숫가의 풀언덕에 광포 잠뱅이와 적삼을 벗어 놓은 다음 셋째와 나는 항용 두 손의 손가락으로 콧구멍과 귀를 막고 먼저 자맥질로 뛰어들었다. 그래 한 숨결을 참을 수 있는 데까지 눌러 참으며 물속의 살에다 자기 살을 비비적거리고 나서, 솟아올라 하늘에다 모은 숨을 뿜으며 입을 벌리고 웃으면, 콧구멍으로 스미는 이 호수의 내음, 코 설주를 흘러내려 이빨로 듣는 이 호숫물의 맛은 흡사 먼 데 감나뭇 골의 제철 감꽃 사태와나 같았다고 할까, 참 이상하였다. 감꽃 사태와도 또 달랐다.

여기도 수문을 통해 큰 둑 너머 있는 칠산 바다의 바닷물이 오분 지 일쯤은 섞이는 때문이었을까. 호숫물은 짭찔타면 좀 짭찔하고 또 뜳다면 또 상당히 뜳고 한 것이 해감내를 지그시 띠우며 백제제 관세음보살들이나 뭐 그런 것들의 수천 개의 그 나긋한 손가락들을 펴 어루만지듯 살과 마음에 닿아 왔다.

이 호수의 겉살 위에는 또 마름의 떼가 떠다니며 살고 있었다. 마치 이 누운 아주머니가 아이들한테 주려고 손에 쥐고 있던 것이, 누워 마음 놓은 서슬에 거기 가슴 위에 배 위에 겨드랑 밑에 그냥 놓여 구을르듯이.

"까먹어 봐라. 이것 연밥보단도 맛있어."

셋째가 처음 여기서 목욕을 시작하던 날, 그 검고 네모지고 네모 끝마다 뿔난 열매 까먹는 것을 이빨로 깨물어 가르쳐 주어, 나는 그 때부터 육장 달아 두고 목욕 올 때마다 이 연밥과 거진 같은 맛이나 그보단 더 연한 흰 살을 속에 지닌 열매를 까먹기를 즐겼다.

그러나 처음 이걸 맛보던 날은 아무래도 꿈만 같아 자꾸 셋째한테
물어 대고 있었다.

"이것 어디서 나는 거래?"

"여그서 나지 어디서 나."

"누구네 꺼냔 말이여."

"누구네 꺼넌 누구네 꺼여, 임자 없는 거지."

"그리도 말이여."

"그리도는 뭘 그리도. 맛있건 어서 많이 까나 먹지. 어서 먹고, 목
욕 좀 더 감꼬, 도서장屠署場 소 잡는 것 구경이나 가자."

그러나 셋째도 내가 알고자 하는 것은 나처럼 모르는 듯 하나도
신신한 대답은 하지 않고, 이 호수의 살의 또 남쪽으로 한 이백 미터
쯤에 있는 나지막한 산 밑의─새까만 칠을 한 생철 지붕을 인 집을
손가락질해 뵈며 말했다.


## 22


우리가 남산 밑 도서장에 가서 소 잡는 것을 본 것은 그러나 그 다
음다음 날이었던 듯하다. 장 전날 저녁 술참보다 조끔 전이 그때라
는 것을 대포의 처음 목욕이 끝난 뒤 찾아가서 알아 두었다가, 그날
은 점심 먹자 이내 대포로 나와서 목욕을 하는 둥 마는 둥 일찌감치

서부터 그 산 밑 검은 집에 가서 처마 그늘에서 기다리다 보았다.

우리가 깃든 그늘 옆 뙤약볕의 말뚝에 매여 있던—가죽 밑에 등뼈가 우뚝던 메마른 누른 암소는 상당히 늙어 있었던 듯한데, 이것을 때가 되자 머리를 박박 깎고 양반같이 구레나룻을 기른 도한이는 풀어 데불고 그 검은 지붕을 한 집 속으로 들어가더니, 양횟방의 한가운데 열십자 모양으로 세워 놓은 나무들의 열십자의 획이 마조치는 곳에다 고삐를 바짝 되게 여러 겹으로 말아 감아 매 놓곤, 이내 그 아래 있던 도끼를 들고 그 옆 걸상 위로 올라가 번개같이 도끼등으로 소의 머리 위를 내리쳤다. 두 번인가 세 번을 연거퍼서 내리쳤다.

그러니 소는 그의 여느 때의 무기였던 뿔 한번 마조해 보지도 못하고 뒷발들을 버쩍 들며, "무우……" 길게 소리치곤 엉덩이를 어느 만큼 벌쩍 솟우더니, 눈 깜짝 사이에 그것은 다시 양회 바닥에 내리어 네 다리를 부르르르 떨고 주저앉아 버렸다. 생똥이 그의 뒤에서 빚어져 나와 허벅다리께를 적시며 흘러내렸다.

참 그것은 간단한 일이었다.

"야, 저 누깔 좀 봐라, 아이……"

셋째가 옆에서 내 옆구리를 손가락으로 꾹 지르며 나직하게 말해서, 온몸에 오싹 소름이 끼친 채 보니, 거기엔 세상에서도 희한한 불이 엉겨 있었다.

두 종지만 한—피에 하늘빛이 그뜩 와 차 한통속이 되어 가지고 통곡으로 외치고 있는 듯한 불이, 내 둥그라히 크게 열린 눈 속으로, 부르르 잔 물주름처럼 떨리는 가슴속으로, 곤두서고 있는 핏속으로 깊이깊이 자리할 곳을 찾아 회오리로 몰아들어 오고 있었다.

그 모가지를, 그의 식구들이 갖다 주는 생철통을 그 아래다 받쳐 놓고는, 도한이는 다시 크으드란 식칼을 들어 들이찔렀다. 그러자 그 찔린 목으로부터는 새빨간 선지피가 피비린내를 맵게 두루 퍼뜨리며, 쿨쿨쿨쿨 한바탕의 쏘내기를 한 줄기에 합친 것만 한 두께로 서 쏟아져 내려 생철통을 채우기 비롯했다.

그래 그 피를 거기다 받으면서 어떤 자들은 흰 사기 밥그릇을 들고 나와 그걸 중간에서 질러 받아 맛있는 듯이 들이키기도 하고, 피 묻은 이빨들을 드러내 놓고 끌끌끌끌 시시덕이기도 하더니 핏줄기가 멎자 맸던 소의 고삐를 끌러 그걸 쓰러트려 뒤집어 놓고는 또 식칼들을 들고 우— 하니 몰려들어 그 머리를 자르고, 가죽을 벗기고, 배를 갈라 손목들에까지 피투성이를 해 가지고 내장들을 갈라내고 있었다.

"잡것이 원체 풀만 먹고 늙어 놔서 백이숙제댁이라."

그중에 한 자가 그랬던가, 그 비슷한 썩 유식한 말을 하니

"그래도 싸게 샀으니, 뼉다귀 값이야 있제."

하고 아까 도끼등으로 그 소머리를 치던—머리 박박 깎은 구레나룻이 대답하였다.

그러고는 똥보를 가르고 있던 자가

"애깃보 값은 없고?"

하니 모두는 꽤 점잖긴 하나 다 펴지 않는 듯한 반절웃음으로 쿠쿠 쿠쿠 쿠우 하고 한바탕 조심조심 웃어 댔다.

# 23

보고 있자니 나는 오슬오슬 찬 기운이 들었다. 아까 도끼등으로 머리 뒤통수를 되게 얻어맞고 엉덩이를 두 뒷발 아울러 치솟우고는 부르르 떨며 주저앉아 버리던 모양이 그대로 내 몸뚱이에 옮아, 신경의 끝들이 오스르오스르 경련을 해 대는 데다가 우리가 들어 있는 그 늘은 또 아까 그 피와 하늘빛의 불로 통곡하는 누깔들뿐이고, 그 옆의 볕은 식칼들과 도끼날과 한통속만 같고 하여 견딜 길이 없었다.

나는 밥을 먹게 된 뒤부터 이 열 살 때까지 이어서 웬일인지 비위에 맞지 않아 뭍의 고기는 먹지 않았었거니와 이런 걸 보니 오싹하여져 그것은 감히 다시 쳐다볼 생각도 나지 않았다. 뒤에 나는 청년이 되어 술을 들이키기 시작하면서부터 안주로 이걸 먹기 시작하여 시방도 그렇게 먹고는 있다.

그러나 그것이 아직도 비위에 잘 맞들 않아 생선과 나물 쪽으로 젓갈을 더 많이 보내는 것은 밥 먹기 시작한 뒤부터의 습관에 이어 이때 온 인상이 적지 않게 영향한 것이라고 생각한다.

"정주야. 저 사람들보고는 히라를 해도 괜찮다 인이. 백정놈들잉개."

셋째는 내 귀 가까이 입을 대고 가만히 가르쳐 주었다.

아닌 게 아니라 이 교육은 내게는 필요한 것이었다. 왜냐면 질마재의 구석진 촌에서 나는 백정이라는 걸 아직까지 듣도 보도 못하고 자란 터였으니까.

"저 사람들은 단굴네(단굴네는 질마재에도 있었다)보단도 더 아 랫사람들이여. 당초에 '하시오'를 마라 인이."

셋째는 이어 말했다.

그러나 셋째의 바른 교육에도 불구하고, 나는 감히 그 사람들에게 만만히 '해라'를 할 엄두가 나지 않았다. 첫째 그 사람들은 너무 무서 웠던 것이다.

"……"

그래 잠자코 이때는 침묵을 하고, 뒤에 고기 사러 심부름 갈 사람 이 없어 내가 가게 된 경우, 고깃간에 가서 백정인 줄 알고도 또박또 박 틀에 박은 듯이 극상의 존경어를 소년 시절 사뭇 쓰게 된 것은 이 무섬 때문이었던 것이다. 백정도 존대하는 군자 같은 아이라고 생각 해서 그랬는지 내가 가서 경어를 써 고기를 구하면, 그들은 좋은 낯 이 되어 가지고 덤 고기를 늘 큼직한 걸 주었다. 허나 그들은 남의 속 을 몰랐던 것이다.

그날 도서장에서 돌아오는 길, 나는 대포의 호숫둑에 발을 얹기까 지는 셋째의 앞을 서서 천방지축 걸음을 빨리하였다. 그래 호숫둑을 걸으면서부터 겨우 그전 숨을 돌리었다. 호수와 도서장 사이에 눈에 보이게 무슨 경계가 지어져 있는 것은 아니었지만, 내 마음엔 그게 확연히 갈라져 느껴졌던 것이다.

우리가 목욕하고 마름을 따 까먹던, 그 두 호수의 아주먼네 가운 데서도 더 좋은 아주먼네 같은 호숫가를 다시 걷게 되었을 때 셋째 는 뒤에서 말했다.

"너 세상에서 제일 무서운 게 뭔 줄 아냐?"

"……"

"사람이여, 거 무섭잖냐? 그렇지만 아까 그까짓 건 아무껏도 아니다. 사람을 그렇게 잡는 놈도 있어."

사람을 그렇게 잡는 놈까지는 아직 상상도 할 수 없었으나 셋째의 이 말에 나는 동감은 동감이었다. 두 무명옷 입은 마음 좋은 아주먼네 같은 호수, 갈밭과 하늘이 맞닿은 곳의 다정하고 소슬한 사운거림, 이런 것에 비해 시방 보고 오는 사람의 짓거리는 너무나 몸서리치게 잔인했기 때문이다.


## 24


도서장에서 멀어지자 못 견딜 가위눌림은 천천히 사라져 갔으나 공기와 햇빛의 느낌에 생긴 전 같지 않은 변화만은 여전히 어쩔 길이 없었다. 전의 햇빛과 공기는 핏빛 밴 통곡도, 식도날도, 도끼날도 없는 꾀꼬리웃음 같고 맑디맑은 민물 같은 것이었다.

그러나 인제는 거기 억울하게 죽는 자의 누깔과 통곡과 흘리는 피와 또 그를 해하는 자와 그 흉기들까지가 나타나서 살게 되어 있었다. 무우…… 무우…… 누깔을 뒤집어쓸 때의 울음, 부르르르 떨던 발, 하늘빛을 버물어 불 켜던 눈깔들이 우리 집 가까운 골목에 들어섰을 때도 자꾸 내게 무얼 바라는 듯한 모양으로 공중에 나타나 그

희생을 못 하게 할 아무 힘도 내게 없는 것을 속으로 헤아리면서 나는 어디 가서 혼자 실컷 울고 싶은 생각을 주체할 수가 없었다.

우리의 발걸음이 진산 영감이 살던 이찬경 씨네 집 앞에 다다르자 셋째는

"들어가서 천도복숭아나 하나씩 얻어먹고 가자."

고 하고, 대문 틈으로 사랑의 기척을 한참 동안 살피더니

"창문이 모두 닫힌 게 이 생원 없는가 부다, 없는가 부여."

하며 내 앞장을 서 들어가 안대문 앞에 서면서, 나보고 내 친구 구범이를 불러내라 하였다.

나도 이때의 구미론 복숭아가 웬일인지 맘에 당기어 그가 하자는 대로 안방에 있는 구범이를 불러내었다. 하늘과 필연은 일찍이 어린 석가에게 보였던 것같이 우리에게도 때맞춰 땅 위의 억울히 통곡하는 핏구렁을 잘 외었다 씻으라 큰 기대로 열어 보이고, 또 그게 너무 우리같이 약한 어린애들의 비위에는 벅찰 것 같아 셋째에게 이때의 우리 두 소년의 비위를 가라앉히는 데 알맞은 천도복숭아를 기억해 내게 한 것 아니었던가.

사랑 앞 문간채 한 귀퉁이에 있는 천도복숭아를 소원대로 하나씩 구범이한테서 얻어먹고 나니, 피비린내 기억은 아닌 게 아니라 어느 만큼 완화되고 다시 마음속 하늘 끝 다락같이 선선한 데 수숫잎 같은 것이 나풀거리기 시작하며 종달새 떼도 어느 만큼 띄울 힘이 돌아오긴 돌아왔다.

그러나 이미 지워진 짐이 아조 자취를 감추지는 않았다.

집에 돌아와 툇마루에 걸터앉아 기둥에 기대 마당의 볕을 바라보자 누엿누엿한 어질머리가 생겨, 나는 잠깐 있다가 거기를 또 버리고 이 대문 저 대문 열고 다니며 헤매이다가 마침낸 또 머슴 사랑채의 큰 대문을 열고 갈밭 머리로 나갔다.

갈밭은 그 모양만은 여전히 평화하였다. 그러나 그 가에 가 갈잎을 따 피리를 만들기까지는 했어도 그건 잘 입에 대어지지 않는 채 손끝에서 다시 땅에 내려지고, 기어 다니는 갈똥거이엔 손을 델 생각도 나지 않았다.

나는 석가가 될 기틀이 아니라 그 뒤 물론 딴 사물들과 가까이하는 동안에 이때의 상태를 항용 잊어버리게 되고, 어쩌다가 정신이 아조 자세하게 트일 때만 문득 한 번씩 아무 해결의 짓거리도 말도 없이 여리게 기억해 내고 있기만 하다. 허나 어디다가 묻지도 못하고 이걸 항용 잊고 사는 대로나마 이때 진 짐은 아직도 내 속에서 살고 있긴 있는 것이다.


## 25


내가 동복 영감 내외를 처음 본 것은 이해 첫가을이었다. 성묘와 소작료 매는 당부를 아울러 하러 왔던 듯, 이 무렵이면 그들은 그 가족 중의 한가한 일부를 데불고 거의 해마닥 줄포에 내려왔었는데, 이해엔 그의 둘째 아들인 재수 씨의 가족들을 동반해 왔던 듯하다.

이 일행의 하경은 미리부터 알려져 있어서, 우리 집에서도 그들의 도착 전날 밤은 그들을 맞을 이야기로 꽃이 피었었는데, 그때 아버지와 어머니 사이에 오고 가던 말씀은 대개 아래와 같은 것이었던 것 같다.

"내일 영감이 내려온다는디, 작은댁도 같이 따라올 것이니 자동차 정거장까지 마중은 나만 가도 되겠지만, 밤에라도 작은댁에 인사를 하러 가야 할 텐디……"

"어쩔꼬?…… 가서 뭐라고 허는 곤이?"

"마님이라고는 잊지 말고 붙여서 말히야 히여. 어쩌면 그 댁 아들 내외도 같이 올란지 모르니, 아씨란 말도 잊지 말고……"

"생전 안 히 보던 말을 으설퍼서 어떻게 히여?"

"응, 그리도 히야제."

"작은집이라면서, 그리도 모다 마님이라고 헌다우?"

"암. 큰댁 부인이 돌아간 뒤니 거기뿐인디……"

"뒷개(후포) 어디 사람이라면서라우? 성미는 어떤고?"

"상당히 팩헌 편이지. 그러니 조심허란 말이여."

이런 말을 주고받으면서 있는 어머니를 보니, 어린 눈에도 무척은 딱해 보이는 게 정작 내일은 어쩔라는고 싶었다. 어머니는 무슨 딱한 일이 있으면 두 손으로 보선 끝을 움켜쥐고 앉기가 일쑤였거니와 이날 밤은 그러고 앉아 계시는 시간이 그전 어느 때보다도 길었던 듯하다. 그래 그 중간에서

"자네 행여나 그렇게 거 가서 할까 무섭네. 부디 겉으로라도 혼연

스럽게 좀 히여."

아버지는 이렇게 말씀하고 먼저 자리에 누우시어, 우리 앉은 데서 반대 방향인 아랫목 쪽으로 앞을 두르고 돌아누워 버렸다.

나도 아버지를 따라서 바로 그 옆에 애기와 나란히 이불 속에 드러누웠다. 그러나 지켜보고 있다가 깜빡 잠이 들도록까지는 어머니에게서 아버지처럼 눈을 떼지는 않고……

이튿날.

학교에 가서도 마음은 공부의 틈틈이 이날 도착할 동복 영감 일행을 상상하는 데로만 쏠렸다. 전에 외할머니가 보시고 얘기하던 이야기책 껍데기의 인물들을 머릿속에 그리며, '동복 영감은 제갈공명인가 진시황인가, 또 그 마님은 여와씨(물론 여왜씨라 해야 할 것이나 할머니의 발음 그대로 여기는 쓴다)인가 달기인가, 마초나 조자룡이 같은 사람도 따라오는가?……' 대개 이런 따위의 상상이었다.

그러나 하학 후 집에 돌아와서 본 그들의 인상은 내 상상과는 많이 다른 것이었다.


## 26


점심때쯤 되어 학교에서 집에 돌아오니, 그들의 일행은 이미 도착해 자리를 잡고 있어, 나는 점심을 마치자 이어 곧 세 자리에—영감과 그 부인과 그 아들 부부에게 인사를 다녔는데, 그들은 내가 마음

속에 그리고 기대하던 것과 같은 그런 제갈공명이나 여왜씨 같은 훌륭한 인물들도 아니었지만 또 한쪽으로 염려하던 것 같은 그런 흉악한 모양도 아니었다.

동복 영감은 내가 사랑의 두 통하는 방 중의 윗방에 들어가서 엎드리어 말없이 절을 하니, 아랫방에서 그의 틀니를 사기그릇의 물에다 씻고 있다가 (그게 틀니라는 건 뒤에 아버지한테 물어 알았고, 이때는 참 알 수 없는 이상한 것이었지만) 내 옆에 누가

"광한이 아들이랍니다."

하는 바람에 잠깐 머리를 들어

"응 그리여? 어이, 그 녀석……"

하고 칭찬인지 경멸인지 알 수 없는 말을 하곤 곧 다시 하던 일을 되풀이하기 시작했는데, 보아하니 내 맘속의 제갈공명에 견주어선 훨씬 작은 편이요, 진시황에 비해선 또 너무나 유순한 편이었다. 차라리 그는 그 안정한 위엄을 띤 두 눈과 머리의 두건 아니라면 어디 멋진 단군네 할아버지 비슷하였다.

달걀의 타원의 선같이 둥그스름한 어깨며, 참 잘은 다듬이질한 풀죽은 듯한 엷은 옥색 명주 바지저고리 위의 이 역시 명주실 타래 같은 턱수염이며, 뒷굽을 발뒤꿈치에 다 꿰어 신지 않고 반만큼 접어 신은 보선 뒤꿈치며가 곧 한데 점잖이 어울리어 (점잔으로 치더라도 단군 할아범 이상이 드문 것이니까) 일어서서 너울거리어

"야 백구야 훨얼훨 날지 말아라. 너 잡을 내 아니다. 성사앙이 버리시니……"

어쩌고 한 곡조 뽑을 것만 같은 모양이었다.

허기는 이런 인상은 그날 밤 그가 가지고 온 축음기의 노래들을 들은 인상과 상당히 뒤범벅인 것 같기도 하다.

그날 밤, 새로 나온 지 얼마 안 되는 것이라고, 사랑에서 축음기 놀리는 것을 듣고 싶은 사람은 들으러 오라 하여 나도 그 영감이 앉은 아랫방에 가서 한몫 끼어들었는데 거기서 울려 나오는 이동백이, 김창한이의 두 소리 중 이동백이의 소리만은 방 가운데 있는 누가 따라 한대도 안 어울릴 것 같았으나 동복 영감이 일어서서 한다면 딱 맞을 것같이 생각이 되었었으니까. 그 저음부와 점잔의 일치도 물론이려니와 그 달걀 어깨와, 명주실 같은 수염과, 풀 죽은 듯한 옅은 옥색의 명주 바지저고리와, 접어 신은 보선 뒤축과, 날씬히 길쭉길쭉한 손가락들을 가운데 길게 뻗친 담뱃대 등은 더 어울릴 것 같았다.

그 대신 김창한이의 가난뱅이 잘 참아 쇠 먹은 듯한 소리는 어쩐지 작은댁의 사환인 우리 김성찬 씨의 것만 같아 속에서 쏟아져 나오는 까투리웃음을 참느라고 나는 무진 애를 썼으나 참지 못해 한두 차례는 그걸 터뜨렸다. 그러면 옆에 있던 사람들은 조용히 하라고 내 옆구리를 손가락으로 가벼이 찔렀다.

"조오체?"

"조오체?"

영감은 손장단을 치지는 않았으나 가끔가다 이렇게 감탄과 질문을 겸하는 말을 하고는 방 안을 휘어 둘러보았다.

그러고는

"호방허기야 이동백이거든…… 김창한이는 극진허고……"

이 비슷한 말을 했던 듯하다.

그러면 그저 방 가운데서는 누구 영감과 우연히 눈이 맞은—어린
애 아닌 사람이 하는

"예……"

"예……"

소리뿐, 한마디의 의견도 있지는 않았다.


## 27


동복 영감의 인상이 예상과 달랐던 것과 마찬가지로 그 마님의 인
상도 여왜씨도 아니었으려니와 또 물론 「강태공전」의 달기도 아니
었다. 그러면 그 남편인 영감 같은 멋쟁이더냐 하면 여기는 또 그렇
지도 않았다.

내가 그를 초대면한 것은 영감에게 인사를 하고 와 아직 미처 이
마님과 그 아들 부부한테까지 가지 못하고 툇마룻가에 잠깐 쉬고 있
을 때 인촌 선생의 초당에서 우리 사는 데로 들어오는 문을 후닥딱
딱 요란스레 열어젖히고 그가 나보단 먼저 내 옆 저만큼 나타나서

"광한이네 있는가? 광한이네! 광한이네!"

했을 땐데 내가 속으로 '아마 근가 부다' 하며 일어서서 뜯어보니, 여

긴 또 여왜씨나 달기같이 대단할 것같이까진 안 보였으나 영감이 '백구야 휘얼휠 나지 마라'의 이동백이 노래 같은 안정된 멋을 가진 데 비해 그런 것은 영 아직 만들 겨를도 없었던 듯한—무척 바쁘기만 한 지나친 살과 피와 탄력의 덩어리만 같았다.

스무 관까진 몰라도 열아홉 관쯤은 실히 되었으리라. 거기 와 갓 줄달음질을 치고 난 좋은 말이 부르르 부르르 남은 힘으로 그 힘줄을 자잘히 떨듯이—그런 부르르르한 기운으로 서 있는 그의 몸은 내가 그때까지 본 세상의 여자의 몸뚱이들 중에선 제일 위대해 보였다. 위대라면 좀 어폐가 있을까. 그것은 그때까지 내가 본 여자들의 누구보다도 (허기는 그 뒤에도 아직까지 이런 위대를 본 건 별로 기억이 안 나) 지나친 듯한 좋은 살, 좋은 피부, 좋은 탄력을 함께 아울러서 보게 된 느낌을 말함이다. 지나치게 좋은 살과 피부라면 이에 견줄 만한 사람들이 더러 생각에 떠오른다. 그러나 이만한 그 남유다른 탄력까지를 겸한 이는 별로 기억에 없다.

그렇기 때문에 은빛 꽃무늬를 한 연옥색의 옷을 입었던 듯한 이육체의 위대에 골몰해 있느라고, 내가 그 눈이 말하고 있는 것에 주의를 보낸 것은 한참 동안 걸려서였다.

그러나 나는 그의 눈에서만은 영 실망하지 않을 수 없었다. 왜냐면 아무리 알아보려 눈을 이켠에서 가지고 가도, 어찌 재빠르게 구울러 도망을 하시는지, 생각하고 있는 것을 요량할 길은 도무지 없고 또 가끔 나를 한참씩 보고 있는 일이 있기는 했어도 그때는 그냥 또 동복 영감의 것과 흡사 방불한 위엄으로 도배하고 해서 영 속을 알 길이 없었기 때문이다.

"광한이네 거 없는가? 광한이네! 광한이네!"

이렇게 또 부르고, 사람을 놓아 앞뒤꼍을 찾게 하고 해서야 어디 구석에서 무슨 일에 파묻혀 있던 어머니는 그의 앞에 나왔다.

상기된 얼굴에 상당히 당황하는 손끝으로 치마고름을 만지작거리며

"조께 들어가겨라우……"

나직이 권하는 걸로 보면, 내가 학교에서 오기 전 어머니는 벌써 찾아가 인사는 치른 모양이었다.

어머니는 아직껏 사뭇 구경만 하고 있던 나보고도

"마님이시다. 마님께 인사 여쭈어라."

하였다. 그래 나는 비로소 선 채 학생절로 허리를 꾸뻑하였다.

<br>

28

그러나 마님은 어머니의 '들어가겨라우' 하는 권고는 들은 체 만체하고 내 절에 대해서만

"응, 큰놈인가?"

겨우 한마디를 던지고는 이켠에서 미처 대답할 겨를도 주지 않고

"헐 말 있으니 시방 나 있는 데로 곧 좀 오소."

하며, 그 딴 속마음은 아무것도 안 보이는 동복 영감 아류의 위엄을

담은 눈으로 어머닐 한번 내려다보곤 종종걸음을 처 오던 데로 또 그 대문을 요란스레 덜그덕거리며 가 버리었다. 당긴 활들의 탄력이라기보단 부드럽고 좋은 생고무 같은 탄력을 그 뒤로부터도 무진 발산하며……

나는 그것 때문에 한뱃통속이 아닌 사람들이 '팩성'이라고 아마 말하는 모양인—그의 동복 영감 아류가 역연한 위엄 있는 눈과 그 과분의 탄력을 또 한번 돌이켜 좀 곰곰이 생각해 보았다. 아닌 게 아니라 어린애 상대가 아닌 눈이라 그런지 그가 어머니한테 명령을 내리고 나서 내려다보던 눈은 동복 영감의 것보다는 좀 팩스럽게 생각이 되었다. 그러나 그 탄력만은 이때의 내겐 분명히 쾌미快美한 것의 하나였을 뿐이었다. 지금 생각거니와 이분의 좀 팩해 보였을는지도 모를 눈도 결국은 그 너무 남아 쓸 길 없던 탄력 때문 아니었을는지.

그러나 어머니는 적지 아니 걱정이신 모양이었다.

"뭇 때문에 오라시는가 모르것다 인이?"

가까운 옆엔 인젠 벌써 딴 사람은 없었건만, '오라시는가' 하고, 방에서 가족끼리 같으면 그를 두고 쓴 일이 전혀 없던 경어를 아직도 떼지 못하고 그냥 덧붙여서 말씀하시며 얼굴도 상당히 질려 있었다.

"으으쩔까?…… 야! 너 사랑에 나가서 아버지 기신가 어서 좀 봐. 기시건 어서 좀 오시라고 히여."

허나 아버진 마침 사랑엔 있지 않았다.

그래 보고 와 그 말을 했더니, 어머니는

"널 시방까지 인사를 안 보냈다고 그런가? 너 학교서 온 지가 얼마 안 되는디, 인이?"

하시며 여전히 질린 낯을 하셔 가지고, 그래도

"하여간 가 보자. 같이…… 너 가서, 인사가 늦었다고 뭐라 하거든 학교에서 금시 와 있던 참이라고 히여."

하셨다.

하여 우리 모자는 하나는 걱정으로 질려서, 또 하나는 처음 겪는 묘한 매력과 호기심에 이끌려서 작은댁으로 갔다. 어머니는 그 무렵부터 처음으로 사 바르기 비롯했던 '레에도 구리이무'라는 걸 웬일인지 이때에도 꺼내 얼굴에 좀 바르고 가셨던 듯하다. 아마 나처럼 이이도 그 마님의 속을 알 길은 영 없었으므로, 눈에 잘 보이던 살만이라도 그 마님과 조끔이라도 방불하게 해 비위에 맞춰 보려 하셨음이었던가. 물론 피골이 상접에 가까운 데다가 촌때를 아직도 영 벗지 못한 어머니의 얼굴은 그걸 발라도 조끔도 윤택해지지도 않았었건만……

29

작은댁에 다다르자 우리는 마치 무슨 죄나 진 듯한 몰골로, 마님이 있는 방의 미닫이를 열고 윗목에 들어서서 나는 다시 꿇어 엎드려 하는 큰절로 고쳐 정식의 인사를 극진히 치렀다.

그러나 마님은 나한테 정식의 절을 받고 안 받는 것은 중요치 않

은 듯 거기 대해선 한마디 말도 없이 아직 서 있는 어머니보고만

"자네도 거기 좀 앉어!"

하고 생고무를 당겼다 놓는 듯한 탄력 있고도 살진 소프라노조로 이렇게 외치듯 말하고는, '아니, 아무껏도 아닌 것이 지랄이여! 잡것, 네까진 것이 뭐냐! 응? 네까진 것이 뭐여!' 하는 듯한 눈초리로 어머니를 노려보기 시작했다.

인제 자세히 보니 이 명령하는 눈은 동복 영감 아류의 것만이 아니라 두 사람 사이에서 팽팽히 잡아다려진 고무줄처럼, 놓으면 와서 상대방을 띠앗띠앗하게 치고 자극하는 특수한 탄력을 가진 것을 알 수가 있었다.

그래 나는 어머니가 어서 질린 것을 펴서 고무줄을 맞잡아다리고 노는 아이처럼 이켠에서도 한번 넌지시 잡아다리고 파랑이네 어머니처럼 그렇게 부드러운 눈은 못 할망정 '아! 왜 이리여 잡것! 살이 너무 좋아 놔서 아프겠다 잡것. 문질러 주랴?' 어쩌고 한바탕 해 주기만을 기다렸다. 그렇게만 한다면 그는 곧 너털털털털털 그 좋은 온 살과 탄력으로 좀 너털웃음을 웃어 대고, 아무 문제도 없을 것만 같았다. 그렇게 그가 내게는 아무 무서울 게 없어 보였다. 아이란 그 살에 닿는 일이란 어른 같은 터 잡은 주관이 없음으로 해서 어느 경우 훨씬 더 바르게 파악할 소질을 갖는 것이다.

그러나 어머닌 '구리이무'까지 바르고 온 보람도 없이 여전히 영기를 펴지 못하고

"어서 서방님과 아씨께 가서 인사 여쭈어라 인이. 그러고 집에 가

있어."

하고 내게 있을 곳 없는 눈을 보내며 말씀하시곤,

"서방님 기시는 디가 어디다우?"

혼잣말처럼 좀 떨리는 나직한 음성으로 아무도 보지 않고 물으시었다.

"성찬이네! 성찬이네! 어이! 성찬이네!"

마님은 어머니의 물음이 떨어지기가 무섭게 부엌에서 일하고 있던 파랑이네 어머니를 불러 나를 서방님 방으로 안내케 해 주었다.

그래 나는 어머니가 영 안심찮은 대로 안내자를 따라서 재수 씨 부부를 마저 가서 뵈옵곤 이곳을 위선 물러날밖에 없었다.

집으로 돌아갈 때 어머니가 들어 있는 방 앞을 지나면서 들으니 마님의 어성은 한결 더 높아져 있는 것 같았다.

'어서 좀 같이 어울려 놀아! 간지럼도 멕이고, 그렇게 좀!'

나는 속으로 어머닐 격려하면서 집으로 돌아갔다. 그러나 자기의 아직 안 씻은 사탱이를 보이는 것처럼 그렇게 어머니가 또 한쪽으론 느껴져, 뭐라고 남에게 말할 수도 없는 묘한 느낌이었다.

## 30

그날 밤, 사랑의 레코드 감상회가 끝난 뒤, 우리 가족들은 인제는 불리고 어쩌고 할 염려 없이 같은 잠자리를 가지려 한자리에 또 모였다. 늘 하던 습관대로 모여선 아버지는 맨 아랫목에 모로 누우서서 그 옆에 잠든 애기의 머리를 쓰담고는 윗목에 아직 앉아 있는 나와 어머니를 번갈아 살피시고, 어머니와 나는 아버지의 입이 먼저 열리기를 기다리고 있었다.

"작은댁에 인사 가니 뭐라고 허든가?"

아버지는 내가 예상하고 있던 것을 바로 물으시었다.

"나 참 피토(창피)스러서 혼났어!"

어머니는 무척은 이때를 기다리셨던 듯 냉큼 말씀하시며 또 그 딱한 정신의 표징인—그 두 발을 그 두 손으로 잡는 짓을 하셨다.

"뭐라고 했기에?"

"뭐라고 허던가 다 잊어버렸지만, 하여간 참 피토스러! 정주가 학교서 아직 안 와서 나 혼자 인사를 갔다 와 가지고 조끔 플 허고 있니랑개 마님이 여기까지 쫓아왔어라우. 파랑이네는 왼 집안 식구가 다 자동차부까지 나갔는디 우리 집선 당신밖에 안 나갔다고 글히서 그러는 걸 테지 아마. 보나 안 보나 뻔허지. '광한이네! 광한이네!' 온 동네방네가 다 떠나가게 불러 대고 '헐 말 있으니 오너라' 히서 마침 정주가 와 있기에 데리고 갔더니, 뭐 공부 잘허냔 말 한마디나 있는 줄 아시오? 개 먼 산 보듯 허고는, 머스매가 나가고 낭개 별에별 접장질 다 헙디다. 뭐라고 했던지 하도 많이 들어서 하나도 못 외지만, 행실 잘허란 말입디다. 내가 언제 행실이 궂은 일이 있었어? 참 피토스러 못 견디겠어!"

"자동차부에 왜 안 나왔느냐고 그러던가?"

"그렇게 바로 속이나 다 털어놓고 말험사 좋게. 뭇을 잘못했단 말은 톳자도 옰어. 그렇지만 뭇을 우리가 잘못헌 게 있었간디, 보나 안 보나 그 일 때문이제, 맹……"

듣고 있던 아버지의 입에선 후— 긴 한숨이 나직이 휘몰리어 나왔다.

그래 나도 그 한숨에 비로소 가슴이 덜컥하였다. 아이의 눈이어서 그랬던지 그 마님은 내겐 별 무서울 게 없었으므로, 어머니의 말씀이 쏟아져 나오고 있는 중에도 그건 어머니가 촌뜨기고 말라깽이라 유들유들하지 못해 져 버려서 그런 거려니 생각하고 있었던 것이나 아버지마저

"뭘 그래, 그까진 일을……"

하시지 않고 한숨을 쉬어 놓았으니 말이다.

'다 못 견디고 다 꼼짝 못하는구나…… 아버지도 자기 마음대로는 살지도 못하는구나……'

이런 느낌이 문득 내 속에 일자 엉겨 오는 불안을 주체할 길이 없었다. 그래 나는 애기 옆에 고스란히 나둥그려져 두 눈을 말뚱말뚱 구을리며, 자질리는 숨결을 풀어 회복하기에 애를 쓰고 있었다.

## 31

"그리도 어쩔 도리가 있다고? 견뎌 낼밖에……"

마침내 아버지는 이렇게 말씀하시며 누웠던 자리에 일어나 앉으시었다.

"그렁개 누가 뭐라고 해? 그렇드란 말이제."

어머니는 울음 머금은 음성으로 대답하셨다. 그래 나는 중천정을 멍하니 보고 있다가 그쪽으로 눈을 돌리니, 음성만이 아니라 얼굴에도 그 참는 울음의 흔적은 흘러내려 있었다.

"그리서 뭐라고 대답힜는가?"

아버지는 그 울음은 보고도 못 본 체하는 듯 어머니에게 물었다.

"뭐라고 허긴 뭐라고 히라우? 암 말도 안 힜소."

이렇게 대답하는 어머니의 음성엔 아버지의 뜻을 좇아서 그런지 벌써 울음은 개어 있었으나 눈에 눈물은 여전하였다.

"쉬이 어떻게 히서 여기를 뜬다고 하더라도 우선은 어떻게 헐 수가 있는가? 한 해 내내 와 있는 것도 아니니 눈 찔끔 감고 견디는 수밖에…… 이삼 년 안에는 딴 데로 나갈 궁리도 있으니……"

"글히도 작은댁이 영감한티 우리 해담 안 헐라고? 거그서 우리를 한번 눈 밖에 내면 그만일 텐디……"

"뭘? 해담헐래야 해담헐 건덕지가 돼야지. 건덕지도 없지만, 영감은 또 거기허곤 달러. 작은댁 친정붙이들 어디 하나나 불러다 쓰는가 보라고. 영감이야 점잖제……"

아버지의 이야기가 이쯤 들어가니 어머니도 좀 안심이 되시는 듯 두 발을 잡았던 두 손을 풀고 제대로 앉으시어, 여기 궁리도 보태었다.

"그래도 이대로 있어서야 쓸 거라우? 모다 서울로 가건 뭐 봉송 (봉물)이라도 좀 맹글아 가지고 뒤대 올라가 보시지."

"봉송이라니 뭘?"

"되야지라도 왜 한 마리나 잡고……"

"되야지를? 그런 걸 어떻게 치렁치렁 들고 가? 그런 건 서울이 더 많으니 귀엽게도 안 여겨."

이렇게 대답하는 아버지의 말에는 그의 습관이 담겨 있었다. 그는 그 자신한테로 남이 가져오는 봉물을 물리치진 않았으나, 자기가 그 걸 하는 것은—더구나 손수 가지고 가는 것은 여간해서는 하지 않았다. 어려서부터 가난 속에 쪼들리어 이런 것을 잘 해 보지 못하고, 그저 그 사무 능력으로만 처세를 해 오신 때문이기도 하겠지만 그보다도 이건 역시 가난한 대로 열다섯에 백일장에 장원도 한—한 골샌님이었던 까닭이었으리라.

그러나 이때만은 아내의 눈물이 너무 안쓰러워 그랬던지, 아니면 또 은근히 속으로 켕기는 게 있어 그랬던지, 우리 어머니의 권고를 아조 잡아떼어 버리지는 않고 바로 말을 이어

"허기는 그것도 그렇기는 히여."

하셨다.

"어디, 대체, 참, 물 가지고 뒤대어 올라가 볼까…… 이사도 온 해 고 하니…… 므가 좋을꼬?"

"글시라우, 인이?"

어머니는 어느새 어린애처럼 되었다.

"민어알이나 한 석 작 구해 가지고 가 볼까? 그래야겠구만……"

## 32

아버지는 이젠 이 이야기는 그만하자는 듯 이렇게 말씀하시곤 아직도 옆에서 눈을 까막까막하고 있는 나더러

"정주야, 너 어서 자고 일찍 일어나야 학교 가제."

하셨다.

그러나 나는 두 분이 자리에 누운 뒤에도 수월찮이 더 오래 눈이 뜨여 있었다. 이날 하로 겪은 일들은 모두가 다 나와 우리 부모의 서고 앉아 있는 데를 새로 어린 뼈에 닿게 느끼게 하여 저절로 그리되었던 것이다.

이듬해 봄. 나는 1학년에서 2학년으로 올랐다. 세 학기를 계속해서 1등을 했다 하여 아버지 어머니의 자랑거리도 되었으려니와, 이 일을 아는 친지들의 귀염도 받게 되었고, 같은 반 아이들의 존경도 받게 되었다.

그러나 2학년에 올라오자 이 명예는 그만 형편없이 되어 버리고 말았다.

1학기 통신부를 받아 보니 겨우 여섯째. 그래 나는 이걸 그대로 아버지에게 보이면 꾸지람이 올 것을 두려워하여, 부끄러운 부으럼처럼 조끼 주머니에 숨겨 가지고 있다가 남 안보는 데서 침과 닦개로 그 여섯 육六 자를 지워 버리고, 그 위에 두 이二 자를 써서 아버지가 찾으실 때 내놓았다. 그래 아버지는 이후 믿는 아들에게 속은 사람이 되고, 나는 거짓의 따분한 부으럼을 난생처음으로 가슴속에 지

니게 되었던 것이다.

　나는 이 전략의 용기를 어디서 얻었던 것인가. 가만있거라. 좀 자세히 기억해 보자. 첫째, 나는 어떻게 해서라도 나 때문에 아버지가 낙망하는 것을 안 보려 하였다. 이 무렵까지도 그는 여간해서는 좀처럼 낙망을 나타내는 일은 없었으나, 한번 그것을 나타내고 한숨을 쉬기 시작하는 날은 어머니가 숨을 바로 쉬지 못할 정도로 방 안이 모두 무너지는 것같이 못 견디게 만들던 분이었으니까. 여느 꾸지람과는 달리 그 꾸지람에 진히 묻혀질 그 낙망이 보기가 영 싫었던 것이다. 그래 아버지 스스로 그의 생활의 앞에 치셨던—서러우나 편리한 둔갑의 막(동복 영감 내외가 내 눈앞에 처음 왔던 날 저녁과 그 전날 저녁에 그이 스스로 말씀하신 것과 같은)을 모방해서, 목적은 다르나 나도 그걸 하나 칠 수 있었던 것이다.

　그러나 그것만이 전략의 용기를 준 이유는 아니었다. 2학년에 오자, 박춘래라는 훈도가 와 우리를 맡았는데 그도 나를 이렇게 만드는 힘이 되었던 것은 사실이다. 그는 부임하자 이내 역연히 1학년의 일등생이었던 나를 조금도 이뻐하질 않았는데, 그것은 그가 대범한 성격을 가져서 그랬던 게 아니라 사실은 누구보담도 편애가이면서도 그가 가까이하는 신씨 일문의 아이들만 이뻐하노라고 내게서는 항용 모으로 눈을 돌렸었다.

　그래 전해와는 비교가 안 되는 내 성적표를 보자 나와 가까운 아이들은

　"너 왜 이렇게 떨어졌는 줄 아냐? 신가네 아들이 미꾸리(이때 이

학교 학생들의 유행어)를 잡어서 그래 미꾸릴……"

하기도 하고,

"너, 박춘래 선생은 6학년 모금순이허고 연애헌다 인이. 너, 6학년
으로 습자 가르치러 가 있을 때 조께 디려다봐. 꼭 모금순이 책상에
가서만 매달려 있어."

하기도 했던 것이다.

그러니 얼마만큼이 사실인지 알 길은 없으나, 그의 내게서 모으로
잘 돌리던 눈을 본떠서 나도 모으로 눈을 돌려, 그가 써 준 성적표를
한 반 아이들이 말한 소문처럼 지저분한 침과 닦개의 범벅으로 지워
버릴 수도 있었던 것이다.

아이들이 전락하는 경우, 그 이유를 선천적 성격에 돌리는 사람을
왕왕이 보나 그런 나쁜 선천성이란 없는 것이고, 결국은 모두 그 앞
서 가고 있는 사람들을 본뜰 수밖에 없는 것이니만치.


## 33


더러움이란 한번 타면 걷잡을 길이 없는 것이다. 더구나 아이들이
한번 사랑의 손길에서 벗어나면 그건 잠깐 동안의 일이다.

이해 2학기의 성적은 2등이었던가 3등이었던가, 1학기보단 좀 낮
기는 했지만 한번 탄 더러움은 이것을 씻고 남을 만한 딴 큰 사랑의
힘을 만나지 못한 만치 그냥은 회복이 되지 않았다. 뿐만 아니라 그

것은 그럴 만한 무슨 기회를 만날 때마다 되풀이되었다.

이해 겨울방학에 내가 성찬 씨의 아들 인덕이와 한 방에서 같이 놀던 끝에, 그가 방에 놓아두고 나간 만년필을 가지고 그 기계 속을 조사해 가다가 대 속의 심을 분질러 놓곤 이 사실을 그에게 바로 대지 않고 영 모른 체해 버린 것도 그리된 것이다.

인덕이는 이해부터 서울의 남대문상업학교에 입학하여 두 번째 방학을 집으로 댕기러 와서 사랑의 빈 동복 영감 방에서 묵고 있었는데, 그가 쓴 하이연 세 줄 감은 모자를 비롯해서 그의 양복, 그의 구두, 그의 책, 그의 서울 이야기들은 뭐거나 이때의 내겐 더없이 부러운 것이어서 틈만 있으면 거기 드나든 것이 마침내는 우연한 실수 뒤에 또 그 전철을 밟고 만 것이다.

나는 아무도 안 보는 데서 그 만년필 대의 속심을 분질러 놓곤 가슴이 덜컥하면서 이것은 줄포에선 살 수 없는 것이라는 것, 그러니 영 내 힘으론 갚을 수 없는 것이라는 걸 재빨리 생각하였다. 그러고는 곧 인덕이 쪽으로 열린 내 마음에 검고도 떨리는 포장을 늘이고

'이것은 통신부를 아버지한테 속여 먹을 때처럼 그렇게 가만히 견딜 일이다.'

고 작정하였다. 그래 그 버린 만년필을 주인 없는 방에 그대로 놓아두고 밖으로 나와 버렸다. 그러나 그 뒤에 남은 걱정 중 무엇보단도 큰 것은 손에 투성이가 된 잉크의 흔적이었다.

'이것을 인덕이가 보면 어떻게 하는가? 연필밖에는 없는 내가 이걸 손에 투성일 해 가지고 있는 걸 보면 단박에 알고 말 텐데……'

하는 생각이 들자, 당황함을 어쩌지 못하고, 나는 안부엌으로 들어가 그릇에 물을 퍼 가지고 내 복습방으로 들어와서 혼자 앉아 그것을 닦아 없애기에 열중하였다. 허나 그것이 좀처럼 잘 지워지지 않아 손 둘 곳을 알지 못했었음은 물론이다.

그 뒤 물론 나는 이 방학 중 인덕이의 곁엔 일격으로 가지 않고 말았다.

그로부터 며칠이 지나 이 일이 있은 지 처음으로 그와 사랑 모퉁이에서 우연히 딱 마주치게 되었을 때, 그는 쌩긋 웃어 보이며

"정주야, 너…… 저…… 내 만년필 혹, 손댄 일 있냐?"

하고 주저주저 물었으나, 나는 이때에도 그렇단 대답을 할 만큼 그와의 사이에 문을 열지 못하고 그냥 침묵만을 지키고 있었다.

그러고는 그와 가까이 있는 것이 괴로워 그 이튿날이던가, 그 사흘날이던가는 질마재로 피신해 방학 중의 한동안을 거기서 지냈다.

## 34

양력설이 지나고 3학기가 시작되었다. 그러나 내 마음의 병은 낫지 않았다. 낫지 않기는새로, 거기에 새 누습을 더해 갔다. 3학기가 시작될 무렵부터 나는 내 복습방에서 수음手淫하는 버릇까지를 이쿠고 만 것이다.

우리 집 심부름꾼 셋째를 기억하시는지. 그는 내 청으로 머슴방에

서 묵지를 않고 나와 함께 내 복습방에서 같이 지내고 있었는데, 그가 이것을 내게 가르쳐 준 교사였다.

어느 날이던가, 을씨년스러운 저녁때였던 것 같다. 그는 우리 복습방 부엌에 불을 지피고 들어와서는 뒤창 곁에 엣비슥히 누워 종이 쪽을 옆에다 깔고 사뭇 이 짓거리를 되풀이하며

"아니, 너도 히 봐. 히 보랑개 잡것아."

하였다.

"나 모양으로 이렇게 좀 히 봐. 잡것아. 좋을 텐디 그러냐? 하마 인자쯤은 너도 될 텐디……"

그래 나도 이 외진 누습의 구석에 밀려와서, 이 선배가 옆에 와 가르쳐 주는 대로 그 짓거리를 해 보긴 하였다.

그러나 셋째가 "될 텐디" 하고 기대하던 것은 그의 착각이었다. 나는 아직 옆에 종이를 깔 필요는 전연 없는 형편이었던 것이다.

처음 배우는 이 짓거리는 그저 다만 숨이 벅차고 온몸이 더워 오고 땀이 흐르는 일일 따름이었다. 그래

"응, 잡것, 아직 안 되는고나. 자꾸자꾸 히 봐. 한 보름쯤만 지내면 재미를 알게 될 텡개…… 열두 살이나 다 되얏응개 ×까진 안 나오드래도 쌔애헌 맛을 알기는 넉넉해, 넉넉해. 아직 쌔애헌 맛이 안 나냐? 말해 봐. 잡것아 나? 안 나?"

셋째의 이런 물음엔 아직 "아니……"라고 대답할밖에 없었다.

허나 그 뒤 나는 한번 빠진 이 굴헝을 벗어날 길은 없었다. 무엇이 비위에 거슬리면 나는 혼자 내 복습방의 안 문고리를 걸고 누워 이

짓거리를 되풀이해 갔던 것이다. 그러면 의지할 곳 없는 고독은 벅차는 숨과 더위 오는 몸의 열로 하여 잠시나마 안 느끼어지고, 연달아 오는 피곤으로 하여 그 뒤의 얼마 동안은 나른한 대로 이 외진 구석이 또 포근하여 좋았다.

그래 이렇게 이 누습을 이어 가는 동안에, 셋째의 예언대로 보름 만에 그렇게 되지는 않았던 것 같으나, 나는 셋째가 말한 그 '쌔애헌 맛'이라는 것을 내 몸뚱이 속에서 뽑아내기는 내었다. 아마 봄이 오기 조끔 전부터였던 것 같다.

하여, 나는 마침내, 이 짓거리를 내 복습방 일로만 국한시키지 않고 안방으로까지 가지고 가는 데 이르렀다.

안방에 들어가서 자는 밤, 이불 깐 바로 옆에 어머니의 친구가 와서 앉아 있어도, 어머니와 손님이 하는 이야기와 이불을 담장으로 해, 나는 그 한구석에서 내 고독을 물리치는 이 알몸의 조마로운 싸움에 골몰하곤 하였다.

## 35

이렇게 지내는 동안에, 이 무렵 한동안 밤마닥 우리 안방을 찾아 오던 묘한 매력을 가진 한 중년 부인 때문에 우리 식구는 이 부인의 가족들에 대한 동정 빼놓으면 별다른 이유도 없이 여기서 과히 멀지 않은 곳에 쬐그만 한 채의 집을 구해 나가게 되었다.

부인은 하이연 옥양목을 굉장히는 잘 다듬은 치마저고리를 입고 있었는데, 당사향 같은 무슨 향료 주머니를 지니고 있었는지 아닌지는 모르겠으나, 방에 들어서면 아스라이 꿈같은 무슨 향내가 일고, 우리 집안을 늘 맘으로 사랑하다 온 부자 큰어머니나 같은 굵직이 그리운 눈, 뒤에 안 것을 들어 비기자면 장개석 총통의 영부인의 코에 비교적 가까운 코, 새가 하나도 비지 않은 쪼록쪼록이 좋은 이빨, 보통보단 좀 많은 하이연 살에, 남달리 붉은―요즘 분홍 매니큐어를 칠한 것만큼 붉은 손톱들을 가지고 있어, 나는 그가 처음 생강 맛나는 과자 봉지를 들고 왔던 저녁부터 그걸 지근거리며 이불 속에 드러누워서 곧 거기에 흠빡 빠져 버리고 말았었다. 이렇게 되어 있은 것은 나뿐만이 아니라 어머니도 그리고 아버지도 마찬가지였던 듯하다. 그가 거의 매일 밤을 생강 냄새 나는 과자 봉지를 들고 서늘 바람처럼 나타나서, 두 볼에 중년다웁잖은 볼우물을 지으며 재롱을 떨고 돌아간 뒤면 어머니는

"정주야, 성산댁(그는 이렇게 불리었다) 참 귀엽지? 늙어 가면서도 인이?"

하셨고, 아버지는 또 아버지대로 한자리에 같이 오래 앉아 있는 일은 전혀 없었으나 그분이 가고 나면 마치 밖에 어디서 엿듣고 있다가 가는 소리 듣고 바로 들어온 듯이 거의 숨 가쁜 소리가 되어 가지고

"뭐라던가 오늘 저녁엔?"

하며 눈으로 거기 없는 그를 어루만지기나 하듯이 표정했으니 말이다.

"어떡허실라우? 이 집만 비여 도라고 졸라 대 쌓는디…… 아무리 친한 새라곤 히도 참 배포 좋은 사람들도 츰 보지."

어머니가 이렇게 말씀하시면

"글쎄……"

"글쎄……"

소리만 그가 다녀간 뒤마닥 얼마 동안은 되풀이한 걸로 보면, 어머니의 좋아하심쯤은 당석이고, 아버지의 그분 좋아하는 푼수는 이만저만한 것이 아니어서 이때부터 벌써 이 집 맡은 거 모도 다 고스란히 비워 줄 배포인 모양이었다.

그 부인도 무엇 때문인지 우리가 이 집을 비워 주리라는 것은 아조 딱 믿고 있는 눈치였다. 그는 오면 한참씩 재롱을 어린 소녀처럼 피우다간

"동성! 어이…… 나 자네만 믿을랑개 우리 쫌 살려 주어야 히여. 자네가 안 들면 우리는 못 살게 되야. 큰 마을서 그리도 몇 대의 대갓집이라고 살아온 것들이 이 꼴(무슨 꼴인지는 아래 보이겠다) 되어 가지고 쬐그만 집 하나 달랑 사 가지고 이사 오면 남의 치솟거리 되야 부끄러 살겠능가? 어이, 좀 생각히 봐 주겨. 애기 아버지보고 자네가 잘 좀 졸라야 히여. 자네 집은 몇 식구 안 되지만 우리는 장 서게 생긴 식구 아니라고…… 애기 아버지는 어렸을 땐 친헌 친구였지만 내가야 어떻게 졸르겠다고…… 하하하하하하! 안 그래? 동성?"

매양 이 투로 졸라 댔다.

## 36

그런데 이 부인이 우리 아버지의 어릴 적 친구라는 것은 이 부인의 입을 통해 위에서도 잠깐 비쳤지만, 얼마만큼의 친구였는가 하는 것은 아직 말하지 않았으므로 이걸 말해야겠는데, 이 점은 우리 할머니가 제일 잘 알고 계셔 말씀해 주셨으니까, 그이 말씀대로 전해야겠다.

결국은, 이 이상한 부인의 원대로 우리 아버지는 살고 있던 동복 영감 댁을 비워 주고 이사 가게 되어서, 얼마나 그 부인과 다정한 사이였는가 그게 궁금해 있다가, 뒤에 질마재에 들렀을 때 할머니보고 물었더니

"응…… 가 말이제?"

하시고, 할머니가 우리한테 무얼 주려고 아껴 두셨던 것을 알아냈을 때 늘 하시는 투로

"오올치 내 새끼."

하시면서 자세히 자세히 일러 주셨으니까.

"아암…… 친헌 친구고말고…… 어려서는 늘 함께 크다시피 했으니. 너이 할아버지는 노름꾼이라 우리 집은 이때도 벌써 고생살이였고, 그 집은 아직 넉넉기는 했지만…… 우리가 질마재로 이사 오기 전에 살던 윗밭골에선 한 마장도 못 가서 있는 성산등에서 그 사람네는 개와집도 덕지덕지 짓고 꽤 잘살았니라, 인이. 왜 가끔 질마재 앞 바닷둑으로도 번들번들헌 말 타고 달려 댕기던 사람 있지 않던개

빅. 그 사람이 바로 그 성산댁네 친정 동생이여. 목춘이라고. 그 사람들 한동안 자알 살았니라. 그래 시집갈 땐 양반 혼사헌다고 볏백거리나 좋이 타 가지고 갔었니라만……"

할머니는 이렇게 시작하시어 대략 아래와 같은 이야기를 들려주셨다.

할머니가 '번들번들헌 말 타고 달려 댕기던 사람 있지 않던개 빅' 한 그 사람의 얼굴까진 나는 본 일은 없으나, 그 말 타고 쏜살같이 달리던 모양만은 내게도 눈에 익은 것이었다.

내 열 살 전의 언젠가 여름엔 이 진목춘 씨가 마을 농군들이 농악을 하며 논의 김을 매는 옆을 말에서 내리지 않고 그냥 지나가다,

"네 이놈, 게 있지 못해…… 저게 사람이여? 게 있거라 이놈!"

하고 농군들이 뒤쫓는 바람에,

"말 다리야 날 살려라."

말 배를 걷어차며 달려가던 것도 나는 본 일이 있으므로 더구나 할머니의 이야긴 처음부터 재미가 있어 귀를 기울였다.

성산댁—즉 진목춘네 누님(그 아명을 뭐라고 할머니가 말씀했던지는, 시집간 여인네의 아명을 대개 다 잊어 주는 이 나라의 관례에 의해서 나도 잊었으나)은 처녀애 땐 인물도 근동에서 뛰어나게 좋았으려니와 또 퍽 장난꾸러기였다.

그 집 안채 옆 담장 가를 지나가던 사람은 햇볕이 쨍하게 밝은 날이거나 흐린 날이거나 간에 가끔가끔 이 처녀의 담장을 넘어오는 너털웃음 소리를 듣고 지냈는데, 그 웃음은 모두가 이 처녀의

장난이 뿜어낸 것으로서, 그를 들은 이들은 누구나 모두 이 웃음에 휩쓸려 자기들도 모르는 사이에 쌓인 시름들을 잠깐씩 놓았었다 한다.


## 37


처녀애가 무엇 같았다고 할까, 사뭇 개어 있는 것이 흡사 봄 삼월 살 잘 오른 노고지리새 같았다고 한다. 보리밭골에 있다가 내리비춰 는 봄 햇빛을 밀고 치솟아 오르는 노고지리새 말이지. 우리 아버지 석조(아버지의 아이 때 이름)보단 나이는 세 살인가 네 살 손위.

성산은 한 옆에 도깨빗등과 한 옆에 멀찍이 내려다뵈는 바다를 끼 고 있는 솔 무데기 속 마을이어서, 살이 상당히 센 곳이었는데, 이 처 녀애가 거기 있을 때까진 그 집안이 다 잘 살다가 이 처녀애가 시집 가고 나서 부모가 모다 죽고 동생, 조카들은 아편쟁이가 되어 망해 들고 한 걸 보면, 이 처녀애는 아마 그 성산등을 마지막 지킨 업이었 는가 보다고 하였다.

"계집애가 볕바른 데 서 있는 것 보면 솔찬이 좋았니라."

고 할머니는 말씀하셨다.

"살이 세댄이? 살이 뭇이당가? 내 몸뚱이 살 같은 이런 살? 할매."

내가 듣다가 모르는 것 중의 하나를, 내 팔등의 살을 두 손가락으 로 가벼이 잡아 뵈며 물으니,

"글씨…… 인이…… 암, 그것도 살이야 살이지만 나쁜 살이제. 그것은 너는 인제 한참 더 커야 자세히 알랑가 부구만…… 아, 도까빗 등 옆잉게 살이 실밖에."

할머니는 이리 대답하시고, 또 다른 하나를

"업은 또?"

물으니, 그건 거기 참말 주인이라고 하셨다.

가(그 애—이건 할머니가 말씀하신 거니까 우선 그대로 쓰기로 한다)는 골패도 잘하고, 한문도 배우고, 정월 대보름날 밤 여인네들의 줄다리기 때엔 또 언제나 한편의 우두머리였다고 하셨다.

기집애가 어쩌는 그뜩헌지, 술도 아랫목에 늘 저이 아버지 걸로 해 놓는 것 아마 가끔 몇 모금씩은 마셨을 거라고 하였다.

아버지는 마을의 누구의 집보단도 누님뻘이나 되는 이 처녀의 집에 가서 놀기를 좋아하였었다. 서당에서도 글에 재미를 붙여 좋아라고 공부를 했었지만, 그래도 서당에 갔다 온 때보단도 이 계집애네 집에서 돌아온 때가 제일 기뻐 있었다는 것이다.

"무엇을 어떻게 하는 것인지 모르지…… 거기만 갔다 오면 니 아범은 두 눈이 말갛게 되어 가지고 좋아라 날뛰어 쌌었느니라."

할머니는 말씀하셨다.

그런데 하루는 서당에서 돌아올 때가 되어도 오지를 않는 채 해가 저물어 아마 성산등에 잠시 다녀오는 거려니 하고 기다렸으나 초저녁이 거의 다 가도 오는 기적이 없었다.

그래 비로소 온 집안이 와락 뒤집혀 동네방네 갈 만한 곳은 다 뒤

지고 다녔으나 영 눈에 뜨이질 않았다. 성산등에도 사람을 놓아 보내 보았으나 "없다"고 한다고 그냥 왔다.


## 38


하여, 마침낸 온 집안이 나서
"석조야!"
"석조야!"
"석조!"
"석조!"
윗밭골과 근동의 골목골목으로 왜장을 치고 다니는 판이 되어, 할머니는 성산등까지 오셨던 길에 (그래도 혹시나 목춘네 집을 다녀가진 않았는가. 다녀갔다면 갈 때 어디로 간단 말쯤은 하고 가지 않았을까 하여) 한 번 더 그 목춘네 집을 들러 봤다 한다.

안마당에 들어서니, 안방 문에 불빛만 환한 채 교교하여서
"큰아가(남의 큰딸을 전라도 이 근방에선 이렇게 부른다)! 큰아가! 큰아가!"
부르니, 한동안은 대답이 없다가
"누구당가?"
하고 바로 가가 문을 열고 나오면서
"오오매…… 큰일들 났는가 부네…… 어무니까지 다 나오시

고……"

하며 좀 들어오라고 여전한 가 버릇으로 무에 그리 좋은지 너털거리면서 졸라, 이끄는 대로 방 안에 들어섰었다 한다. 할머니는 여기까지 이야기하시곤 내 눈을 빤히 들여다보시며 후― 가벼운 한숨을 쉬시더니 또 바로 이어 기가 막힐 때만 그러시는 과히 길지 않은 깔깔웃음을 터뜨리시었다.

아버지의 안부가 조마롭게 궁금하여 나는 물론 대꾸할 겨를도 없이 할머니의 다음 하실 말씀만 기다리었다.

"나, 원, 세상에 별 아도 다 봤제…… 야 좀 보아!"

할머니는 이렇게 말씀하시며, 한 손으로 내 한쪽 팔을 붙들고 지금 우리 옆에 그 처녀가 그대로 있는 것을 보이기나 하시려는 듯이 잡아당겼다.

"야 한 짓거리 좀 보아. 방 아랫목에다가 니 아범을 멀쩡히 두고도 그리 시치미를 뗀 것 아니냐…… 거기 누워서 니 아범은 혼곤히 잠이 들어 있드라. 그러곤 방 안엔 웬일인지 딴 사람은 아무도 없이, 가 하나뿐이고……"

그래 잠시 동안은 어안이 벙벙해서 그 애 낯굿만 보고 할머니가 있으니, 그 애는 너털웃음은 인제는 씻은 듯이 없애고 아조 얌전한 촛불 같은 낯굿이 되며

"어머니. 나 오늘 석조 술 좀 멕였네, 인이……"

하더라는 것이다.

마침 그날은 이 집 어른들이 그의 아들 목춘이까질 데불고 오 린

가 얼마 밖에 있는 일갓집으로 제사를 지내러 가며, 삼경이 지나서
야 돌아온다고 하여 그 애는 혼자 집지기로 남아 있던 판에 해지기
쪼끔 전 석조가 서당에서 나오는 걸음에 찾아와

"석조 술 먹는 것 재미있어 글힜이."

하더라는 것이다.

"계집애도 참 언사도 좋지."

할머니는 또, 그 과히 길진 않으나 느낌은 잘 울리는 깔깔웃음을
치셨다.

## 39

"우리 어무니 아부지 오시도록까지만 기시다가 가아. 석조 어무
니. 혼자 있기가 너무 적적해서 글히여. 바쁘신 일 참말로 있건 석조
만이라도 이대로 잠깐만 더 놔두고 가시든지. 혼자 있을라면 솔바람
소리허고 바닷소리만 쏴앗쏴앗 허고 사람 소리는 영 안 나니, 오싹
히 들면 못 견딜까 봐서 글히여. 밥 짓는 아는 있지만 벌써부터 밥숟
갈 막 빼곤 뻐드러져서 일곰메 묶어 가도 모르게 돼 있지…… 머슴
들이야 나한테 무슨 힘이 돼? 석조는 나보단도 어리지만, 야가 있으
면 시원찮은 어룬 두 몫보단도 낫네, 인이. 야가 옆에 앉아 있옹개 오
늘 밤도 아조 든든허둥만. 잠들었어도 숨쉬는 소리 좀 들어 봐. 야는
자는 숨소리도 우리 집 식구들보단 더 든든해. 야는 이대로만 가면

인저 잘될 것이여. 아무니. 야만 믿소, 인이."

계집애는 이어 이렇게 조르며 말하더라나.

"계집애가 영태靈胎가 빨라서 이때 벌써 저그 집 망조 기운 뻗친 것 알고 있었니라, 인이. 저그 집 식구들 숨소리 약해 드는 것 재고 있는 것 봐라……"

할머니는 나보고 말씀하셨다.

그래 그런 것 저런 것 생각하니, 그대로 계집애를 거기 떼 놓고 올 생각이 안 나서 얼마 더 기다렸다가 그 부모들이 제사에서 돌아온 뒤에야 할머니는 우리 아버질 그 집 머슴한테 업혀 앞세우고 집으로 돌아왔었다고 한다. 아버지는 아직 어린것이 술을 얼마나 마셨는지 집에 가져다 눕혀 놓아도 새벽이 되도록 영 정신이 없었다 한다.

아버지가 새벽에 눈이 뜨여 말씀하는데, 술은 토할 만큼 마셨었다. 안방 문을 열고 들어가니 목춘이 누님은 혼자 골패짝을 만지작거리고 앉아 있다가 두자고 하여서 전에 그한테 배운 솜씨로 한 판을 두어 늘 그렇던 전례대로 이건 이번에도 졌었다. 그러고 나니 벽장에서 노루포니 떡이니 대추니 있는 대로 이것저것 모두 꺼내 놓곤 자꾸 먹으라고 하여, 한참을 시장 김에 부지런히 집어삼켰었다.

그러고 나선

"너 요새 『논어』 읽는다지? 어디 한번 들어 보자. 을마나 잘 읽는가." 하면서, 아버지가 끼고 왔던 책을 앞에 갖다 놓아 주며 연거푸 읽으라고 졸라 대서 할 수 없이 어디라던가 한 대문을 읽어 넘겼다. 책을 보며 읽은 게 아니라 내 어린 아버지 석조는 무엇이든 배운 글은 거의 주욱죽 다 외고 있었으니까 책만 앞에 놓아 둔 채 그 책장은 넘기지도 않고 읽었을 것이라고, 할머니는 자기 상상을 덧붙이어 말씀하셨다.

"참 잘 읽는다"고 "한 번 더", "한 번 더" 하여 세 차롄가를 읽었었다나. 재촉해 놓곤, 읽는 옆에서 움찔도 않고 귀 종기고 있더니

"네 글 읽는 소리를 들으면 시상 혜성혜성한 기운이 없어져서 좋아, 석조야. 아이고 우리 집 사람들은 모다 왜 그 모양 되야 간대애? 말이니 뭣이니 히서 채리고 다니는 허우대는 좋지…… 히도, 옆에 와 앉어 말하는 것이나 숨쉬는 것 보고 들으면 새에선 찬바람만 획획 일어……"

목춘이 누님은 이렇게 말로는 처음 듣는 소릴 하였었다 한다.

그러고는 아버지가 세상에 나와서 처음으로 많이 마신 술이 시작되었다.


## 40


"산두룹나물을 맛있게 먹었다고 니 아범이 말힜던 걸로 보니 봄이었구나."

할머니는 그게 봄이었던 것을 이렇게 생각해 내셨었다.

좀 늦은 저녁상이 들어오자, 가는 밥지기보고 종그레기를 가져오라 하여, 방 아랫목의 술독을 열곤 술 냄새와 숨었던 깔깔웃음을 함께 버무려 내면서, 먼저 제가 몇 모금 떠 먹어 보이고 나서

"석조야, 너 오늘 저녁엔 이것 좀 많이 먹어 볼래?"

하더라나. 밥상에 놓인 산두릅나물을 가리키며

"이것 요새 맛있응개 이것허고 말이여."

하고. 또,

"너 인잔 열세 살이나 되얐응개 몇 잔씩 먹어도 괜찮겠다. 너그 아버지도 술 잘허시지 않어? 노름도 잘허고."

하고.

"참 계집애도 별나기도 허지만,"

할머니는 그때 광경을 상상하니 무척은 이쁘신 듯 눈웃음을 지으셨다.

"니 아범도 니 아범이니라. 자식이 안 먹겠다 히 버리면 그만인 것을, 먹어도 한두 잔이나 먹을 것이지 어린놈이 무슨 신명으로 그걸 주는 대로 토하도록까지 받아 먹었는지 몰라…… 아마 술맛 때문은 아니었을 거니, 산두릅나물 때문이었는지, 그 계집애 꾀임에 빠져 버려서 그랬는지? 계집애의 어디에 장단이 맞어서 그렇게 되었는지? 아직 어린애가 별 자식이었니라."

그래 주는 대로 얼마를 받아먹었는지 게워 넘기도록까지 받아먹다간 그 자리에 쓰러져 잠이 들었던 것이라 한다.

그 사이 무슨 말들을 주고받았는지는 아버지가 말치 않은 듯 할머니도 얘기하시지 않았으니까 나도 알 길이 없다. 아마 둘이 일생 동안 못 잊을 그런 얘기들 아니었을까. 둘이 다 사십 대가 돼서도, 아조 딱한—문의할 데 없는 사정이 한쪽에 생겼을 때 그 다른 한쪽을 밤길 쳐 찾아왔던 걸로 미루어 보면……

내 기억으론 지금 그들의 소년 소녀 시절의 사랑의 성질을 어떤 것이었으리라고 할 수도 없다. 내 줄포 시절, 두 분이 상종하시던 것은 오누이의 정분 같기도 하고 또 아닌 것 같기도 했을 뿐이었으니까. 그러나 내가 상상할 수 없는—무슨 고려 적 뿌리에 핀 사랑이었건 간에, 그런 것을 이 두 소년 소녀가 선대先代를 이어 망우리짓고 있었을 것만은 틀림없다. 정에 무엇이 많이 헷갈린 우리로서는 발도 못 붙일 그런 이야기들을 아직도 어린 꽃망우리의 소리로써 소곤거리고 계셨던 것 아닐까. 그렇지 않았다면 소년 소녀 때 갈린 뒤 이십 몇 년이 지나 또 어떻게 그리 쉽게 합쳐지는가.

그 뒤에도 아버지의 즐거움은 여전히 성산등에 있었다. 아버지 쪽뿐만 아니라 그쪽에서도 아버지를 이어서 좋아했었다고 한다. 앞에 어디서도 잠깐 말한 것처럼 과거제도 폐지 뒤라 아버지는 과거는 못 봤지만 무장 고을의 백일장엔 열다섯에 장원으로 뽑혔는데, 이때에도 이 처녀의 기쁨은 할머니의 것보단도 오히려 큰 것이었었다고 한다.

그러나 그 뒤 그들은 헤어져서 살지 않을 수 없게 되었다. 할아버지가 지고 돌아간 빚 때문에 아버지는 원(현감)한테 끌려가서 주리를 틀리고 다닐 정도로 곤경에 빠지고, 이 처녀는 부모의 원을 따라 양반 혼사를 한다고 가난한 양반집 총각한테로 볏백(전답 백 두락)이나 가지고 열아홉인가 스무 살에 시집을 가 버렸기 때문이다.

"가가 찾아왔어 인이! 시집가선 잘 산다더니, 스무 해도 더 됬을 텐데, 인이?"

할머니는 이야기를 맺음에 즈음하여 이렇게 탄식하였다.

나도 여기까지 이야기를 듣고 나니 그 탄식엔 거의 동감이었다.

"못 살게 되었대여. 어무니보고 쬐끄만 집 하나 사줄게, 우리 사는 동복 영감댁만 비워 내래여."

하고 말은 했으나, 염치없는 여자라는 생각은 거의 없어지고, 그냥 한 큰어머니쯤같이만 느끼어져 왔다.


# 41


그럼 인젠 우리 아버지를 감동시켜 우리 살던 집을 비우게 한—그 무서운 도깨비 떼 들끓었다는 마을의 이야기를 할 마련이 되었다. 이불 속의 내 몸뚱이에 오싹오싹 소름을 일게 하던—성산댁이 밤에 와 말씀하신 그 이야기를……

그러나 이 대문은 내가 들은 걸 내 입으로 말하느니보단 바로 성산댁의 말씀 그대로 옮기려 한다. 내 입으로 간접으로 옮기는 것보다는 이쪽이 훨씬 실감이 있을 것 같을 뿐만 아니라, 사실은 또 이 이야기를 나는 자는 척하고 이불 속 귀로만 들었을 뿐이라 놓아서 그 사이 그려 보일 표정도 보지 못했기 때문이다.

"나, 시상에 사람 못 당헐 일도 다 당힜네, 인이. 오죽 의지할 디가 없으면, 시집간 뒤 한 번도 만나지 않던 아이 때 친구를 다아 찾어오겠어? 동성…… 친정이란 것은 다아 망해 버리고 말았지…… 시댁은…… 거기다간 인젠 낯을 들 수도 없이 되얐으니 어디 가 말할 디가 생각나야지?……"

이렇게 그는 어느 밤이던가 내 2학년 때의 3학기의 밤, 생강 사탕을 사 가지고 와서 이불 속의 나한테 이걸 질근거리게 한 뒤 한참 있다 이야기를 꺼냈었다.

"자 아직 안 잘까?"

하고, 이불 속의 나를 보고 그 이쁘게 붉은 손톱을 가진 손가락으로 손가락질하는 듯 이렇게 묻고 나서, 어머니가

"글씨…… 어서 말씀허시오. 아무껏도 모르는 어린것 걱정허실 것 뭇 있소? 괜찮히라우."

대답하니, 그래도 이야기하려니까 저으기 주저되는 양 잠깐 동안 망설이는 듯하더니 이윽고 비밀의 어둔 문을 나직한 소리로 열었다. 사실인즉 나는 물론 잠이 든 것도 아니요 또 아주 아무것도 모르는 형편도 아니었건만.

아래, 나는 그 이야기를 말 모습까지 꼭 들은 대로만 기록하려 한다. 그러나 기억이 아스라하여 그 말씀한 순서만은 아무래도 더러 뒤바뀌었을 듯하지만.

"조깨 자알 들어 보아. 나 어렸을 때 딱허면 석조(독자들 잊으셨을까 하여 또 말이거니와 석조는 우리 아버지의 어린 때 이름)한테 말 힜듯이 자네보고 말허네, 인이. 남녀유별은 다 뭇인지, 시방은 내외를 가려야 히여 석조 앞에선 말도 꺼낼 수도 없응개…… 자네가 석조한티 잘 좀 말히 주어야 히여. 성산등에서 내가 안 떠났더라면 거

그나 안 망할랐등가. 그럴 줄 알았드라면 거그나 뜨지 말걸. 시집이
라고 겉가죽만 남은 놈의 집에 와서 알탕갈탕 살 갈아 겨우겨우 어
떻게 어떻게 설 만큼이나 망그라 농개 여그도 또 이 망조가 들어, 올
디나 갈 디나 있어야지?…… 바람벽 더듬는 아맹키로 헐수할수없이
되어 더듬거리고 있다가, 성산등 솔밭 속이 환해짐서 자네 집이 생
각나 왔응개, 꼭 좀 애 아버지보고 자상허게 자상허게 말씀해 주어
야 히여."

<h2 style="text-align:center">42</h2>

"손이 안 맞을라면 죽어라고 안 맞는 것이네, 인이. 바른쪽을 메꿔
노면 왼쪽이 터지고, 앞을 싸올리면 뒤에서 무너지고…… 계집애 때
도 나중엔 아버지 말소리 헷갈려 드는 것 보고 헤성헤성해서 못 견
뎠지만, 그래도 그때는 요순 적이었던 모양이여. 모르고 시집와서
이 꼴 다아 당허지, 이런 줄 알고 시집올 계집애는 천지엔 없을 거
라……"

가만있자. 여기까지 성산댁의 말하신 걸 적다 보니, 아무래도 말
한 그대로를 적을 수는 없는 일같이 생각이 든다. 요 앞엣날 치에서
는 그의 말한 것의 고웁던 일에만 생각이 기울어, 그렇게 하겠다고
약속은 했었으나 그걸 그대로 옮기노라고 하다 보니 아무래도 내 재
주로는 그걸 당해 낼 길이 없을 것 같다. 그래 독자들한테는 빈 입을

섭은 것이 되어 미안하나, 나는 여기서부터 다시 아무래도 초라한 대로 내 말버릇을 빌려 간접적으로 그것을 소개하지 않을 수 없게 되었다. 내 미련함을 양해하시어 너그러이 용서하시길 바란다.

시집와서 초년 고생한 것이야 이루 다 말할 수도 없다고 그는 말하였다.

"우리 집 사랑양반(그는 이렇게 그의 남편을 말했다)이야 그제나 이제나 늘 매양 먼산바래기 같은 건성나풀이제."

하고 나서, 시집오니 그의 시갓집엔 아버지 어머니도 없고 가난뱅이 양아버지 참봉 한 분만 손위론 남아 있었는데 거기는 또 사철 병골이었었다고 했다.

그래 볏백거리나 가지고 온 걸로 세상에 있다는 약이란 약은 날이 날마닥 다 구해다 달여 먹이고, 그러면서 또 한쪽으론 살을 갈아 가면서(그는 이렇게 '살을 갈아'란 말을 잘 썼다. 성산등 처녀 시절에 만든 살 내놓고는 그 뒤에 얻은 살은 염두에 없는 모양이었다) 목화 길러 무명베 짜고, 뽕누에 길러 명주베 짜고, 되야지 쳐 소 사들이어 집안 살림 늘려 가기에 여념이 없었다 한다.

"영감이……"

하고, 남 들어서는 안 될 공범의 범죄를 마지못해 저지른 자가 친한 데다 자백하는 투로 말하던 것이 기억난다.

"약방약 단방약 다 써도 안 들응게 나종엔 애기 태까지 먹기 시작했네, 인이. 참봉이나 지낸 사람은 그래야 허는지…… 먹어도 한두 차례면 좋게? 마을에 가난헌 집 사람의 태란 태는 모조리 거둬다가 두고두고 대려 멕였어. 동성. 병에 먹는다는 것 듣기는 들었지만, 이런 것 두고두고 시중들라니, 마음이 마음이었겠는가 생각 좀 히 봐! 그걸 거두려도 내가 안 가면 좀처럼 내놓지도 않제? 대리는 디도 남에게 시키자니 더 못헐 일 같어 내가 손수 대려야제? 아이고…… 그놈의 것 시집살인지 무엇인지 다 집어 내팽개치고 갈 수만 있다면 어디로라도 도망갈 생각만 하로에 열 번도 스무 번도 더 일어났어……"

## 43

그러나 그뿐만도 아니었다고 성산댁은 말했었다. 홀로 된 양아버지 참봉에게는 본실한테선 낳은 게 없었지만, 역시 고인 된 첩실에게선 두 아들이 있어, 시집오니 벌써 맏이는 아홉 살인가 되고 그 밑은 여섯인가 다섯 살이었는데, 이것을 즈이 엄마 대신 길러 내는 것도 여간한 일이 아니었다고 했다.

"아무리 잘해도 저그 오매 없는 아는 츰은 눈치만 살피네, 인이. 내 손에 독이 묻었는지 어쩐지 주는 것도 냉큼 받아먹지도 않고, 닭이 새끼 매 앞에서 배돌듯 배애배 배돌면서 스을슬 엿기만 히여. 내가 무슨 매라고 참 기도 안 찰 일이제. 내가 만일 가들 의붓어미기나 했다면 참 피 토하고 죽을 일이었을 거여. 그걸 다 따둑그리고 가깝게 히서 길러 낸 일 생각허면…… 그래도 한 해던가 두 해던가 아이들

얼음장 가슴에 끼리고 녹이듯 녹여 냉개, 뒤에는 언제부턴지 따르기는 따르드구만."

이것은 그때 내가 소년이었음으로 해서, 유난히 마음을 기울여 들었던 성산댁의 이야기 중의 한 부분이다. 겨울에 눈과 얼음이 좋아 놀다가 크지 않은 얼음장을 가슴에 끼리고 녹여 본 일은 내게도 있었으므로, 남이 난 자식을 그렇게까지 해냈다는 그의 이야기는 소년인 내 가슴에도 적지 않은 찬탄을 자아냈던 것을 기억한다. 나는 이불 속에서 일어나 그에게 내 기뻐하는 얼굴을 한번 꼭 보이고 싶었으나, 자는 척하고 있었기 때문에 그것이 탄로 날 일이 부끄러워 그냥 움찍도 않고 이불 속에 묻혀 듣고만 있었다.

성산댁은 이렇게 양아버지를 돌보고 그 첩실의 아이들을 기르고 집안 살림을 늘리면서 그의 난 자녀들을 길러 마침내는 그 두 시아재를 다아 장가들여 제금 내고, 그의 아들도 큰애는 결혼시킨 뒤 양아버지의 임종을 맞이하게 되었다고 한다. 그런데 이 양아버지의 임종 마당에서부터 그의 집엔 난데없는 깡벼락이 내리어 난도질 쳐 놓은 쑥대밭 같은 형편이 돼 버렸다고 했다.

"조깨 들어 보소 어이, 동성…… 내가 자식이나 친동생같이 길러 낸 그 사람들 말이여…… 그 사람들이 아부지 임종 마당에서 논밭 많이 태 내라고 하다가 그리 안 된개, 들고 일어나서 우리를 다 죽일라고 헌다네. 논밭이라야 내가 시집올 때까지 뭇이 있기나 했었간디? 내가 볏백이나 타 온 것 가지고 살 갈아 늘린 것뿐 아니여? 그래도 아부지 돌아가실 때는 그것 갖고 노나서 살 만큼 논밭도 다아 태워 주었건만, 더 도라고 욕심을 내 그런대여……"

여기에서 그는 숨이 차는 듯 말을 멈추고 한숨을 후— 쉬더니 잠깐 동안 잠잠하였다. 안 보였으니 모르거니와, 그 말소리가 울음을 머금어 오던 걸로 미루어 보아, 소리 없이 울고 있었던 것이 아닌가 생각된다. 오래잖아 그는 다시 말을 이었다.

"그것뿐인 줄 아는가? 우리 집 며느리애 장성長城 아를 갖고……
귀신도 모를 일이지만 큰시아재라는 놈이 밤마닥 삼경만 이슥하면 그 방 옆 담장 근방에 어른그리면서…… 생각만 히도 아이고 기가 맥혀! 기가 맥혀……"

그러나 이렇게 겨우 말하고는 가슴이 너무 벅차는 듯 또 말을 끊고 숨을 가쁘게 쉬었다.

## 44

"조깨 진정허겨라우, 성님."

어머니는 저으기 그의 가슴속이 걱정이 되시는 양 말씀하셨다.

다시 이어 가끔가끔 너무 기가 차면 숨을 굵게 쉬며 쪼끔씩 쉬면서 한 그의 이야기를 들으면, 첩실이 낳은 그의 큰시아재란 자는 아주 다아 환장 속이 되었었다.

밤중 삼경이 이슥할 무렵이면 그자는 성산댁 큰며느리가 들어 있는 방 가까운 담장 바짝 밖에 나타나서는 아래와 같이 왜장을 치기가 일쑤였다고 한다.

"어어이, 동네방네 사람들! 어어이, 동네방네 사람들! 다아 들어 보소! 박현천이네 집안 내력 좀 들어 보소오!······ 서방질허는 며느리허고 며느리 샛서방 질르니라고 저그 동기는 박대헌다네! 저그 아버지가 세상 버링개 그 유토遺土는 혼자 독차지해서 며느리 샛서방이나 슬슬 눈감어 질르고, 저그 동생들은 모다 쪽박 차게 맹그라 놓지 안힜능가? 들어 보소, 어어이! 동네방네 사람들 다아 들어 보소오!······"

그러고는 거기서 그치는 게 아니라 제 일도 제쳐 두고 날마닥 집집의 사랑들을 찾아다니며, 놈은 현천이네 며느리 쑥구짓댁(쑥구지란 데서 시집온 사람은 쑥구짓댁이다) 방에서 어젯밤에도 웬 놈이 담장을 넘어 나오는 걸 보았다느니, 그놈이 누군 줄도 다아 알지만 말만 않는다느니, 한번은 담장 밖에서 자기가 왜장칠 때 그놈이 마침 현천이 며느리를 안고 있다가 엉겁결에 담장을 뛰어 넘니라고 신도 한 짝 벳겨진 채 도망치는 걸 봤으니 그 신짝은 찾아보면 쑥구짓댁 방 앞의 어디 틀림없이 있을 것이라느니, 별의별 소리를 다하고 다녔다 한다. 양반의 집에 이런 일이 어디 있을까 보냐고 제 가슴을 제법 두 주먹으로 쿠웅쿵 찧어 가면서.

"글히서······ 신짝은 뒤에 찾어봉개 그 어디 있등거라우?"

어머니는 가만한 목소리로 이 이야기를 듣는 중에 나도 궁금해 있던 것을 똑 집어 물으시었다. 사람은 어느 만큼 악마에게 귀를 기울일 소질은 다아 있는 것인가? 이 선량한 성산댁의 딱한 사정에 함초

롬히 젖어 있으면서도, 한쪽으론 그 악한의 퍼뜨린 소문에 또 갸우
뚱하고 있었으니 말이다.

"응…… 있기는 있데."

성산댁은 대답하였다. 그러나 그의 말은 우리가 혹시나 하던 것과
는 달리 의심할 여지없이 단호하고도 가라앉은 것이었다.

"있기는 가 방문 앞 담장 밑에 큼직허게 생긴 사내 흰 고무신짝
이 하나 엎어져 있데마는…… 그까진 놈 허는 수작을 두고 그걸 믿
겄능가?…… 내 눈으로 도망가는 것을 봤대도 그냥은 못 믿을 텐
디…… 아마 그놈이 숭 쓰니라고 거그다가 담 너머 던져 논 것일 테
지……"

나는 그분의 의심이 깃들 여지없는 이 말들을 들었을 때 잠깐 동
안이나마 그 일을 의심했던 것이 부끄러워졌었다. 어머니도 아마 마
찬가지였는 듯 아무것도 더 묻지는 않고 잠잠하고 듣고만 계셨었다.


## 45


성산댁은 그의 며느리를 다짐도 해 봤었다고 했다. 안방에 있던
사람들을 다 나가게 하고 며느리와 그와 단둘이만 앉아

"아가. 호옥 어디가 남 닿는 데가 생각 안 나냐?"

하고 무슨 말이 나오는가 뒤밟아 보려 하기도 하고,

"만약이라도 잘못이 있었다면 뒤늦지 않게 시방 말해라. 아무 딴

일 없이 갈라서게 할 테니…… 두어 두곤 어디 살아가겠냐."

바로 집어 다짐해 보기도 했었다 했다. 그러나 '웬 애 성질머리가 그리 센지' 며느리는 그때나 이때나 만나면 한 발 괴이고 코만 빠뜨리고 잠자코 앉아서 눈물 한 방울 흘리는 일도 없으니, 무얼 원하는지 소원조차도 알 길이 없다 하였다.

"우리나 그리 안 할까, 누구라도 아닌 게 아니라 의심도 허게 생겼단 말이네…… 가르치길 저그 친정에서 그렇게 둠벙(못물)같이 가르쳐 논 줄 알기 때문에 더 캐서는 묻지도 않지만, 참, 사람 팍팍헐 놈의 노릇도 다 있제…… 이걸 가지고야 어떻게 허는 재주나 있어야지. 이렇게 된 애들이 골똘허게 되면 낱낱이 목숨도 모르는 것이니 뭐라 함부로 건드려 놓기도 무섭고…… 양반도 좋지만 계집애 자식 너무 돌미럭(미륵)만 맹그라 놓는 것도 팔자 좋게 허는 건 아니니……"

하고 나서, 그래 할 수 없이 시아재놈 밤마다 왜장치는 것이나 위선 막고 며느리애도 얼마 동안 진정시키려, 잘 타일러 며느리를 위선 친정으로 보내어 있게 해 봤다 한다.

그래 이 장성 정 참판 댁의 '못물' 같고 '미륵' 같은 손녀는 친정으로 가고, 성산댁은 '먼산바래기'(이것도 성산댁의 표현이었다) 같은 남편 옆에서 어린것들 데불고 환장한 시아재놈과 맞서게 되었었다.

여기에서 이야기는 일단 끊어졌다. 그러고는 한참 동안 잠잠하였다.

그래 나는 '뭣 하는가? 뭣 하는가?' 일어날 수는 없고 되우 궁금해 있는데, 뒤이어 들려온 것은 뜻밖에도 성산댁의 말소리가 아니라 어머니의 음성이었다.

"조깨 진정허겨라우…… 성님…… 어서 조깨 진정허겨라우……"

이렇게 또 조르는 걸 보면, 그 잠잠한 동안 성산댁은 그 소리 없는 눈물을 또 걷잡을 수 없이 흘리고 계신 것인가.

어머니의 이런 권고가 있자 성산댁의 침묵은 깨어지고 흑, 흑, 느끼는 소리가 거기서 들려왔다. 나는 성산댁의 느껴 우는 소리를 일생에 이날 밤 꼭 한 번 들었지만—듣고는 웬일인지 모르게 나도 아무도 몰래 소년의 가슴속의 제일 도수 높은 곳으로 같이 따라 울었지만, 그것은 지금 돌이켜 느끼건대, 그의 손톱들의 남유달리 소녀다운 붉은 핏빛을 내 머릿속에 냉큼 떠오르게 하는—무척은 소녀다운 것이었다. 사람은 어른이 되면 웃음도 그렇지만 울음도 이런 울음은 잘 울지 않는다. 어른들의 울음의 안에 안에 있는 이런 울음을 울게 되려면 훨씬 더 훨씬 더 어른때를 썼고 들어가야 하는 것인데, 대개는 어른때 범벅으로 울어 버리고 말기 때문이다.

아마 생각건대 성산댁으로서도 이날 밤의 이 울음은 그의 어른 된 뒤에 있어 드물게 있는 것 중의 하나가 아닐까. 아마 그의 말처럼 '성산등 솔 무데기 속의 햇볕이 생각나면서' 석조가 생각나 우리 집에 밤길 쳐 찾아올 때부터 그는 이미 소녀로서 와서 이 울음을 찾아 가진 것이리라.

## 46

그는 우리 소년 소녀들의 이야기 속의 마귓골들을 빠져나와 그 찾던 동기를 만난 아이처럼 아직도 겁이 씻기지 않은 흐느낌을 섞어서 다시 이야기를 이었다.

"그랬더니…… 그놈들이 인제는 나보고까지 행실궂은(이 행실궂단 말은 여자의 경우 전라도 일대에선 흔히 간통했다는 뜻을 나타낸다) 여자라고 헌다네, 인이…… 성산등 사람들이랑 석조보고랑 물어보라지…… 나 스무 살이나 되어 시집왔지만, 그때도 듣도 보도 못허든 놈의 소리를 내게다까지 퍼부어 대…… 배우지 않은 서방질을 어떻게 헌당가?…… 동성?……"

그러나 시아재놈은 패를 짜 가지고 그 어머니나 다름없는 형수를 공격하기 시작한 뒤, 이어 그 짓거리를 쉬지 않고, 낮에는 골목으로 사랑방들로 돌아다니며 수군거리고 모함하고 밤이면 또 그의 집 대문 밖에 바짝 나타나서 왜장을 쳐 대니 견딜 수가 없다고 하였다. 이번에는 며느리 때와 달라서 시아재 한 놈만이 그러는 게 아니라 모은 떼들까지 함께 나서서 숙덕숙덕하고 고함을 쳐 대니, 체면도 체면이지만, 첫째 가슴이 조여들어서 살 수가 없다고 했다.

"전답 마지기나 가진 것 모다 찢어서 노나 주어 버리고 어서 도망쳐 나와야지 이대로 가다간 사람 지레 비틀려 죽겠어…… 남편이라곤 어디 반편 하나 줏어 모을 줄도 모르는 골생원이지…… 어디 가 문의할 디나 있어야지?…… 생각다 못해 자네 집을 찾어왔어…… 동성……"

밤 날마닥이 되어 그것들 골목에서 숙덕거리고 문 앞에 와 왜장치는 것 듣고 나면 밤내 가슴이 조이는 채 잠도 안 와 뜬눈으로 지내다가, 요즘 와서는 밤이 깊으면 그 마을 모랫등(소개하는 것이 늦었거니와 성산댁의 시갓집 마을 이름은 이것이었다) 그득히 또 도깨비떼 들끓는 소리를 듣게 되었다고 했다.

"뭐라고 허든게라우?…… 허허허허…… 우리 집 친정 어무니랑 시어무니는 들으셨다고 헙디다만, 나는 아직도 그건 못 들었는디, 성님은 벌써 들으셨소? 성님도, 인이……"

어머니는 그래도 자기 일은 아니라 그러시는 듯 웃음도 섞어 물으시었다.

"응…… 도깨비 소리? 자네야 아직 못 들었을 테지, 맹…… 자네야 항상 맑은 날 같을 텐디 그런 것이 와 엉길 테등가? 나 같은 궂은 진펄엣년한티나 기를 쓰고 엉겨 붙는 것이지……"

성산댁은 마치 어머니의 맑은 날에다가 자기의 궂은 날을 섞일까 저어하는 듯한 말투였다.

"자네만 들어 주소마는…… 부자니 양반이니 그런 것 다아 소용없이 진펄은 있을라면 따로 있는 것이네, 인이…… 도깨비 소리…… 도깨비 소리 중에서도 제일 견디기 어려운 것은 악독헌 소리를 바락바락 지르는 놈도 아니고, 천군만마의 소리로 곧 죽일 듯이 휘돌아 오는 놈도 아니여. 질로 질로 어쩌지도 못헐 것은 언뜻 들으면 실없는 수작 비슷이 씨석씨석허면서 어룬 아이 가리지 않고 간肝 속으로까지 손을 내밀고 오는 놈이니…… 그것들이 질로 오래된 도까비라,

그것들이 못 가는 디는 아무 디도 없어……"

나는 지금 이 성산댁의 회고를 여기까지 전개해 가다가 그의 이 말씀들의 기억에 이르러 문득 저 19세기의 러시아가 낳은 좋은 기독교도이고 세상에 드문 체험가 도스토옙스키의 이와 비슷한 회포를 생각해 내고 있다.

'세상에 악이란 악은 다 요량이 간다. 그렇지만 하나 아무래도 요량이 되지 않는 것이 있으니, 그것은 씨석씨석 웃으면서 어린것을 칼로 찌르고도 그냥 아무렇지도 않은 종류의 악이다. 이런 것을 생각하면서 나는 시베리아의 감옥 속에서 해 어스름을 왔다갔다하며 암담해 있었다'라고 한, 저『죽음의 집의 기록』속의 회포 말이다. 이때 성산댁의 마음속도 아마 이 같은 것 아니었을까.

**47**

성산댁의 이야기는 여기에서 끝났다.

"나 좀 봐라. 밤이 벌써 아조 이슥해졌는디…… 주인 양반 들어오셔서 주무실 것도 생각 못 허고……"

그는 그의 딱한 사정 이야기를 끝낸 뒤 이렇게 미안말씀을 하고 또 덧붙이었다.

"이렇게 생겼응개 애 아버지보고 자상히 잘 좀 말허서 내가 니일 밤 또 올 텡개 그때 대답히 주어. 뻔뻔허다고 생각 말고…… 여그 나와야 동복 영감 그늘이라 살까, 달리는 그것들한테 눌려서 못 살겠네."

그가 그의 유하고 있는 데로 돌아가자, 아버지는 이번에도 꼬옥 그 어디서 지키고 있다가 성산댁의 돌아가는 기척과 공기의 흔들림을 느끼고 오신 듯 이내 우리 있는 데로 들어오셨다.

"어디 가셨어라우? 당신 참 엿고 있다 오시는 같소, 인이……"

어머니가 말씀하시니

"사랑에 있었지 어디 있었어. 가는 기척이 나기에……"

아버지는 대답하셨으나, 엿듣고 있은 사실에 대해서는 딴 말씀은 하지 않았다.

"성산댁이 오늘 밤엔 자그 신세 한탄험서 울어 쌓습디다."

어머니는 건네고 나서, 성산댁이 말한 것을 대강 추려 아버지한테 옮겼다. 그러고는

"어쩌실라우?"

하고 물으시었다.

나도 아버지가 들어오셨을 때 일어날까 말까 하다가 성산댁 있을 때 자는 체하던 나머지로 그냥 그대로 있던 판이라, 아버지의 낯굿은 볼 순 없었으나, 상당히 이것은 우리 집의 큰 문제인 만치 두 귀를 바짝 기울였다. 집을 비워 주겠다 하실는지 못하겠다 하실는지 그것은 예상할 수 없었지만, 아마 적지 아니 무슨 재미나는 대답이 나올 것만 같아, 거짓 감은 채 깜짝거리는 두 눈알맹이도 바짝 긴장하고 있었다.

그러나 아버지의 대답은 그저 짧고도 확실할 뿐 별다른 사설을 붙인 것도 아니었다.

"비워 주어야지 어떡허든가. 자네도 어차피 여그서 가끔이지만 챙피헌 꼴 보는 것도 싫어허던 판이니……"

"그래도…… 당장에? 서울다간 말씀도 않고?"

어머니가 재차 물으니

"서울에? 그것은 그 집에서 가서 말허기로 힜어. 동복 영감 댁허고는 벌써 이얘기가 되어서, 우리 승낙만 얻으면 되기로 돼 있다네. 우리가 승낙하더라는 것만 인자 그 집에 가서 알리면 되야. 그 두 집은 오랜 세곳집[世交家] 아니간디."

아버지는 대답하셨다. 이걸로 보면, 아버지는 안방에서 성산댁과 같이 앉아 이런 이야기를 하진 않았으나, 딴 데선 박현천 씨네 집하고도 이야기를 많이 하신 모양이었다. 벌써부터 성산댁 내외와 같이 이야기를 진행해 오다가, 어머니를 타이르려고만 성산댁은 찾아다닌 것 아닌가 지금 나는 생각한다.

"그럼 인젠 벌써 떼기도 어렵겠구만? 그 두 집은 세곳집이기까지 허니? 그래 당신은 어떡허실라우?"

어머니는 남의 집이지만 그래도 이 애써 맡은 큰 집을 비우기 싫으신 양 말씀했다. 그러고

"어떻게 허긴 어떻게 히여? 여기 사는 것 맘에 맞지도 안 함서 아까워헐 건 뭐 있나. 저 아래 깅팔이네 집(이렇게 들은 듯하다) 난 것 하나 사 놓았으니 쉬이 그리 가 살세…… 어서 잘 채비나 히여."

이것은 이때 우리 아버지의 마지막 대답이었다.

이렇게 해서 얼마 동안이 지난 뒤 우리는 그 '깅팔이네 집'이란 대

사립을 단 단챗집으로 이사를 갔다.

그러나 여기 지금도 내게 의문인 것 하나가 있다. 그것은 '왜 이리도 선선히 아버지는 마치 자기 딱한 일이나 되는 것처럼 서둘러서 이 집을 비워 주었는가?' 하는 것이다.

그것은 성산댁에 대한 사랑 때문 아니었을까? 이 사랑은 요새 우리가 생각하는 '연애'라는 것과는 상당히 달랐을 것에도 요량이야 간다. 그러나 어떤 성질의 것이든 그건 사랑 때문 아니었을까? 이것이 희한하여 나는 이 성산댁의 이야기를 이렇게 좀 길게 늘어놓고 말았다.

# 노풍곡

**1**

내 소학교 3학년 봄, 열두 살 되던 해, 우리가 새로 이사한 집 뒤 툇마루에서 보면 울 너머 서북편으로 줄포의 그 큰 갈대밭이 내어다 보였다.

그래 내 소년의 하염없는 때때를 이걸 보고 거기서 오는 바람에 젖어 지냈으므로 그 갈대밭 바람을 생각해 '노풍곡蘆風曲'이란 제목을 붙였다. '갈밭 바람 속'이라든지 그래 볼까 했으나 너무 치렁치렁한 것 같아 위선 이렇게 붙여 둔다.

3학년이 되자 나는 다시 꺾이었던 힘을 돌이키었다. 2학년 때 박 춘래 선생의 편벽된 사랑으로 하여 한동안 흐려졌던 나는 요시무라 아야꼬라는 일본인 여선생의 볕을 만나 다시 기를 펴게 된 것이다.

이 여선생을 나는 지금까지 못 잊어 하는 것처럼 이 뒤의 내 생애에 있어서도 잊을 수 없을 것이다. 왜냐면 그는 내 과거에 있어 나를 가르친 모든 선생 중에서도 나를 가장 사랑하던 분이었으니까.

나는 지금도 고단한 때면 이분이 빚은 볕을 돌이켜 느낀다. 뭣이라 할까. 역시 라일락─그것도 물빛 라일락의 빛과 향기가 선선히 깃들인 포근하고도 싱그러운 볕을……

그의 볕을 생각할 때 하필에 물빛 라일락을 합쳐서 생각하게 되는 데에는 이유가 있기는 있다.

나는 그가 부임하여 한 달인가 두 달 지난 뒤의 어느 날 오후, 학교서 나오는 걸음으로 책보를 옆에 낀 채 영전리英田里 콧등이란 데에 있던 빈 제각으로 한 반 애들과 함께 꽃을 꺾으러 갔었는데, 웬일인지 그 앞마당에 있던 여러 꽃들 중에서 물빛 라일락을 한 가지 꺾어 들었었다. 그러고는 그것을 안고 달음질쳐 땀을 흘리며 작은 언덕들을 넘어오다가 내종엔 지쳐 어느 언덕과 언덕 사이의 굴형에 그것을 안은 채 주저앉아 이마에서 흐르는 땀을 개이고 있었다.

그런데 이 쑥하고 그 비슷한 것들밖에는 없었던 굴형의 그늘 속에서 내가 맡고 보고 있던 그 물빛 라일락의 향기와 빛과 아울러서 내가 내 속에 지니고 있던 것은 이상하게도 그 요시무라 선생의 모양이었다. 그 굴형의 높이는 꼬옥 요시무라 선생의 키만큼 내게는 흡족한 것이고, 그렇기 때문에 그 속을 오래 떠나기 싫게 싱그럽고 좋았다. 그래 그 뒤 나는 요시무라 선생을 생각할 땐 그 꽃빛과 그 냄새를 거기 섞는다.

내 영원은
물빛
라일락의
빛과 향의 길이로라.

가다 가단
후미진 굴헝이 있어,
소학교 때 내 여선생님의
키만큼 한 굴헝이 있어,
이뿐 여선생님의 키만큼 한 굴헝이 있어,

내려가선 혼자 호젓이 앉아
이마에 솟은 땀도 들이는

물빛
라일락의
빛과 향의 길이로라
내 영원은.


　사실은 내가 『현대문학』에 발표한 이 시 「내 영원은」도 그때의 그 체험이 중심이 되어 있는 것이지만……

## 2

요시무라 선생이 완전히 편애를 넘어선 교육가였다고는 물론 나는 생각지 않는다. 그는 나를 유달리도 좋아했으니까. 그러나 학교에서 아이들하고 사귀어서 그 결과로 이뻐하는 아이들을 고르지 않고, 학교 밖의 가정과의 사교로 편애를 갖는 교육자보다는 훨씬 나았다.

학교 밖의 사교를 앞세우고 아이들한테 군림해 오는 선생은 벌써 아이들과의 사이에 무너뜨릴 수 없는 담장을 쌓고 있기 때문에 어떻게도 가까워질 도리가 없지만, 요시무라 아야꼬 선생한테론 무엇이 서로 맞아야 할지는 물론 그 선생 나름이지만, 그래도 가까울 수 있는 기회는 우선 일단 모든 아이들에게 주어져 있었기 때문이다.

그는 처음 부임한 뒤 얼마 동안을 두고 열심히 그 맑은 눈과 민첩한 귀로 아이들 중에서 누구를 찾고 있었다. 그래서 내가 뽑히인 것이다. 아이와 소학교의 선생 사이에서도 눈을 맞추는 일은 있다. 말하자면 그렇게 우리 둘이는 눈을 맞춘 것이다.

가만있거라. 어떻게 해서 시작되었던 것인지를 생각해 보자.

가만있거라. 그때까지 내가 보아 온 모든 손과 손가락과 손톱들 중에서 제일 깨끗하고 모양이 좋았던 그것들. 특히 시간이 파한 뒤면 알코올로 늘 닦아 맑았던—반달이 역력한 타원형의 손톱들. 알토의 좀 느리고 부드러운 음성. 느린데 가까웁게 걸어 다니던 중키 이상의—보이는 데는 모두 유난히 희고 메마르지 않았던 몸뚱이. 활동

하기 위해서가 아니라 생각하기 위해서 열려 있는 듯하던 재빠르겐 구을르지 않던 맑고 굵은 눈. 햇빛이 그 타원형의 투명한 얼굴에 비취면 콧구멍 속의 엷은 복사꽃이 유체 선명하던 좀 오뚝한 코. 역시 햇빛에 그 분홍빛이 비취던 두 귀. 욕심 적어 보이던 비교적 작은 입.

그런 것들에 역시 기울어졌던 데에서 시작됐던 것이 생각난다.

그래 나는 처음 한동안 그를 닮노라고 늘 세수를 정히 하고, 손톱 발톱을 잘 다스려 깎고, 그리고 학교 시간에 와 앉아 있다가 불리어 책을 읽게 될 때에는 목청을 가다듬어 가다듬어 그걸 읽었다.

"사내자식이 구리무는 히서 뭇히여?"

들키면 어머니가 말리는데도 세수하고는 얼굴에 크림도 가끔 어머니 걸 몰래 훔쳐 바르고 다녔다. 바르고는 그걸 바른 흔적이 안 보이게 수건으로 또 그걸 잘 닦아서······

그러는 동안에 언제부터인지는 모르나 과히 오래잖아 우리 둘이는 말하자면 그 눈을 맞추게 되었다. 늘 찾고 있던 그 눈앞에, 내 눈이 반 안에서 제일 그의 눈에 맞게 그득한 걸로 언제부터 뜨이게 되었는지는 잊었으나 그렇게 되었다.

그러고는 그 뒤부턴 나는 한결 더 내 몸을 맑히기에 마음을 써 양말도 자주 빨아 달래 신고, 그에게 불리어 글 읽는 음성은 회고하건 대 중천을 향해 올라오는 보름달만큼이나 번번이 그 촉기燭氣를 더해 갔었다.

이렇게 해, 우리는 눈을 맞추는 번수를 차차로히 늘여 해 갔다.

# 3

이렇게 요시무라 선생을 중심해서 사는 일은 내게는 더없이 꿈같고도 매력 있는 일이었다.

그래 나는 그런 느낌 속에서 작문 시간에는 꿈같이 아득한 글들을 연달아 써 갔다.

처음 쓴 이 무렵의 글 제목이 무엇이었던가는 잊었으나, 그것은 아침 안개 속에서 멀리 뻗친 길로부터 안개를 헤치고 나무장수들이 등에 마른 솔잎나무들을 지고 연달아 나오고 있고 또 그걸 팔곤 빈 지게로 연달아 아득히 사라져 가고 있는 것을 쓴 것이었는데, 이것도 말하자면 멀리멀리 뻗치기 비롯한 내 꿈같은 그리움을 담은 것이었다.

이것의 점수를 놓아 가지고 온 시간, 요시무라 선생은 몇몇 점수가 높은 글 속에 이것도 넣어 아이들한테 읽어 주면서

"참 기맥히겐 꿈같은 글도 다 봤어……"

해 주었다.

그러고는 시간이 끝난 뒤 나를 교직원실로 따로 불러, 붉은 글씨로 장장이 뜯어고친 그 원고를 내게 돌려주며

"봐…… 서정주. 많이 고쳐 미안타만 안 고칠 수가 있어야지. 아직도 사뭇 말이 서투르니까 말이야…… 나쁘게 생각 마라 응…… 허지만 너 참 묘헌 애는 묘헌 애다…… 네 글을 읽으면 버언해지니까……"

하고, 따로 주의할 것과 칭찬을 들려주었다.

거기 적힌 점수를 보니, 갑甲이나 갑상甲上은 아니고 겨우 갑하甲下

였다.

그래 나는 그 뒤부터 죽어라고 일본 말 공부에 힘을 다하기 시작했다. 더욱이 그 작문에는 유달리 애를 썼다. 하여, 나는 선생의 붉은 글씨들의 수효를 줄여 가다가 드디어 갑과 갑상만을 획득하는 데 도달했다.

동요도 이해 그한테 쓰는 것을 배워서 새로 쓰기 시작했는데, 언제던가는 '달'이란 제목으로 그걸 하나 지어서 드렸더니 또 직원실로 오라 하여 가서, 그의 무척은 좋아하는 얼굴을 보게 되었다.

그는 그의 옆에 앉은 2학년 때의 담임이었던 박춘래 선생과 그 글을 놓고 이야기하고 있던 중이었던 듯 내가 들어가니

"이 아이!"

하고, 박 선생에게 웃는 낯으로 나를 손가락질해 가리키고 나서, 나를 손 까불어 불러 그의 책상 옆에 바짝 손잡아 세우곤, 이번에는 그 글자마침을 주로 해서 나를 칭찬해 주었다.

그 글을 다 외울 수는 없지만 '동녘 산에 달님이 솟아오르면' 하는 첫 줄로 시작되는 열두 자 마침의 동요였는데, 좀처럼 기쁨을 나타내지 않던 그였건마는 (그 이유는 좀 있다 말하겠다) 이번만은 그의 집안 경사나 만난 듯 좋아라 하였다.

"보세요. 되지 않아요? 어때요? 박 선생. 이 아이 훌륭해요, 정말……"

그가 돌아보며 말해 쌓으니 박 선생도 가만있지 못해서 일어서 가지고 내 옆으로 와 내 머리를 두 손으로 끌어안는 시늉을 하며

"이 아이 작년엔 내가 가르쳤지라우."

어쩌고저쩌고 하였다.

그러나 나는 물론 이미 요시무라 선생의 사랑에 안기인 뒤라 그가 새삼스레 미웁고 마쁠 것도 없었다.

다만, 요시무라 선생의 이 당치 않은 대리가 그러지 말고 요시무라 선생이 직접 그렇게 머리를 끌어안아 주었으면 얼마나 좋을까─그것만을 생각하고 있었다.


## 4


그것이, 나는 방학 얼마 전부터 병석에 눕게 되어 학교를 쉬다가 방학으로 접어들게 되었다. 2학년 겨울에 대포 호수에 다니며 고무신 바닥에 굵은 철사를 달아 가지고 얼음을 지치다가 많이 자빠진 것이 엉덩이에 내종을 만들어, 이때 와서는 발을 옮길 수 없이 된 데다가 무슨 병이었던지 한약국이 말했다는 그 병 이름은 기억이 안 되나 열병까지를 겸해 녹두 미음을 조금씩 마시는 외엔 밥도 들여지지 않았었기 때문이다. 그래 이 병중의 여러 날들을 나는 정신이 날 때면 그림물감들을 풀어 수채화를 열심히 그려 갔다.

어머니는 엉덩이를 찬 마룻바닥에 대면 안 되니 방에서 하라고 하셨으나 웬일인지 나대로의 한 딴 세상이 가지고 싶어 번번이 마루로 나가서는 아무도 잘 안 보이는 구석에 자리해서, 마침 내리는 빗

속에 젖는 옆집 지붕 위의 박 넌출도 그리고, 날이 맑은 날은 앞에 안 보이는 산둘레, 안 보이는 바다들도 그렸다.

그러다가 나는 다시 인물화를 그리기 시작했다. 그것도 골라서 여자만의 인물화를…… 그때 마침 내게는 1학기에 사만 놓고 써 보지도 않은 채 두었던 그림을 몇 배로 확대해서 옮기는 나무로 만든 기계가 있었는데, 그것을 생각해 내 찾아 가지고 신문지나 광고지에나 있는 양장과 일본 옷의 수많은 여인들을 옮기고, 그 위에다가 정성껏 마음에 드는 채색을 해 갔다.

그러고는 참 어처구니없는 소년의 속이라면 속이었지만 묘하게도 요시무라 선생이 올 것을 기다렸다. 웬일인지 그는 꼭 오리라고만 생각되었던 것이다.

그렇게 며칠이 갔던가? 아마 열흘쯤은 지나지 않았던가?

그래서 나는 꼭 내 기다림의 답안처럼 나를 찾아온 그를 만나게 되기는 되었다.

아마 그 하나에 열중한 나머지 그리된 듯 누구를 데불고 왔던지는 우물가의 나무가 잘 기억에 없는 것처럼 기억에 없지만 누구던가 한 반 아이 하나를 앞세우고 우리 집에 들어서서, 어머니가 연거푸 방으로 좀 들어오시라는데도 굳이 사양하고 마루에 걸터앉으며, 때마침 미열로 누워 있는 내 눈을 찾아 꽤 오랫동안 거기서 그 눈을 떼지 않았다.

이 오랜만의 거센 눈맞춤이 끝나자 나는 비로소 선생에 대한 예의를 의식하고 일어나 앉으려 했다. 그러나 그는 가까이 와서 내가 일어나고 있는 것을 팔 벌려 되루 눕혀 굳이 말리곤 극진히 문병말을

해, 내게서 그것이 어느 정도라는 것을 타진한 뒤에

"나 얼마 동안 고향에 다녀올까 해서……"

했다. 그러면서 내 이마의 열과 팔의 맥을 짚어 보곤

"괜찮겠다."

하며 다시 내 엉덩이의 종기를 보여 달라고 했다.

그러나 나는 그때 거이를 찢어 거기다 붙이고 있었으므로 그렇잖
아도 그가 들어설 때부터 그 냄새를 걱정하고 있었던 판이라 굳이
거기는 보이지 않고

"거긴 인젠 괜찮히라우! 언제, 언제라우?"

하고 그의 떠날 날을 더듬거리며 물었다.

"내일…… 모레…… 그래도 곧 다녀와, 구월까진."

그리고 그는 내 머리맡에 쌓인 그림들 무데기의 윗장을 유심히 보며

"네가 그렸니?"

했다.

"아조 잘 그리는구나, 나 봐도 괜찮니?"

그래 내가 괜찮다고 고개를 끄떡끄떡하니, 그것들을 손에 한목 집
어 들곤 그 한 장 한 장을 찬찬히 눈여겨서 살펴 주었다.

## 5

말하는 것이 늦었으나 요시무라 선생의 타원형에 가까운 얼굴은

인제 생각해 보니 흡사 보티첼리가 그린 〈비너스의 탄생〉의 그 비너스와 좀 비슷하였다. 그래 사실은 그때 내가 확대해 옮겨 놓은 여자 그림들의 얼굴은 타원형의 그 비슷한 것들로 변조해 있었는데, 나는 그것을 그가 눈치챌까 봐 마음이 마음이 아니었다. 알면 어쩔까 싶기도 하고, 또 한쪽으론 꼭 좀 아무 말만 말고 알아주었으면 싶기도 하고……

그러나 그는 그것을 알았는지 어쩐지

"정말 훌륭해."

그런 말을 하였을 뿐 그걸 안 눈치를 나타내지는 않았다.

"에그머니나…… 참 이쁘게는 생긴 여자들인데…… 옷도 멋쟁이야…… 이런 여자를 어디서 봤니? 너이 집 친척? 나 좀 만나봤으면……"

그러나 내게 그것이 누구라는 게 똑바로 대질 리 없었다.

지금 같으면 물론 나는

"선생님, 그것은 당신의 얼굴들입니다. 잘 보세요. 모두 보티첼리의 비너스 비슷허신 당신의 얼굴 같은 타원 가까운 것들 아니에요?" 하였을 것이다. 허나 그때엔 그것은 누구에게도, 눈앞에 오는 산의 귀에 대고도 발아래 깔린 물의 낯에 대고도 말할 수 있는 것은 아니었다.

내 미열로 훗훗해 있던 얼굴이 이때 무슨 모양을 하고 있었던지 그건 내게 뵈지 않았으니 어쨌던지 모르지만, 나는 그를 감히 보지 못하고 눈을 아래로 깐 채 한참을 머뭇거리다가 겨우 대답하였었다.

"네…… 아니라우…… 신문지에서…… 베꼈어라우……"

"응, 그래."

그는 말했다. 아, 이 한마디 말이 어떻게나 나를 구원했던 것인지. 비로소 나는 그의 이 한마디 말에 구원되어 내 속을 안 보이게 막을 힘을 얻어 가지고, 그것도 머리맡에 있던—확대용 기계와 장롱과 벽틈에 끼워 두었던 신문지들을 그의 앞에 집어 내놓곤

"여기서…… 이걸로…… 베꼈어라우."

하고 마치 죄진 놈 변명하듯 하였다.

그랬더니 그는 그냥 고개만 끄떡끄떡하며 그 나무때기로 만든 기계와 그 신문지에 난 광고의 사람들을 번갈아 만져 보고 들여다보곤, 먹는 것이 무엇이냐고 물어

"녹두죽."

이라고 대답하는 말을 들으며 다시 내 옆으로 바짝 와 또 한번 내 머리를 짚었다.

"열은 아마 괜찮겠다만 응뎅이를 주의해라…… 너 시방 걷는 덴 괜찮니?"

이렇게 타이르며 물어

"아니라우……"

하고 무심결에 대답했더니, 그럼 왜 아까는 다 나았다고 거짓말을 했느냐고, 냄새 나는 것 뵈기 싫어 거짓말한 내 속 다 들여다본 양 가벼이 나무라 주었다.

그러고 그는 뒤에 어머니와 내가 아버지한테 졸라 그렇게 한—군

산의 병원 가는 걸 권고하였다. 군산서 양사람 병원에 가면 살 속엣일 사진을 찍는 X광선이란 것이 있으니, 가서 꼭 엉덩이 속이 어찌 되었는지 사진을 한번 찍어 보라 하여, 이 X광선이란 말을 나는 공책에 써 두었다가 이 여름방학 동안에 그렇게 하여 고쳤던 것이다.

그는 갈 때 그가 가지고 왔던 책보를 열고 노오란 햇빛의 귤 두 개를 꺼내 머리맡에 놓아주었다. 그래 나는 그 하나를 내 속의 비밀로 버물어 내 속에 하룻내 짜 넣고, 남은 하나는 또 내 속의 비밀로 싸서 이튿날까지 내 머리 옆에 남겨 두었었다.


# 6


그해 가을이 왔을 땐 내 열병과 엉덩이의 종기도 낫고, 요시무라 선생도 일본 나가노의 그의 고향으로부터 다시 내 옆으로 돌아왔다.

가을 쑥밭 위에, 물들기 비롯는 대추들 가에 산들바람이 돌아다니는 것이 유난히 느껴지는 어느 날, 우리는 줄포에서 동북쪽으로 시오 리쯤 밖에 있는 동림저수지란 곳으로 원족을 갔다.

요시무라 선생은 이날 검정 가시미야의 양장으로 하이힐을 신고 갔는데, 하이힐을 신고 먼 길을 나선 건 아마 경험이 없어서 그랬던 듯 돌아올 때 발병이 나 나를 적지 아니 걱정케 했다. 그는 저수지에서 떠나자 오래잖아 그 하이힐을 벗어 아이들에게 들리고 비단 양말 발로 그냥 한동안을 걸었는데, 나는 그 옆에 따라가며 그것이 쓰리

어 될 수 있다면 내가 대신 그렇게 되어 아팠으면 하고 사뭇 마음을
태웠었다.

"업어 드릴께라우?"

소리가 곧 목에서 나오려고 해 쌓는 것을 부끄러워서 그러지도 못
하고 견디고 가자니, 그 애태움이란 뭐라 말하기 어려운 묘한 것이었
다. 그것을 말할 수 있어서 내가 선생을 업었다고 하더라도 물론 몇
걸음도 못 가서 고꾸라져 버리고 말았을 것은 뻔한 일이었지만.

그러고 얼마 동안을 가는 사이, 같이 학생을 인솔해 걷고 있던
6학년 담임인 무라마쓰라는 선생이 보기에 민망했던지, 6학년 학생
가운데서 이미 스무 살이 넘은 듯한 박동근이란 여드름이 덕지덕지
난 듬직한 학생을 찾아내 데불고 와서

"얘, 박동근, 선생님이 이렇게 고생하고 계신데 잠자코 빤히 보고
있는 놈이 어디 있어! 업어 드려라! 자식아! 빨리 업어 드려! 멧돼야
지같이 센 자식이!"

하며 그를 둘쳐업을 것을 명령해, 요시무라 선생은 처음엔 그래도
사양하고 얼마를 더 갔으나 마침낸 할 수 없는 듯 마지못해라 하고
그 등에 업혀 가게 되었다.

내 마음이 이때 어쨌을까는 상상에 맡긴다. 어떻게나 나는 박동근
의 형편이 부러웠는지 그 업혀 가는 모양을 오래 보고 있을 수도 없
을 만큼 빨갛게 달아서 박동근의 대목 뿌사리 같은 힘을 질투하였다.

여자를 두고 한 질투는 이것이 아마 내 인생에선 처음이 아니었던
가 한다.

'업어 디릴께라우 허고 물어나 볼 것을…… 잘허면 조끔쯤은 업고 갈 수도 있을 텐디……'

참으로 얄궂겐 헝클어져 오는 복잡한 감정 속에서 이렇게 생각하며 나는 내 뒤에서 그의 하이힐을 맡아 들고 오는 아이까지가 부러워 형편없이 돼 가고 있었다.

지금 생각하자면, 나보곤 신발도 들어 달라 하지 않은 건 그가 극진히 나를 아껴 그런 것이겠지만, 그때 생각엔 땅 위에선 제일로 제일로 천덕꾸러기는 앞에도 뒤에도 아무 데도 없고 바로 나뿐이었던 것이다.


## 7


나는 그 뒤 연달아 한동안은 그의 보내는 시선도 바로 받질 못하였다. 그러다가 며칠이 지난 뒤에야 다시 그의 뻗는 사랑의 손에 이끌리어 숨을 돌이키었다. 하루는 쉬는 시간에 교실 앞 양지에 으스산히 혼자 젖어 있노라니, 어디서 오는 길인지 그가 내 옆을 지나다가 혼자 있는 나를 발견하고

"서정주! 너 나 있는 데 놀러 와. 알지 않어? 수문통 나 있는 집……이번 공일날 말이야 꼭 오너라 응."

해 주어서……

그래 나는 공일날 점심 뒤에 마침 내리는 가을 빗속을 유지 우산

을 받고, 수문통에서 선구상船具商을 하고 있던 그의 하숙집엘 들렀다. 나는 그전에도 몇 차례 여길 찾은 일이 있었던 것이다. 그는 마침 한가한 오후를 잠옷 바람으로 창포잎들이 적지 아니 내다보이는 쪽의 유리창을 열어 놓고 밖에 오는 비를 보고 있은 듯, 내가 바로 그 방의 미닫이 밖에서 부르자

"아, 서정주냐? 들어와."

하곤, 내가 문을 밀고 들어가 서자 그 창 옆에 앉은 채 내 쪽으로 얼굴을 돌렸다.

"비 잘 오신다 응…… 참 적적도 해……"

그는 나를 보고 이렇게 말하며 앉으라 하고, 내가 좌정하고 나니, 일어서서 장 속을 열어 거기서 나라[奈良]의 특산이라고 하며 단 다시마를 한 옹큼 꺼내 찻잔과 함께 쟁반에 받쳐서 내 앞에 갖다 놓았다. 그러고는 그의 옆에 놓였던 찻주전자를 들어 내게 한잔의 녹차를 따라 권하고 나서, 그가 이번 방학에 다녀온 나라의 이야기를 먼저 꺼냈다.

그림엽서를 다시 꺼내 가지고 내 옆으로 와 낱낱이 그걸 설명하며, 이 옛 도읍의 아름다움을 거듭 찬탄하였다.

"거기 가면…… 사슴들이 참 많이 살고 있지. 사람이 옆에 가도 절대로 안 도망해. 공원에다 하나 가뜩 놓아 먹인단다. 참 이뻐. 그 눈이라니. 서정주, 꼭 너같이 이쁘니라……"

이것이 그중에서도 지금까지 내 기억에 남아 있는 그의 말씀이다. 그래 나는 이 말씀의 마지막 부분 때문에 내 어린 고독이 어느 만큼

완화되었다. 아무도 알아서는 안 되는—닫힌 어린 사랑의 혼자만의 골짜기에 그가 준 두 개의 오렌지의 물을 들인 이후 이것은 참으로 참으로 오랜만인 것 같았다. 그러나 그가 준 "꼭 너같이 이쁘니라" 라는 한마디 말로, 그 외진 느낌은 그의 볕을 받아, 다시, 보리밭 속 노고지리새 떼의 수런거리는 웃음소리들과도 같이 소생하기 시작했다.

## 8

이렇게 나는 그의 볕을 받아서—마치 가는 빗속에 송아지 등에 내리는 일곱빛 무지개 같은 그의 사랑의 볕을 받아서 새로이 소생하느라고 숨쉬기가 차차로이 신명날 뿐 말이 없었고, 그도 한동안 무엇을 생각는지 말을 하지 않았다.

그러다가 다시

"봐, 정주야……"

그의 부르는 소리가 들려서 본정신으로 돌아와 머리를 들고 보니, 어느새인가 그는 내가 모르는 동안에 자리에 옆으로 팔을 고이고 누워 있었는데, 나를 보고 웃고 있는 것이, 내가 머리를 나직이 하고 혼자 생각에 잠겨 있는 동안 사뭇 나를 지켜보며 속을 점치고 있는 모양이었다.

"예에……"

내가 언뜻 끼얹는 물을 맞은 듯 움칫하고 대답하던 음성은 약간 떨렸던 듯하다. 그러나 나를 바라보는 웃는 촛불 같은 그의 두 눈을 만나자 나도 거기에 맞춰 마음이 놓이고 미소가 저절로 쏟아져 나왔다.

"정말은 저…… 나 말이야…… 오늘 너한테 부탁할 일이 하나 있는데……"

그의 나직하고도 비교적 느린 말투는 이렇게 내게 말할 땐 유난히 더 나직해졌었다.

나도 내 소리는 안 냈으나 상당히 셌던 웃음의 불을 안 보일 만큼 바짝 줄이고, 접어 두었던 두 귀의 꽃잎들을 그 나직함에 맞춰 환히 열었다.

이것은 미사여구가 아니다. 내 귀는 그때 정말로 그 비슷이 향기로운 것이 돼 있었던 것이다.

그런데 뜻밖에도

"정말은…… 나…… 참말로 불쌍한 사람이다……"

하고 그의 음성은 목메인 것이 돼 왔다.

깜짝 놀라 쳐다보니 그의 두 눈에는 눈물도 글썽글썽하였다.

그래 나는 다시 내 속에 소생해 있던 기쁨을 바꾸어 바로 그걸로 설움의 옹달샘을 만들어야 했다. 내 눈에서도 싸늘한 눈물이 흘러내리어 두 볼을 적시었다.

"……세상에 외톨로 혼잣몸이니…… 벌써 서른네 살이나 먹었지만 애들도 남편도 아무도 없어."

그러나 이렇게 말을 다시 이었을 때는 그의 음성에선 목메인 것은 완전히 씻어지고, 거기 어린 설움은 다만 거울낯처럼 밝기만 하였다. 소년 제자에겐 귀감이라야만 하여 그랬던 것인가.

"애도 남편도 있었더니만…… 이쁜 애도 있었더니만 모두 다 나만 내팽개쳐 두고 뿔뿔이 저승으로 떠나 버려서……"

그는 말을 이어, 그의 돌아간 남편과는 고향인 나가노의 기소 산중의 시나노 강가에서 고등여학교를 갓 나오자 결혼해 두 아들을 낳고 거기 굉장히 많은 꾀꼬리새 떼를 벗해 단란히 살았었다는 것, 그러다가 남편과 큰아이는 일찍 죽어 남은 아이 하나만 데불고 세파에 부대끼게 되었다는 것, 그러다가 사람들한테 들으니 조선 가면 살기가 좋다 하여 남편과 자식 생각도 잊을 겸 남은 아일 데불고 고향을 떠나서 군산에 와 꽤 여러 해 훈도 노릇을 했다는 것, 그런데 한 해 여름은 장질부사가 떠돌아 그것마저 그 통에 빼앗기게 돼, 화장해서 객지 군산의 공동묘지의 어느 한 귀퉁이에다 묻어 두었다는 것, 그래 그 뒤는 통 아무것도 할 생각이 안 나 그 어린것 사르고 남은 것을 다시 파 들고 위선 나가노의 기소 산중으로 돌아갔었으나 거기 가도 마음은 전같이 되지 않아 서성거리고 지내다가, 죽은 두 형제 중에서도 이쁘고 재주 있던 둘째 놈과 같이 군산에서 마지막 살던 일 생각하니 불시에 다시 조선에 오고 싶어서 올 봄에 군산을 잠깐 들러 이곳 줄포보통학교에 부임하게 되었다는 것을 내게 차근차근 들려주었다. 나는 그 앞에서 그걸 듣고 있다가 어느 때부터던지 다시 눈물을 쏟아, 그걸로 그이 얘기들을 씻어 속에다 간직하고……


## 9


　그의 지낸 과거의 대강의 이야기가 끝나자 그는 누웠던 자리에서
일어나 앉으며 땅이 꺼져라고 한숨을 쉬었다. 그래 또 내 마음도 따
라서 한숨을 쉬었다.

　"마지막 애만이라도 살았더라면 좋을걸…… 그 애 일을 생각하면
아무래도 배겨 내기 어려운 때가 있어…… 그 애가 시방 살아 있다
면 꼬옥 너보단 한 살인가 두 살쯤 모자랄 거다…… 그러니까 너이
또래 아이들을 보면 항시 그냥은 보이지 않어. 그게…… 별일이지만
너는 우리 그 애하고 꽤 많이 닮았다…… 정주야! 그중에도 네 눈짓
이라든가 입 모습은 꼭 그 애 같을 때가 있단 말이야. 나 좀 봐……
내 딱한 걸 알겠니?"

　그는 말했다.

　그러나 나는 그의 이 고백에 새로 놀라 어리벙벙하면서도 뭐라고
그를 위로할 말도 찾아지지 않아 아무 말도 없이 앉아만 있었다.

　그랬더니 그는 자리에서 일어서 내 앞으로 몇 걸음 걸어와서, 바
로 내 바짝 앞에서 잠옷 앞자락을 여며 무릎을 꿇고 단정히 앉았다.

　그러고는 두 손바닥으로 내 머리를 가벼이 움켜잡고 내 두 눈을
그의 두 눈으로 깊이깊이 빤히 들여다보며

"그러니까 말이야…… 서정주! 인제부턴 나를 선생이라 생각 말고 엄마로 생각해야 돼. 안 그러면 쓰겠니? 생각해 봐…… 꼭 그래야 헌다. 응."

했다. 그러고는 내 머리를 움켜잡고 있던 한쪽 손을 떼고, 바른손으론 아직도 내 머리 위께를 쓸고 앉아서, 자주 놀러 오라고, 자기는 너무 적적해서 견디기 어려운 사람이니 그래야지 쓰겠느냐고, 날마닥 오후나 초저녁마닥 찾아왔으면 좋겠지만 그리 못하더라도 하루 걸러큼씩은 왔으면 좋겠다고 하였다.

"얘, 너 정말 약속하지?"

그는 마지막으로 또 이렇게 다짐까지 하였다.

물론 내가 그것을 반대할 까닭이 없었다.

"예, 예……"

나는 목안엣것이긴 하나 깊은 소리로 대답하였다. 이렇게 해, 나는 그의 이때의 제자이면서 또 아들이 되었던 것이다. 그러나 그때 내 마음속에서 크고 있던 것을 생각해 보면…… 참 그것은 귀신이나 알 일일 수밖에 없다.


## 10


그 뒤 나는 해어름 때나 초저녁, 자주 수문통에 있는 요시무라 선생의 하숙을 드나들게 되었다.

그가 혹 방에 없더라도 들어가서 기다리고 있으라고 하여, 어떤 날 초저녁은 빈방에 혼자 들어 있다가 마침 방을 치우러 걸레를 들고 미닫이를 열던 일본인 주인 마누라에게 들킨 일도 있었는데, 얼마 뒤 공동 목간에서 돌아오던 요시무라 선생에게 그 마누라가 큰 소리로 내 말을 하며 누구냐고 물으니, 선생은

"내 아들이에요."

대답하여, 그 뒤부터는 이 하숙집 마누라도 나를 보면 반기게까지 되었었다.

　그러나 어디 닿을 길 없던 내 소년의 시름이 이로써 다아 씻어진 건 아니었다. 오히려 가까워지면 가까워질수록 문득문득 이 시름도 한결 더 깊은 것이 되어 갔다. 한번은 겨울 어떤 날 하학 바로 뒤에 무슨 일이었던가 급장이었던 김형기와 부급장이었던 나를 교직원실로 오라 하여, 그때 마침 새로 장가를 들어 의복 일습을 두루마기까지 멋쟁이로 차린 열일곱이던가 여덟 살이 된 그를 앞세우고 찾아 갔더니

"새색시 이뻐?"

형기더러 묻고 나서, 그가 얼굴을 홍당무처럼 붉히고 섰는 데다 대고

"나도 시집가 본 일이 있어. 나 같은 여자, 새각실 삼으면 어떨까?"

하며 같이 김형기를 보고 있던 선생들을 돌아보고 웃었는데, 그때의 내 마음이란 이루 형용할 수도 없는 것이었다.

　'나 같은 여자, 새각실 삼으면 어떨까?'

　그 말을 김형기한테다 말고 내게다 해 주었으면 얼마나 좋을까?……

　'서정주! 나 같은 여자, 새각실 삼으면 어떨까?……'

그렇게 내게다가 말해 주었으면 얼마나 좋을까?……

그런 생각이 억누를래야 억누를 길이 없이 치밀어 오르고, 한쪽으로론 또 이걸 들킬까 봐 겁내는 마음이 점점 깊어지는 속에 어느 하늘로건 어느 땅의 허망으로건 숨을 데만 있다면 어서 빨리 숨어 버리고 싶은 생각뿐이었다.

"여, 새서방! '그야 물론 좋사옵나이다, 네' 하고 빨리 대답해 드려. 빨리 대답하라니까! 바보."

동경 어떤 대학을 중도 퇴학하고 왔다는, 머리를 상고로 깎은 일본인 남선생은 이렇게 한몫 들면서 좋아라고 했으나, 내게는 그런 익살이 들어올 틈 하나도 없었다.

다만 단둘이 그의 하숙방에서 웃음 섞어 즐거운 이야기를 하고 있을 때만이 내게는 제일 좋았다. 그러나 그것도 문득 긴 침묵이 그 사이에 와서, 무언가 드러나서는 안 될 것이 속으로 열린 내 눈앞에 비치기 시작하면 나는 곧 어쩔 바를 모르고 있다가 그 자리를 뜨기가 일쑤였다.

이렇게 지내는 동안에 해가 바뀌어 3월이 되었다. 그래 나는 그를 영 이별하지 않을 수 없이 된 것이다.

## 11

3학기가 끝나고 학년 말 성적표를 나누어 주던 날, 그 분배가 끝나자 그는 우리 학교를 하직하고 일본으로 가게 된 것을 말하고 눈물 바람을 하면서, 학교에 더 있게 되는 것이라면 여기 그대로 있겠지만 선생 노릇을 아주 그만두고 고향으로 가게 되어 떠나니, 부디 공부들 잘하여 훌륭하게들 되라고 당부한 뒤에 나와 급장 김형기와 몇 사람 학생의 이름을 불러 너희는 뒤에 여기 그대로 좀 남아 달라 하였다.

그래 우리 몇몇은 아이들이 집으로 돌아간 뒤에 교단 위의 그가 서 있는 곳을 에워싸고 흐느낌의 울을 짓고 있었다.

그러나 일 년을 가르친 그의 반 아이들 가운데서도 그와 가까웁던 사람들을 골라 남아 달라고는 했지만 그것은 그냥 그들과마저 몇 마디 인사만으로 갈리기는 싫은 정이 있던 모양, 우리가 흐느낌을 거두지 못하는 채 그 옆에 가 에워싸고 섰어도, 그의 입에선 별다른 말도 나오지는 않았다.

우리는 그저 꽤 오랫동안을 함께 느껴 울었을 뿐이다.

"××× 잘 있거라 응……"

"김형기, 잘 있거라 응……"

"서정주, 잘 있거라 응……"

낱낱의 이름을 번갈아 부르고, 낱낱의 얼굴을 우는 눈으로 번갈아 보며 이렇게 겨우 그는 되풀이해 말할 수 있을 뿐이었다. 그러고는 흐느낌만을 되풀이하였다.

얼마를 그랬는지, 직원실에서 누가 와서 그를 재촉해 데려가기까지는……

나는 집으로 돌아와서도 혼자 내 책상 가에 쓰러져 울었다. 아무리 진정하여도 눈물은 다시 또 치밀어 걷잡을 길이 없었다.

그러다가 무슨 이별의 선물을 사러 가자고 한 반 아이들이 찾아와서 나도 어머니한테 1원인가를 얻어 가지고 그들 뒤를 따라나섰다.

내가 그때 무엇무엇을 샀던가는 지금도 역력히 기억한다. 살빛 무명실로 짠 긴 양말을 골라서 한 켤레 (무명실로 짠 것밖에 줄포엔 없기도 했으려니와 또 나는 아직 비단 양말 같은 건 살 줄을 몰랐으므로) 그러고 또 '레에도 구리이무'라고 불리던 얼굴 크림을 두 곽……

그리고 여기 고백이거니와 그 얼굴 크림만은 양말을 사고 아이들과 헤어진 뒤에 혼자 아무도 몰래 가서 샀던 것이다.

이튿날 낮 열 몇 시던가, 그의 탄 자동차는 정읍역을 향해 그 정류장을 떠나서 삼사백 미터쯤을 달려와 어느 언덕배기를 커브 돌 무렵 뜻 아니한 사태로 그만 멎어 버리고 말았다.

김형기와 나와 그 밖에 몇몇 아이들의 몸뚱이로 지은 장벽에 박히어 그리된 것이다.

이것은 그 전날 학교에서, 그가 우리 울음판으로부터 직원실로 불려 간 뒤 계획한 일이었다.

"못 가게는 못 헐까?"

누군가가 말해서, 궁리궁리하다가

"어디 히 보자. 우리 몸뚱이까지도 다 떼밀어 내고 가는가."

하며 형기가 이 마지막 꾀를 내어, 우리는 그의 출발 마당인 자동차 정류장으론 가지 않고 이 언덕배기 옆에 일찌감치서부터 와 장사진을 치고 늘어서 있었던 것이다.

그러나 물론 그것은 어른들의 세상일과는 다른 소년들의 부질없
는 일일 따름이었다.

"선생님……"

"선생님……"

이 몸뚱이의 벽은 소리를 나란히 하여 차를 멈추기까지는 하였다.
그러나 그는 그 차에서 내려 우리에게로 다시 돌아올 형편은 아니었
던 것이다.

그는 내려와서는 다시 타기 어려운 자기를 알아서 그랬으리라. 간
소하게 차린 일본 옷으로 차창가에 얼굴을 묻고 어제처럼 여전히 흐
느끼기만 하였다. 그리고 운전수는 우리가 잠시 선생 옆으로 모여
와 있는 사이에 그저 예의로 잠깐의 틈을 주고는, 차를 재빨리 몰아,
우리를 뒤에 떨어뜨려 두고 쏜살같이 달아나 버렸다.


## 12


4학년이 되자 나는 3학년 때까지도 밤에는 어머니 방에서 많이
자던 습관을 아주 폐지하고 밤에도 내 공부방에서 혼자 지내게 되었
다. 요시무라 선생의 일을 회고하고 몇 번을 거기서 혼자 자다가 그
렇게 혼자 자는 것이 이내 버릇이 되어 버렸던 것 같다.

나는 이 독방에 홀로 박혀 밤이면 일본에 있는 요시무라 선생에게
날마다 몇 장씩 편지를 써 모아 그것을 무데기로 부쳤다. 그러고는

거기서 답장이 올 동안 그것을 기다리며 그를 또 생각느라고 혼자서 지냈다.

어머니는 내가 혼자인 것이 마음 놓이지 않으시는 듯 밤이면 더러 밥 짓는 계집아이를 같이 자라고 들여보냈으나, 번번이 나는 그를 안방으로 돌려보냈던 것이다.

그 계집애는 전에 질마재에서 내가 한문을 배운 선생의 따님으로서 벌써 열일곱 살이었던가 여덟 살이 돼 있었는데, 어떤 날 밤은 내가 안방에 가서 자라고 해도 영 듣지 않고 깔아 놓은 내 이불의 한쪽을 덮고 누웠다간, 내가 그것을 내 쪽으로 모조리 잡아다려 버리는 바람에 일어나 울고 앉았다가 어머니한테로 돌아가기도 하였다. 아무 사정도 모르는 그가 그때 많이 서글퍼했을 일을 생각하면 지금도 가슴이 아프다. 허나 이때에 내가 혼자서 지키려 한 것은 남과 같이 이불을 덮을 수도 없는 것이었던 것이다.

그러나 사람이 모여 사는 세상 어디나 새 교섭이 전연 안 들어오는 데는 없다. 더구나 소년의 세계는 더욱이 그렇다.

나는 오래잖아 새로 나를 에워싼 소년 소녀의 일당에 안 끼일 수 없이 된 것이다.

나는 언제부터던지 하모니카, 대정금大正琴—이런 악기들을 사들여 〈하늘에서 우짖는 새들의 소리〉니 〈만나 보고 싶은 마음 무서움도 잊고서〉니 하는 유행가의 곡조들을 병창도 하고 독주도 하고 지내게 되었던 것인데, 이렇게 되자니, 자연 여기 같이 참견하는 소년 소녀의 떼들이 상당수를 이루게 되었던 것이다.

유행가를 아주 멋들어지게 잘 부르던 덧니박이의 미소년 은희성, 전주에 큰댁이 있어 거기 이야기를 안방 벽장 속엔 먹을 것이 무엇 무엇이 들어 있는 것까지 자세히 자세히 들려주던 김재호, 계집애는 일본 계집애가 사실은 사귀기 쉽다는 주장을 하고 또 그걸 실천하고 있던 최만길, 그리고 또 우리 그전 살던 집에 이사 온 성산댁의 셋째 딸, 넷째 딸, 진산 영감 댁에 살던 이찬경 씨네 큰딸, 둘째 딸, 해안통 거리 옥매화집 큰딸 숙이와 작은딸 순이, 거기다가 우리 집 심부름꾼 셋째까지가 가끔 한몫을 보아 우리 일당은 한동안 내 공부방을 중심으로 퍽 풍성한 장을 이루게 되었다.

그러나 소년 소녀들이 모이는 곳은 또 어른의 감독의 눈이 뜨면 탈선도 또 어쩔 수 없는 것이다.

우리 집 심부름꾼 셋째는 이해 나이 벌써 열여덟이었던가 아홉이었던가, 이 애 때문에 나는 또 한번 맹랑한 경험을 치러야 하게 되었다.

## 13

어린 소년들을 가지고 계간鷄姦이 많이 행해지던 것처럼 어린 소녀들을 좀 나이 찬 녀석들이 유린하는 일도 이때의 한 유행이었던 것 같은데, 우리 집 셋째의 꾀임에 빠져 나도 그 소녀 유린에 일찌감치 한몫 끼이고 만 것이다.

해안통 거리 옥매화집 어부의 딸 숙이와 순이 형제는 그 집이 우리 덕으로 소작을 붙이고 있던 관계로 자주 우리 집엘 놀러 오게 되어, 어둔 밤이면 등불을 밝히고까지 찾아와서 숙이는 내게 좋은 옛날이야기들을 들려주게 되어 그게 내겐 적지 않은 힘이었던 것인데, 언제부터 그렇게 된 것인지 셋째가 그중에 동생인 열세 살짜리 순이를 꾀어 나 없는 때는 내 공부방에서 그 짓을 하고 지내다가 나한테 들켜, 나까지 그런 일에 끌어들이고 만 것이다.

하루는 하학 뒤에 어느 친구 집엘 잠깐 들렀다가 저녁 술참이 좀 지나서 집에 돌아오니, 어머니와 밥지기 순덕이와 네 살짜리 아우는 모두 밭에 나간 듯 집에 없고, 내 방문은 잡아다리니 있는 두 개가 다 아 안으로 잠겨서 열리지 않아, 누구 내 친구가 와 있다가 내 돌아오는 기척을 알고 그러는 것이려니 해

"누구냐? 문 열어! 장난 말고 자식아, 어서 열어!"

하고 외쳤다.

그러나 안에서는 문을 도무지 열어 주지 않고 또 쥐 죽은 듯 아무 소리도 나지 않을 뿐만 아니라 뚫어진 창구멍으로 들여다봐도 어느 구석에 가 처박혀 있는지 보이지 않아

"거 어떤 놈의 자식이여? 문 열라니까! 자식아! 안 열면 너 이 자식 문종이를 뜯어내고 물벼락을 놓는다!"

다져 보았다.

그래도 그 속에선 아무 대꾸가 없었다.

그래 이놈의 자식 어디 견뎌 보아라 하고, 부엌에 가 바가지에 물을 떠 가지고 와서 문종이를 한쪽 짜악— 찢기 시작했다. 그리고는

한층 소리를 높여

"빨리빨리 열어! 어서 빨리 열 테냐, 안 열 테냐?"

재촉했다. 그러자 속에서는 마지못하는 듯 뜻밖에도 셋째의 소리가 나직이

"훗…… 정주야, 아이 정주야…… 가만있어, 잠깐만 가만있어…… 잠깐만 저 모퉁이에 가 있다 와 아이…… 잡것 왜 그리 눈치도 없냐……"

했다.

그러나 나는 그 눈치란 말이 무얼 뜻하는 것인지 알 수가 없어 셋째 말대로 모퉁이로는 가지 않고, 궁금증에 금방 찢어 놓은 창틈으로 다시 한번 그 속을 들여다보았다.

그러니 그때에야 숨는 걸 단념한 듯 방 가운데 가까이 나불거져 이상한 눈으로 내 눈 있는 델 보고 있는 셋째가 거기 있는 게 보였는데, 또 내 얼굴을 훗훗이 달게 한 것은 바로 그 옆에 아랫목께로 웬 계집아이의 등 둘러 누운 검정 치마 입은 모양과 뒷머리채가 아울러 보인 때문이다.

비로소 나는 '눈치'라는 셋째의 말에 번뜩 이해가 가고 온몸이 화끈하면서 마치 나도 그 죄를 저지르고 있는 것처럼 숨이 잘 내쉬어지지 않았다.

## 14

그러나 이만한 경우 이 나이 또래의 소년의 행동이란 어른의 것과는 현저히 다른 것이다.

그런 둘의 모양을 눈으로 봤음에도 불구하고 나는 어디로 비키지도 않고, 이어

"문 열어! 어서 문 열어……"

졸랐다.

그래도 셋째는 무엇을 생각하는지 한참을 망설이고 있더니, 마침내 못 이기는 체하고 일어나 나와서 문고리를 끌러 주었다.

나는 조금만 나이가 더 들었더라도 물론 그러지 못했을 것이나 그대로 문을 열고 들어가서, 아랫목에 있는 계집애는 거들떠보지도 않고, 책상 가에 가 그들에게로 등을 두르고 앉아, 책보를 끌러 책들을 책장 속에 집어넣은 뒤에, 그중의 일본 말 책 하나만 도로 꺼내 무릎 위에 펴 놓고 책장을 넘기며 눈으로 읽는 체하였다. 그러나 물론 그것이 제대로 속에 들어올 리 없었다. 그러자 이러고 있기 오래잖아 셋째는 내 옆으로 와 내 옆구리를 손가락으로 꾹 지르며

"가만히 있거라, 인이…… 정주야…… 사람 사정 좀 봐아……"

하곤, 방바닥에 놓인 내 껌정 책보를 집어 들고 일어서더니, 그걸로 가서 창문의 아까 내가 찢어 놓은 곳을 포장 쳐 막았다.

나는 잠자코 있을밖에 없었다.

그래 아무 대답도 없이 머리를 숙이고 앉아 책장만 넘기고 있노라

니, 셋째는 다시 아랫목께로 가 눕는 듯하더니,

"야…… 괜찬히여…… 괜찬탕게 잡것……"

하고 목안엣소리로 그 계집애에게 소곤거렸다.

그러고는 그 애가 아마 뿌리치고 있는 듯

"가만있어…… 아이 가만있어…… 가만있으랑개……"

귓속말이다가 또 좀 거치른 소리가 되어 이렇게 타이르더니, 이어 내가 세상에 나서 처음으로 겪는 기이한 소리들을 빚어내기 비롯하였다.

그것은 한 해 전에 이 같은 셋째한테서 배운 자독白瀆 행위 때의 소리와 어느 만큼 방불한 것을 나는 직감하였다. 그러자 이 소리들은 이미 그 자독 행위를 상당히 저지른 일이 있는 나를 상당히 자극하였다. 그러나 나는 그러면 그럴수록 숨도 제대로 쉬지 못하고 죽은 듯이 앉아 있는 수밖에 없었다.

"아이야! 아야! 아야! 아야앗……"

계집애의 참아 견디기 어려운 듯한 소리가 내게 호소하는 듯 그 틈틈이 들려왔다. 허나 나는 부끄럼과 흥분의 무게에 짓눌려 그를 구제하러 일어나기는새로 나 자신도 마침낸 그 자리에 누워 버리고 말았던 것이다.

그 짓거리가 끝나자 셋째는 다시 내 옆으로 누운 채 와서 또 한번 내 허리께를 꾹 지르며

"미안허다, 인이…… 참 미안히여…… 너, 잡것, 딴 디 말 내면 안 돼…… 야 전도를 생각히 봐라, 인이?……"

둘에게 다 들릴 만한 소리로 말했다. 그러고는 다시 바짝 가까이 내 곁으로 와서 한쪽 발을 내 허리 위에 올려놓으며 내 귀에다 입을 갖다 대고 저승만 한 소리로

"잡것아…… 어띠여? 생각 없어? 왜 옥매화집 순이 미워서 그러냐? 생각 있건 한번 ×여…… 너 어무니 곧 오실 텡게 냉큼 말이여…… 자 참말은 니 마누라다 인이…… 니가 좋아 찾어다녔지 나 보고 왔겠어? …… 그렁개 어서 이뻐히 주어…… 어서!"
했다.


## 15


나는 셋째의 하는 수작이 무더웁고 징그러워, 내 허리 위에 얹힌 그의 한쪽 다리를 떼밀어 내고 누웠던 자리에서 일어나 앉아, 비로소 방 아랫목께 숨도 크게 쉬지 못하고 누워 있는 계집애한테로 눈을 옮겼다.

보니 그것은 벽 있는 쪽으로 어느 만큼 앞을 돌리고 있기는 하나, 바닷거리 옥매화집 순이임에 틀림없었다.

나한테 대한 부끄럼 때문인 듯 그는 오히려 움찍도 안 하고 누운 대로 있었다.

"아이 잡것아. 점잖은 체하지 말고."
하고, 셋째는 나를 따라 일어나 앉으며 팔을 벌려 나를 등 뒤로부터 안

아서 계집애 있는 데로 가지고 가 그 위에다 밀어붙이면서 말했다.

"이렇게 좀 이뻐히 주랑개, 잡것아. 아가 왜 그리 미련허냐?"

그러나 나는 처음 당하는 이런 억지 권고에 적지 아니 당황했을 뿐만 아니라 사실은 비록 셋째 그에게서 배운 부자연 행위를 통해 어느 만큼 성에 눈떠 있었다고는 할망정 그것은 아직 실현하기엔 너무도 이른 것이어서, 그저 셋째의 억지에 버둥거리며 어서 빨리 이 곤경을 빠져나가려고만 애썼다. 그 서슬에 내 한쪽 팔은 기둥이 되어 누워 있는 순이의 가슴을 사뭇 내리짚고 있었다.

"놔! 놔! 왜 일히여? 놔앗!"

나는 사뭇 외쳤다.

그러나 셋째는 나를 놓지 않음은 물론,

"잡것 소리치지 마라, 인이…… 누구 들으면 어쩔라고 글히여? 소리치지 마…… 소리치지 마…… 또 소리치면 죽여 버릴 텡개……" 나를 반위협까지 하며, 여전히 그 눈도 안 뜨고 있는 계집애에게다 대고 나를 내리밀고 있었다.

그러면서 계집애더러는 또

"순이야 아이…… 이리 빤뜻이 좀 돌아누워…… 어서 빨리! 아가 왜 그리 미련허냐?" 목안엣소리로 그러나 거세게 말했다.

그러자 한 기적이 일어났다. 그것은 여직까지 벽께로 머리를 틀고 있던 순이가 반뜻이 머리를 돌리며 눈을 떠 나를 보고 승낙한다는 표정을 지어 보인 것이다.

지금도 이때 일을 생각할 때마다 이상한 느낌이 이는 것은 그때의 그 순이의 눈 떠서 나를 물끄러미 쳐다보며 웃는 듯하던 표정이다. 셋째의 말처럼 순이는 이때 정말로 셋째가 아니라 나를 소녀로서 그리고 있었던 것인가. 그렇다면 참 아찔한 일이다. 나를 찾고 있다가, 아직 어린 소녀라고는 할망정, 세상에 많이 있는 여자들의 일처럼 몸은 벌써 제 마음 밖의 사내에게 맡겨야 되었으니 말이다.

허나 나는 그때 이 일에 아스라이 생각이 미치긴 하였어도 마음은 거기로 쏠려지진 않았다. 왜냐면 사실은 이때 내 마음은 나와 동갑이었던 이 순이에게로보단도 그의 언니인 열여섯 살짜리 숙이한테로 더 기울어져 있었기 때문이다.

그래 셋째가 아직껏 내게서 손을 떼지 않고

"어서…… 잡것아. 아이 어서……"

하고, 한쪽 손으로 순이의 말리는 손과 다닥뜨리며 그의 치마를 걷어 올려 보이기까지 했어도, 나는 다시 감긴 그의 눈뚜껑 위에서 그의 속옷을 벗은 채 있는 허벅다리께로 눈을 옮겨 거기 두 허벅다리 사이에 씻은 지 여러 날 된 듯한 때의 흔적을 발견하고는, 이내 또 한 사코 이 자리를 탈출하려 버둥거리기만 하였다.

눈앞에 드러난 순이의 허벅다리의 때—그것은 내게 늘 정결하게만 보이던 숙의 얼굴을 반세력反勢力으로 불러일으켜, 나는 거기서 얼굴을 모으로 틀고 진땀을 흘리며 셋째의 손을 뿌리치기에 힘을 다했다.

하여, 셋째도 마침낸 할 수 없는 듯

"정주야, 너 누구한테 말 내지 마라, 인이……"

하고 나를 놓아주었다.

나는 진펄에 빠져 들어가다가 건져진 아이처럼 이 무더운 방문을 열고 밖으로 나왔다. 그러자 셋째도 뒤따라 나와 갈밭 옆길로 마침 서 있던 장으로 나를 데불고 가서 몇 푼 동전을 꺼내 생강과 사탕을 섞어 끓인 '단물'을 몇 컵인가 사 주었다.

백종으로부터 추석 사이의 일이었던 듯하다. 순이는 그 뒤 영 내 앞에 다시 나타나지 않았다.


## 16


이 뒤 얼마 안 되어서부터 또 나는 그 '우동집'―한일 합병 뒤부터 1945년의 일본 총독 정치 말기까지 주로 시골 읍내들에 뿌리박고 참 이상하게도 싼 영업법을 써 오던 중국인 경영의 그 우동집에 드나들기 시작했다.

25전을 주면 산해의 고기 나물들과 달걀투성이의 이 '우동'이라는 국수를 지금 우리가 2백 원을 주고 사 먹는 것보단 훨씬 건 것으로 사 먹을 수가 있었던 것인데, 이걸 사 먹으면 이것뿐이 물건인 게 아니라 그 상 옆엔 언제나 꽤 곱게 꾸민 우리 동포의 젊은 색시들이 덤으로 붙어 있어 그것들까지도 산 채로는 어떻게라도 맘대로 할 수 있게 되어 있었던 것이다.

4학년이 중간을 넘으니 한 반 안에는 스무 살 안팎짜리도 수두룩

하고 장가든 사람도 적지 않아 그들과의 상종으로 나는 열세 살로서 벌써 이런 데를 구경하게 되었다.

대개 우동값은 추렴으로 치르게 되어, 25전을 한 달에 한 번쯤씩 조끼 바닥에다 만들어 가지고 그 우동집 보통학생(소학생) 한량들 판에 참가하면, 색시들은 열댓 살짜리로부터 서른남은 살짜리까지 항용 한 방에 두어서너 명씩 모여 들었는데, 그들의 일제 머릿기름과 얼굴에 많이 칠한 분에서 나는 냄새를 맡는 것도 내게는 매력이었지만 그보단도 이 방면의 선배인 큰 학생들이 그들에게 거는 온갖 수작을 배우는 것이 내게는 재미가 있었던 것이다.

우리는 늘 머리에 학생 모자를 쓰지 않고 갔다. 이때는 머리를 박박 깎은 사람이 많은 세상이어서 그렇게만 하면 학생의 신분이라고 책잡힐 염려가 없었기 때문이다.

거기에 가면 툇마루를 선둘러 방이 넷인가 다섯 있었는데, 긴 장방형의 널판자에다 각목의 나지막한 다리를 단 우동상 가에 우리가 빙 둘러앉아서

"오오이!(여봐라!)"

"오오이!(여봐라!)"

"오오이!(여봐라!)"

손뼉을 치면서 소리치면 노랑, 분홍, 초록, 남, 꽃자지, 각가지 빛의 인조의 저고리와 치마를 입은 색시들이

"네에!"

"네에!"

"네에!"

하고 제마닥 크고 아양스레 대답하며 몰려와선 우리들의 틈틈이 끼어 앉기도 하고, 어떤 여자는 또 그중의 낯익은 학생을 찾아 그 무릎 위에 가 일찌감치서부터 앉기도 하였다.

그럼, 그다음에는 이런 데를 겨우 몇 차례 다닌 경험밖엔 없는 축들의 좀 어색스런 말수작이 시작되었다.

여기에 오는 학생들은 언제나 대개 처음 오는 패와 몇 차례쯤 온 축과 아조 상당히 잘 길든 사람들 세 패로 되어 있었는데, 처음 오는 축들은 잠자코 낯을 잘 붉히기가 일쑤였고, 세련된 패는 뒤에 우리가 좀 있다 보게 되는 것 같은 딴 수작을 하는 것이요, 말수작은 이 몇 번쯤 온 친구들이 도맡아 했다.

말수작이라야 뭐 별것도 아니었다.

"각시! 고향이 어디제?……"

"또 이름은?……"

이런 내용들을 서슴지 않고 물을 수 있게 되도록까지는 제마닥 하나씩 임의로운 상대를 골라 가지고 연습으로 해 보는 것인데, 처음으로 해 보는 학생은 그 말이 거의는 다 떨리었다.


## 17


"각시…… 고…… 향이 어…… 디제?……"

처음 이런 질문을 연습하는 학생이 얼굴을 붉히면서 어색한 눈을 해 가지고 떨리는 음성으로 물으면, 우동집 각시들은 대개 그것을 말하지 않고

"몰라…… 남의 고향은 알아서 뭣헐라고 글히여? 좋게 우동이나 어서 식기 전에 잡수지……"

하고, 그런 수작은 좀 더 다닌 뒤에 하라는 듯 익살맞게 눈을 깜작거려 뵈며 외면을 하였다.

또 몇 번쯤 달통한 학생이 비교적 유창하게 그걸 물어 넘겼다 해도

"아따, 사람도 승겁게는…… 물을 것이 그리도 읆어? 놀라면 조금 더 잘 놀다 가시지."

어쩌고 해 넘길 뿐 경우는 마찬가지였다.

그럼, 좀 미련하고 우락부락한 학생은 화악 달아오르기도 했다.

"뭣이 어찌여 잡것! 내가 뭣 잘못혔어? 고향을 대 주면 되얂지!"

이렇게 비로소 어색한 말씨를 잊어버리고 투덜거리며……

그러면 어떤 색시는 이것도 아직 영 연습되지 않은 듯 섭섭한 모양을 눈가에 빚어내고 있다간 불쑥 일어서서

"아이고 나 참 재수가 없을라니 별꼴도 다 봐……"

하고 방문을 열고 나가 버리기도 하였다.

나가서 그는 어느 모퉁이 방에 가 혼자 울지 않았을까. 그때엔 나도 미처 요량하지 못한 채 있었지만, 이런 질문은 그들에게 참 딱한 노릇이었을 것이다. 그들의 고향의 소녀 시절을 생각게 하는 애숭이 소학생들이 몰려와서 또 한다는 것이 그들이 잊어야만 견디는 그 고

향을 자꾸만 대라고 성화였으니 말이다.

이런 고향 물음과,

"이름은 뭇이제?"

"금화."

"각시 이름은 뭇이제?"

"산월이."

"각시는 이름이 뭇이제?"

"연옥이."

본명은 역시 고향처럼 감추어진 이름 물음이 끝날 때쯤은 우동도 다아 바닥이 났다.

물론 각시들은 25전 추렴의 이 우동상머리에서는 안주 한 젓갈 얻어먹지도 못하고 빈 입으로 끼어 앉아 지낸 뒤에 말이다.

우동이 바닥이 날 때쯤 되면 우리는 인젠 색시들에게 노래를 청했다. 대개 이것은 우리들 중에서도 꽤 많이 여길 다녀 숙달된 학생이 우동도 남보다는 느리게 먹어 세 깐에 한 깐쯤 그것을 남겨 놓고 그러기가 예사였다. 특히 주산면에서 4학년에 편입해 온 열아홉인가 된 장가든 학생—성은 잊었으나 종성이라는 이름을 가졌던 학생은 우동 먹을 동안 옆에 잠깐 내려놓았던 금옥이를 다시 끌어안아 그의 무릎 위에 올려놓으며

"날 봐. 금옥이. 노래나 인자 한 곡조 허시제. 춘향이 〈옥중가〉 말이여."

하기가 일쑤였다.

## 18

"신식 사람들이 〈옥중가〉를 들을라간디이? 창가나 하고 놀제……"

머리에 철 늦은 인조 비취 비녀를 꽂은 금옥이는 우리 법단 조끼 위에 은시곗줄까지 늘인 종성이 무릎 위에 앉아서 종성이의 턱을 손바닥으로 어루만지며 항용 처음엔 이렇게 사양했으나 그래도 마침내 그걸 부르긴 불렀다.

그래 금옥이가 흡사 목은 때를 알리려고 울음을 준비해 일어 세운 닭 모가지 형상을 해 가지고, 아무리 들어도 풀어 본 일이 없는 듯한 억울한 소리로

"쑤욱대머리이…… 구우신 혀엉요웅…… 적막 옥방으으 찬 자리 이와, 생각나느니이…… 임뿌운이라…… 보고 지고, 보고 지고……"

소리를 뽑기 비롯하면 종성이는 벌써 중늙은이 모양으로 우동 젓 갈로 상을 두들겨 장단을 치며

"얼씨구! 조오체!"

를 연방 그 어간에다 집어넣어 갔다.

그러나 그 금옥이가 종성이더러

"날 좀 봐겨, 학새앵…… 우리 잡채나 하나 사 먹드라고…… 은시곗 줄이랑 늘인 사람이 항시 우동만 가지고 뭇이여어?……"

해도 그것이 받아들여진 일은 한 번도 없었다.

만일에 그럴라치면 종성이뿐만 아니라 우리 모두는

"아이 잡것 지랄허네. 내가 어디로 봉개 봉 같냐? 아이 잡것 참 피

오동 껍데기쇠……"

하며 그것을 두 번 말이 못 나오게 방지했다. 사실은 물론 요릿값이 넉넉히 호주머니에 든 사람도 없었지만.

색시들의 돌림노래에 끼어서 학생들의 독창, 합창 또 색시와 같이 하는 합창도 어느 날 밤이나 시행되었다. 허나 창가를 노래한 것은 나 같은 몇 안 되는 나이 어린 축들의 일이었고, 그 대부분은 육자배기니 뭐니 그런 구식 노래들을 부르고 즐겼었다.

노래가 끝나면, 이걸로써 학생들은 자리를 뜨는 것이 아니라 또 딴 일을 시작하였다. 각시가 둘이건 셋이건 이걸 번갈아 가며 이번엔 그 새로 유행하기 시작한 '키스'라는 걸 하는 판이 되었던 것이다.

색시 중에는 무감각한 듯 학생들이 번갈아 가며 붙들어 잡고 이 짓을 하재도 가만히 있는 사람도 있었으나, 그 대부분은 한 사람 이상과 이러는 것은 반대였고 또 그중에 어떤 여자는 아무와도 이러는 걸 한사코 항의하기도 하였다.

아무와도 이러는 걸 막아 내던 여자는 말했다.

"이런 디 있는 여자는 정조도 없는 줄 알어? 손이나 잡고 놀면 되얐지 왜 이런당가? 아이고! 아이고! 그러지 말어!"

이걸로 보면 이때만 해도 요새와는 달라서 이런 데 있는 여자의 정조의 한계는 입술에 있었던 듯하다. 요새 같으면 입술쯤 맞대는 건 보통이지만, 그때만 해도 키스는 벌써 만사의 승낙의 뜻이 되어 있었단 말이지.

그래서 그랬던지 색시와 입을 맞추는 데 성공한 학생들의 일부는 이어 그걸 끌어안고 그 자리에 쓰러져 버렸다.

그러면 그렇게 못한 사람들은 자리를 일어서서 먼저 나가 버렸다.


## 19


그런데 이 입 정조라는 게 아무려나 괜찮기로 되어 키스라는 걸 해 가지고 나란히 마지막 판에 쓰러지는 패들 속에 나는 여기를 몇 번밖에 다니지 않은 신입생으로 일찌감치 한몫 끼이게 되었다. 그것은 열세 살밖에 안 된 내가 그렇게 빨리 속성으로 여기 길든 때문이 아니라 전연 딴 사정 때문이었던 것이다. 간단히 말하자면 이 25전 짜리 우동집 소학생 오입쟁이들의 우두머리였던 종성이(성은 김가였던가 한다)가 그 마지막 판에 있어 내 팔목을 한쪽 손으로 붙들어 잡고 놓지 않은 까닭이다.

종성이네 집은 줄포서 북으로 삼십 리쯤 밖에 있는 동정리란 데서 매갈이 영업을 하고 있었고, 그 혼자서는 학교 옆에 하숙을 하고 있었는데, 그 아버지가 죽은 지 얼마 안 되고 또 큰아들인 관계로 은 시곗줄도 늘일 만큼 돈냥이나 조끼 호주머니에 담아 가지고 다닌 데다가, 비록 나이는 나하곤 여섯 살 차이나 있을망정 공부론 영 형편이 없어 늘 나한테 따로 배우는 사정에 있었으므로, 말하자면 그 제자의 의리로서 나를 이 경우에 따라서는 돈냥이나 쓰기도 해야 하는 우동집 마지막 판에 모시게 되었던 것이다.

그러니까 나는 입 정조라는 것을 맞추자고 할 만큼 능숙해져 가지고 이 판에 참가한 게 아니라 그 입 정조도 전연 맞추지도 않고 그냥 바로 참가하게 된 것이다.

종성이의 알선으로, 종성이가 금옥이하고 입 정조를 맞추어 쓰러진 옆에 나를 기다려 시중들게 된 색시는 아따 무슨 '화?'라던가 했던 열 예닐곱 살밖에 안 된—이 우동집에서 제일 나이 어린 여자였다.

금옥이는 이때 벌써 서른 살은 실히 되었었을 것이다. 처음 내가 종성이와 함께 남았던 날 밤, 종성이는 그렇게 나이 많고 매통만큼이나 허리통이 큰 금옥이를 안고 드러누워 치마 밑으로 손을 넣어 그 사타구니께를 만지작거리며

"정주, 어이…… 자네는 저 각시허고 같이 딴 방으로 가소. 어이…… 자그만헌 것들끼리 참 천생연분이다. 각시! 새서방님 잠깐만 딴 방으로 모셔. 머스매사 괜찮게 생겼지 왜?"

하였다.

그러니 그 무슨 '화'라던가 하는 갈여위어 모든 게 가느다랗게 생긴 끝각시는 가느다란 눈썹과 눈 밑에 이 역시 가느다란 입술을 얄브레히 열며 나를 보고 쌩긋 웃어 보였다. 그러고는 아무 말도 없이 일어서서 창을 열고 나가, 밖에 툇마루에서

"이리 와……"

하고 나지막한 소리로 나를 불렀다.

이것으로 보면 종성이의 우동집 각시들 틈의 세도와 인기란 이미 이만저만한 것이 아니었던 걸 알 수가 있다. 종성이가 이 마지막 판

에 따로이 그 조끼 주머니 속에 짤랑거리던 백동전과 동전을 몇 닢 씩이나 썼는지 안 썼는지는 모르나, 하여간 참 싸기사 무척은 싼 흥정이 아닐 수 없었다.

조선 사람은 예로부터 우리 둘레의 땅 위의 공중에 거의 아무것도 늘 놓지 않을 정도로 자기를 싸디싸게 갖는 것이 특징이기야 하지만 이거야 참 너무 싸지 않은가. 그쪽에서 원해서 애기 신랑을 맞는 것도 아닌 바에……

지금은 이 색시들 어디 가서 어느 만큼 주름살들이 잡혀 웅크리고들 있는지? 혹은 어느 구즈레한 흙에 보태어져 있는지? 시방 한 번만 더 그 변해 있는 꼴을 보았으면 싶다.

## 20

나는 일어서서 이 끝각시의 뒤를 따라갔다. 그러나 무슨 소견으로 그의 뒤를 서슴지 않고 따라갔느냐 하면 똑히 집어서 한 가지 이유를 들기는 곤란하다. 왜냐면 그 뒤를 따라간 것은 다만 한 가지 이유로써 그런 것이 아니라 여러 가지 감정의 꽤 복잡한 혼합이 그렇게 했기 때문이다.

머리에서 물씬물씬 나는 일제의 기름 냄새, 우리가 가게 된 방에 들어가면 무엇이 어떻게 일어나는가 하는 호기심, 각시의 가냘프디 가냘픈 몸매와 음성의 특수한 매력, 종성이처럼 한번 각시를 안아 보고 키스도 해 보고 또 다른 무슨 재미나는 일도 해 보게 되는지 모른다는 희망…… 등등.

우리가 들어간 방은 좁디좁은 데에 이불이 여러 채 첩첩이 개어져 쌓여 있고, 경대도 놓이고 또 그 경대 위엔 분이니 머릿기름이니 크림이니 하는 화장품들이 있고, 치마저고리도 몇 벌인가 벽에 걸린 것으로 보건대 그들 각시 일행이 묵는 방임에 틀림없었다.

각시는 이 방으로 어리둥절한 나를 데불고 들어가자 바로 창문의 안고리를 후닥딱 걸고는

"딴 방엔 모두 손님이 차 있어 이리 데불고 왔어. 그래도 좀 있으면 여까지 쫓아와서 나를 찾응개 문고린 단단히 걸어 놔야제. 이리와! 이리 와서 좀 쉬었다 가……"

하고, 그의 손이 끌어 잡아다리는 대로 내가 경대 옆 한쪽에 앉자 내 무릎 옆에 머리를 두고 번듯이 드러누우며 또 한층 소리를 나직이 해 말을 이었다.

"아뭇소리도 말고…… 누가 나를 찾어도 아뭇소리도 말고…… 가만히 있어야 히여…… 대답허먼 나오라고 성환개……"

그러고는 다시 손을 주어 내 한쪽 손을 붙들어 잡고 지그시 끌어 잡아다리어 나를 그의 가슴께로 기울어지게 하며 눈으로 거기 누우라는 시늉을 했다.

그러나 나는 여자로부터 직접 잡아다려지는 이런 경험이 아조 처음이었더니만큼 처음에는 버얼겋게 달아 바로 그 가슴 옆에 가 누울 줄을 몰라 했다. 그러다가 그가 내 머리를 거기다 대고 처박아 대서

야 젖먹이 같은 모양으로 거기에 누워 안기었다.

그는 내 허리 위로 한쪽 다리를 올려놓고는 나를 안은 팔에 힘을 주어 죄면서, 그의 기름내와 분내투성이인 조그만 얼굴을 갖고 와 내 얼굴에 연거푸 연거푸 부비고 또 입술로는 거기를 쉬지 않고 눌러 댔다.

이건 굉장한 애무였다. 나는 스물네 살인가부터 시방까지 결혼 생활을 해 오고 있지만 규방에 있어서도 나는 이런 애무를 만난 일은 없었으니까.

무엇 때문이었을까. 일테면 그의 고향의 소년 소녀 시절의 한 귀퉁이를 만난 셈이 아니었을까. 날마닥 부대끼는 그의 힘에 부친 화류계 생활 속에서 그는 아무래도 나를 그렇게 대했던 듯하다.

"학생 이름은 뭐라고 힜제?"

내 귀에다 입을 간지러울 만큼 바짝 갖다 대고 그는 물었다.

"정주……"

내가 상당히 기에 눌린 소리로 대답하니

"응, 좋아. 이름은 몰라도 좋아. 그렇지만 또 놀러 와야 히여 인이…… 밤보단도 낮에…… 낮에는 손님이 별로 많지 않은개…… 이리 가만히 찾어오면 히여……"

## 21

"응" 하고 대답하지도 아마 나는 못하였었던 것 같다. 이 나 자신
의 쪽에서 보자면 나와는 아무 관계도 없는 여자가, 나를 이렇게도
난생처음으로 세게 끌어안고 입 맞춰 대는 기적 속에 파묻혀서 나는
무슨 알큰한 냄새 훅한 여꾸 풀섶의 웅덩이에나 발 헛디뎌 빠진 듯
한 느낌에 한동안 제정신을 잃고 있었으니까.

이렇게 안겨 입맞춤을 받고 깡깜한 데 (참, 말하는 게 좀 늦었지만
그는 들어와서 곧 밝힌 촛불을 누울 땐 곧 꺼 버렸었다) 누워서 나는
나와 그의 사이를 연결하는 가장 가까운 것으로 그가 늘 노래 부르
던 닐니리 가락을 기억해서 마음속에 되풀이하고 있었다.

'닐니리야 닐니리야 니나노 난실로 내가 돌아든다……'

어쩌고저쩌고 하는 그것 말이다. 이거라면 그의 가느다란 몸매,
가느다란 눈썹, 가느다란 눈, 가느다란 입술, 가느다란 음성 그런 것
과 어울리기도 하고 또 내 비위에도 어느 만큼의 소년의 애상哀傷을
불러일으키는 것이었기 때문이다.

그러나 그쪽에서 나를 끌어안고 입 맞춘 데 다리로 놓은 것은 이
런 것은 아니었을 테니 기막힐 일이라면 기막힐 일이라 아니 할 수
가 없다. 그가 고향을 생각하고 있는 것이라는 생각을 하기엔 내 나
인 아직도 어렸었으니까. 그는 이어 내 허리에 얹은 다리를 풀고 반
듯이 누우면서 내 한쪽 손을 갖다 그의 가슴 위에 놓았다. 거기 놓으
면서 제 손을 내 손등 위에 포개어 수월찮이 세게 거기를 눌렀다.

만져 보니 그건 아직 평평한 데 가까운 것이었다. 젖통이라 할 수 있는 것은 나나 거진 마찬가지로 초만 잡아 있었을 뿐 각시 자격은 아직도 먼 형편이었다. 그래 나는 아이구 이건 아직도 우리나 마찬가지 어린애로구나, '해라'를 해도 괜찮겠구나 하고 얕잡아 보았음은 물론이다. 처녀도 젖통이 큰 것은 나는 아직 본 일도 만져 본 일도 없어 깜깜한 때였으니까.

그래 나는 다시 거기서 손을 내려놓고, 단순히 어둠 속의 분 내음새와 머릿기름 내음새에만 골몰하였다.

나는 아직도 여자를 알진 못하였으므로 그저 다만 무슨 짓을 하건 하려면 거기서 먼저 그래 주기만을 막연히 기다리면서……

그러자 오래잖아 그는 다시 내게로 몸을 틀고 누워 또 한쪽 다리를 내 허리에 들어 얹으며 나를 끌어안고 내 얼굴을 입 맞추었다. 그러고는 또 다리를 풀고 반듯이 누우며 내 손을 가져다가 그의 젖가슴께를 짓눌렀다.

그래서 나도 두 번인가 세 번 이 짓을 당한 뒤엔 마침내 그를 본받아 그의 허리를 한쪽 다리로 올려 감고 그 분내가 물씬한 뺨에 내 뺨을 대는 짓을 해 보았던 것이다. 그 뺨의 분내가 내 뺨에 옮는 것을 싫지 아니 여기며……

이렇게 우리는 꽤 오랜 동안을—아마 반 시간도 더 이 단순한 짓거리를 서로 주고받고 있었다. 그러나 그사이 말이라고는 요새 이 나라 신문소설들이 모두 그 '대화'라는 걸로 입심 좋게 거의 메우고 있는 추세에 비추어 단 몇 마디만이라도 집어넣고 싶어도 약으로 쓸

래야 영 없었다.

이 두 소년 소녀의 주고받는 수작의 마지막 판에 와서 내가 그가 그의 가슴에 갖다 놓은 내 손을 또 내렸을 때던가, 밖에서 마침 우리 줄포의 서편 갑부의 아들이고 내 한 반 여학생의 아버지인 장창근 씨가 그의 이름을 용서 없는 소리로 불러, 촛불을 밝히려 일어서며 다만 한마디

"아이고…… 키만 엄부럭하지, 아직 영 어린애여……"
말한 외에는.


## 22


좀 싱거운 것 같아 미안하나 이 무슨 '화'던가 하는 끝각시와 내가 딴 방에서 겪은 이야기는 이뿐이다. 그 뒤 나는 낮에도 밤에도 그를 딴 방으로 따라가진 않았을 뿐만 아니라 그도 나를 다신 데불고 갈 생각도 하진 않았으니.

그런데 참 이상한 것은 그가 내 나이 오십이 다 된 지금 와서도 어엿이 내 정신 속에 한 마음의 일가一家로서 자리를 잡고 있는 일이다.

제군들에게도 이런 일은 있으리라고 생각하지만, 지금 나온다면 남 앞에 데불고 다니기도 창피할 소년 때 잠깐 같이 누워 가슴과 낯을 서로 만지고 부볐을 뿐인 이런 천한 여자가 흙탕 위에 비가 내릴 때라든지, 병든 눈썹의 썩은 범벅 같은 장거리의 흙탕이 옷 아래 튀

어 박힐 때라든지, 문득문득 이십 년이건 사십 년이건 시간 때문에 별한 일 없이 우리 마음속에 역력히 되살아 나와 힘을 부리고 있는 일 말이다.

사실은 (절대 거짓이 아니다) 이 '우동집' 조목의 둘째 회를 시작하려 할 때던가, 새벽 네 시쯤 깨어 촛불을 밝힌 뒤에 (우리 집은 '특선'이 아니어서) 유리창을 열어 놓고 책상과 마조해 앉았으니, 쬐그만 흙빛에 은을 묻힌 나비 한 마리가 날아 들어와 내 펴 놓은 원고지 한쪽 귀퉁이에 앉았는데, 여기에서도 나는 그 줄포 우동집의 무슨 '화'를 이 새벽의 내 정신의 제일 큰 사실로 의식하였다.

닐니리의 노랫가락 속에, 그의 고향 생각 속에 또 두 가느다란 눈 안의 누깔들에, 아니 바로 약손가락에 끼었던 진주알 박힌 은반지에 고여 있던 은빛…… 또 그 고향의 흙을 생각게 하는 흙빛…… 또 그 작게 접힌 몸매를 생각게 하는 그 나비의 접은 날개…… 이런 것들은 내게는 우연 같지가 않았다.

그는 인제는 하마 죽은 것이 아닐까. 죽어서도 천한 것이라 별 갈 데가 따로 없어 길들어 오다 보니 맞춰 내 책상 가에 잠깐 와 놓이게 된 것 아닐까. 그 내 열세 살 때의 하룻밤 우리가 그 비슷이 있었듯이 말이다.

이런 생각은 요샛사람들은 나오기가 바쁘게 웃어 주는 것을 멋으로쯤 보고 있지만 사실은 반대할 아무 근거도 없다.

무엇이든 그 적응성과 필연성을 따라서 모이는 것을 인정해 줄 수 있다면, 일정한 인과관계를 따라서 모이고 흩어지는 것을 인정할 수 있다면, 치위엔 눈이 오고 여름엔 비가 많이 오는 것을 인정할 수 있다면, 눈에 잘 뜨이게 알기 쉬운 다량의 것들에만 이 법칙은 해당할 것인가. 눈에 잘 안 뜨이는 아조 미세한 것들의 모임과 흩어짐에도 이 서로 이끌리는 인력의 법칙은 해당될 것이니 말이다.

맑은 산엘 맑디맑은 가을날 가서 보면 산에서 날아 고인 갈맷빛의 이내라는 것이 평지에서 볼 수 없는 눈부신 빛깔로 하늘에 어리고, 연탄 공장 거리의 하늘은 그 연기로 새까맣다. 우리 어린 날에 먼 데 아저씨 아주머니의 꿈을 여러 날 거푸 꾸고 있노라면, 거기 거의 맞춰 그이들의 조카네 그리움도 아울러 뻗치고 있다가 그 적당히 알맞은 날에 꿈의 재현처럼 그이들이 찾아들듯 모든 것은 적응력을 좇아서 만나는 것이라면, 그 무슨 '화'던가 하는—열세 살짜리 소학생 나를 그의 있기 싫은 우동집에서 고향처럼 끌어안고 입 맞추던 소녀도 인젠 죽어 흩어져 버렸다면, 그 닐니리와 가느다란 눈 속의 눈동자 그런 것들에 있는 약간의 은빛과 그 고향 흙빛의 날개쯤 해 가지고 내 일생에 한 번쯤 꼭 맞는 통로를 거쳐 내 창으로 맞는 시간에 나타남직도 하지 않은가.

이렇게 생각하면 이건 한없이 서글픈 일이고, 귀신 들린 사람같이 앉도 서도 못할 일이지만, 또 그게 모두 친하고 반가웁기로도 온 하늘의 별들이 허리가 자질릴 일인 것이다.

## 23

그 뒤에도 나는 한 달에 한 번이나 두 달에 한 번쯤은 그 우동집이란 데를 다녔다.

그러나 내 마음은 거기 있는 색시의 누구에게라도 빠지지는 않았다. 마음속에는 여전히 요시무라 선생의 모양이 세게 자리 잡아, 나는 일본에 있는 그와 편지를 주고받는 걸로 제일 큰 위안을 삼았던 것이다. 딴 여자들은 모두가 그만은 못해 보였다.

그에게서는 한 달에 한 번이나 두 달에 한 번큼씩 내게 만리장서의 긴 글발을 보내 왔다. 기소 산중의 꾀꼬리새 소리로부터 시나노의 가을 강물에 이르기까지 거기에는 선생을 에워싼 계절의 모양들이 자세히 있었고 또 선생의 외로운 마음이 내 어린 마음을 한숨짓게 하고 있었다. 그는 거기에서 언제나 한 번씩은 꼭 나를 그립다고 해 왔다.

그래 나는 그 편지를 조끼 주머니에 담아 가지고 먼 길을 걸어다니기가 재미였다. 줄포에서 개를 하나 건너가면 이십 리, 개 안 건너고 쇠점거리라는 장을 거쳐 질마재 산모롱을 넘어가면 삼십 리 밖에 있는 내 옛 마을 질마재로 심부름을 갈 때나 그냥 할머니가 보고 싶어 토요일날 같은 때 찾아갈 때 나는 이걸 가지고 다니며 그 길섶 어느 외진 곳에서 읽기를 즐겼다. 그러고 올 때에는 해가 바쁘지 않은 때면 느릿느릿 걸어오며 젖 뗀 송아지 첫 여물 새기듯 지난 그의 일을 두고두고 되씹어 생각했다.

바쁜 심부름으로 줄달음질쳐 가야 할 때는 돌아오는 길에 더 많이 생각하였다.

　한번은 어머니가 급한 병이 나셔서 질마재에 가 계시는 아버지를 빨리 가 모셔 오라 하여, 저녁 술참 때 줄포를 나서 개를 건너갔다가 달밤에 아버지와 함께 밤길을 쳐 육로로 돌아왔는데, 굉장한 서릿밤인 데다가 나는 마침 홑바지저고리 바람이어서 가단 가단 아버지가 추우니 그라는 대로 그의 두루매기 밑으로 들어가 그 한 자락을 둘러쓰고 왔다.

　그런데 그 아버지의 두루매기 속에서도 그 풀 먹인 옥양목 냄새를 맡고 가면서 한쪽으론 또 요시무라 선생의 일과 언젠가 꺾었던 제각의 그 라일락의 향내를 생각하고 있었던 것이 기억난다. 두루매기 밖 아버지의 머리 위엔 나무다리를 금방 건넌 우리보단 한 걸음 뒤늦게 갈밭 새의 짠 강을 넘는 듯한 기러기 떼의 무슨 크고 두터운 유리문을 가슴이나 머리로 열면서 그러는 듯한 삐걱거리고 또 휘영청한 소리들이 있었다.

　"정주야, 너 창가나 좀 부름서 가제……"
아버지는 말씀하셨다.

　그러나 나는 그것을 노래로 할 수 있는 형편은 아니었다.

　아픈 발도 발이었지만 옥양목 냄새와 아버지의 냄새와 풀 냄새 밖에 달 두름과 서리 두름 위에 기러기 떼가 삐거덕삐거덕 크고 두터운 유리문을 가슴패기로 여는 속에 물빛 라일락의 끝없이 자욱한 꽃밭, 그 꽃심지마닥 쏘고 있는 요시무라 선생의 비췻빛의 쓸쓸한 눈웃음—

　그런 것을 놓아두고 더구나 아버지에게 뭐라고 딴 노래를 부르는가.


<h2 style="text-align:center">24</h2>


　그러자 그 뒤 오래잖아 줄포의 갈밭 위엔 서리 다음 우박이 내리고, 밤기러기 지나는 소리에 한결 더 소금 서걱이는 기운이 돋아 들리더니 이윽고 첫눈이 내리고 두 번째 눈이 내리고 그래 몇 번째 눈이 왔을 때던가, 나는 또 그것이 처음 보는 성질의 인상이기 때문에 내 생애에서 잊을 수 없는 딴 여인의 얼굴을 하나 대하게 되었다.

　그것은 한 여승의 얼굴이다. 밤사이 눈이 자욱이 내려 쌓이고 낮에도 이어 햇볕에 엷은 눈발이 한두 잎씩 듣던 어떤 날 오후, 학교에서 방과 후에 집으로 돌아오니 툇마루 아래 유난히 잘 닦인 여자의 흰 고무신이 보이고, 볕 든 창문에 듣지 못하던 웬 점잖은 여인의 청 맑은 음성이 울리고 있기로, 누군가 하여 바삐 툇마루에 올라서 그 창문을 경대를 열어 세우듯 열어젖히니 거기, 이때 우리 집에 와 베갯모의 수들을 놓느라고 한동안 묵고 있던 '침모'라는 별명의 여인 옆에 마치 구월 열여드레 무렵의 맑은 밤의 달처럼 한 여승의 미소하는 얼굴이 좀 써늘하게 나를 비추고 있었던 것이다.

　침모의 광채 없는 토기와 같은 얼굴에 비겨 이건 현저히 다른 광채였다.

항시 국화꽃과 학두루미를 많이 수놓고 있는 침모로 말하면, 그 국화꽃이나 학두루미의 모양을 한 게 아니라 그걸 피우고 또 하늘에 띄워 놓고 좋단 말 한마디 없이 잠잠한 흙—바로 그것의 모양밖에 딴 모양이 없었는데, 이 머리를 파르르하게 깎고 모든 걸 다 하이옇게만 입은 이 여승에게선 그 구월 열여드레치 같은 달을 비롯해서 국화라든지 학두루미라든지 그런 것들을 모두 띄워 놓고 푸르스레히 미소하고 있는 하늘 속일 것 같은 기운이 풍겨 왔다.

침모는 자기의 걱정이나 우리 집의 걱정이 있을 때 늘 말하였었다.

"아이고, 어쨌으면 좋당게라우? 이 일을 어쨌으면 좋당게라우?……"

그러고는 그 눈물을 우리에게 보이지 않게 하느라고 눈을 아래로 내리깔고, 그것을 그의 가슴속으로 흘러내려 속에서 우는 듯 멍청스레 침묵하며, 그의 바늘을 날라 누른 국화 꽃잎, 하연 새의 날개들을 수놓아 갔었다.

그러나 이 여승은 아조 별났다. 그 침모와 대조해서만 다른 게 아니라 방 아랫목에 앉아 있는 어머니와 대조해서도 또 돌연한 이 손님에 어안이 벙벙해 미처 책보도 안 푸르고 두루마기도 안 벗고 앉았는 나와 대조해 봐도 이상한 묘한 것을 풍기고 있었다.

첫째, 그 미소부터가 내가 일찍이 보던 것이 아니었다. 요시무라 선생의 미소는 말했는지 어쩐지 모르겠으나 아들들과 남편을 잃고 조선에까지 흘러온 것이 한이어서 그랬는지 어딘지 모르게 사이사이와 끝이 서글펐다. 어머니의 그것은 여러 종류로서 일정하지가 않았다. 침모의 것은 흙의 그것과 같이 무디었다. 그러나 이 여승의 그것은 여러 종류가 아니라 단벌이면서 묘하게도 무엇이 늘 기뻐 있었고 또 구월 열여드레 달빛과 같이 캬랑캬랑히 개어 있었다.


## 25


가령 우리가 사랑방의 시끄러움에도 안방의 울음에도 질릴 대로 질렸을 때 나가는 뒤꼍―그런 데 같은 고요함을 이 여승의 미소는 지니고 있었다. 뒤꼍에 나가도 우리는 처음 모든 게 안심찮아 더 깊이 더 깊이 언덕을 지나고 골짜기를 지나 '여기면 되겠다' 생각되는 어느 마지막 적막의 자리를 잡는다. 말하자면 그런 마지막 잡은 자리에서 나오는 것 같은 그런 웃음이었다. 그러니 그건 적막다면 깊게도 적막했다마는 적막한 골짜기에 꽃들이 많은 것처럼 꽃들이 많이 피어 있다면―또 그것이 상당히 많은 웃음이었다.

적막은 많이 겪어 본 이는 알겠지만 사실은 꽃 기운도 많은 데요, 사랑하는 이의 밝히 뜬 눈 속 같은 데다. 그런 데의 일등 선수 같은 맛을 이 여승의 소리 없는 웃음은 가지고 있었다.

그래 나는 처음에는 어느 솔밭 속 별천지에나 들어선 것처럼 어안이 벙벙했으나 이내 곧 마음을 탁 놓고 두루매기를 벗어 놓은 뒤에 그의 바로 앞에 자리해 앉아서 조롱박 매달리듯 그의 미소의 세계에 대롱대롱 매달렸다.

"도련님이 내가 보니까, 인제 아조 썩 잘되겠네."

내 마음이 그에게 매달리기 비롯하자 그것을 그는 다 아는 양 그 미소로 나를 비춰며 이렇게 내게 인사말을 했다.

'야, 이건 참 별 아주머니로구나. 나를 언제 보았다고 저렇게 다 아는 사람마냥으로 웃어? 야, 이건 정말 숙모만큼이나 나를 좋아허나 부다. 좋은 사람이다. 아조 썩 좋은 사람이구나.'

나는 속으로 생각하며, 곧 말문이 열려

"그런디…… 사는 디는 어딘디?……"

하고 항용 친한 숙모에게나 말하는 투로 경어도 쓸 생각 없이 그냥 물었다.

"응, 나?"

여승은 미소뿐인 줄 알았더니 그 미소의 우물 속에서 길어 올리는 두레박의 물처럼 맑은 소리로 한바탕 가벼이 웃어 그 말끝을 서느러이 하며

"나, 집도 아무껏도 읎어. 절간이나 하나 있고는…… 정읍 내장산데 거긴 내 게 아니라 부처님 거야. 도련님, 인제 여름방학 되건 한번 놀러 오시지. 새들도 여러 가지 많고 여름엔 시원헌 데야."

했다.

"응, 갈게."

나는 여전히 경어를 깜빡 잊고, 점점 가까운 느낌을 더해 가며 대꾸하였다.

"그런디 머리는 뭇허러 깎어? 남들마냥으로 길르고 살지……"

"하하하하, 중은 머린 못 길르는 거야. 그건 뭣허러 길러? 그것 길

르고 사느라고 고생 고생허다가 이 노릇허니 아조 시원허게 되었는데…… 도련님마냥으로 박박 깎으니 시원허니 좋지 않은가 베."

그는 마치 나를 어루듯 말했다.

그 어룸이 싫지 않아 나도 그를 닮아 감춘 데 없이 소리 내 웃으며 한층 더 바짝 그 미소에 매달렸다.


## 26


나이는 한 서른쯤 되었을까.

"스님은 무엇 걱정되는 일도 하나도 없으시오? 체에 참, 어찌면 저렇게 고스란히 젊으시어? 시방 몇이나 되셨소?"

어머니가 물으니,

"그건 아셔서 무엇히실라고…… 그것 벌써 다아 잊어버렸지. 중이 어디 그런 것 외고 다닌다우?"

하며 역시 소리 없이 웃기만 했으나 내 보기엔 그쯤밖에 더 되어 보이진 않았다.

"어떻게 자기 나이를 다 잊어? 스…… 님……"

나는 그 나이를 잊었다는 처음 듣는 사실이 신기로워, 금방 어머니가 하시던 대로 '스님'이란 말을 한번 어색스러운 대로 붙여 불러보며 물었다.

"응, 그것도 잊어버리기도 허는 법이여. 어디 나이만 잊는 줄 알

294

어? 자기가 누구라는 것도 다 잊고 사는데. 그런 건 다 잊고 사는 게 마음이 편허고 좋아."

그는 바른손의 둘째 손가락을 들어 그와 나 사이의 묵계의 신표처럼 보이며 대답하였다. 손톱의 투명한 장밋빛이 그의 상당히 번갯빛을 띤 눈빛과 이빨빛과 대조되어 내게 선연히 인상되었다.

"차암마알?"

나는 한걸음 앞당겨 그의 앞에 나가 앉으며 다짐했다.

"그럼 참말이고 말고. 중은 거짓말을 않는 거야. 총각허고 같이 있으니 시방은 꼭 열두어 살쯤 먹은 것 같구만두 인제 절에 가서 가만히 앉았으면 몇 곱 백 살은 먹은 것 같기도 허고, 암만 해도 모르겠어. 참말이여. 참말이라니까 아하하……"

그의 말은 이렇게 또 끝에 가서 맑은 웃음소리가 되었다.

"거짓말. 거짓말. 눈 봉개 인이, 거짓말이로구만."

나는 이미 그와 절친한 친구가 되어서 마조 웃었다.

"원, 그럴 게라우? 그렇다고 원 나이 먹은 걸 다아 잊어버리게 될 게라우? 그래 가지고야 사는 게 뭐 재미가 있겠다고."

침모도 홍촛빛 바닥에다던가 학두루미의 발목이던가를 수놓다 말고 가만있을 수 없는 듯 한몫 거들었다.

"참말이라우. 중 말은 믿는 것이라우."

그는 여전히 파르르 파르르 나는 듯한 그의 눈웃음을 가벼이 가벼이 이었다. 그러더니

"가만있자 나 이것 참 야단났네. 꼼짝없이 거짓말 죄인이 되고 말

노풍곡 295

았으니, 어쩔꼬? 누가 와서 이 억울헌 누명을 씻어 준대여? 총각! 총각 눈 보니깐 총각이면 내 누명쯤 베껴 줄 것같이 생겼네만, 언제쯤 씻어 줄랑가? 금시 아니라도 괜찮어. 십 년이건 이십 년이건 기두리는 데는 인젠 난 졸업생이니 언제건 내 시방 헌 말이 믿어지건 도련님이 암만 해도 내 누명은 씻어야겠어…… 믿어지건 맘속으로 그렇게 생각만 해 주면 되야. 그러면 그러기로 허드라고 인이? 총각."

하고 다시 그 신표와 같은 손가락을 들어 보였다.

인제 생각해 보면 이분에겐 참 밝히 보는 눈이 있었다. 아닌 게 아니라, 삼십 몇 년 만인가, 인제 와선 나도 그 말씀처럼 가끔 나이도 잊는 마음이 되어 있으니까 말이다.


## 27


허나 삼십에 자기 나이를 잊는다는 것은 너무 빠른 일이다. 가령 아조 잊지는 않고 그걸 잊기로 정말 작정만 하는 것이라도. 물론 그때는 나는 이게 이르다는 것도 미처 생각할 줄 몰랐으나 어머니는 그걸 아시었던 듯

"벌써 원, 너무 일르지 않소? 아직도 귀가 새파랗게 젊은이가?"
하였다.

그러자 그의 눈에는 무엇이 생각되어 그랬는지 잠시 지나가는 구

름의 그늘 같은 것이 얼씬하였다. 그러나 그는 이내 그 그늘을 거기 오래 두지 않고,

"그래도 괜찮히라우…… 젊다는 것도 다 잊어버리고 나니…… 처음엔 머리를 깎고 바로 뒤만 해도 언짢은 때가 더러 있더니, 요새는 아조 태평이가 되었어라우."

하며 또 미소하였다. 그러고는 깜빡 잊었던 것을 생각해 낸 듯

"아차. 나 좀 봐…… 갈 데가 또 있는 것을…… 넋 다 놓고 있었네. 그럼 아까 말씀헌 그것은 뒤에 댁 나으리허고 상의해 봐서서 허시게라우."

하고, 무엇 사과라도 들어 있음 직한 엷은 옥색의 바랑코에 손을 대, 바삐, 그러나 또 아조 선선히 끌르기 시작했다. 아까 말씀한 그것이라는―내가 학교에서 오기 전에 이야기됐던 모양인 그것이라는 것이 '절에 불공을 드리는 일'이었음은 그가 간 뒤 바로 어머니한테 들어 알았지만.

그 바랑 속에는 열려져서 보니, 보통 방물장수들이 가지고 다니는 것과 같은 바늘 쌈지가 상당수 또 그리고 실타래가 얼마만큼 들어 있고, 포갬포갬 포개져 있는 나무 그릇을 외올베로 가가 보이게 동여매 놓은 옆에 혼인 사주 종이의 반쯤 됨 직한―묘한 큰 도장이 찍힌 종이쪽들이 몇십 장은 되게 쌓여 있었는데, 그는 그 장밋빛의 맑은 손톱들이 인상적인 손으로 그중에서 그 종이를 한 장 하고 또 한 장을 집고 한 쌈의 바늘을 집어내어 어머니 앞에 갖다 공손히 놓으며

"그럼 다시 뵈러 올 때까지 안녕히 계시겨라우. 이 부작은 부처님

거라 좋으니 한 장은 안방에 붙이시고 또 한 장은 도련님한테 디리고……"

하고 역시 같은 미소로 나를 돌아보며 아까의 그 신표의 손가락으로 나를 가리켰다.

나는 그도 어머니도 내게 그것을 전해 주기 전에 냉큼 가까이 가서 그 부적의 한 장을 나꿔채듯 집어 들었다.

어머니는 웃으며

"아버지 사주 보아 오시는 것까지 싫어하는 자식이 그건 뭣헐라고 그럴까?"

하고 여승이 내놓은 바늘은 되루 그의 바랑에 넣어 주면서

"우리가 무얼 스님께 대접했다고 이런 것까지? 이건 그냥 넣어 가시오. 부작이나 주셨응개 잘 붙여 놀라니. 스님 봉개 아매 좋은 부작이겄소."

하였다.

그러나 여승은

"폐를 끼쳐서요. 폐를 끼쳐서요."

하고 그 바늘 쌈지를 다시 꺼내 기어코 어머니의 손에 쥐여 놓았다.

그래 어머니가 다시 그걸 바랑으로 가지고 가려 하니, 한 손으론 그걸 막고 또 한 손으론 그 바랑 속에서 또 하나의 바늘 쌈지를 꺼내 들며

"그러시면 또 이걸 하나 더 내놓을랑개."

하고 소리 내 웃었다. 그러고서 그는 바랑을 들고 창문을 열고 나가며

"해동이나 허면 또 올라우, 인이."

하였다.

어머니는 마지못해 바늘과 부적을 그냥 받기로 하신 듯 방 아랫목에 놓아두고, 그 뒤를 따라 일어서 마당에까지 나가 극진한 작별 인사를 하였다.

"불공은 디리자고 졸라 볼랑개 해동이나 되거든 바로 좀 왔다 가시오. 스님도 어떻게는 연한 배 같은지, 같이 있으면 마음이 다 후련히라우."

하고. 물론 같이 작별 인사에 나섰던 나도 어머니에겐 찬성이었다.

"중도 별히야. 안 이쁘냐 거? 찬 점심 좀 주었다고 바늘 맽기는 것 봐라. 아마 어디 좋은 집 며느리였을라."

어머니는 그가 간 뒤에 말씀하셨다. 나는 그 또 한 장의 부적을 기뻐서 내 방 책상 위에 붙이고, 그가 올 봄날을 기다렸다. 그것은 항용 점과는 다른 아조 맑디맑게 내게 가까운 일이었다.

## 28

내장사 여승이 다시 우리 집을 찾아 든 것은 이듬해 아주 이른 봄이었다. 음지에 가면 살얼음이 아직도 남아 있고 개구리 알이 생기기 비롯하던 때였으니 음력 정월 그믐께나 이월 초승께였던 듯하다.

4학년 말에 가까운 어느 날 오후 학교에서 돌아오니, 그는 어머니와 같이 무슨 이야기에 골몰해 있다가 나를 보자 자기 나이도 잊은 듯 자리에서 일어나며 반겨 하였는데, 그 반가워함이란 어느 친척의 것보단도 못하지 않은 산 것이었다.

"아이고! 도련님! 태평하셨구만⋯⋯ 눈 보니깐 역시나 남의 억울한 사정도 잘 풀어 줄 것 같고⋯⋯ 나 또 왔어⋯⋯ 작년에 왔던 각설이가 죽지도 않고 또 왔어⋯⋯"

말은 이런 것들이었으나 그 반기는 눈과 얼굴과 두 손과 몸은 봄날 새로 활짝 피어 우리를 반기는 꽃나무와 같이 활짝 핀 것이 있어, 나는 그 꽃피임으로 하여 이것만으로 충분히 호수울 정도였다.

'여승이란 참 묘헌 것이로구나! 일가도 친척도 늘 만나는 친구도 아니라도 굉장히는 반가운 것이로구나!'

나는 마음으로 감동하면서

"응."

하고 또 저절로 반말이 되었다.

"응! 각설이가 뭇이여? 각설이, 장에 돌아댕기는 각설이 말이제? 각설이라곤 안 볼게⋯⋯"

그리고 엎드리어 친척의 아주머니가 처음 왔을 때 하듯이 공손히 절을 하였다. 그는 말로는 그만두라고 말렸으나 몸으론 맞절을 하여 그걸 받으며 (그것은 합장이 아니라 우리가 하는 것과 같은 절이었다) 퍽은 달가워하였다.

이번엔 그의 옷들은 흰빛이 아니라 모조리 아주 엷은 옥빛으로 변해 있었다. 머리에 쓰는 명주 수건의 빛만이 겨울에 쓰고 왔던 그대로 흰 것이 바랑 위에 그의 웃음의 끈타불처럼 얹혀 있었다.

"오늘 밤은 기어이 무슨 일이 있더라도 우리 집에서 묵어 가시라고 만류해 놓았다. 대동댁(먼젓번 우리들의 자리에 같이 있었던 침모)을 또 보고 싶다고 해 싸이어, 아직 여기 큰댁에 가 있으니 오라구 허기로 허고……"

어머니는 말하시었다. 그러면서 나를 기다려 옆에 두었던 듯한 보를 씌워 놓은 작은 차반의 것을 내 앞으로 갖다 놓으며

"이건 스님이 너 주라고 일부러 갖고 오신 거래여. 먹어 봐. 맛이 참 좋더라."

하셨다.

그래 나는 내게 주어 붙이게 한 부적까지를 시원스런 것으로 만들던 그의 눈웃음을 다시 만나 즐기던 것을 멎고, 어머니가 열어 주는 보 밑에 놓인 그 선물의 과자를 집어 입에 대고 깨물어 보았다. 처음 먹어 보는 그것은 무슨 잎사귀에 얇게 가루를 묻혀 기름에 튀긴 걸로, 묘하게는 향기로운 맛이 났다. 그것도 그의 눈웃음을 닮아 일테면 다 싫은 날 뒷산골 적막 속에서 만나는 마음에 드는 풀꽃 향기와 같은 향기를 지니고 있었다.

"무슨 잎사귀래여?"

내가 그에게 물으니

"산다."

라고 그는 대답하였다.

"동백꽃 봤지? 산다꽃은 꼭 그런 건데, 중들이 사는 깊은 산중 아

니면 없는 것이지. 그 잎사귀를 아직 어릴 때 솎아 따서 이렇게 해 가지고 우리는 늘 먹지만, 이것도 잘 생각해 보면 안되기는 안되얐 어…… 조금씩 솎군다곤 해도 더구나 어린 것들이니 말이여."

동백꽃이란 바람에 나는 또 반가움 위에 그 큰 꽃나무를 둥치째 피웠다. 그것은 줄포에서 질마재로 가는 도중의 쇠점거리의 길가에 큰 게 하나 있어, 얼마 더 있으면 그 화려한 새빨간 꽃들이 필 것을 곧장 생각해 냈기 때문이다.

"응, 동백꽃? 그건 질마재 가는 디도 한 나무 있지."

나는 말했다. 그것은 그 말이 아니라 내가 벌써 그 꽃나무 밑에 가 몇십 번도 더 멎어서 쉬던 어린 시름들의 부적이었다.

## 29

"내장사도 와 보지. 거기 사는 산다꽃은 한 나무뿐이 아니여. 아마 새끼들까지 허면 수백 나무는 될걸. 중 사는 데라야 꽃나무는 많지. 어디 산다꽃뿐인 줄 아나? 벗나무도 또 몇백 개는 될걸. 그 버찌 자 셔보셨지? 그건 한창땐 빗자루로 쓸 만큼 수두룩해. 몇 말이라도 식 성만 좋다면 줏어 먹을 수 있지. 어때? 총각, 봄에 공일날 한번 왔다 갈 텐가?"

그는 좋아라 대꾸하였다.

"거기 갈라면 정읍서 어떻게 가는디?"

나는 이렇게 물었다. 정읍이라면, 3학년 때 군산 병원엘 가느라고 지나 본 일이 있거니와 지난해 여름방학에도 아버질 따라 서울 구경 갈 때 지났으므로 그랬던 것이다.

"정읍서 순창 가는 자동찻길로 이십 리를 와서, 거기서 한 오 리쯤만 물어 걸으면 돼. 꽃도 많지만 우리 식구론 또 새들도 가지각색이야. 우리허고는 참 친헌 새들이 가지각색 수천수만 마리야. 꿩 꿩 장서방도 많고, 뻐꾹새 쑥국새 부홍새 솥작새도 많고, 참 꾀꼬리 떼도 나무 나무마닥 주저리주저리 매달려 뇌까리고, 콩새 잣새 무명새 때까치 별의별 새 없는 게 없이 다 모여 와 살어. 새뿐인 줄 알아? 네 발 돋힌 산즘생도 많이 있네, 인이. 사슴이 오소리 너구리 다람쥐 그런 것도 많지만 호랑이도 있지. 수염이 대자나 되는 큰 늙은 호랑이가—갈기가 주욱죽 진 호랑이가 절 마당에도 가끔 내려와 앉았지. 허지만 호랑이는 중 마음을 잘 알아보기 때문에 우리한텐 대들진 않어. 어때, 반공일날쯤 왔다가 공일날 돌아오시면? 호랑이는 내가 옆에 있으면 아무 일 없으니 염려 마시고……"

그는 그가 소개한 새들 중의 그 꾀꼬리의 한 마리처럼 고운 목청으로 그의 절간을 말하였다. 그러나 나는 그 모두 다 좋으나, 그중 호랑이만은 아무래도 겁이 나 다음과 같이 물었다.

"호랑이가 덤비지 않다니?"

"정말로 안 덤벼…… 우리가 첫새벽에 일어나서 대추만큼씩이나 헌 별들허고 눈을 마주친 뒤에 세수를 허고 마루에 종을 치면 그건 종재기만 헌 새파란 눈불만 끄먹끄먹허며 마당 한편에 앉아서 듣기

만 허지. 그리고 우리가 마당을 돌며 목탁을 두들기는 예불할 때쯤
은 슬쩍 비켜 산모롱으로 올라가 뻐려……"

"차암마알?"

나는 거짓말인가 어쩐가 그의 눈 속을 샅샅이 들여다보며 물었다.

"그럼. 중은 거짓말은 않는 것이라니까 그래. 남을 의심만 허면 못
써……"

하며 그는 전이나 다름없이 나비 날듯 웃었다.

"우리 노스님 말씀을 들으면,"

그는 말을 이었다.

"우리 노스님의 돌아가신 노스님은 첫새벽에 거울을 한 번씩 종을
울리기 전에 디려다보셨다는데, 그러면 어느새인지 범이 그 옆에 와
서 거울에 낯바닥을 맞비췄다 허지만, 그런 일까진 나는 아직 못 겪
어 봤어도, 우리를 호랑이가 보고도 해 않는 건 참말이여. 총각! 이
것도 총각 눈 보니까 인제 알게 될 날이 있을 것 같으니, 그때 우리
따악 마음을 맞추기로 하드라고……"

그러며 그는 전날처럼 그 바른손의 둘째 손가락을 또 신표로 내
앞에 내들어 세웠다.

"그래도 뎀비면 어쩔라고?"

나는 아무래도 그 호랑이가 산다는 산골이 그를 위해 안심찮아,
아직까진 괜찮았다 하더라도 뒷일이 안심찮아, 제법 어른 같은 마음
이 돼 이렇게 염려했다.

그러나 그의 대답은 내가 바라던 것과도 또 딴 것이었다.

"그런 일은 없지만, 호랑이도 마음이 있으니 만일에라도 마음이 영 못된 호랑이가 있어 잡아먹는다면 헐 수 없지, 죽는 것밖에……"

그래 그의 이 말에 나는 두 눈을 덩그렇게 뜨고 그를 다시 보기 시작했다.


## 30


나도 밤에 호랑이가 산다는 영모롱을 아버지를 따라 넘어 보기도 했고, 우리 집 셋째나 종형 몽글대와 함께 넘어 보기도 했으므로 아버지하고 같이 갈 때는 그이만 아주 믿는 길로 겨우 걸었고, 셋째나 몽글대하고 넘을 때는—더구나 셋째하고 넘을 때는 그까지도 마침내 힘이 되지 않아 호랑이에게론 듯 또 영 정체 모를 무엇에게론 듯 자꾸 빌며 제일 겁나는 곳을 지나 본 경험이 있어, 그걸 만날까 염려하는 그것이 어느만 한 것이라는 것은 알고 있었다. 그러나 이 여승은 그게 나올 걸 염려하는 것뿐이 아니라 가끔 눈앞에 그것을 보며, 그나마 어찌다가가 아니라 늘 두고 그걸 겪으며, '경우에 따라서는 죽어도 할 수 없다'고 생각한다 하지 않는가.

"대처 왜 글히여? 살라고 생겨났는디 대처 왜 글히여?"

나는 눈을 둥그렇게 뜬 채 이미 쌓이는 어둠발 속에 그것만이 반짝거리는 그의 미소하는 눈을 찾아 물었다.

"왜 그러기는 뭘 왜 글히여? 헐수할수없으니까 그렇지. 처음엔 에잇 그놈의 것 잡아먹을 테건 먹어 봐라 하고 댕겼지. 세상 다아 버린 사람이니까 말이여. 그랬더니 영 안 잡아먹어. 그러고는 그렇게 되니 그게 있건 없건 마음에 겁이 차차로 없어질밖에. 참 이상치만, 우리 스님들 말씀이 맞드구만. '호랑이는 중은 해 않느니라'는 말씀이 옳아. 범이 중 해쳤다는 소문은 없지 않어? 그렇지요? 아씨?"

그는 대답하고, 어머니께 찬동을 구했다.

"글씨 인이. 들은 일은 읇는 것 같은디…… 그렇긴 히도 그리고 사실이라면 그것이 오죽헌 일이라고? 우리는 질마재 살 때 웃마을에서 호랭이가 개를 물어 갔다는 말만 듣고도 벌벌 떨었는디, 그걸 옆에다 놓고 지내신다니 그게 오죽헌 일이라고? 딱헌 일도 다 있어라…… 아직도 사뭇 젊으신 분네가 왜 머리는 깎고 그러실까? 굶으나 먹으나 내 집에서 동기간들허고 같이 지내시지……"

어머니는 내종은 한탄이 지나쳐 눈물 머금은 음성이 되며 이렇게 말하셨다.

나도 어머니의 그 음성에 영향되어 두 눈을 아래로 내리깔고 어머니의 말씀과 한마음이 되었다.

그러나 그는 여기에 휩쓸리지 않았다. 그리 않기는새로 우리의 동정하는 마음속 눈물을 금시 씻어 다시 그 빙그레한 웃음 속으로 이끌어들이고 말았던 것이다.

"옛날 옛적에,"

그는 문득 또 쏟내기 직전 같은 서늘한 소용돌이로서 한바탕 웃고 나서 그 말을 또 고쳤다.

"아니 옛날 옛적이 아니라 바로 얼마 전에 어느 마을에서 생원님을 하나 호랭이가 업어 갔더라우. 업어다가 바우 우에다 부려 놓고 먹을라고 옆에 와 보니까 세수를 몇 날 며칠을 안 했는지, 어떻게나 드러운지 이걸 어떻게 먹을 맘이 나야지. 그래 호랭이가 비위가 상해서 외옥, 외옥, 외옥질을 하니 생원이 허리 주머니에서 제가 두고 먹던 때 묻은 말른 생쪽을 꺼내 주면서

'엣다, 이거나 좀 먹어 봐라.'

했더라는가요. 그래서 뇌여나와 가지곤, 뒤에 환갑 진갑 다 지나서 죽을 땐 저의 아들딸 손주 모두 불러 머리맡에 앉히고 유언하는 말이

'네 이 녀석들아, 세수 작작해라.'

허고…… 그런데 우리 중들도 세수는 해도 같기는 많이 이 생원님하고 같아서 호랭이가 영 먹을 생각을 안 내요. 그러니까 아주 걱정 마셔라우. 첫째 중은 똥오줌 냄새도 달겠지만 옷부터 머리털부터 걸음걸이부터 다른걸."

그의 말과 그의 웃음이 이러니 우리도 그를 따르지 않을 수 없었던 것이다. 이러는 동안에 저녁상이 들어와서 우리는 같이 그것을 한 가족처럼 마치고 밤을 맞이하였다.

우리의 등불 가에는 침모 대동댁도 불려 와서 앉게 되었다. 내 아우 정태는 초저녁에 일찍이 잠들고, 아버지는 마침 외출 중이어서 이 밤은 계시지 않았다.

## 31

"스님, 처녀 철에는 참 이뻤겠어. 대관절 고향은 어디시오?"

대동댁은 우리가 저녁밥을 마치자 오래잖아 왔는데, 이 여승과 인사말을 주고받고 하고 나서 한참을 그의 모양을 이모저모로 다시 뜯어보고 나더니 물었다.

"고향이라우? 중한텐 고향도 따로 없는 거지만 알고자 허시니 있는 걸로 치고 대답허지. 내가 나서 처녀 때까지 큰 데는 서울이라우. 서울 남산골……"

그는 대답했다.

아닌 게 아니라, 그렇게 듣고 보니, 그의 말씨는 전라도 투가 어느 만큼 섞여 있으면서도 전라도 사람 것은 아닌 것이 내게도 생각되었다. 그래

"그럼 서울말로만 허지 왜 전라도 말은 섞어 써?"

하고 내가 물으니

"글쎄…… 친허다 보니 그렇게 됐구만. 내가 경쪼만 쓰면 유별나다고 또 싫어허면 어쩌게? 차라리 여깃 말투를 쓰는 게 타국 사람 같지 않아서 좋지 않은가 뵈?"

그는 사뭇 나이가 내려와서 나보단도 한두 살 아래에 놓인 듯한 느낌을 주며 말했다.

"체에…… 남산골? 서울 양반이 뭣허러 하필 중노릇일까? 친정댁은 시방도 거그서 번성허시겠소, 인이?"

어머니는 이렇게 그에게 물으면서 나한테 눈짓을 하였다. 겨울에 그가 왔다 간 뒤 그가 문벌이 좋은 집 사람일 거라고 말씀하신 것을 두고 거 보라 하심이었다.

"예. 잘들 있을 것이라우."

그는 대답했다. 그러곤 시집간 뒤 한 번도 가 보지 않았으니, 확실한 건 모르겠다고 했다.

그한테 들은 걸 기억에 남는 대로 여기 옮기면, 그는 무슨 승지던가 하던 사람의 첩실의 막내딸. 그가 시집가기 전에 그 어머니는 이미 세상을 뜨고, 한배에서 난 단 한 사람의 오빠가 그가 시집갈 때까진 세상에 있었으나 그도 오래잖아 저세상 사람이 되었다 한다. 그러니 남산동에 있을 것은 배다른 형제들의 가족들뿐이다. 아버지는 벌써 살아 계실 나이가 아니다.

그는 제물포란 데로 큰 미장이의 아내로 시집을 갔었다. 남편의 집도 성씨까지도 궂지는 않은 터로, 그때 제물포에선 제일 넉넉히 지낸다는 장사치 가운데 하나였다. 남편은 셋째 아들이라고 했었지 아마. 남편은 열다섯 살에 자기는 열일곱 살에 시가가 부자라는 게 조건으로 혼인을 했는데, 그때 남편은 『사서四書』쯤은 읽은 터였다. 자기는 이 남편보단 두 살이나 손위로, 한동안은 누님 같은 마음으로 그를 돌봤거니와, 사내인즉 옆에서 크는 것 보니 밉지도 않았다. 스무 살쯤 되어 구레나룻이 돋기 시작했을 땐 늠름해 보이기까지 했다.

여기까지 그의 지낸 내력을 대강대강만 이야기해 오자, 대동댁이 마음에 차지 않는 양 투정을 했다.

"스님, 좀 자세 알고 싶어라우. 처녀 땐 어떻게 지냈는지. 저 알머리에다 머리채를 치렁치렁 늘이고 다님서 서울서 어떻게 지냈는지 그것부터……"

32

"처녀 시저얼?"

대동댁의 물음에 그는 이렇게 반문하며 눈을 커다랗게 떴다. 그 크게 뜬 눈 속에는 검은 동자와 흰창만이 있는 것이 아니라 초록을 비롯해서 오랑캐꽃빛이라든지 연분홍이라든지 옥색이라든지 청이라든지 그런 여러 가지 빛의 사슬들이 있어서, 이것들이 항용은 번갯빛의 초점만으로 웃는 그 눈 안에 닫혀 있다가 문득 바짝 열린 듯하였다. 그러나 이내

"별것을 다 물으시네. 누가 그런 걸 말하는 사람이 있단 게라우?" 하고 다시 전라도 투를 섞고, 그 열었던 눈을 또 번갯빛으로 막아 웃으며 말을 이었다.

"우리 집은 서울 남대문 밖을 조끔만 나가면 바로 거기. 성에선 한 마장도 채 안 되는 곳이었에요. 왜 아씨들도 들음들음으로라도 아시겠지요? 서울서도 판에 박은 샌님골. 먹을 게 없어 풀만 쑤어 마시고도 남 보는 데는 이만 쑤신다는 샌님들 사는 데. 그러니까 우리 집도 부자야 아니었지. 영 가난헌 사람들보단 좀 나은 편이었어도…… 그

렇지만 이걸 뭘 얘기해야 해? 나 참, 큰 야단났네. 머리야, 아무럼은요, 치렁치렁 늘였었지만, 뭘 이얘기허면 좋아?"

그러고는 한 손을 들어 유달리 파랗게 등불빛에 빛나는 머리빡을 만지작거리며 또 소리내 웃었다. 그 소리는 하하하하나 호호호호에 가까운 것이 아니라 깔깔깔깔 그런 음에 가까운 것이었다. 흰 두 줄의 이빨이 그 틈에서 번갯빛을 쏘고 있던 것이 지금도 눈에 선연타.

아예 나는 번잡스러움을 피하기 위해 그의 '처녀 시절의 고백'만은 어머니와 대동댁의 묻고 거들던 말들을 얼추 다 빼고, 다만 그의 것만을 주로 기억에 남은 그대로 나열하려 한다. 내게는 지금 아무래도 그것들이 긴 혼잣말같이 한꺼번에 그렇게 울려 오고 있기 때문이다.

"시방도 그대로지. 다르긴 무엇이 얼마나 달라졌나요. 그때는 내 맘대로 살고 싶던 것이, 부모님 하란 대로 시집가 살다가 그게 할 수 없어 부처님 마음 배워 사는 식이나 달라졌을까. 머리야 박박 깎았지마는 나는 아직도 열여섯일곱 때 그대로예요. 내 먹감나무의 체경, 내 글 읽으면서 뒤에 만날 신랑 생각던 방, 그런 건 내게 시방은 없지만, 마음속에서 좋아 자주 만나는 사람들의 얼굴까지도 거이 거이 그때 그대로지요. 시집 장가는 왜 제 맘대로 보내지 않았는지 몰라…… 제 맘대로 하지 못하게 해도 마음속에 늘 있는 것은 제 맘에 드는 얼굴들인 걸. 내 마음대로 가고 싶은 데 시집을 들고, 제물포 미쟁이 며느리만 되지 않았어도 나는 어쩌면 중노릇까진 안 왔을는지도 몰라요. 그렇지만 이렇게 된 것 보면 이렇게 되는 것은 모

두 내 타고난 업이라우. 있지 않어요? 왜, '이 사람한테 시집가 살았
으면……' 하는 처녀 때 마음에 드는 사람의 얼굴이? 그것을 접어 두
고, 무진 애를 써 아무도 몰래 접어 두고, 시집가서 왼갖 욕 다아 당
하고 중노릇을 왔더니만, 그 얼굴은 처녀 때마냥 보가 걷혀 또 나와
서 중노릇 온 뒤에까지 따라다녀라우……"

그는 잠깐 말을 멎고 아미를 숙여 방바닥을 보았다.

"원, 저런. 우리허곤 좀 다르셨던가 부구만."

어머니는 말씀하시고, 대동댁은 서로 무엇이 통하는 데가 있었는
지 잠자코 있었다.


## 33


그는 다시 말을 이었다.

"중노릇은 새로 그 일가친척의 수를 늘리는 일. 수풀 속 나무 꽃들,
기고 나는 새와 짐승, 날아다니는 구름 구름들까지도 새 일가친척을
삼어서 사는 일. 날 좋아하는 사람은 차라리 멀찍이 두고 해허는 희
꽹이를 가까이하는 일. 눈에 안 보이는 안개 속이나 햇빛 속 공중에
서 살다 간 목숨들과 사귀어 만나는 일—중노릇은 피 있는 사람끼
리만의 일이 아니라 굉장히 큰 새살림이니 달치만, 사람끼리만 사는
일이라면야 여자는 처녀 때 한철이 말쩡한 때 아니어요? 딴 사람은
또 몰라도 나도 그래요. 때 안 묻고 안 꾸겨지고 뜯기지 않은 제 것

제대로 가진 철 아닐까요? 해 밝은 것이 오랜만의 옛 친정같이 다정
스런 날 거울 닦듯 이것을 손들어 만지는 시늉하면서, 지난 일들 두
고 생각 생각해 보면 그래도 거기 제일 살아 나오는 건 시집간 뒷일
들 아니라 머리 땋은 처녀 때 일이야. 새벽 저녁 우물길에서 처녀 때
만나던 얼굴들. 별일도 아닌 일을 두고 주고받던 그때 말들. 아무 딴
속 없이 빙그레 서로 웃던 그때 웃음들—처녀 때 거기 있던 그런 것
들 아니에요? 정색해 보아! 어느 것들이 볕 속에 비치는가? 명경 속
에 비치듯 볕 속에 삼삼허게 비치는가? 그것은 시집살이 아궁지 옆
엣일 아니라 수본繡本처럼 접어서 바닥에 바닥에 감추아 두었던 그
처녀 때 일들이야…… 허지만 나 속없이 이거 무슨 소리들을 허고
있는 셈이야. 땅 우에 여자들 아무도 말 않고 다아 접어 놔두는 것을
나만 혼자 쓸개가 빠져서…… 그래도 나 속 다 빠진 중이니까 그냥
덤으로 들어주어겨라우."

"원, 천만에…… 그런디 스님, 그 스님 볕 속에는 누구가 항시 뵈이
든게라우?"

어머니는 슬쩍 한번 구슬리는 조로 소리 내 웃으시며 물었다.

"아까 말 않던가 부네. 나허고 갈라진 제물포 신랑이 아니라 거짓
말 하나토 않고 말허라면, 내 이 도령은 남산골 처녀 때 한마을 총
각이야. 하하하하…… 나는 죽어도 거짓말할 줄은 모르니까, 하나
토 안 숨키고 정말이야, 정말이야. 나 이럴라고 제물포 시집갔다 파
방쳐 버린 모양이지. 내 처녀 때 다정턴 친구 맘속에다 독차지해 끄
리고 지낼라고…… 하하하하. 나는 가끔 바랑을 짊어지고 볕으로 나

서 가단 이 사람 화상을 생각허지. 그러면 머리를 막 깎었을 때만 해
도 귀뚜리마냥으로 울음보가 쩌르르하면서 가까이 좀 가 만나 봤으
면 싶더니, 인제는 아조 딴판이 되었어. 귀뚜리같이 조바심쳐 쌓는
건 그건 불교에서 말허는 색심色心이라는 거고, 인제는 그걸 잘 견디
다 보니, 인제는 영 다시 안 만나도 견딜 만한 꼭 동기간마냥으로 되
었어. 나보단 한 살이 위였으니 '오빠'가 되어 버린 셈이지. 거짓말
하나토 아니에요. 바닷물을 조여서 구슬을 망글었다가 이걸 영 안
뵈이게 멀리멀리하는 것만큼이나 애도 애도 무척은 썼지. 하하하하.
그랬더니 인젠 친형제간쯤 됐어요. 절 앞마당 사철나무만큼이나 무
관헌 사이가 맘속에서 되었어요. '볕이 오늘은 좋으니 윤이 많이 나
는구먼……' 나는 가끔 생각나면 속으로 말허고 웃지. 그냥 인제는
내 많은 나무 일가들 틈에 한 동기간이 되고 말고 그만이야."

"원, 별소리도 다 많어라……"

어머니는 말씀하셨으나 무에 생각히는 점이 있으셨는지 더 자세
히 뭐라 하시진 않으셨다.


**34**


"몰라. 나만 별종이라 그랬는가는. 남들 잘 않는 중까지 되었으니
아마 별종은 별종일 테지요."

그는 어머니가 하신 말씀에 대해서 이리 알은체를 했다.

"별종이라고는 안 보게 염려 말어."

나는 듣고 있다가 그의 편을 들었다.

'웅, 그것…… 영 잘 안 잊혀지고 마음속에 남아 있는 보고 싶은 사람의 얼굴…… 그거야 어쩔 수 없지. 중이라도 그거야 어쩔 수 없을 테지.'

요시무라 선생의 안 잊혀지던 얼굴을 생각하며 나는 마음속으로 이렇게 요량을 해 보았기 때문이다. 뿐만 아니라 그냥 선생만이 아닌 걸로 남몰래 요시무라 선생의 얼굴을 마음속에 안고 지낸 내게 비해, 그걸 형제간으로까지 만들어 가졌다는 그에 대해서 적지 않게 탄복도 했었기 때문이다.

"니가 뭇을 안다고 글히여?"

대동댁은 몽고인 모양의 두꺼운 두 눈뚜껑을 아조 까맣게 닫아 버리고 웃으며 내게 말했다. 그리곤 여승을 향해

"히도 그런 소리를 다아 입 밖에 내는가? 사당 굿판이나 같으면 모르지만. 하여간 스님 못헐 소리가 없구만. 못헐 소리가 없어. 중은 다 저러는가?"

했다.

"하여간 말 낸 김이니까, 들어 봐겨라우. 그러다가 성명은 말할 수 없지만 '이 사람한테 시집갔으면……' 하는 마을 총각을 하나 마음속으로만 혼자 생각하고 지내다가 제물포 쌀장수네 집으로 시집을 가지 않았더라고. 경술년 합병 바로 두 해 전. 열일곱 살 때. 열다섯 살짜리 신랑한테로 시집을 안 갔더라고……"

여승은 다시 이야기를 계속했다.

"그랬더니 이건 아조 호인놈의 나라야. 안잠재기 식모 노릇, 신랑 보기가 아니라 애 보기, 한 십 년 지내면서 시어머니 악은 악은 다 먹고 늙고 나니, 나보고 신랑은 그다음엔 '누구냐?'고 모른다고 허지 않어…… 그야 그렇기도 할 테지. 내 속에도 신랑 말고 딴 사내의 얼굴이 숨어 산 걸로 보면, 그 사람도 딴 여자를 나보단 더 가깝게 알 수는 있으니깐. 더구나 사내는 그걸 말로도 허고, 또 그걸 곧 맘대로 행신할 수도 있으니깐. 그렇지만 그렇더래도 딴 계집을 본처 외에 얻어 살드래도 본처는 그냥 덤으로 허술히 놔두는 법인데도, 그것마저도 마다하고

'네가 누구냐? 네가 무엇 때문에 우리 집에 남어 있느냐?'

고 허지 않어? 장사치란 참 다릅다. 몇 대를 그 식으루 살어왔는지, 식모로 생각하고 두어 달래도

'너 같은 비싼 식모년이 어디 있느냐?'

고 아조 막셈밖엔 없습디다. 첩은 뭣허러들 얻어서 사는지. 남의 첩데기 딸로 생겨난 건 정말로 억울해. 나도 승지의 딸이니까, 본실의 딸이었으면 그런 막된 셈판에까진 빠지지 않었으련만. 전생에 무슨 죄로 하필에 남의 집 첩딸로 태어나서 남들은 다아 시집가서 덤으로라도 얹혀사는데, 나 같은 년은 그 꼴이었는지 몰라. 아마 전생엔 내가 본처 학대 무척은 헌 쌀장수 같은 무슨 장사꾼 사내였을 거야……"

## 35

그의 이야기는 계속되었다.

"그래도 애 낳은 것 생각허면 참 이상해요. 마음에 안 맞으면 애도 안 낳아야 할 일이지만서두…… 타국 사람들도 다아 그러는가? 마음은 따로, 애 낳는 건 또 따론가? 처녀 때 소원은 그러기 아니었건만, 마음은 따로따로 살면서 그래도 부부라고 내가 스물한 살 땐가 첫딸을 낳았었지요. 애기가 생기니까 그래도 마음이 달러지긴 좀 달라지드구면. 애기를 다리로 해서 양켠 마음이 거기 와 가끔 만나는 새론 새이가 생기는 것 말이지. 그래 나는 '그것 괜찮구나. 이렇게들 사는 것이구나' 했었지. 그런데 뭘. 사내는 이것이 클 때는 그래도 이걸 귀여워허고 남은 눈으로 나를 좋게 바래보기도 하더니, 이것이 세 살 땐가 홍역을 앓다가 세상을 뜨자, 그 빈 데에서 나는 그것을 늘 보아도 금시 잊어뻐리곤 딴 데로 마음을 보내고 말어요. 그것을 잃고 나서 한 오 년 아이가 없었던가? 그랬더니 그 새이, 사내는 딴 웬 젊은 과부한테로 정을 보내 놓고는, 내게는 바짝 인색해져서, 아침저녁으로 드는 양식이 너무 많이 든다고 그 됫박을 자기가 잡고

'웬 김치는 그리 많이 먹느냐?'

하면서 원수 같은 눈짓을 하기까지 해요. 정이 마음대로 안 되는 것이야 일찌감치서부터 나도 알았기에 제 마음에 드는 여자를 끼리는 것이야 탓도 안 했었지. 그런데 한 오 년 애가 없으니, 벌써 일찌감치도 나보고 '애 못 낳는 여자'라고 '소용없으니 나가라'고 해요. 어

디 가서 자리를 잡았으면 좋을지 천지를 둘레둘레 훑어봐야 정말 막막하드구먼요. 친정에 오빠만 있어서 어디 앉을 한 뼘의 자리만 비워 주었어도 몸을 줄여서라도 나는 세상의 그 많은 소박데기 여편네의 하나로 그대로 혼자 지냈을 거야. 그렇지만 어디 갈 데는 고사하고 앉을 데나 설 데가 있어야지? 참 묘한 마련이야, 우리나라 여자들 잘못 하나 없이도 나같이 늬여 늬여 삭은 재 되어 가는 것은…… 마음에 맞는 총각과 처녀가 혼인해 살게 못 해주겠거든, 덤으로 놔두는 마련이라도 있어야지. 우리같이 사는 사람 자꾸자꾸 만들어 내는 건 죄라우, 죄라우. 경술년에 나라 망한 것도 그런 죗값이라고 생각해라우. 계집애 죽은 지 오 년째 되는 해던가. 내중엔 머리채를 휘감어서 문 밖으로 몰아내 놓기를 열 번도 더 하기에, 마지막은 헐 수 없이 그 걸음으로 걸어가서 제물포 바닷속에다 몸을 던져 버릴려고 했지. 그런데 막상 빠져 버릴려고 외진 데 가서 바닷물을 굽어다 보니 아무래도 억울해서 그렇게도 갈 데 없는 홀몸으론 못 죽겠어. 저승에 가도 또 그렇게 될 것 같어 아무래도 못 들어가겠어. 그래 그렇게 생각하면서 일어서서 세상을 보니, 어디로거나 무작정 자꾸자꾸 걸어가 보자는 생각이 입데다. 그래서 그대로 걸어 나섰지요. 어디라고 작정은 없지만, 무슨 일이건 품팔이라도 허면서 어디까지나 한번 가 볼 생각으로……"

## 36

늘 무슨 말할 때는 미소를 낯에 띄우고야 하는 그였지만, 이때만
은 그의 얼굴엔 웃음이 없었다.

그는 다시 말을 이었다.

"늦가을이었어요. 중구重九가 지난 뒤였으니 구월 하순께쯤 되었
던가. 서울 친정 생각이 나기는 했지만, 나는 글루는 가지 않았지. 가
야 배다른 오빠네들밖에는 없는 것, 그 사람들 틈에 첩딸로 태어나
서 그 지경이 된 걸 생각하니 글루는 발걸음이 가지 않드구먼. 그래
서울 쪽으로 등을 두르고 남쪽으로 발을 내딛기로 했지. 처녀 때 친
구들, 그중에도 내가 따라 살았으면 싶던 그 한마을 사람 얼굴도 인
제는 맘대로 생각해 보면서 말이야. 또 핀잔 놓지 말아요. 나는 사실
대로만 다아 말씀드리는 것이니……"

그러나 말이 이렇게 나오자, 듣는 여인들은 또 그대로는 있을 수
없는 듯

"그래도 그런 말은 입 밖에 내지 않는 법이여. 그런 일이 맘속에
있었건 없었건 간에……"

대동댁은 빙그레하며 주의를 시켰다.

"하여간 들어 봐겨라우. 중은 무엇이든지 다아 말할 수도 있는 것
이니…… 나도 중노릇 들기 전엔 아씨 생각 같었지만, 중 된 뒤부턴
이렇게 말할라면 무어나 마구 다아 말하게 되었으니……"

그는 이리 대동댁에게 대꾸하고, 겨우 웃음을 낯에 돌리며 이야기

를 계속했다.

"아직 홑옷 그대로라, 석양판이 되니 좀 오슬오슬하긴 해도, 나서서 걸어 보니 학대받는 시집살이보다는 낫더군. 반겨서 들어오라고 할 사람도 없지만 인제는 머리채를 휘감어 등 짚어 몰아내며 '나가라'고 할 사람도 없고…… 점심상 머리에서 붙어 또 트집이 생겨서 점심 조끔 뒤에 몰려 나왔으니, 내가 제물포를 떠난 건 저녁 술참보단 좀 일렀을 거야. 어디를 어떻게 걸었는지도 모르게 아무껏도 든 것도 없이 남으로 남으로 홀홀단신으로 한 식경을 걷다 보니 어느 낯선 마을 앞 콩밭 가에 왔는데, 해가 설핏합디다. 보니 그 콩밭에서는 마침 콩을 거두고 있는데 여인네도 둘인가 끼어 그걸 묶어 동이는 걸 거들고 있습디다. 그래 밤 되면 잘 데도 벌써 없는 걸 생각허고, 그 여인네들 옆에 가

'좀 거들어 디려요?'

허고 베어 논 것들을 나르는 일을 돌봐 주었지. 퇴짜 안 맞을라구 빨리빨리 날라서 갖다 놓았지. 그랬더니 일을 다 끝낸 다음에, 처음엔 좀 못마땅한 눈치던 것도 다 없어지고

'그렇잖어도 일을 다아 끝내지 못헐까 봐 걱정이더니, 일손이 빠른 사람이 와서 이걸 다 끝내게 됐다.'

고 주인이 좋아라고 허며 같이 자기 집으로 가자고 자청하드구먼. 이렇게 되니 위선 한시름 뇌입디다. '벌판에 일이 있을 동안은 이렇게 해서라도 먹고 가긴 하겠다' 생각하니…… 그래 그날 밤엔 그 집 가족들이 자는 방에서 부엌문 옆에 몸 둘 데를 얻어 하룻밤을 묵었

습죠."

여기에서도 그는 위선 이야기를 한번 중지하지 않을 수 없었다.

"그 집 바깥양반이랑 같이? 그래도 마음이 편하든게라우?"

대동댁이 이리 물었기 때문이다.

<br>

## 37

"속이 편헐 리가 있어요. 처음 붙어 자던 그 댁 밖엣양반은 점잖은 사람이라 저녁밥 뒤 바로 마을 사랑방 있는 데로 비켜 주었으니 좋지만, 어떤 집엔 가면 이상한 눈치를 보내면서 영 자리를 비키지 않고, 마누라가

'오늘 밤엔 좀 나가서 주무시오.'

해도

'아이 배가 아파.'

어쩌구 허며 나를 얕보는 주인도 있긴 있드구먼요. 그런 사람은 밤중에 잠이 다 들면 더러 고양이같이 새이를 넘어서 얕은 수작을 해 볼라구 허기도 허기야 해. 그렇지만 누가 그러게 내버려 두나. 기침을 크게 하고 일어나 앉거나, 그걸로도 주인 마나님의 잠이 안 깨면 흔들어서라도 기예 깨워 놓고 말지. 처음 이런 일을 당헌 것은 충청도 어디서였는데, 마누라를 흔들어 깨워 놓기가 무섭게 문을 차고 나와 첫새벽부터 걷기 시작했지. 추우면 땀이 날 때까지 어린애마

냥으로 줄달음질을 쳐서. 아무도 안 보이는 데만 골라서 말이에요. 그렇지만 그것도 내종엔 꾀가 생기드구먼요. 성냥을 끼고 다니다가 그런 일이 생기면 불을 켠다던가, 그런 꾀가 말이에요. 그러다가 마침내 새로 작정을 했지. 뭔고니, 영 누구의 눈에도 좋게 뵈일 게 없게 말이에요. 이빨을 닦지 않고 세수도 가끔은 빼고, 옷도 빨지 않고 오래씩 입고, 햇볕에 얼굴이 아조 까맣게 끄을리게 하기로 작정해서 나는 그렇게 했어요. 그랬더니 아닌 게 아니라 이건 그만입디다. 새로 마을을 옮겨 들 때마다 이렇게 했더니, 처음엔 눈을 보내다가도 이내 곧 외면들을 하더구먼. 이렇게 해서 들판에 일거리가 있는 가을을 살아가는 동안에 나는 전라도 지경에 들어섰어요. 김제 땅에……

'삯은 안 받아도 괜찮어요. 그냥 가다가 먹을 점심밥만 여기다 몇 숟갈 싸 주세요.'

나는 충청도 어디서던가 어떤 집 정으로 내준 조그만 도시락을 또 어떤 집에서 일해 주고 얻은 쪽물 들인 무명 보자기에 싸 가지고 다니며 묵은 데를 뜰 때는 이렇게 주인한테 말하고, 점심을 얻어 들곤 아침 나절은 늘 걸었지요. 그리고는 점심때가 되면 어느 외진 물가를 찾아 물 양추질을 쳐 입을 헤우고 사람의 눈이 안 띄는 데 자리해 앉어, 싸 온 것을 먹었어요. 길 느니까 이러는 건 퍽 좋더구먼…… 이렇게 하다가 나는 산자락에 밭가에 서 있는 나무들허고, 무명새니 쑥국새니 허는 그런 새들허고 친허는 버릇이 생겼지. 영 아무 하나도 가까운 사람 없이 떠돌아다니다가 보니 어느샌지 그렇게 되었어.

산나무 날짐승 길버러지들이 일가같이 말이야."

그는 말했다. 그러고 그의 이야기는 여기에서 또 한번 끊어졌다.

"어디를 가는 사람이냐고 허면 뭐라고 대답허시고?"

하고 또 대동댁이 물었기 때문이다. 그도 한번 그래 볼 생각이 있는 듯이.


## 38


"아닌 게 아니라 그 때문에는 처음엔 많이 망설이었죠. 충청도에서 제물포로 이사 간 친정 오빠가 많이 아프다는 기별을 듣고 갔다오는 길에 노자가 떨어졌다고도 해 보았지만, 충청도에 들어서자 내 서울 말투 때문에 의심하는 눈초리를 받았고, 서울서 남편이 전라도에 가 병이 났다는 기별을 듣고 가는 길이라고 해도 아무려면 서울서 오는 여자가 노수도 없을까 하는 눈치를 막을 길이 없지 않아요. 그래 하로는 충청도 어떤 선골 마을에 왔을 때, 산 밑 단풍나무 밑에서 냇물로 두 눈을 닦으면서 꾀를 하나 생각해 냈지. 백정년으로서 만나는 사람마닥 어룬이면 머리 굽히고 대허자는 작정이에요. 백정년이라면 충청도에선 더구나 괜찮을 것 같더구먼. 그래도 또 이것만으론 안 되는 데도 있을는지 몰라, 안 걸린 창병(매독) 병신 노릇까지 허기로 했지. (여기서 그는 또 깔깔깔깔 자지러져라 하고 웃었다.) 제물서 살 때 옆집 어부네 내외가 이 병이 걸려 가지고 아이

낳는 것도 다 작파허고 사는 걸 보았기에 말씀입죠. 그래 그걸 작정
헌 뒤부턴 누구네 콩 베는 데나 벼 베는 논가에 가 설 땐 백정들 허
는 것 본 대로 극진히 낮추어 그 말법을 쓰며,

  '백정이 전라도에 가 있는 오빠를 찾아가는 길에 노수가 떨어져서
그러오니 무슨 어려운 일 있으시오면 좀 시켜줍소서.'

허고는 뒤에 그 댁에 가 묵게 될 때는 남편한테 쫓겨나 의지할 데가
없이 되었다는 것, 그래 전라도에 가 있는 오빠를 찾아가는 길이라
는 것, 남편한테 창병까지 옮아 다시 시집도 갈 수가 없이 되었다는
것을 뒤대어 말씀했습죠. 그랬더니 이것만은 백발백중이더군요. 사
내들은

  '자네, 새파랗게 젊은 여편네가 시집이나 가지 왜?'

허고 어쩌고 허다가도, '창병'이란 말만 들으면 '하필에 원 재수없이
별 것이 다아……' 생각하는 듯 눈을 모으로 틀며 혀를 다시고, 잘 때
주인 마나님은 으레

  '저만큼 자.'

소리를 꼭꼭 한마디씩 하더군요. 그러면 나는 속으로 혼자 웃었지.
불을 끄고 나면 남의 집 부엌 문턱에 가 찰싹 달라붙어서 혼자 자지
러지게 속으로 웃었지. 그러고 나면 속이 후련하더구면. 돌아가신
아버지의 놀래시는 얼굴이 깡깜헌 데서 훤히 익살로 나타나 보이면
서, 낮에 냇가의 점심때 본 새 떼들이 또 불을 켜 가지고 사방에서 자
지러져라 기맥혀 웃는 것 같아요. 그 뒤부터 나는 아무 걱정 없이 김
제 땅까지 오게 됐어요. 이렇게 되니 힘이 생기드구면요. 하늘허고

땅 새이에 혼자서도 발 붙이고 살 수 있다는 힘이오 그것이…… 또 들에 추수는 다 끝나고 첫겨울이 되었어요. 김제 들에 들어서자 벌판에 일자리는 아무 데도 안 보이고 그 너른 들에 까마귀 떼만 을스냥스럽게 떠다니는 걸 보고 기가 탁 질렸지요.”

그는 잠깐 말을 멈췄다. 그러고 숭늉을 달래서 목을 축였다.

## 39

“가을을 뜨내기로 맥을 이어 올 동안은 하늘의 마음은 아조 의지할 데 없이 홀로 된 사람까지도 버리지는 않는 것이로구나 싶더니, 들에 일거리마저 끊긴 겨울이 되니 또 그렇지도 않은 것 같아 말씀이에요. 외기러기도 왜 있지 않느냐고 생각해 봐도 내게는 아직 두터운 깃도 없는 형편이라 으시시히 춥기는 하고…… 그래 그 휑헌 벌판을 저녁 끄니 댈 마련도 없이 다르르 다르르 떨면서 가다가 해가 졌는데, 까매지기까지 하니 더구나 혼자서는 못 살 것 같아…… 살은 벌써 다 없어지고 뼉다귀로서만 가고 있었건만, 그 뼉다귀에마저 사면팔방으로부터 까아만 살얼음이 얼어 감어 오니, 더는 혼잔 못 가겠어…… 이렇게 되니 또 아버지 어머니 얼굴이 뵈이고, 어렸을 때 친구들 모양이 비칩디다. 그렇지만 아버지 어머닌 이승을 뜬 지 오래고, 친구들은 어디 가 있는지 찾을 길도 없지 않아요. 또 어디 있는 걸 안들 몇 끄니 멕여 달래러 거지꼴 해 가지고 거길 찾아갈 순 있겠어요? 한참을 가다 보니, 등불 수가 상당히 많은 어떤 마을 옆에 다다랐는데, 그래 거기서 한참을 망설이다가 제절로 마을로 들어섰지. 그래 귀신이 씌어댄 듯 어떤 대문 있는 집 앞에 와서는 들은 풍월로

'여봅시오. 길 가는 나그네가 노수가 떨어져서 하룻밤 재워 줍시사고 댁 문전을 찾았습니다.'

고 목청을 다해 줏어섬겼지요. 그랬더니 사랑에 마침 조용히들 앉아 있었는지 누가 알아듣고

'아, 저, 웬 여자 과객이 다아 찾아들었다.'

하면서 문을 열고 나오드군요. 내 옆에 나온 사내는 늦어스럼발에 나를 쭉 한번 훑어보고는 그대로

'들어오셔라우.'

하여 그가 이끄는 대로 나는 그 댁 안방 문 앞에 가 섰어요.

'어무니, 웬 부인 과객이 이 치운데 하룻밤 묵게 해 달라고 허지 않는 게라우. 무엇이(하녀의 이름이나 그걸 잊었다고 여승은 말했다) 방에다가라도 하룻밤 재우시지라우.'

사내가 불 비친 안방 문을 바래고 이리 말하자, 거기가 열리어 보니 환갑 무렵쯤 되어 보이는 마님의 얼굴이 흰 소복으로 보이는데, 서울 남산골 일들이 생각날 만큼 수월찮이 점잖습디다. 밖에서는 마지못해 그런 들은 풍월까지 썼어도, 마나님과 그 아들 새에 막상 이렇게 끼어 서고 보니 어찌 몸둘 데를 모르겠더군. 얼씬 생각이 나

'바느질 솜씨는 별 보잘것없지만, 바쁘신 바느질거리라도 있으시건 그런 거라도 좀 맡겨 줍시오. 누비질도 서툰 대로 빠르게 헐 줄은

압니다만……'

했지요."

이렇게 말하면서 스님은 대동댁을 쳐다보고 속 있는 듯이 빙그레 웃어 보였다.

대동댁도 그와 마조 바라보며 동정하는 눈물 기운 있는 눈을 미소로 바꾸었다.


## 40


"백정으로 자칭하시는 건 그만두시고?"

어머니가 물으시었다.

"네에. 잊은 건 아니지만 이번엔 그러진 않았어요. 이 집 마나님을 보니 그전 어머니 생각이 앞을 서기도 하고, 또 밥지기 방도 따로 있는 모양이어서요."

그는 대답하고 말을 이었다.

"노인은 나를 빤히 쳐다보더니 불쌍하게 생각했는지, 마음에 거슬리는 데는 없었는지

'아이고 저러언…… 젊은 여인네가 무슨 일로 혼자서……'
하며

'어서, 어서 들어오시오.'
합디다.

아들은 어둠 속에서 내게는 얼굴도 잘 안 보이게 섰다가, 어머니의 승낙이 내리자 이내 안심이 된 듯 아무 말도 없이 사랑으로 나가고.

그래 나는 그 댁 안방으로 먼저 불려 들어갔습죠. 들어가 방 세간들 뇌인 것 보니 시골 사람으론 잘사는 집안입디다. 화류장도 볼 만하게 뇌이고, 이불장이니 경대도 숭없지 않은 게 있고 하는 것이 꽤 오래 잘살아 온 것 같습디다.

방 안에 있는 사람은 할머니 외에 모두 손자인 듯한―열두어 살짜리 사내가 하나, 아홉 살이나 열 살쯤 됨 직한 계집애와 예닐곱 살짜리 계집애가 둘 모두 그뿐인데, 내중에 안 일이지만 사내애는 벙어리였어요. 내가 들어가니 모두 무슨 신기한 요지경이나 디려다보는 듯 아주까리 등불 빛에 눈을 반짝거리면서 일제히 내게로 눈을 퍼붓드군요.

할머니는 나보고 앉으라고 한 뒤에, 그 무슨 소중히 가진 걸 못물에다가나 빠뜨리고 그러는 듯한 눈짓을 사뭇 그대로 허며

'웬일이실까? 사뭇 젊으신네가? 어디서 무슨 일로 어디를 가시는 길이기에? 치운 겨울에 홑바지로?'

묻습디다.

의지할 곳이 없이 된 백정이라고 해 오던 대로 대답할까 하다가 이일 보니 아무래도 그리는 말이 안 나와 그냥

'그건 묻지 마세요. 어지간하면 이렇게 염치 없이 신세는 안 질려는 것이 들판에 거들을 일도 다 끝나고, 헐 수 없이 되어서 처음으로

이렇게 찾았으니, 밤이 기니까 무슨 바누질거리나 있으면 맡겨 주세요. 하룻밤에 한 벌쯤 헐 수 있답니다.'

대답했습죠.

그랬더니 할머니는 눈을 둥그렇게 뜨면서

'아, 그런데 서울 양반이 어찌 이렇게 여길…… 아직도 홑바라지로?'

하고 내 말씨에 놀란 듯 말하며

'그건 염려 말라겨라우. 우리 집엔 세 해 전에 며느리가 저세상 가서 바느질 일은 첩첩이 쌓였으니, 잘허시건 겨우내라도 꼬매 주고 가겨라우. 아, 원, 저렇게 염치도 많은 분이 어떻게 이리 과객이 되셨을까……'

걱정해 줍디다. 그러고는 무엇이라던가 밥지기를 불러

'시장킨들 오작이나 시장허실까. 아직 저녁 전이실 텐데 밥상 봐다 디려라.'

헙디다.

그래 나는 안방에서 허천난 놈 복알 집어삼키듯 그 한 그릇을 다아 맛나게 따담고는

'그럼 저는 부엌방에 나가서 하룻밤 폐 끼치고 갈라니, 무슨 급헌 것 있건 인 주세요.'

했지요.

그랬더니 마나님은 펄쩍 뛸 듯하면서,

'아, 그게 무슨 말씀이오.'

해요.

'저래 가지고 시방 당장 바누질은 무슨 바누질? 내일 실컨 맡겨 드릴 테니 염려 말고 오늘 밤은 가서 그냥 포근히 쉬겨라우.'

허고.

그래 나는 이 너그러운 이 덕에 하룻밤을 이 댁에서 쉬고 이튿날을 맞었어요."

이렇게 말하고 나서 스님은 눈을 지그시 감고 한참 동안 말이 없었다. 아마 그가 가끔 부르던— 눈에 안 보이는 관세음보살을 불러 그 너그러운 이의 복을 빌지 않았는가 한다.


# 41


그의 이야기는 다시 계속된다.

"이튿날은, 주인집에서도 붙들어 잡었지만 나도 그냥 뜰 수는 없었어요. 무엇이든 폐 끼친 보답은 얼마만큼이라도 해 디리고 가야 할 것 같어서요. 그래 아침을 얻어먹기가 바쁘게 일거리를 청해 하로 종일, 바누질을 했지요. 밥지기가 묵는 방에서였지만, 뜨시니 사람 살겠던데요. 해 지도록까지에 어린것들 헌 핫저고리 뜯어 빨아 논 걸 세 개, 바지를 하나 끼고, 또 밥지기 할멈이 해 달라고 낮 뒤에 맡긴 새 핫저고리를 하나 끼어 냈었지요. 그랬더니 저녁밥 뒤에는 할머니가 안방으로 불러서 가니, 그 바느질헌 것들을 앞에다 내놓고

좋아라 하면서

　'이 마을 다 찾아도 이렇게 빠르고 좋은 솜씨는 없을 게라우. 이 깃 이쁘게 한 것 좀 보아. 이 도련 헌 솜씨 좀 보아.'

　추워 대 쌓습디다. 아닌 게 아니라 바느질은 계집애 때부터 빠르단 말은 들었더니, 이런 때 한번 써먹은 셈이지. 아랫목으로 내려와 앉으라고 손을 끌어 잡어다리면서

　'내일은 큰 바느질 좀 해 주시겨라우. 보니 허술찮은 집 태생 같은디 무엇 때문에 서울 양반이 이 고생이시라우? 우리 오늘 밤엔 이얘기나 허고 놉시다. 아직 노독도 안 풀리셨을 텐디…… 나 오늘 낮에는 하도 미안해 쌓시어서 일거리를 디렸어라우. 그냥 포근히 좀 쉬실걸……'

허고 정말로 반가워해 쌓습디다.

　그래 그날 밤엔 할머니 하자는 대로 거기 앉어 이얘기를 하고 놀았습죠. 벙어리 아이가 혼자 남어 듣다가 쓰러져 잠이 들고 나서도 얼마를 더 더어. 아마 삼경이 지난 뒤까지였을 거예요. 나는 다아 사실대로 일러바쳤지. 노인이 그만은 하게 생겼었어요. 내가 쉬이 이얘기를 꺼내지 않으니 자기가 먼저 자기 집 내력을 다아 말하고 정으로 뎀비는 덴 어쩔 수가 없드구면요. 내가 아씨들한테 헌 것같이 내 지난 일을 대강 말하고 나니, 노인은 웁디다. 어린애마냥으로.

　'그렇거든 좀 더 진작 말허지……'

허고. 나를 어디다 놓치기나 하신 듯, 옛 노인들은 다아 이 비슷허지만, 참 좋은 분이야. 이분은 진사 무엇인가의 재취댁. 벌써 삼십이 넘

은 사내한테로 열아홉에 시집을 왔는데, 전처가 남긴 두 딸을 기르면서 스물에 첫아들을 낳으니 다음다음 해엔 남편이 세상을 떠, 이내 홀로 살림을 지키고 지내 왔다고 합디다.

외아들은 벌써 마흔네 살이라던가. 아버지 진사와는 달러, 웬일인지 아무리 말려도 듣지 않고 선도仙道를 헌다고…… 삼십까진 그러지 않더니 삼십이 넘으면서부턴 집안 살림도 영 돌볼 생각 않고 어머니한테다 맡기고 산속으로 물 좋은 데나 찾아다니기가 일쑤고, 또 요즘은 조천자趙天子인지 허는 무슨 교敎를 꾸민 사람허고 상종이 잦다고 헙디다. 이얘기가 둘이 다 끝난 뒤 나는

'밤이 기니 무얼 좀 더 해 보게 있건 인 주세요. 다듬이질가음이나 그런 걸.'

했더니, 무얼 그러느냐고 오늘 밤은 그냥 자자고 해서 그대로 부엌방에 가 또 한밤을 지냈었어요."

## 42

"이튿날이 되니 할머니는 내게 이 댁 주인의 두루매기와 핫옷 한 벌을 갖다 맡겼어요. 흰 무명 겉에 역시 빛 들이지 않은 명주의 안을 대는 두루매기와, 겉은 엷은 옥빛에 안은 무색으로 한 안팎 명주의 핫바지저고리를요. 그래 그것을 또 저녁 술참 때까지엔 꺼 내어 안방으로 갖다 디렸습죠. 정성껏 꼬매어서요. 그랬더니 이번 할머니의

좋아허심은 그 전날보단 훨씬 더해요. 그것을 받아 놓고 도련과 깃과 동정을 살피더니 이내 그걸 매만져 싸며

'아이고 어쩌면 솜씨도 이리 좋아…… 날듯이 꼬맸어도 이러니라니…… 우리 애 애비 이렇게 멋지게 맞춘 옷은 아마 첨 입어 보것는디…… 참 좋아라고 헐 거여……'

해 쌓습디다. 그러고는 또 아랫목으로 손을 끌어 잡아다려 앉히고는

'우리 그러지 말고 이 삼동 같이 지냅시다, 인이.'

헙디다. 나는 그러잔 말도 못 하겠단 말도 못 하고 잠자코 있었습죠. 그리 못 하겠다 할래야 겨울에 홑옷으로 어디 갈 엄두나 나야지요. 그지 그지가 다 다 되었었어요. 말리는 판이니, 좀 더 오래 일해 주고 그 값으로 헌 옷이라도 한 벌 얻어 입었으면 싶더구먼. 그래 그 생각 하니, 어서 부지런히 많이많이 일해 디려야겠다는 생각이 나서

'아직도 해가 있는데, 또 무엇 급헌 것 있건 더 주세요.'

했지요. 했더니, 이날도 그분이 맡겨 일하는 걸 볼려고 한 것은 여기까진 듯 손을 내저어

'그만 그만, 오늘은 그만. 너무 많이 했으니 오늘은 그만.'

허며

'내 보여 드릴 게 있는데 좀 보아 주어.'

하곤, 웃목으로 가 화류장 아래칸을 열고 거기서 무엇 흰 창호지에 싼 것을 끄내 내 앞에 갖다 내놓습디다.

펴 놓는 걸 보니, 그건 항용 있는 원앙침의 붉은 바닥의 수 한 짝이었는데

'왜 한 짝뿐이에요?'

내가 하니, 할머니는 무엇을 생각하는지 방 안엣것은 아무것도 안 보이는 눈으로 한참을 머엉하더니

'응, 이것은 내가 계집애 때 놓았던 거여. 인저 딸이나 나면 이걸 마저 채워서 시집갈 때 주려니 했더니, 나는 딸도 없이 소년 과부로 늙어 버리고 말지 않았는게라우? 그래 며느리애가 첫딸을 낳아 한참 뒤에 이걸 내주었더니 그걸 짝 채워 놓다가 '어머니 이걸 채우긴 아직 일러라우. 계집애가 크거든 저보구 놓으라구 하십시다……' 허고 반쯤 놓다가 접어 두었는데, 가마저 벌써 이승 사람이 아니니.'
하더군요. 그러고는

'저…… 기…… 또, 가가 놓던 것도 있지……'
허고, 또 아까 그 화류장의 위칸을 더듬어 (더듬는 것 보니 그 손이 아까보단 좀 떨리는 것 같습니다) 이번엔 창호지로 싼 것이 아니라 비단 보자기로 몇 번을 감어 또 싸고 또 싸고 한 것을 내놓습디다.

'보아. 같이 두기 싫어서 따로따로 두었지만.'
하며 그것도 풀어 보이기에 또 보니, 이번 것은 원앙 중의 한 마리만 역시 붉은빛 비단에 뇌였는데, 할머니 것만도 솜씨는 좀 못합디다.

'잘들 놓으셨는데요.'

나는 말했습죠. 할머니가 말하는 것을 들으며 이 두 짝의 수를 번갈아 보자니, 딴 생각도 많이 났지만 딴 말은 영 아무 말도 하지 않고……"

# 어머니 김정현과 그 둘레

## 1

어떤 어머니들을 보면 우리 선조 단군의 어머님이 암곰 출신이었다는 것을 곧 연상하게 되지만, 내 어머니 김정현을 생각하면 아무래도 암곰 출신이었던 건 잘 느껴지지 않고, 그 곰과 함께 마늘과 쑥을 먹고 사람 되는 연습을 하다가 그만 도중에서 작파해 버린 암호랑이—그게 만일 잘 참아 성공을 했더라면 아마 이분 같지 않았을까 하는 느낌이 생긴다.

딴 어머니들은 어린 아들이나 딸을 곧잘 업기도 하고 안기도 하지만 내 어머니는 내가 아주 중병을 앓았을 때밖엔 어려서도 나를 안거나 업어 주었던 기억이 내겐 없다. 어려서 밤에 부모 사이에 끼어 잘 때에도 가끔 그 겨드랑에 나를 안은 이는 오히려 아버지였지 어머니가 아니었다.

일곱 살 땐가 마을 글방에서 해 어스름에 돌아오다가 우연히 본 이분의 짓—지금 내 나이 쉰여섯이 되도록까지도 금시 색칠해 놓은 새 그림처럼 빛깔도 선명히 마음속에 떠오르는 이분의 어떤 짓을 내가 잠시 말해 보이면 독자도 이건 곧 수긍할 것이다.

『천자』책이던가 『추구』책이던가를 옆에 끼고 글방에서 내 집으로 돌아오다가 머슴 사랑 부엌 앞께를 지나면서 보니 어머니는 거기 소 옆에 걸린 여물 솥에 불을 지피고 있었는데, 내가 여기 다다라서 이삼 초쯤 되었을까, 내가 미처 온 기색을 나타내기도 전에 문득 그 불을 지피고 있던 부지깽이를 번쩍 쳐들곤 번개같이 일어서더니 머슴 사랑방으로 통하는 창문을 향해 가서 냅다 쑤셔 대며 호통하는 것이었다.

"이것! 이것이 뭣이여! 또 내다봐라 또 내다봐! 창구멍에 누깔 대고 또 내다봐!"

호통이라고 했지만 그것은 여자들이 호통할 때 흔히 하는 것 같은 고래고래 외장치는 그런 것이 아니라, 역시 불호랑이나 그런 큰 짐승이 늑대 같은 그런 작은 짐승을 만났을 때 소리 내는 것과 비슷한 아주 나직하고도 빠른 소리여서 바짝 가까이서 아니면 잘 알아들을 수도 없는 것이었다. 그것은 부지깽이 끝에 빨갛게 붙어 있던 불—그걸로 종이창을 되게 쑤시자 바르르 이내 창 종이의 한쪽을 태우던 그 부지깽이 끝에 붙어 있던 불과 아조 썩 잘 어울려 일곱 살짜리 나를 많이 감동시키고 신바람 나게 했다. 그래 나는

"오매."

하고, 비로소 내가 그 옆에 있는 것을 알렸다.

그러나 그네는 내가 거기 온 걸 알고 그 부엌에서 나와서 나를 데리고 안방으로 들어온 뒤에도 그 일은 아무한테도 일절 말하지 않았다.

창구멍으로 어머니를 내다보고 있던 그런 사내를 다시 볼하거나

"이것! 이것이 뭣이여! 또 내다봐라, 또 내다봐! 창구멍에 누깔 대고 또 내다봐!"

말한 걸 남편이나 누구한테 떠벌려 자랑하거나─그런 짓을 그네는 왜 하지 않고 말았을까. 역시 그것은 그네의 멋에 맞지 않는 일이기 때문이었을 것이다. 어머니 나이는 이때 서른에서 좀 더 넘어 있었다.

2

내 어머니가 내 마음속에 사진 찍어 놓은 머슴 사랑방 부엌의 사건과 아울러 내 아버지가 내 속에 처음으로 선명히 찍어 놓은 사진은 그 '박가분' 냄새를 풍기던 이쁘장한 여자 하나를 어머니 옆에 슬그머니 들여보낸 일이다.

이 일이 생긴 것은 그 머슴 사랑방 부엌의 사건이 있은 지 한 해 뒤의 가을이었었는데 이때에도 어머니가 취한 행동은 보통 본처들이 이런 경우에 취하는 것보다는 다른 것이었다.

이 소실댁의 머리채를 휘어잡고 늘어지거나, 남편에게 대들거나, 친정으로 달아나거나, 본처들이 흔히 보여 온 그런 짓을 되풀이하지 않았을 뿐더러 어머니는 이 원수와 나란히 곧잘 그네의 부엌의 아궁이 앞에서까지 형제처럼 어깨를 맞대고 앉아 있었다.

김치를 썰거나 생선 같은 걸 다루려 아궁이 앞을 잠시 떠날 때에는 그 손의 부지깽이를 이 속없는 엉뚱한 여자한테 넘겨주며

"불 좀 보고 있거라."

하기도 했다.

일종의 여자 처용이 다 되어 있었던 것일까.

그러나 그네의 얼굴과 태도에서 이때 풍기고 있던 것은 그런 처용의 노래나 춤과는 또 다른 것이었다.

사자가 개들하고 같이 한 먹이 그릇에서 밥을 먹고 지내는 이야기가 있다. 비기자면 그렇게 된 사자 비슷하게 뭉클하고 잠잠해져 있었지만 그렇다고 어느 화창히 밝은 날에도 그 이야기 속의 사자같이 그네의 사막을 치달리어 멀리 달아나 버리지도 않았다. 아니 아버지와 그의 소실을 날이 갈수록 점차 그네의 묘한 하인으로 만들고 있었다고 보는 게 맞다.

소실의 방에서 나오던 아버지의 두 눈이 어쩌다가 어머니의 그것과 마주칠 때 보면 어머니는 늘 그저 "피" 하고 외면만 했지만, 아버지의 얼굴은 점점 더 비굴한 하인의 그것이 되어 가고 있었다. 소실댁이야 더 말할 것도 없었다. 어머니가 움직이는 손가락의 하나나, 그 눈치의 어느 조그만 것에서까지도 이 불쌍한 여자는 영 해방

될 길을 찾지 못하고 늘 거기 매달려 질질 끌려다니며 안절부절못하고만 있었다.

어린 나는 이런 어머니가 저 머슴 사랑방 부엌의 사건 뒤 두 번째로 신이 났다. 나는 그 엉뚱한 여자가 내 어머니를 이겨서 나와 어머니의 방을 차지하고 대들면 어쩔까 그게 처음엔 적지 아니 걱정이었던 건데 그걸 꼼짝 못하게 만들었으니 어머니는 참 상당해 보였다.

그러나 인제 와 생각이지만 그때 어머니는 속으로 참 애 많이 쓰셨을 것이다. 우리 남자들이라면 하늘 밑에서 어느 힘센 장사도 당해 낼 수 없을 이 모욕과 파탄을 무엇으로 어떻게 그네는 견디며 그네 가족들을 고스란히 건져내 이끌고 오셨는지 이건 정말 신비한 힘이다.

드디어 두 달쯤 뒤의 어느 겨울날 아침 소실댁은

"성님, 나 그만 우리 친정으로 가야겠어라우."

하고 자기 친형님한테나 뇌까리듯 뇌까리고는 그만 내 어머니한테 항복하고 물러나 버렸다.

어머니는 이 두 달 동안 아버지한테 "피" 하는 한마디로 늘 외면한 것뿐이고 이 여자보곤 또 저만큼 서란 말 한마디도 한 일이 없었는데 그건 참 묘한 힘이다.

합기도니 뭐 그런 것에서 쓰이는 것 같은 무슨 정신의 힘 때문이었을 거라고 생각한다. 그렇게 생각하고 그때 어머니의 눈초리를 회고해 보니 아닌 게 아니라 그건 시합 마당에 선 합기도 선수권자의 그것과 거의 같기는 했다.

# 3

　내 어머니한테는 따로 무슨 종교랄 것도 없었고, 학문도 한글과 아주 쉬운 한자를 조금 이해하는 외엔 별것도 없었다.

　그러나 이분이 그때 아버지가 그 소실댁을 우리 집에 끌어 들였을 때 받은 타격으로 뒤에 얻은 그 지독했던 신경통을 아무 약도 먹지 않고 한여름 뙤약볕의 바닷가에 묻혀 모래찜만 한 수난을 생각해 보면 그런 건 종교 이상이고 학문 이상인 것 같기도 하다. 물론 바닷가에 가서 해수욕을 해 본 사람들은 여름날 햇살 아래 더운 모래 속에 그 몸을 파묻는 것이 어느 만큼 몸에 좋은 줄이야 두루 잘들 알고 있지만, 내 어머니의 경우는 이게 육체의 문제이기보단 더 많이 정신 치료의 문제이니 말이다.

　신라의 향가 〈처용가〉 속의 처용은 불교를 아는 용의 아들이기나 했으니 망정이지 그렇게도 못된 우리 사내들이 내 어머니처럼 두 달이나 계속해서 한번 당하고 난 뒤라고 가정해 보자. 바람난 아내가 밖에서 잠시 딴 사내를 겪고 온 걸 아는 것도 못 참을 일일 텐데 두 달씩이나 한 집안의 가까운 방에 딴 사내를 끌어들여 남편 알게 그 짓을 하고 지내는 것을 겪고 난 뒤라면 그 남편 된 자의 마음이 어느 만큼 되어 있을까를 한번 생각해 볼 일이다. 눈에 쌍심지의 불이 돋아 폭발하지 않고 그저 조용히 신경통만을 만들고 말았다면 그것만으로도 그 남편은 기적 같은 존재라고 할 것이다.

　이렇게 된 사람이 약도 안 먹고 그저 다만 바닷가 더운 모래 속에 그 육체를 묻는 그 모래찜만으로 뒤틀릴 대로 뒤틀린 마음을 풀어 낫는다?—그것은 말이니 그렇지 쉬운 일이 아니다.

그러나 하여간 어머니는 한여름 한동안을 혼자서 십 리 밖 바닷가의 그 모래찜을 거의 날마다 부지런히 하러 다니더니 무얼 마음속으로 어떻게 거기서 배우고 연습해서 그리됐는지 뼈가 쑤셔 못 견디겠다고 가끔 위아래 이빨까지를 드러내고 아파하던 그 지독한 신경통도 또 고스란히 고쳐 냈다. 그리고 그 모래찜질의 졸업 무렵에는 집으로 오는 길에 참외밭에서 사 가지고 온 거라고 하며 서릿빛 거죽을 벗기면 눈부시게 푸른 갈댓빛 살이 드러나는 청참외를 한두 개씩 그의 마포 수건에 싸 들고 와서 내게 주었다. 그것은 그냥 참외가 아니라 그네 혼자만의 그 이상한 모래찜이 빚어낸 특수한 열매인 것만 같아 나는 이것이 또 여간 신나지 않았다.

나는 지금 이제야 생각해 본다—이분도 이때 그 바닷가 하늘 밑의 눈부시게 더운 모래 속에 파묻혀 앉아서 하루, 이틀, 사흘, 나흘, 날이 가는 동안에는 그만 저 영원에 살지 않을 수 없는 것을 생각하게 된 것이 아닐까. 자기를 아주 없이하고 저승과 이승과 자손들이 끝없는 미래의 긴긴 정신이 안 끝나는 강물 속에 뛰어들어서 아주 영생하는 넋으로만 남아 버린 것 아닌가. 그래서 우리나라 재래의 주부들이 사실은 거의 그랬던 것처럼 비로소 정신적으론 우리 집의 새 주인으로 자리를 잡은 것 아닌가.

그래저래 그랬었는지 내가 어렸을 적엔 그네의 명령은 내게는 아버지의 것보다도 훨씬 더 효력이 있는 것이었다.

나는 빈집을 지키는 걸 어려서 무엇보다도 제일 싫어했지만 어머니가 들일을 나가면서 이걸 내게 명령하면 아무리 겁이 나도 꼼짝 못하고 거기 매달려서 그걸 지켜 내지 않을 수 없었다. 먼 산 뻐꾸기 소리뿐인 빈집의 뒤꼍 밭에서 문둥이가 나올까 봐 기겁할 때는 흙담의 마른 흙을 떼 먹으면서까지 여기서 영 뺑소니를 치진 못했고, 혹 마을 한가운데 흐르는 돌개울 옆까지 나갔다가도 거기 여뀌풀 사이 어리는 하늘의 흰 구름장을 음력 정월 열나흗날 밤 우리 집에서 내게 여름에 더위 먹지 말라고 억지로 저고리 속에 해 입히는 종이 조끼처럼 느끼며 집으로 되돌아오곤 했다.

여름에 내가 학질에 걸리면 할머니는 나를 발가벗겨서 더운 내 알몸뚱이를 마당에 갖다 번듯이 눕히곤 낫을 들고 나와 내 몸 둘레의 땅을 드윽드윽 그어 대며 귀신 쫓는 소리를 해서 이것도 무척 무서워했지만 이 할머니의 명령보다도 어머니 것이라야 나는 아주 거역을 하지 못했었다.


**4**


내 어머니를 생각하면 저절로 내 마음은 그네를 낳은 외갓집으로 향하고 거기 언젠가 솔가지 울타리 사이를 스며 마당으로 몰려들어 왔던 해일과, 거기 홀로 섰던 외할머니와, 그 뒤안의 뽕나무밭의 오디, 그 오디들 옆 툇마루에 고여 있던 고요를 번갈아 기억해 내게 된다. 특히 내가 여덟 살 때던가 아홉 살 때던가 여름 어느 날 저녁 술 참 때쯤 이 집 마당에 몰려들어 온 그 바다의 한때의 해일이 눈에 선하다.

내가 생겨나서 아홉 살까지 산 이 고창군 부안면 질마재라는 마을은 동쪽과 남쪽과 북쪽 세 쪽이 산이고 서편만 변산반도라는 반도 안에 호수같이 바닷물이 드는 곳인데, 동쪽에 높이 솟은 소요산이란 산으로부터 흘러내리는 돌개울이 마을 한복판을 지나 바다로 쏠리고 있어, 바다에 해일이 만일 생기면 그것은 바다 가까운 곳의 돌개울을 기어올라 그 언저리의 집들의 마당에까지도 몰려드는 일이 있어서 바다 가까운 게 마침 내 외할머니네 집이라, 어려서 그것도 해일을 한번 만나 볼 수가 있었던 것이다.

바다가 부풀어 올라서 해일을 만들어 마을에까지 범람하는 것— 그것은 그 살림살이를 뺏길 것을 염려하는 나이 찬 사람들한테는 걱정거리이기도 한 모양이지만 바닷가의 아이들과 그 어린아이들과 꼭 같은 어른들에게는 참 드물게 신바람 나는 일이다.

나는 그때 마침 오랜 장마 뒤의 돌개울에서 마을 아이들과 어울려 물장구를 치고 놀다가 외할머니의 『삼국지』이야기가 듣고 싶어 살살 빠져서 상당히 거친 바람 속을 늙은 느티나무 옆집의 늙은 이야기꾼인 우리 외할머니 방을 찾아갔던 것인데

"이것 봐라. 참 오랜만에 해일이다. 봐라."

하며 마침 앞마당 쪽의 툇마루에 혼자 걸터앉아 있던 외할머니가 바로 툇마루 바짝 옆에까지 밀려든 물을 가리키며 말씀하고,

"혹, 새우나 망둥이 숭어 새끼 같은 것도 더러 몰려와 있을 거다."
하여 『삼국지』 속의 관운장이고 마초고 조자룡이고 이야기 듣는 것
다 접어 두어 버리고, 알발로 그 바닷물 마당을 점벙거리고 다니던
것은 지금 생각해도 역시 많이 신바람 나는 일이다.

외할머니의 얼굴은 이날따라 유난히 밝아 보였다.

"지난번에 해일이 몰려왔던 건 임자년 시월 초닷샛날 아침 일이니
까 벌써 꼭 11년 만이구나. 그때도 장독대에까지 올라와서 거기 뇌
인 바가지를 띄우고 야단이더니 봐라, 이번에도 또 바가지를 띄우
고……"

이런 식으로 마치 식구의 생일날이나 기억해 내듯 음력으로 먼젓
번 해일이 몰려들어 왔던 날짜까지를 말하며, 손가락질해 마당 한쪽
귀에 떠다니는 바가지짝을 가리키면서 나만 못지않게 이 해일이
반가운 듯한 숨찬 소리로 웃어 보였다.

나는 이때 아직도 어린 나이여서 내 외할머니의 그 반가움의 진
짜 이유를 알지는 못했었지만 인제 알고 생각해 보면 그건 그네에겐
정말 숨찬 일이 아닐 수도 없었겠다. 왜냐면 우리 외할머니는 유난
히도 사이가 좋았었다는 남편을 일찍 잃고 이십 대부터 홀로 살아온
과부로, 그 좋아하던 남편의 몸뚱이는 그네 곁에서 병으로 죽어 간
게 아니고, 뱃사람이라 바다에 나갔다가 거센 폭풍으로 그만 돌아오
지 못하고 만 채 여러 십 년이 지나갔던 것인데 그런 남편의 몸이 담
겨 떠다니던 그 바닷물이 이렇게 또 한번 해일로 넘쳐 그네의 집 마
당에 몰려들어 왔으니 말이다. 더구나 마을이 두루 잘 알고 있던 것

처럼 우리 외할머니는 남편을 잃은 뒤 한글로 나온 이야기책이란 이야기책은 안 읽은 게 거의 없이 태고라 천황씨 적 이야기부터 소상강瀟相江 무늬 대나무의 젓대 소리 같은 것까지 두루 그득히 읽어 외어 그 마음속에 담고 있은 데다가 또 귀신 내력으로도 이 마을에선 무당만 못하지 않게 통해 있었으니 그건 참 할 이야기도 많은 반가운 마음속의 상봉이었을 것이다.

외할먼네 마당에 올라온 해일엔요.
예순 살 나이에 스물한 살 얼굴을 한
그러고 천 살에도 이젠 안 죽기로 한
신랑이 돌아오는 풀밭길이 있어요.

생솔가지 울타리, 옥수수밭 사이를
올라오는 해일 속 신랑을 마중 나와
하늘 안 천 길 깊이 묻었던 델 파내서
새각시 때 연지를 바르고, 할머니는

다시 또 파, 무더기 웃는 청사초롱에
불 밝혀선 노래하는 나무나무 잎잎에
주절히 주절히 매여 달고, 할머니는

갑술년이라던가 바다에 나갔다가

해일에 넘쳐 오는 할아버지 혼신<sub></sub>魂身 앞

열아홉 살 첫사랑 적 얼굴을 하시고

—「외할머니네 마당에 올라온 해일」


이건 내 나이 쉰쯤 되어 그때 그 해일 앞에 섰던 외할머니의 마음 속을 상상해서 시험 삼아 써 본 글귀이지만 그때는 물론 그런 것은 영 짐작도 못하고 할머니가 손가락질해 가르쳐 준 마당귀의 바닷물에 뜬 바가지짝을 줏어 들곤 새우나 망둥이가 떠지나 안 떠지나 그 일에만 열중해 있었다. 남편의 혼이 틀림없이 거기 담겼다고 믿었을 해일로 온 바닷물을 그네의 바가지로 그네의 어린 손자인 내가 푸고 다니는 것을 보는 것도 그때의 내 외할머니에게는 많이 숨차는 느낌이었을 것이다.

이 외할머니가 무진장 옛이야기를 즐기는 것, 무당 비슷한 것— 그런 일들을 내 어머니는 좀 꺼려하기도 했지만, 그 사는 힘을 아무 것도 안 보이는 하늘하고 단둘이서만 상의해서 만들어 가지고 산 점에서는 서로 많이 닮았다. 아니 이건 여러 천년 동안의 우리 어머니들이 서로 모두 공통으로 지녀 온 힘이었고 이 힘이 크고 질긴 덕으로 우리 사내들도 과히 더럼 타지 않고 어려운 그대로나마 지탱해 온 것이다.

## 5

나는 중학 때 서울에서 장티푸스 병에 걸려 이때 우리 집이 이사해 살고 있던 부안군 줄포라는 곳으로 실려 와서 다시 이 줄포 마을에서 외따로 떨어진 전염병자 가두는 집에 할 수 없이 갇히게 되었다.

이때만 해도 이 염병은 걸리면 죽는 수가 사는 수보다 훨씬 많던 때여서 이 병에 걸린 사람하고 같이 한방에서 사는 것은 같이 죽을 각오 없이는 할 수 없는 일이었지만, 어머니는 큰아들인 나와 운명을 같이하기로 하고 이곳까지 따라와 있었다.

여기 한 주일에 한 번쯤 나왔을까 말까 한 일본인 의사의 치료를 받고 지내는 동안 병은 점점 더하여 의사도 그만 단념하는 눈치여서 상당히 감상적이었던 아버지는 마침내 내 상여 만들 것까지를 당부하고 집에서 어디론지 나가 버리고 말았었다고 한다.

그걸 기적같이 고쳐 내서 다시 나를 살게 한 건 순전히 내 어머니의 슬기와 정성과 기도의 덕이다.

의사의 약이 별 효력이 없는 걸 알자 어머니는 이 염병엔 열이 제일 어려운 것을 요량하고 밤이나 낮이나 빈틈없이 내 곁에 지켜 앉아 열심히 연달아서 얼음 베개를 갈아 베어 주고 얼음 물수건으로 이마를 덮는 일을 되풀이하며, 늘 그의 하늘 속의 마지막 스승—신명님한테 빌고 있었던 것이다.

나는 지나친 열로 온갖 꼭두각시 세상을 빚어 늘 하늘을 아주 잘 날아다니고, 어떤 때는 날카로운 낫을 들고 덤비는 흉측한 마귀한테 붙잡혀 두 눈깔을 뒤집고 악을 썼었다. 이럴 때 옆에 잠시라도 누가 없었더라면 나는 간단히 그만 저승으로 숨을 거두어 가고 말았을 것이다. 그러나 내 옆엔 다행히도 의학은 모르지만 열은 어떻든 이어 식히고 있어야 할 것이라는 이해 하나로, 이 일을 계속하기에 빈틈이 없던 내 어머니의 힘과 정성과 기도가 지켜 있어, 내 열의 막바지를 타고 늘 나타났던 죽음은 어머니의 끈질긴 방비를 어떻게도 할 수 없이, 마침내 고개 숙이고 만 것이다.

그네는 별만 겨우 깨 있는 삼경에서 사경 사이면, 그 외딴집 뒤 언덕에 그네의 맑은 정화수 사발을 고여 바치고 그네의 신명님께 데려가야겠거든 자기를 대신 데려가 달라는 기도를 올렸고 이 기도는 그한테 밤낮으로 거의 늘 눈뜬 채 사는 힘을 빚어 가지게 했고, 이 힘이 내 열의 마지막 고비를 늘 막아 내 나를 살린 것이다.

내 병이 나은 뒤에 말하는 사람들 이야기를 들으면, 아버지가 내 상여를 감상적으로 당부한 뒤에 마지막 찾아가서 만난 그의 어렸을 적의 친구—현동환이라는 한약방 주인이 마련한 첩약을 달여 먹고 내가 다시 살게 되었다고 하기도 하지만, 나는 내가 나은 뒤에 들은 여러 이야기들을 대조해 생각해 보니 아무래도 그렇게는 생각이 들지 않는다. 공자뿐만 아니라 노자와 장자의 자연에도 꽤 길든 '현약방'이었던 건 청년 시절에 직접 여러 차례 이분을 만나게도 되어 꽤 알기 때문에 그 약이 그냥 허망한 약이 아니었을 것도 짐작은 되지만, 밖의 상처도 아니고 또 열이 문제인 이 열병을 낫게 한 원인은 그런 약 한두 첩이 아니라 역시 어머니의 그 끊임없는 해열의 노력에 있었던 걸로 안다. 그리고 그건 작건 크건 어머니의 그 신명님에게 빌면서 마련한 힘 때문이다.

이분은 내 병중에 때마침 가뭄으로 삐득삐득 말라 가는 가까운 논 귀의 피라미 붕어 새끼들을 두 손으로 움켜다가 못물에 넣어 살게도 했다고 한다.

"너이들도 소원해서 내 자식을 살리라고 해라."

하며…… 그래 이런 소원과 기도의 힘으로 그네는 잠도 안 자고 내 죽음을 막아 내는 계속하는 힘을 얻은 것이다.


6


이 글의 처음에서도 잠시 말했지만 어머니를 가만히 보고 있으면 아무래도 이분은 우리 단군 선조의 어머님이었던 곰 출신만의 여자 같지는 않고, 역시 그 곰하고 한동안 겨루던 호랑이의 냄새도 상당히 많이 풍기고 있다.

올해 여든여섯이지만 지금도 한 아들 집에만 머무는 것은 이분이 제일 싫어하는 일이다. 그래도 명색이라도 대학의 교수고 밤잠을 덜 자면서 원고료도 한 달 몇만 원쯤은 벌 수 있는 나이니, 이분 한 분을 늘 모시는 게 더 짐일 것도 없지만, 몇 해 전에 내가 예술원상을 탔을 때 그 상 타는 게 보고 싶어 내 옆에 오셨던 어머니는 한 두어 달쯤 내 곁에 계시곤 아무리 말려도 듣지 않고 딴 데 손자가 보고 싶어 그런다 하시곤, 딴 아들딸들한테로 옮겨 가시고 말아 지금까지 안 오신다.

전북 전주에서 신문사 편집국장을 하는 둘째 아들, 바로 그 옆에서 고등학교 여자 훈장 노릇을 하는 막내딸, 그 밑 정읍에서 또 고등학교 훈장 노릇을 하는 셋째 아들, 또 바로 그 옆에서 조그만 빵 공장을 하고 있는 큰딸―거기를 모두 두루 찾아 다녀야지 한군데만 계시라 하면 영 불행한 얼굴을 하셔서 남 보기에 안됐는데도 이분 뜻을 따를 수밖에 없다. 그래 어쩌다가 그 아우들이나 누이들 집에 잠시 들러 보면, 이분은 여든이 넘은 뒤에도 젖먹이 손자 손녀는 부리는 아이에게 맡기는 게 아까운 듯 늘 손수 처네를 대서 업고 계시는 게 보이는데, 나를 오랜만에 대하면 잠시 위아래로 내 건강을 타진하는 듯 훑어보시곤, 그냥 싱긋 쑥꽃 비슷하게 웃고 아무 말도 없는 게 보통이다. 특히 흙이 녹아서 풀리기 비롯하는 첫봄이 되면 무슨 일이 있어도 농업학교 출신으로 얼마만큼의 밭을 가지고 있는 셋째 아들한테를 꼭 가셔야 한다.

자시는 건 주로 채식이다. 이건 원래의 식성이 아니라 먹고 싶은 고기도 참아 안 먹다 보니 습관으로 그리된 채식인 걸 나는 잘 알지만, 그네는 고기 그릇을 바쳐 놓아도 이제는 곧잘 "느끼해 못 먹겠다"고 보살님같이 말씀하시게도 되었다.

먹을 것 이야기가 났으니 말이지만, 6·25 사변 때 이분이 벌써 환갑 넘은 노인으로 우리 식구들의 먹을 양식을 줄이기 위해서 6백 리를 걸어 그래도 농촌이라 양식이 나을 듯한 셋째 아들한테로 옮겨

간 일은 아무리 생각해도 사내인 나로도 하기 어려울 것같이만 생각된다. 나는 이래도 시험 보아 합격한 대한민국 맨 처음의 고급 공무원의 하나로, 6·25 사변 때에도 쌀가마니쯤은 남아 있어 이걸 모두 땅속에 묻게 하고, 공산군한테 붙잡힐까 두려워 아녀자들만 집에 남기고 정부를 따라 남으로 도망갔던 것인데, 어머니는 그 양식을 식구의 입들하고 합쳐서 언제 세어 보신 것인지 아무리 가시지 말라고 아내가 말해도 영 듣지 않고, 그때 경기여자중학교에 다니던 그네의 막내딸을 앞세우곤 6백 리도 넘는 길을 서울에서 정읍까지 터벅터벅 걸어갔었다고 아내는 말한다.

어머니가 아무래도 돌아가실 것 같으니 빨리 내려오라고 내 아우 봉기가 내게 전보를 쳐 보낸 일이 작년에 있었다. 내려가려고 준비를 하고 있으니까 또 전보가 왔는데 '괜찮으니 오지 말라'는 것이다.

그래 나는 그 전보대로 가려고 하다가 안 가고 말고 학교 시간을 대 나갔던 것인데, 뒤에 들어 보니 사실은 무척 위험해 보였던 어머니의 병은 둘째 번 전보로 '괜찮으니 오지 말라' 했을 때에도 더 나은 것도 아니었지만, 그분이 하도 그렇게 치라고 졸라 대서 어쩔 수 없이 그리 쳐 보냈다는 것이다.

어머니는 이승에서 떠나려는 마당에서도 내가 하는 일만이 대단히는 대견하신 모양이다. 이분은 정말 또다시 이렇게 하셔서 이분이 가시는 저승과 이분 뒤에 내가 남을 이승 사이를 이어 놓으실까 두려웁다.

# 아버지 서광한과 나

·

## 1

깜깜한 여름밤인데, 아버지는 나를 업고 마을 한가운데를 흘러서
바다로 내려가는 돌개울 물에 두 발을 적시며 별하늘 아래 까맣게 늙
어서 있는 여러 백 년 된 한 평나무 옆을 지나고 있다. 해마다 음력 정
월 대보름날 마을 사람들이 줄다림한 크낙한 줄을 감고 있는 이 너무
오래 산 평나무엔 오싹한 귀신들이 엉겨 있는 걸 나는 늘 들어 와서 느
끼기 때문에 아버지의 그 따스한 등때기만이 단 하나 의지할 곳이다.
이건 아마 외할아버지 제사에 참례하러 가는 길이었던 것 같다.

내 아버지의 일을 꽤 오래 두고 생각할 때마다 반드시 내 마음속
에 나타나는 이 한 장 그림. 이 그림과 아울러 바로 이내 내 기억에
소생해 나오는 또 한 장의 그림은 바로 서울 청량리에 일정 때 있었
던 그 경성제국대학 예과의 정문이다.

"정주야. 네가 장차 다닐 학교니 이번 서울 가건 꼭 찾아가서 잘 봐 두어야 한다."

내가 국민학교 4학년 때 그는 그때 그의 직업이었던 인촌 김성수 댁 농감의 일로 서울 오는 길에 마침 여름방학한 나를 다리고 올라오며 이렇게 말하고 그 학교 이름을 대 주어서, 만 열두 살짜리 나는 혼자서 여길 찾아와 그 정문을 한 손으로 만져 보며 그 너머 솟은 꽝꽝한 붉은 벽돌집을 넘겨다보고 섰는 것이다. 검정 고무신에 깜장물 들인 모시 두루마기를 정중히 걸치고, 계동의 인촌 댁에서부터 동대문과 신설동 형제주점 옆의 그 연못 옆을 거쳐 여기 오도록까지 묻고는 줄달음질치고 묻고는 또 달리고 했던 일이 지금도 어제 일같이 기억에 새롭다. 왜 아버지도 안 다리고 혼자 달려갔었느냐고? 그게 무슨 생각 때문이었었는지 자세한 건 잊었지만, 왠지 이 일만은 혼자 하고 싶었던 것만은 사실이다. 아이들은 이 나이쯤 되면 부모 없이 혼자서 해 보고 싶은 일도 생기기 시작하는 것이니까.

"애기야, 어디서 왔니? 공부 잘해서 꼭 이 학교에 들어와 다녀라, 응……"

한참 동안 거기 서 있는 나한테 정문 수위는 가까이 와 이렇게 나직이 말하고 내 어깨를 어루만져 주었었다. 그리고 나도 이때는 꼭 여기를 다니리라 하고 있었다.

나는 그래도 국민학교 세 학년을 수석으로 마치고 올라온 아이였고, 아버지는 그래 늘 이걸 은근한 자랑으로 코에 걸고 있었으니까.

그러나 내 아버지가 끼어 있는 다음의 또 한 장의 그림에선 벌써 이미 아버지의 코에 걸린 그 자랑은 저녁 밥상에서 그의 손에 쥔 숟갈과 함께 쟁그랑 소리를 내며 방바닥에 떨어지고 말아야 했다.

나는 국민학교를 마치자 서울로 혼자 와서 인촌이 경영하는 중앙고등보통학교에 들어갔지만 1929년과 30년에 걸쳐 전국적으로 일어났던 광주학생사건에서 1930년, 중앙학교의 몇 사람의 참모 중의 하나가 되었던 관계로 조선총독부에 의해 강제로 퇴학당한 쉰일곱 명의 한 사람이 되고 말았음은 물론, 그중의 우두머리의 하나로 서대문감옥에 끌려들어 가 한동안 쇠고랑을 차고 살아야 하게까지 되었으니 말이다.

그래 학교에서 퇴학 처분을 받고 감옥에 들어가기 전 잠깐 빤한 사이에 이때 우리 식구가 살고 있었던 전북 줄포 집엘 들르니, 때마침 저녁밥 때였는데 아버지는 퇴창 옆에서 밥상을 받고 있다가 방학보단 너무 일찍 돌아온 아들 앞에 놀라서

"어찌 왔느냐?"

묻고, 내가 학교에서 쫓겨난 사실을 대답하자 잠시 입에서 떼어 손에 쥐고 있던 숟갈을 그대로 가질 힘마저 풀어져 그걸 자기도 몰래 방바닥에 떨어뜨려 쟁그랑 울리고 만 것이다.

내 아버지 서광한—그에게서 나는 일정 36년 동안에 살고 있던 우리나라의 대다수의 아버지들의 모습을 본다. 그들은 일본의 손아귀에서 우리나라가 언제 풀릴 것인지 그 희망조차도 확실하게 못 가진 채, 그저 아들들이 되도록이면 무사하여 그 목숨을 다치지 않고 살아서 그들의 씨를 끈질기게 이어 가 주기만을 바랐던 것이다.

그래 학교에 보낼 만한 여유라도 가졌던 이들은 또 일본인의 손 밑에설망정 그 학업을 제대로 마치고, 무슨 밥벌이 자리라도 든든한 걸 하나씩 얻어 자식들이 우선 굶주리거나 추위에 떨지 않고 늙도록 살아 있어 주기만을 바랐다.

그런 많은 아버지들의 하나로서 내 아버지 서광한은 나를 미래엔 경성제국대학 법과쯤 마치게 하여 무슨 고등관 8등쯤이라도 되게 하고 안심하려 했던 것인데 그 희망이 그만 뜻밖에 무너져 내리고 말았으니, 무너지는 그 희망을 따라 그의 쥐었던 밥숟갈을 떨어뜨리지 않을 수 없었던 것이다.

할머니가 살아 계실 때 내가 어려서 그네한테 들어온 걸로 보면, 아버지는 그가 난 무장 고을에서도 뛰어난 수재였던 모양이다.

열세 살 때라던가에는 벌써 한문 실력도 상당하여 서울로 과거를 보러 가려 했지만 이 무렵부터 불행히도 과거제도는 없어지고 지방의 현들이 베푸는 백일장 제도만 남아 있어 거기 응시했는데, 그 어린 나이로 거기 장원을 해서 그곳 원님이 내려 권하는 술잔을 다 받고 있었다고, 할머니는 가끔 이걸 신바람을 내서 내게 자랑으로 이야기해 왔었다.

그 무장 원님은 마침 내 아버지에겐 아저씨뻘 되는 같은 서가고 마침 아들이 없는 팔자여서 이 장원 소년을 양자로 하려고도 했지만 집안 형편으로 응하지 않았다고도 했다.

그것이 '내 할아버지는 투전이라는 도박을 일삼는 버릇이 심해 살림을 온통 다 망쳐 버리고 남의 빚을 잔뜩 걸머진 채 사십이 될까 말까 해서 문득 세상을 떠나 버리자, 내 아버지는 열다섯 살의 아직 어린 나이로 관에 붙들려 가서 구속을 당하고 그때 법으로 무진 주릿대까지 틀리어 두 팔에 힘이 그 뒤부턴 줄어들어 버렸다'고도 했다.

그래 그가 이를 악물고 먼저 재산을 모아야겠다고 생각한 것은 이런 언저리부터 아니었는가 한다.

그는 아직 십 대의 소년으로 한동안 한문 서당의 훈장이 되어 타관을 돌기도 했지만 오래잖아선 가족들을 굶주림 속에 놓아둔 채 서울로 와서 이때 새로 선 측량학교라는 델 다녀 마쳤고, 그 자격으로 고창군의 측량기수라는 것이 되었다. 일정 때 한동안 도지사 노릇을 한 고원훈하고는 이 측량학교의 동기로, 공부는 '고'가 자기만큼 못했지만 일본 유학 가라는 걸 고는 가서 도지사도 다 되었고, 자기는 식구들을 남겨 둘 곳이 없어 일본을 못 갔었다고, 뒷날 그 고원훈이 전북 도지사가 되어 왔다는 기별을 듣고 그가 어머니와 내 앞에서 이야기하던 것도 기억에 남는다.

그는 이 측량기수의 직업으로 이때 새로 재기 시작하던 여러 곳의 땅을 재고 다니다가 인촌의 아버지고 전의 동복 현감이었던 김기중 댁의 땅을 또 재게 된 것이 인연이 되어 여기 눈에 들어서 군 기수 노릇을 작파하고 이 댁 서생으로 머물게 되었다.

그래 처음에는 이 집주인 동복 영감의 편지 대필 같은 걸 주로 하고 있다가 이 집 농감의 하나가 되고, 그 그늘에서 푼푼이 모으고 됫박으로 말로 다독거려 쌓아서, 내가 중앙에 다닐 무렵엔 적은 대로 꽤 넉넉한 형편이 되어 있었다.

그러나 그가 이를 악물고 여기까지 참아 견뎌 온 것도 결국은 그의 집안 특히 자손들의 평안을 주로 생각해서 그랬던 것인데, 그의 희망대로 해내리라 믿었던 큰아들의 이 뜻밖의 짓은 그에겐 난데없는 벼락이었던 것이다.

내가 1945년의 해방 덕으로 뒤에 중앙에서 명예교우가 된 것을 그에게 보여 드렸더라면 얼마나 좋아하셨을까, 나는 지금도 가끔 생각해 본다. 그러나 그는 그만한 기쁨마저 누릴 만한 시분時分에 놓여 살지도 못한 우리 선인들의 하나일 따름인 것이다.


## 2


그의 자호는 석오石塢—아마 이것도 돌이나 바위가 말없이 속으로만 깨달아서 그 돌을 꽤 오래 유지해 가는 것처럼 그의 식구와 자손을 오래 유지해 가려는 유생의 마음보에서 스스로 붙인 것인 듯하다.

이 석오 선생—우리나라에는 참 많았던 이 석오 선생들은 무엇을 작정하는 데는 많이 시간이 걸리고, 거죽으로 보기엔 연약해 보이기만 했지만 한번 무얼 작정하면 그걸 누구한테도 양보하진 않는 데서 모두가 구중충한 된장이나 메주같이 일치되었던 것인데, 내 아버지만은 그래도 일생 동안에 그 굳은 바윗속에서 나와 단 한 번이지만 내게 양보한 일이 있다.

그것은 내가 중앙에서 퇴학 맞고 잠깐 동안 집에 있다가 다시 서울 서대문감옥을 들러 나온 뒤였는데, 내가 그 인촌 댁의 농감을 그만두라는 데에 동감해 실행한 일이다. 인촌은 그때에도 그분이 부리는 사람들도 나이로만 상대해서, 인촌 그보단 나이 위인 내 아버지한테는 꼭 존댓말을 썼지만, 그의 양아버지—동복 영감의 소실 태생의 아우는 그보단 훨씬 나이가 위인 내 아버지한테도 항시 반말을 써서, 내 아버지도 그걸 집에 오면 가끔 한탄했었고, 나도 그게 어려서부터 마음에 걸려서 지내 오다가, 내가 감옥에서 나와 오래잖아서 언뜻 무슨 말 끝엔가 그걸 어머니한테 말했더니, 아버지가 전해 듣고 즉시 인촌 댁의 일 보는 걸 일절 다 그만두고 우리 식구들을 이끌고 고창 읍내로 이사해 버린 것이다. 아마 이분 생각에는 내가 중앙학교를 그만두게 된 것도 그런 심리가 내 속에서 꿈틀거려 그런 것이리라 생각했던 것일까. 하여간 이런 그의 성질은 그가 열다섯 살 아이로, 아버지의 빚 때문에 관에 끌려가 팔이 병신 되도록까지 주릿대를 틀릴 때 세웠던 각오—재산이 있어야 한다는 것까지도 던져 버리긴 던져 버린 것이다.

그가 고창 읍내에 구한 집은 식구가 지낼 집채 외에도 좁지 않은 대밭 속에 정결한 딴채의 초당이 지어져 있는 그런 곳이었다. 그리고 그는 절대로 그전엔 보인 일이 없던 짓도 했다. 식구들을 위해서 무슨 먹을 것을 사서 들고 들어오는 일이 없었는데, 큰 홍어를 어디선지 사서 무거히 들고 와서, 이건 이곳 고창고등보통학교의 유력자인 누구한테 가져갈 것이라 하고, 나보고는 그 학교에 편입할 것이니 이제는 여기서 공부나 하자고 했다.

"봐라. 인젠 여기가 네 공부할 곳이다."

그는 대숲에 조용하고 시원스레 가려져 있는 마루 한 칸과 방 한 칸의 초당과 그 앞의 꽤 잘 가꾼 꽃밭을 내게 손가락질해 가리키며 말했다.

"인제는 딴 생각 내지 말고 학교 공부를 계속해 마치도록 해라."

그래 나는 그 고창고등보통학교에 다시 편입을 했지만, 아무래도 아버지가 내지 말라고 신신당부한 그 '딴 생각'을 내지 않을 길이 없어 결국 여기서도 오래잖아 물러나고 말았다.

지금 마음 같으면 물론 나는 내 아버지와 생각을 같이했을 것이다. 그러나 아직 소년인 나는 첫째 못난 것으로 있기가 싫었고, 그러자니 졸업해서 그 어디 일본인 밑에 천하고 싼 월급이나 바라고 살기 위한 그 학교 공부를 구구로 하고 있기도 영 싫었고, 어디론지 무한정 멀리 치달려 가 버리고만 싶은 마음뿐이었다. 더구나 이때엔 나는 사회주의의 그 부족한 빈부 타파의 정신까지 내 소년의 감상으로 예쁘게 채색해져 있어서 모든 것이 불만이고 서글프기만 하여 그대로 가만히 앉아 있을 수가 없었다. 그래 이때 아직도 남은 학생들의 무작정한 수업 거부 기풍의 앞장을 서서 과히 떳떳하지도 못한 행동인 걸 속으로 알면서도 시험 답안지를 전부 백지로 내는 그 소위 '백지동맹'이라는 것의 책임을 학생들이 지우는 대로 지고 이 학교를 떠날 구실을 만들기로 했다. 사실은 나는 이 백지동맹이라는 것까지는 학교 공부에 무능한 걸 보이는 것 같아 실제로 지휘는 하지 않고 명목상의 책임만 맡아 퇴학당하려 했던 것이다. 그러나 나

는 여기선 퇴학 처분까진 당하지 않고, 전정前程을 생각하여 특별히
봐 주는 것이라는 그 '자진퇴학 권고' 처분을 받고 소원대로 뛰어 달
아나게 된 것이다.

나는 지리책에서 배운 만주 벌판이나 중국 상해 같은 데로 가고 싶
었다. 중앙학교 때 나하고 같이 참모였다가 일본 경찰의 눈을 피해 재
빨리 어디론지 뺑소니를 쳐 버린 그 '간디'라는 별명의 돌막같이 생겼
던 소년—그런 소년도 그 어디 가면 만날 수 있을 것 같아 어떻게든 집
에서 여비를 훔쳐 내 가지고 도망갈 궁리만 했다.

그래 대부분 그의 농토들이 있는 삼사십 리 밖의 몇 개 마을을 돌
며 가끔 집에는 들를 뿐이었던 아버지와의 대면을 누이나 동생을 염
탐꾼으로 하여 늘 재빨리 피해 돌면서 숨어 지내다가 나는 가을 어
느 날 내 출생지인 선운포 마을의 돌개울에서 저녁 술참 때쯤 머리
를 감고 있을 때 어쩔 수 없이 아버지와 얼굴을 서로 마주 대해야 하
게 되었다.

나는 그한테는 무척 미안스러워 했으니까 아마 그런 얼굴을 하고
허리를 굽혀 굽신 절을 한 뒤에 아주 재빨리 비껴가려 했던 것 같다.
그러나 그는 내게 비껴갈 기회를 주지 않고 붙들어 잡더니

"이놈……"

한마디 온몸의 힘을 다한 부르르 떨리는 소리로 크게 외치더니, 어
느새인지 발부리에서 개울의 돌막을 줏어 들고 그걸로 나를 치는 게
아니라 역시 부르르 부르르 떨리는 몸부림과 떨리는 손으로 그 돌로
나를 짓이기기 시작했다. 그리고 나도 어느새에 한 돌맹이를 집어

들었다. 물론 나는 그걸 아버지한테 쓰지는 않았지만 나도 아버지 비슷이 떨리는 손으로 그걸 점점 더 굳게 움켜쥐고 있었다.

그러자 아버지는 그 손의 돌멩이를 멀리 팽개쳐 내던지고 나를 또한 개의 무슨 돌멩이를 놓듯 이번엔 아주 가만히 놓아주었다. 그래 내 손에 쥐었던 돌멩이도 저절로 땅에 내리는 무슨 낙엽같이 가벼이 내리고, 나는 이번엔 느릿느릿 거북이 새끼 기듯 하며 그의 노여움 옆을 비껴가고 있었다.

이 한 장 그림에서 독자들은 혹 내 불효막심한 모습을 볼 듯도 하다. 그러나 이 막다른 한 장면이 없었던들 내 아버지의 의지—그 어느 때 어디서나 무사평온키만 한 그의 씨앗을 퍼뜨려 가려는 의지는 나를 끝까지 붙잡아 놓지 않았을 것이고, 또 그분도 이 때문에 오래 두고 더 많이 속을 썩여야 했을 것이다.

3

나는 1931년 고창학교를 자퇴하던 해 첫겨울에 마침 아버지의 서랍 속에 들어와 있던 돈 가운데서 3백 원만을 남몰래 훔쳐 내 바라던 중국 상해나 만주로 가려고 집을 떠났다. 그 서랍 속에는 그때 돈으로 만 원쯤은 넉넉히 들어 있었으니까, 요새 값으로 하면 돈 천만 원쯤은 되는 것이어서, 나는 처음엔 그걸 몽땅 다 가지고 갈까도 했었다. 그러나 그것이 아버지의 돈이 아니라 사실은 이것도 인촌 김성수 댁에서 사기로 한 논값을 맡긴 것임을 들어 알고 있었기 때문에 아버지의 뒷일이 염려되어 그렇게까진 하지 못했었다.

육혈포도 쓱 한 자루 속호주머니에 숨겨 가지고 다니는 망명 혁명가가 어느 만큼은 소원이었던 나는 그러나 서울에 오자 만난 몇 사람의 친구 덕택으로 엉뚱하게도 그만 도서관에 밤낮없이 처박히는 문학 독자가 돼 버렸고, 그것이 이런 글쟁이의 길로 옮긴 처음 동기가 되었다. 학생사건의 퇴학생이 아니라 학비 없어 학교를 그만두고 신문배달로 배를 채우고 지내던 중앙학교 때의 동기생 하나를 길가에서 만나 그의 하숙에 같이 있기로 한 것이, 그와 그의 형과 이 집주인 청년 배상기 세 사람의 소설 이야기에 팔려 그걸 보려고 도서관 출입을 하기 시작한 것이 그만 거기 파묻히게 돼 버리고 만 것이다.

내가 처음으로 내 중앙 동기생 유 군의 형님한테 들은 이야기에 팔려 도서관에 가 읽은 책은 투르게네프의 장편소설 『그 전날 밤』이다. 거치른 학생운동과 연달은 퇴학과 딱딱한 사회주의 이론책에만 젖어 온 나한테는 『그 전날 밤』 속의 인사로프와 에레나의 간절한 로맨스는 새 매력이 있었다. 나는 그래 집에서 훔쳐 온 돈으로 난생처음 해 입은 넥타이 맨 양복 맵시를 자꾸 우리 에레나의 취미에 맞추어 평가하기 시작했고, 거기 어느 정도는 맞는 것도 같아 그걸 읽다 한참씩 지그시 두 눈을 감곤 흡족해 하기도 하게 되었다. 나서 처음 맛보는 이런 느낌의 맛은 내게 새로 돋기 비롯한 여드름의 탓이었는지 내 상상 속의 만주나 상해의 속주머니의 육혈포를 내게 한동안 깡그리 잊어 버리게 하기에 족했다.

그러나 나는 이때까지도 아직 사회주의의 그 가난뱅이들을 완전히 없앤다는 이론에 소년의 감상으로 젖어 있던 때여서 그 좋은 『그 전날 밤』의 저자 투르게네프의 다른 소설책 보는 것도 잠시 접어 두고, 내가 그전에 들은 일이 있는 소련 사회주의의 최고 작가 막심 고리키의 전집을 차근차근 빼지 않고 읽어 내려 가기 시작했다.

그래 그의 장편 『어머니』도 읽고, 『배반자』도 읽고, 『사십 년』도 읽고, 『아메리카 기행』도 읽고, 또 무엇무엇도 읽고, 그러다가 그의 단편들 속에 접어들어, 그 제목이 무엇이던가 하는 건 잊었지만—어느 절름발이 공산혁명의 공장 지휘자가 간통하는 미모의 아내를 두고 고독을 못 견뎌 아무도 없는 얼어붙은 겨울 공원의 벤치 위에 앉아 있는 것을 그린 것에 이르러 그 고리키를 사회주의와 함께 닫아 버리고 다시 투르게네프의 『그 전날 밤』을 생각하고 있었다. 사회주의쯤을 가지고는 남녀의 표정 하나도 어쩔 수는 없다는 데 생각이 미쳤고 투르게네프의 『그 전날 밤』의 인상은 막심 고리키 소설의 그 따분하고 맛없는 입심과 연설 위에 훤칠히 솟는 꽃수풀처럼 비교도 안 될 만큼 매력 있는 것이었기 때문이다.

그래 이 순간부터 나는 벌써 사회주의 소년은 영 아닌 한개의 그냥 문학소년이 되었고, 지금까지도 이어 그렇다. 물론 막심 고리키는 그들의 그런 성性문제를 사회주의의 동지애로써 극복해야 한다는 관념을 거기 담고 있긴 있었던 듯하다. 그러나 내게는 그건 괜한 헛소리로 들렸던 것이다.

나는 이어서 다시 투르게네프의 장편들을 읽기 시작해 『엽인 일기』, 『루딘』, 『아버지와 아들』, 『처녀지』 같은 것들을 읽고, 그의 산문시도 읽어 보았다.

그리고 이 경성부립 도서관 종로 분관에서 내가 또 읽은 것들 중에 내 이 뒤의 생애를 좌우하는 데 제일 큰 힘이 되었던 건 레오 톨스토이 백작의 『부활』이다.

그래 집에서 나간 지 8개월 만엔가 1932년 6월, 넥타이 매는 옷이니 뭐니 일체 다 내던져 버리고, 집에서 가져간 돈에서 남은 걸로 책만 한 고리짝 사 가지고, 요새 중학생들 여름옷 천하고 똑같은 무명 '고꾸라' 양복 바람으로 머리까지 다시 다 박박 깎아 버리고, 나는 아버지를 찾아 돌아갈 용기를 겨우 새로 얻었다.

그래 나는 호남선 정읍에서 열차를 내려 그 작지도 않은 책 고리짝을 누구들에겐가 번갈아 지우고, 터덕터덕 육칠십 리 길의 산골을 걸어서 천원이라는 데로 집을 대 갔다. 차에 탈 돈 때문이 아니라 그저 그냥 그래 보는 것이었던 것이다.

집에 가니 내 아버님은 이때, 가만있자, 겨우 쉰도 채 다 안 되는 —말하자면 청년이었는데, 내가 없는 내 초당 마루를 지키고 앉아 그 옆 대밭의 죽순 껍데기로 멍석을 절고 앉아 계셨다. '행유여력行有餘力이어던 학이시습지學而時習之'며, 십 대의 서당 시절부터의 입버릇인 듯 내게 늘 귀에 못이 박히도록 말해 오던 그는 이때도 아들의 빈 공부방에 남아 그의 행行을 지키고 있는 모양이라고—나는 그때 여기 당도하자 그 꼴을 보고 생각했던 것 같다.

그는 남 보는 데서나 해가 빤히 보는 데서는 일생 동안 내 머리 한 번 쓰다듬어 준 일도 없는 사람이라, 이렇게 온 나한테도 잠깐 그 무척 반기는 눈을 한 2초쯤 보냈을 뿐 별다른 아무 말씀도 하진 않았고, 먼뎃산 언저리로 돌린 눈초리를 다시 이 자리서 내게로 돌리지도 않았다.

그렇지만 내가 그 큰 고리짝 속에 꾸려 온 책들을 열어 봤댔자 이해할 수도 없는 그였지만, 그때 그가 우리 어머니한테 어찌 말해 둔 것인지 어머니는 내가 돌아온 첫날 밤 초저녁에 나한테 와서

"아가, 염려 마라. 네 아버지는 너를 다 알아……"

하셨다.

### 4

내 아버지 서광한을 내가 밤잠이 안 와 생각하고 누웠을 때, 나는 지금도 일고여덟 살 때처럼 그 서리 내리는 밤의 그의 무명 두루마기 자락 속으로 깃들기가 예사다. 이런 모양이 결국은 가장 질긴 이 나라의 가장의 상징인 탓인가 한다. 대개 이런 이한테서는 아무 무늬도 없는 이조 백자빛 냄새가 나고, 그 무명 두루마기에서도 역시 그런 냄새가 나고, 그의 머리 위에는 웬일인지 꾀꼬리나 그런 것이 아니라 서리 내리는 밤의 기러기 떼들이 날고 있다.

내가 1935년 지금의 동국대학 전신인 중앙불교전문학교 문과에

재학하고 있을 때 그가 언뜻 보인 어떤 한 폭의 사진을 나는 지금 기억한다.

나는 이때엔 벌써 이 나라의 불교 교정 스님한테서 거사의 지칭도 받고, 문학도 어느 만큼 되고 김동리 같은 친구도 생겨, 그전의 소년 시절의 그 헤성헤성하던 것을 어느 만큼은 이런 것들로 메꾸고 있을 땐데, 내 아버지 서광한은 그러나 이런 나를 나처럼은 무얼로 메꾸어 안심해 보지도 못하고 또 역시 언짢아서 그런지 찾아보러 온다.

그는 난생처음으로 그의 등에 행상의 짐을 잔뜩 무거히 지고, 서울의 나한테 나타났다.

"그게 뭐 하는 거지요?"

내가 물으니, 이런 데는 늘 아무 대답이 없는 그의 성미로 침묵만 보냈지만, 그 진 걸 뒤져 보니 이건 아마 우리 고향 마을 그의 밭에서 생산한 것이 틀림없어 보이는 매끈하고 긴 모시 다발들이었다. 누가 그랬는지 이런 모시는 서울이나 그런 딴 데 가 팔면 값이 훨씬 더 높다고 한 까닭일 것이라고 나는 그때 생각했었다.

그러나 이걸 비싸게 파는 그것만이 목적이 아니었던 것같이도 나는 그때 느끼었다. 이건 어쩌면 고등학교 시절처럼 내가 학업을 중단할까 봐 보이는 그의 한 경계 표정이기도 하지 않았던가?

경성제국대학 같은 두두룩한 밥자리 공부 터는 못 되지만, 그만 못한 중앙불교전문학교라도 애비의 그 충정을 보아 중단하지 말아야 네가 먹고 살 것이라는 경계였던 것만 같다.

나는 내 근년의 어떤 시에서 이런 모양의 그의 겨드랑에다가 맑고 차가운 한 개의 호수를 끼고 가시라고 바짝 그 왼쪽인가의 겨드랑 옆에 붙여 드리기도 했지만, 저 울타릿가의 구중충한 우리 무궁화 버금으론 이런 아버지의 그림을 우린 영 잊을 수 없다.

<br/>

## 5

1940년인가, 내가 겨우 서울 시내의 어느 사립국민학교의 한개 훈장이 되어 아버지가 이미 십 대에 가난을 못 견뎌 하던 일을 되풀이하게 되었을 때 너무 좋아 올라와서 그 수염을 쓰다듬으며 내게 따른 식구들이 살 집을 하나 찾아보자고 종암동으로 어디로 같이 헤매고 다니던 일이 기억에 떠오른다.

"비싸다."

"비싸다. 왜 그렇게 모다 비싸데?"

하시던 말씀. 이 나라에 생겨나서 수수하기로만 하고 사는 자기보다는 모든 게 더 비싸게 군다는 느낌으로 하시던 말씀—그 말씀의 옆에 나는 여기 또 한 개의 호수와 그다음 겨울 되면 날아올 기러기 떼들을 하늘에 놓으려 한다.

# 6

그렇지만 나는 결국 이분을 오래 있게 하지 못하고 그의 죽음을 앞당겨 부르는 까마귀밖에는 되지 못했다.

지금 생각하면, 열세 살에 과거 보러 오다가 그게 막혀 겨우 군 백일장에서나 장원하고 현감이 주는 잔을 받던 이 소년은 흡사 나하고 다를 것도 없다. 그러나 그는 시의 그까짓 재주까지도 다 팽개치고 살 힘도 있어, 그의 수재를 순 비료값으로만 바꾸어 살 수도 있었는데, 나는 뭐냐는 것이다.

나는 그분이 내가 겨우 일정 때의 국민학교 훈장이나 된 것이 그리도 좋아 올라오셨다가 집을 하나 사 주려 한 것이 '너무 비싸다'고 그냥 내려갈 때, 안암동 골목을 지나며 그에게 행패를 부리던 일을 지금도 아주 굵은 선線의 죄로 또 지니고 있다.

"왜 집을 하나 사 주신다더니 그만두시오?"

"가만있거라. 참아 가면 언젠가는 살 날이 있겠지."

"아버지는 항시 그 모양이오. 항시가 언제 끝나는 항시지요?"

"……"

그러나 우리 부자의 이 대화가 그에게 극약이 될 줄은 나도 그때엔 미처 몰랐다.

그는, 뒤에 어머님 말씀을 들으면, 서울서 나하고 이런 대화를 나누고 시골로 내려온 뒤엔 벌써 오랫동안 전연 끊어 버렸던 술을 다시 날마다 마시기 시작했고, 마침내는 그걸로 병을 만들어 자리에

늙더니 오래잖아 그만 세상을 떠 버리고 만 것이다.

나는 아버지의 임종 뒤 지금까지 가끔 그의 살인마로 등장되는 꿈을 꾸고, 어떤 때는 그 살을 햄버거나 그런 것같이 짓씹다가 민절<sup>悶絕</sup>하는 장면에 다닥뜨리기도 한다.

요즘은 나이나 좀 먹어 늙어 가고 있어서 그런지 과히 그렇지는 않지만, 내 아버님이나 그런 선인들에 대한 내 빚은 언제나 다 갚아질는지 모르겠다.

우리는 그분들의 앞에 불거져 나둥그라진 너무나 얄팍한 잔등이요, 선인들의 겨드랑의 호수의 깊이는 한정이 없는 것이다.

# 미당 서정주 전집 6

1판 1쇄 발행 2016년 2월 22일
1판 2쇄 발행 2022년 8월 26일

지은이 · 서정주
간행위원 · 이남호 이경철 윤재웅 전옥란 최현식
펴낸이 · 주연선

**(주)은행나무**
04035 서울특별시 마포구 양화로11길 54
전화 · 02)3143-0651~3 | 팩스 · 02)3143-0654
신고번호 · 제 1997—000168호(1997. 12. 12)
www.ehbook.co.kr
ehbook@ehbook.co.kr

ISBN 978-89-5660-892-1 (04810)
978-89-5660-885-3 (전집 세트)
978-89-5660-965-2 (자서전 세트)